重庆市社科规划特别委托项目
重庆中国三峡博物馆资助项目
重庆市归国华侨联合会后期资助项目

重庆归侨史研究
（1890—1978）

岳精柱　董　涛　主编

中国华侨出版社
·北京·

图书在版编目（CIP）数据

重庆归侨史研究 / 岳精柱，董涛主编. —— 北京：中国华侨出版社，2021.3
ISBN 978-7-5113-8502-4

Ⅰ.①重… Ⅱ.①岳…②董… Ⅲ.①归国华侨—历史—研究—重庆 Ⅳ.①D634.3

中国版本图书馆CIP数据核字（2020）第264530号

● 重庆归侨史研究

主　　编 /	岳精柱　董涛
责任编辑 /	姜薇薇
封面设计 /	姜宜彪
经　　销 /	新华书店
开　　本 /	710毫米×1000毫米　1/16　印张/17.25　字数/296千字
印　　刷 /	北京天正元印务有限公司
版　　次 /	2021年8月第1版　2021年8月第1次印刷
书　　号 /	ISBN 978-7-5113-8502-4
定　　价 /	55.00元

中国华侨出版社　　北京市朝阳区西坝河东里77号楼底商5号　　邮编：100028
发 行 部：（010）64443051　　传 真：（010）64439708
网　　址：www.oveaschin.com　　E-mail：oveaschin@sina.com

如发现印装质量问题，影响阅读，请与印刷厂联系调换。

序 言

张 玲

  习近平总书记在考察汕头时指出,"华侨一个最重要的特点就是爱国、爱乡、爱自己的家人"。无论是辛亥革命的第一声炮响,还是南湖红船上的铿锵誓言,无论是滇缅公路上的华侨旗帜,还是"春天故事"里的第一序章,爱国华侨始终激荡着革命和建设的洪流、澎湃着改革与发展的风浪,在百年沧桑的中国大地上谱写了"魂系中华、共赴国难、无私奉献、拼搏奋进"的辉煌篇章。抚今追昔,"唯有真骨性才能爱国,唯有真事业才能救国"的呐喊犹在耳畔,"有一分热,发一分光"的呼唤仍在回响。

  悠悠长江水,浓浓赤子情。如今重庆发展得生机勃勃,饱含着爱国华侨的心血和汗水,凝结着智慧和力量。我们不会忘记,他们在争取民族独立、解放中的赤诚表现;不会忘记,他们在社会改革中的无私奉献;不会忘记,他们在促进重庆经济发展中的拼搏奋进。重庆的历史,永远镌刻着他们的丰功伟绩。

  重庆归侨史最早可追溯到19世纪90年代,历史悠久,却散若繁星,未能串珠成线,缺乏系统的、全面的研究典籍,很多侨史事迹成为沧海遗珠,沉睡在时间的长河里,在岁月的轮回变迁里流失、流逝,致使底蕴深厚的重庆侨史残缺不全,令人惋惜遗憾。

  惟其艰难,才更显勇毅;惟其笃行,才弥足珍贵。当今世界正经历百年未有之大变局,我国正着力构建国内国际双循环相互促进的新发展格局，当此滚石上山，爬坡过坎之际，弘扬华侨精神，让顽强拼搏、不屈奋斗的信念激荡在每个人心间，是我们战胜前进道路上一切艰难险阻的力量源泉。

《重庆归侨史研究》是重庆市社科规划特别委托项目，是重庆市侨联及重庆中国三峡博物馆资助项目。项目内容以史实资料为主，收录了1890—1978年间近500名归侨侨眷的资料。项目以历史发展为主线，介绍了归侨侨眷在辛亥革命时期、民国初期、抗日战争时期、解放战争时期及中华人民共和国成立初期对重庆近代民族工商业、金融业、城市基础设施建设、教育科技文化发展等方面所作出的重要贡献，较为客观地反映了重庆近现代社会发展历程，展现了进取、勤劳、开放、包容、奉献的华侨精神。

知其所来，识其所在，所以明其将往。长期以来，重庆市侨联深刻学习领会习近平总书记关于侨务工作重要论述，高度重视侨史研究，本书在重庆市侨联成立40周年之际出版，既弥补了重庆侨史研究领域的空白，也是对华侨精神的传承和弘扬，是值得品读和收藏的珍贵侨史资料，作为重庆市侨联主席，我深感欣慰。同时，也希望更多的专家学者在侨史研究领域深耕细作，努力推动侨史研究与侨务工作相互结合、相互促进，实现高质量发展。

最后，谨以此书向为重庆经济社会发展作出贡献的广大归侨侨眷和海外侨胞致敬，向默默耕耘的广大侨联工作者致敬，向辛勤付出的侨史研究者和侨务理论研究者致敬！

2020年10月

谨以此书献给重庆市归国华侨联合会成立四十周年

目 录

第一章 绪 论 …………………………………………………… 1

第一节 重庆开埠与归侨 ……………………………………… 1
第二节 相关学术概念 ………………………………………… 4
第三节 重庆归侨史的演进 …………………………………… 6
第四节 重庆归侨史特征 ……………………………………… 24
第五节 中国归侨问题研究综述 ……………………………… 28

第二章 清末民初归侨与重庆 ………………………………… 35

第一节 归侨与重庆近代工业的肇启 ………………………… 35
第二节 归侨与重庆金融业 …………………………………… 44
第三节 归侨与重庆城市发展 ………………………………… 48
第四节 归侨与重庆近代军事 ………………………………… 52
第五节 归侨与重庆科技文化教育 …………………………… 55
第六节 归侨与重庆社会变革 ………………………………… 67
结 语 …………………………………………………………… 71

第三章 抗日战争时期的归侨 ………………………………… 72

第一节 保卫重庆的归侨飞行员 ……………………………… 72
第二节 定居重庆的南侨机工 ………………………………… 84
第三节 华侨中学 ……………………………………………… 99

- 第四节　归侨与重庆到延安的交通线 ········· 106
- 第五节　陈嘉庚从重庆至延安之行 ············· 120
- 第六节　华侨与中国战时经济 ····················· 125
- 第七节　华侨报刊：《现代侨报》《侨声报》 ··· 129
- 结　语 ······································· 131

第四章　中华人民共和国成立以后的归侨 ········· 132
- 第一节　中华人民共和国成立初期的"回国升学"热潮 ··· 132
- 第二节　归侨与新重庆建设 ························· 146
- 结　语 ······································· 169

第五章　归侨的社会适应与本土化 ················· 171
- 第一节　归侨的社会适应 ··························· 171
- 第二节　侨联、侨办与归侨的族群和国家认同 ··· 179
- 结　语 ······································· 184

参考文献 ·· 186

附　录 ·· 190
- 附录一　清末民初（抗战前）重庆归侨表 ········· 190
- 附录二　重庆市早期归国华侨（1937—1978）统计表 ··· 249
- 附录三　南侨机工后代怀念文章 ····················· 260
- 附录四　陈嘉庚与南侨机工 ·························· 264

后　记 ·· 268

第一章　绪　论

第一节　重庆开埠与归侨

一、缘　起

说起立意研究归侨，与三位先生分不开，他们就是邓海东、池文庆、应冀。前两位时任重庆广东商会顾问，应冀是四川外国语学院（今四川外国语大学）退休教师。他们都是归侨和客家人。当时我们发起申报一个有关移民和客家的社会组织。随着交流的增多，知道他们都是归国华侨，而且邓海东先生还曾担任重庆市侨联宣传联络部负责人。出于对历史的敏感和责任感，我向三位先生提出了研究重庆归侨的想法，得到三位先生的积极支持。于是我们开始联系人员，又得到了侨眷陈玉琴的大力支持。陈玉琴是抗战机工陈寿全的女儿，她非常热心，积极联络了抗战机工及其后裔。我们聚在一起商量，觉得对归侨的材料收集很有意义，又无人做过。特别是抗战机工，在世的不多了。归侨口述史，是具有抢救性质的，我们就这样给自己的任务定位。

于是，我以此负责向重庆市社科联申报了特别委托项目，得到重庆市社科联领导和规划办同志的高度重视，项目很快就批下来了。当时重庆市移民文化研究会一位副会长热心支持，表示愿意赞助费用。就这样，重庆归侨史研究项目就上马了。但是，由于种种原因，后来资金赞助未到位，只有重庆市移民文化研究会给予了一定的支持，但杯水车薪，难以为继。工作迟滞不前，2016年，我将此项目报给了重庆中国三峡博物馆的领导，他们也认为此项目很有意义，不但给予了资金支持，还将此课题纳入该馆共同管理项目。此时期，又幸遇董涛博士加入。董涛博士毕业后到了重庆大学工作。因调查需大量人员，邓海东、池文庆、应冀三位年事已高，我又忙于其他项目,正好董博士带有重庆大学学生。于是在众多重庆大学学生的参与下,在重庆市侨联、渝中区侨联、沙坪坝区侨联、江津区侨联、西南大学统战部等单位的支持协助下,2018年我们终于完成了对重庆市主要归侨的采访调查。再加上陈玉琴组织抗战机工后裔写的回忆录,我们终于完成了此书。陈玉琴女士因生病中途去世,我们在此向她表示哀悼。

在调查采访和对资料进行整理的过程中,我们意识到,只有口述史不行,还必须有一部研究类的学术内容,于是就形成了《重庆归侨口述史》和《重庆归侨史研究》两个部分,共收录500多位归侨历史资料。《重庆归侨口述史》收录了60余位归侨的叙述,讲述了他们的归国过程和在祖国的工作生活,是一部口述史或回忆录。《重庆归侨史研究》是一部学术理论著述。本书所及的归侨,时间上,上起清朝末年重庆有史记载的归侨始,下迄1978年改革开放之前归来的华侨。

文中所及归侨只是选择的典型者故事,当然是挂一漏万,还有典型者未被录用,特表歉意。

在此,向重庆市移民文化研究会及会长王川平先生,重庆中国三峡博物馆、重庆市侨联、渝中区侨联、沙坪坝区侨联、江津区侨联、西南大学统战部等单位和领导表示由衷的感谢!

本项目的实施,填补了重庆在归侨研究方面的空白,希望有肇启之功,引来更多研究者、爱好者参与。

二、重庆开埠与归侨

重庆,巴蜀之重镇,三江交汇处,商业发达,在清末频遭外国列强觊觎。随着"英国的毛纺品正在失掉美洲和欧洲市场",英国工商界焦急万分,迫切需要打开中国西南地区,早在1869年上海的英商商会在给英国外交部的备忘录里强调说:"除非汉口以上的长江航线开放通航,对华贸易就不能扩张。"为此,在该年度,英国政府就指派了两批英国人到重庆,收集航行资料,[①] 为英国占据宜昌、夺取重庆、入侵四川提供了依据。1874年,英、法、美等国假借洋船、货物上行四川,在夔关被扣押,货船遭到损失,要求清政府赔偿,其欺诈行为被四川总督吴棠搪塞。1876年,英国公使借口"马嘉理"事件,要求开放宜昌、重庆等为商埠,被清政府拒绝,但在同年9月

---

① 聂宝璋:《川江航行权是怎样丧失的》,《历史研究》,1962年,第5期,第132页。

第一章 绪 论

13日签署的《烟台条约》中议定:"四川重庆府可由英国派员驻寓查看川省英商事宜,轮船未抵重庆以前,英国商民不得在彼居住,开设行栈,俟轮船能上驶后,再行议办。"①英国借此指派了常驻重庆的英商代理人,向重庆派驻领事。1890年,英国进一步迫使清政府签订了《中英烟台条约续增专条》,规定"重庆即准作为通商口岸无异""英商自宜昌至重庆往来运货,或雇佣华船,或自备华式之船,均听其便"。②1891年,南岸王家沱定为商埠。

进入重庆、四川的关键,是川江通航。由于川江水险,皆为中国轻载木舟航运,西式轮船无法上行。为此,英国想方设法试航川江。1883年年初,英国人立德乐乘木船溯江而上,到达重庆,考察沿江航道。1885年立德乐向清政府申请宜(昌)渝行轮执照,并于1887年成立川江轮船公司,在英国定制轮航,为开航重庆做准备。英国驻华公使还照会总理衙门。1898年,立德乐驶7吨小轮船"利川"号在枯水季节由宜昌溯江而上重庆,但此轮牵引力小,沿途险滩处需由纤夫拖拉,力小不能运货。1899年,第一艘英国商轮自宜昌启航到重庆。1900年,德国商船自宜昌上行,仅40里至崆岭滩触礁沉没。

除了商船,英、法两国还先后派遣军舰到重庆。1899年,英国两艘炮艇访问重庆。1901年,法国一艘炮艇到重庆。

这些外轮,除立德乐的小轮外,其余轮船或伤或沉或荡翻民船,大多遭遇险阻。尽管如此,英国等列强还是利用华船,大量销货于重庆、四川。据统计,1875年,外国货值有15.6万海关两,1877年为115.7万海关两,比1875年增长近7.4倍。到1881年达405.9万海关两,比1877年增长3.5倍。到1895年,一直保持在400万~500万两。

重庆开埠,不但涌进了大量洋货,中国的土产外销也得到迅速发展。据相关资料,1879年重庆第一次以子口方式对宜昌的出口就价值24万两,到1890年已突破200万两,③增长了8倍。

重庆开埠,虽是被迫的,但客观上使重庆的经济与世界经济相联系,再加上洋务运动的影响以及清政府派遣留学生,促使一批重庆人放眼世界,走出重庆,走向世界,于是有了重庆籍华侨的出现。他们回国,才有了归侨。

---

① 李振华:《中外条约汇编》,台北:文海出版社,1964年,第15页。
② 王铁崖:《中外旧约章汇编》,北京:三联书店,1957年,第1册,第553页。
③ 周勇、刘景修译编:《近代重庆经济与社会发展》,成都:四川大学出版社,1987年,第8页。

第二节　相关学术概念

一、归　侨

要给归侨定义，我们先应了解华侨概念。根据《中华人民共和国归侨侨眷权益保护法》（2009年修正）第2条规定，所谓华侨，就是指定居在国外的中国公民。归侨，是指回国定居的华侨。关于归侨的定义，给出了两个必要条件：一是回国定居，二是华侨身份。那么"华侨"的身份如何界定？根据《现代汉语词典》对华侨的定义，即"旅居国外的中国人"。[①] 旅居国外者，包括哪些？留学生是否包括？1986年国务院侨办在《复关于自费留学人员归国后是否享受归侨待遇的问题》时指出："出国留学生（包括自费留学生）不是华侨，他们回国后不具有归国华侨身份。出国留学生，如已在国外定居或毕业后就业的是华侨……"

在本项目中的归侨人物，收录了大量出国留学归来者。在这些出国留学生中，特别是清末考取日本的留学生，有相当一部分是那种速成班学生，主要是师范类，因当时急需近代化教育的师资，于是清政府和日本政府协商，在日本办了速成师范科，学制有1年半、8个月和6个月。除了速成师范科，也有3年制普通师范科。重庆派去的第一批留日学生（1904年，即光绪三十年），大多进了学制为8个月的速成师范。[②] 除了上述速成师范生，还有1年制的士官生。如光绪二十七年（1901），四川省在成都招考首批官费留日学生，其中胡景伊等，就是1年制的士官生，从1903年12月入学，到1904年11月毕业，学制刚好1年。[③]

根据上述1986年的规定，这些速成师范科留学生等，就不属归侨之列。但这些留学生，时间虽很短，仍应该算是移民。美国《1924年移民法》就

[①] 中国社会科学院语言研究所：《现代汉语词典》. 北京：商务印书馆，2005年，第5版，第585页。
[②] 重庆市教育委员会：《重庆教育志》. 重庆：重庆出版社，2002年，第763页。
[③] 淳于森泠、潘丽霞，等：《重庆留学史研究》. 北京：中国社会科学出版社，2014年，52—54页。

将留学生纳入了移民之列。[①] 既是移民，当然旅居国外了。不管他们是干何事，包括工作、学习等，都在国外，其这段时间生活亦在国外，有相当部分都有边学习边打工的经历。基于上述原因，在本书中，我们将凡留学归来者，都划入了归侨。

1992年，国务院侨办发文《关于确认归国华侨身份的复函》中对归侨的认定标准之一："中华人民共和国成立前出国的留学生，本人档案中有在国外从事研究、教学、半工半读连续工作一年以上的记录。"[②] 早期留学日本的学生，相当多都参与了孙中山领导的兴中会、同盟会活动，与半工半读有类似之处，有的直接到工厂学习。

二、"重庆"的学术概念

文中的"重庆"有三层意义：一是指今天重庆市的主城区，包括渝中、江北、南岸、沙坪坝、九龙坡、大渡口、渝北、巴南、北碚九区，称为重庆；二是指今天的重庆市行政区域，包括重庆市所辖所有区县，亦称为重庆，文中有时用"重庆市"或"重庆"表述；三是历史时期的特定所指，就是抗战陪都的特殊地位，具有全国政治、经济、文化中心位置，可以指代全国，但亦称为重庆，抗战陪都"重庆"，具有特殊含义。抗战时期，自1938年到1946年，国民党中央政府在重庆，党政军大量的机构和要员，以及文化研究、金融机构和其他单位及人员聚集重庆，重庆成了全国政治中心、文化中心、经济中心、军事中心。除了上述机构单位，还有大量的外事单位，比如各国驻华使领馆及其人员，重庆成了外交中心。太平洋战争爆发后，重庆又成了世界反法西斯远东指挥中心。据以上之述，故说战时陪都"重庆"当时成了"中国"的代指，具有全国意义。

[①] 戴超武：《美国移民政策与亚洲移民》，北京：中国社会科学出版社，1999年，第254页。有关移民的概念，参见岳精柱的《"湖广填川"历史研究》，重庆出版社，2014年，第178—180页。
[②] 卢海云、权好胜主编：《归侨侨眷概述》，北京：中国华侨出版社，2001年，第3页。

第三节 重庆归侨史的演进

一、清朝时期

重庆，在清朝时期，华侨、归侨出现较晚，人数较少。从目前的资料来看，重庆在清末才出现华侨和归侨，即光绪十五年（1889），重庆人卢干臣、重庆市奉节人邓徽绩联合在日本开办森昌泰火柴厂。当然，他们可能去日本的时间更早。因日本人的干涉，在前出使日本大臣川东道黎庶昌的帮助支持下，1890年，两人便将设备搬到国内，在重庆设厂生产火柴，成了重庆近代工业的肇启，影响很大。当时，清政府和地方政府受洋务运动影响，对于归国办实业者还是支持的，如卢干臣、邓徽绩等回国办厂，就给予了"享有专利二十五年"的特权。

1890年，这一年正是中国与英国签订《中英烟台条约续增专条》，规定开放重庆为通商口岸。黎庶昌，贵州省遵义人。光绪二年（1876），中国开始向各国派遣公使，黎庶昌先后随郭嵩焘、曾纪泽、陈兰彬等出使欧洲，任职五年，职至参赞；光绪七年（1881），擢升道员，赐二品顶戴，出使日本大臣；三年后，因母去世回国；光绪十三年（1887），再度派驻日本；光绪十六年（1890）任满回国，第二年任川东道员兼重庆海关监督。

1901年始，四川开始选派青年学子留学日本，重庆有陈崇功、胡景伊、龚秉权、邓缟仙等人，随之重庆风气大开，留学人数不断增加，来源地不断扩展，特别是自费留学生不断增加，以邹容、何鹿嵩等为代表。

何鹿嵩，重庆市江津人，从日本学得玻璃制造技术，1906年归来，买回设备，在重庆开办鹿嵩玻璃厂，生产制作玻璃制品。此举，开拓了人们的眼界，轰动巴蜀及西南地区，何鹿嵩可谓归侨在实业界的翘楚。

冉君谷，日本留学归来，倡导新生活、新思想，支持其父亲于1904年在江津开办建鑫厂，生产罐头、果酒等20多个品种。佣工达200多人。

重庆城市的发展，离不开归侨的贡献。日本归侨李湛阳、李龢阳两兄弟，1908年在渝中白象街建立烛川电灯公司，第一次为重庆带来了电力照明。

重庆、四川桑蚕丝业的兴盛，则因众多归侨的积极努力。张森楷、石青阳、杜香樵、白汉周等，他们既建工厂，缫丝织绸，又建学校，培养人才。这些都极大地推动了巴蜀地区桑蚕丝业的发展，影响深远。

重庆近代第一份报刊，首属归侨之功。1897年的《渝报》，系归侨宋育仁创办，宣传变法维新，救亡图存，影响遍及全国。

除了上述归侨办实业等外，还有相当一部分留学生在日本留学时就参加了孙中山领导的同盟会，积极从事革命活动，如邹容、陈崇功、石青阳等。除邹容是被日本直接强迫出境、成为职业革命家外，很多留学生在回国后，要么办实业和从事革命活动兼具，如何鹿嵩、陈崇功、石青阳、郑东琴、夏江秋等；要么从事教育，如邓缟仙（江津人）、杨霖（巴县人）等；要么进入军警系统、创办新军，悉心警务，如王陵基、朱必谦、高亚衡等。

重庆近代警务及军事，主要也是由归侨组织建立。著名的如高亚衡，日本归侨，在涪陵创办巡警教练所，培养警察。这些力量，后来成了辛亥涪陵起义的骨干。

对于重庆社会变革，近代民族工商业、金融业、城市及交通发展，重庆教育文化科技发展，归侨都发挥着非常重要的作用。归侨对重庆有贡献，重庆对归侨也很重要。

清代的重庆归侨，以从日本归来为主，占了绝大部分，附表一中，无论是实业、军事革命兼实业，教育文化等栏目中，日本都占了绝大多数（后用数学比例说明）。这与清政府的留学政策和当时中国人普遍将日本视为同是中华文化圈内的发达国家范例有密切关联。

二、民国初期

1911年辛亥革命前后，重庆留学的范围选择有了扩大，许多人开始将目光看向欧美，最著名的就是留法勤工俭学运动，中国共产党成立后，派了大量优秀党员青年干部到苏联莫斯科学习。

重庆最早的商业银行——聚兴诚银行，是先后从日本、美国留学归来的杨希仲呕心沥血的成果。杨希仲于1908—1910年留学日本，回国后，不久又赴美国学习，直到1913年回国，力劝其父筹建银行。它的建立，使重庆杨氏家族完成了从商业资本向金融资本的转型。聚兴诚银行是我国早期民族资本成长的佼佼者。康心如，日本归侨，与美国人合作，开办美丰银行，后来买断美国人股份，成为中国民族资本银行。这两大银行，对重庆、四川影响很大，是早期民族金融资本的翘首。

北川铁路，北碚合川两地运煤专线，其发起建设人主要就是唐建章，美国归侨。著名的民生公司，其发起人是卢作孚，但另一个起重要作用的人是日本归侨郑东琴，他在第二次股东会议上当选为监事，在第五次股东大会上当选为董事长，他对民生公司的建立和发展贡献很大。

税西恒，德国归侨，在泸州主持设计建设了四川第一座水力发电厂；在重庆，主持设计建设了自来水厂，结束了重庆城市用水靠人力挑运的历史；又参与重庆发电厂建设，并长期担任厂长。

傅友周，美国归侨，多次主持修建重庆城市交通。1927年任渝简（简阳）马路总局会办兼工务处处长，负责修筑了当时四川省第一条东西干线马路，连通了成渝公路，为重庆城市的发展做出了贡献。

赴法国勤工俭学、比利时归侨罗竟忠，主持修建了重庆排水系统，是全国城市第一个具有近代化意义的下水道工程，受到业界的广泛赞誉。

吴宥三，赴法国勤工俭学归来，1931年在重庆广阳坝驾驶飞机，一飞成功，成为重庆、四川驾驶军用飞机第一人。

在教育科技文化界，归侨发挥的作用更大。他们开办学校，宣传新思想，提倡新学，著名的如邓鹤丹、杨霖、曾吉芝、沈懋德、吕子方、杨芳龄、杨公托、万丛木、文勃斋等，都是教育界的翘楚。

留美归侨生陈绍迥，开启重庆牛瘟防疫。王良，越南、法国归侨，在重庆创设了中国第一家卡介苗实验室。

法国归侨吴特生，在重庆开办环球电影院，成为第一家完全专业化电影院。

1921年发行的《新蜀报》，是归侨陈愚生倡办，大力宣传新文化、新思想。

这些归侨，在各行各业都有突出表现和贡献，但对重庆影响最大的，还是推动重庆社会变革方面。在辛亥重庆起义中，许多归侨成了推动者和领导者，如朱之洪、夏之时、童宪章等。起义成功后，建立了蜀军政府，他们又担任要职，发挥作用。有的归侨，在各区县发动起义，如陈德元，领导发动了酉阳起义。高亚衡、李蔚如领导了涪陵起义，同时还支援了周边县的光复行动。

特别是五四运动以后，中国人更认为应向欧美学习，人们不但将注意力投向了西方，还掀起了留法勤工俭学运动，向法国学习科技，学习马克思主义工人运动，影响很大。留法勤工俭学及预备学校，重庆与四川成都及全国的运作有很大不同。重庆主要是工商界和社会名流支持推动，以工商界及民间捐款为主，而非他地的以官府和财政支持。这其中就有很多的归侨提供了支持，如杨希仲，在创办预备学校的两万元捐款中，他一人就捐了五千元。还有曾吉之、童宪章、黄复生等归侨，也做出了积极贡献。

杨闇公，中共重庆早期负责人，日本留学归来，中共重庆地委负责人，在统一战线、武装斗争、党的建设三方面创造性地开展工作。1926年12月，和朱德、吴玉章、刘伯承、陈毅等一起组织发动了顺泸起义。虽然失败，但朱德、刘伯承、陈毅等一批战友，后来又成了南昌起义的领导者。随着中国共产党成立，特别是大革命失败后，中国共产党及有识之士，认识到了苏联革命的宝贵经验，于是中国大量优秀人才到苏联学习，归国后成了中国革命的骨干和职业革命者。

这些归侨，对重庆的经济、社会发展做出了很大贡献，对重庆城市建设、文明进步的贡献尤为突出。

在附表一抗战前重庆归侨表中的科技一栏，共收录了36位，留学归国者中，留学日本13位、法国5位、德国6位、苏联1位、比利时2位、英国8位、美国13位，一人留学多国者，重复计算。留学法国、德国、比利时、英、美合计33位，远远超过日本。留学日本和美国人数持平。且留学日本的在辛亥革命前就占了6位，而留学欧美者除傅友周1人是1910年留学美国外，其余都是辛亥革命后留学欧美归来。

三、战时陪都之际

1. 战时陪都

抗战时期，特别是重庆成为战时陪都期间，国民政府中央机构和其他行政事业企业机构迁来重庆，大批党政军要员和其他方面的人员迁入，大批外事机构、文化单位，特别是国民政府的"侨务委员会"迁入，重庆成了全国的政治、经济、文化、外事活动中心，抗战大后方。1941年日本偷袭美国珍珠港，太平洋战争爆发，重庆又成了世界反法西斯远东指挥中心。重庆不但在全国，在世界的地位也很突出。

2. 归侨踊跃参军入伍

广大华侨踊跃参军抗战。抗战全面爆发后，广大华侨积极投入到爱国抗日活动中，他们捐款捐物、支援祖国抗战，还在所侨聚居地区，开展抵制日货、拒为日本企业服务、做工等活动。有的爱国青年，直接回到国内，要么做机工，要么参军上前线杀敌。有的报考军校，立志报国。为了满足华侨爱国青年的抗战要求，国民政府制定了《招考华侨入伍生规则》，招收华侨青年，以为国民党军队培养初级军官为主。侨生考取后，接受入伍教育一年，再接受学生教育一年半，毕业后，由军委会军训部分配到各部队担任少尉军职。① 招收侨生入伍的军校，主要有"中央陆军军官学校"（简称"中央军校"）成都总校及各处分校，有的设有专门的侨生培训机构，如中央军校特别训练班招考华侨队学员，隶属于该班十七期入伍生独立大队，有名额320名，在重庆、昆明两处招生。华侨队训练期为9个月，毕业后分配到各部队工作。

为了发动侨生报考军校入伍，1940年2月开始，国民政府驻新加坡、吉隆坡、槟榔屿、马尼拉、巴达维、河内、仰光、西贡等地领事馆，联合当地侨团组织和国民党海外党部，相继成立招生委员会，招考华侨青年入伍。同年四五月就在马来亚招考两批华侨入伍并抵达昆明，分别有134人和64人。其他地区招考的侨生，也陆续回国就学。在招考侨生入伍中，以入伍生团第五团维持时间最长。直到1944年4月，军训部命令停办，侨生按国内招生办法招收，不另设侨生招收办法。虽然侨生招生办法停止，但有时军训部也会因情而定。如在1944年停止侨生招考办法不久，广东侨务处呈报侨委会："广东初中侨生一百名自愿入第四分校受训，请饬该校迅办华侨班收容。"经侨委会与军训部磋商，有感于"该生等报国情殷"，即使未到国内统一招生时间，军训部还是"特予提前办理，由入伍生团第五团派员前赴曲江，按初中程度严格考取，一经取录，以入伍生待遇暂编一连训练之。"②

"中央军校"第四分校，是招录侨生时间最早、人数最多、影响最大的"中央军校"分校。该校最早的一批侨生学员，是第十七期新生，刚开始设

---

① 中国第二历史档案馆，全宗22，卷337。本部分参考了黄小坚《关于华侨与抗日战争研究的若干问题》，载《华侨华人研究文集》，北京：中国华侨出版社，2005年，第467—473页。
② 中国第二历史档案馆藏，全宗22，卷339。

第一章 绪 论

置一大队,即华侨团,后称二十六总队。第四分校校址最初在广西宜山,后迁往贵州独山。第四分校开始招考侨生入伍,是由侨委会电请海外各地领事馆及港澳等处的侨务机关代办。但因有的地方未设代招机构,个别如暹罗排华,当地领馆未予代办,于是大量侨生直接回国报考。1939年秋,第四分校在宜山复试海外保送来的侨生有200多人,后陆续到者更多。仅这批200多人,就已"超出招考受训人数一倍以上",但侨生较多之人"体格极差,收容受训颇感困难"。① 仍感于华侨青年报考军校的爱国热情,该校在练习营中特增编军士队一队,收容落第侨生,遂其入伍之志。

侨生抵达宜山后,休整半月,编入华侨大队训练。该队训练,以刻苦耐劳教育为主,接受如劳动、长途行军、吃粗粮、抗热、忍饥、耐寒等锻炼。该队的驻地,先仅是一片荒土,凡学员搭棚架屋、造园开路、运石挖土、砍竹挑草等悉住居及环境建设,一切衣食住行等生活所需,皆"自力劳动、自力创造,概不假受工匠夫役,至于日常生活等项,更力求简朴,不辞粗陋,使成习惯"。面对艰难困苦,华侨学生没有后退,迎难而上,入伍"两月以来,精神纪律,极为良好"。② 第四分校招考侨生,在海外引起强烈反响,报考者踊跃。未有代招处区域的海外华侨青年,"三五同伴,远渡重洋,徒步来校受训者"络绎不绝,以致校方应接不暇,颇感触难。

为了缓解华侨青年入学难问题,1939年,第四分校请示国民政府军委会同意,特别成立入伍生团第五团,收容侨生约1500名。

侨生除了报考"中央军校"及其分校外,空军学校、海军学校、陆军机械化学院、炮兵学校等军校,都招有侨生。其他如国民政府军委会军政部在福建南平组织的第十三补充兵训练处学兵队,南京"中央政治学校"特别训练班,都招有数以百计的菲律宾华侨青年和留日归国学生。

据不完全统计,抗战时期,海外华侨回国参战的人数有3万多人。③

广大华侨青年,积极投奔延安及各抗日根据地,在暹罗"抗联""启明学校"和菲律宾的"劳联会""民武分会"等侨团影响下前往或直接输送。"新加坡民先队"和"马来亚华侨各界抗敌后援会",其会员分别达1万多人

---

① 中国第二历史档案馆藏,全宗22,卷334。
② 中国第二历史档案馆藏,全宗22,卷336。
③ 林晓东:《试论侨联人民团体在中国革命和建设中的作用》,载《华侨华人研究文集》,北京:中国华侨出版社,2005年,第3页。

和3万多人,在欧洲战争爆发后,被殖民当局取缔,其所属大量会员遂回国抗敌,投奔解放区。①

抗战中,有一支特别队伍,他们有的并未驻重庆,却在保卫重庆,那就是中国空军。这支队伍,大部分是华侨青年。他们在历次保卫重庆的空战中,浴血奋战,沉重打击了日本侵略者的嚣张气焰。有相当一部分,血洒重庆上空。在今天的南岸区南山上,还有空军坟,就是这些空军英雄的纪念地。

3. 回国服务团

除了报考军校入伍,参加南侨机工等有组织的回国抗敌外,广大华侨还组织了多支救护医疗队、宣传队回国服务,他们是:缅甸华侨救护队,全队36人,由优秀青年华侨医师陈雅云任队长,在广东从化、西江一带从事战地救援。后又派分队到惠阳、东莞一带开展战地救援,还对乡民开展医疗。"仅两月余,医愈者万余人。"

安南华侨救护队,全队66人,其中女性10人,团长林鹭英。在惠州、博罗、增城、龙门、从化后转清塘地区,开展救护宣传工作,转战中有半数以上队员牺牲或失踪。

爪哇华侨救护队,全队20余人,主要从事药品的购买供应工作。但他们更希望上前线工作。

东江华侨回乡救护队,由惠州籍在南洋各地华侨组成,在惠州一带活动。

星州(新加坡)华侨救护队,队长陈俶。

除上述外,还有槟城华侨救护队、棉兰华侨女子救护队、暹罗华侨西医救护队等。这些救护队,自筹经费,自带路费,自带药品,回国服务。②

菲律宾华侨回国随军服务团,先期称"菲律宾救国义勇队",回国后,为避国民党阻挠,改为服务团。由中华民族武装自卫会菲律宾分会(简称"民武分会",于1935年响应中共中央在长征途中发表的《为抗日救国告全体同胞书》,即"八一"宣言而成立,负责人许立)选派,先期回国者22人,队长戴血民,副队长余志坚,政治宣传员郑映明,总领队沈尔七。经过

---

① 黄小坚:《关于华侨与抗日战争研究的若干问题》,载《华侨华人研究文集》,第473页。
② 蔡仁龙、郭梁:《华侨抗日救国史料选辑》,福州:闽出管刊(内)字第002号,1987年,第26—27页。

第一章 绪　论

艰难险阻，于1938年1月20日出发，三天后到达厦门，受到厦门人民和抗日组织的欢迎。他们欲开赴蒲田与中共领导的闽中游击队会合，挺进江南战场。但受到国民党军队的重重阻挠和威逼利诱。他们克服困难，坚定信心，坚持不懈斗争，在地下党和有关抗日组织的帮助下，2月秘密转至福建龙岩，与新四军第二支队会合，加入了新四军。由支队政治部任命沈尔七为团长，戴血民为副团长，俞炳辉为教导员，许振文为秘书，举行了隆重的授旗典礼，成了一支革命队伍。①

泰国华侨义勇队，由"暹罗华侨各界抗日救国联合会"（简称"抗联"）组织泰国华侨回国，从1937年底至1938年夏，先后分三批回国，都参加了在闽西活动的新四军。1937年12月，第一批从曼谷出发，全队100余人，队长鲁文。他们原计划到延安，参加八路军。后因国民党阻挠，只有鲁文等5人几经周折，到达闽西，参加了新四军。1938年2月11日，第二批出发，共12人，庄江生领队，在汕头地下党组织和"汕头市青年抗日救亡同志会"的联系安排下，3月到达闽西参加新四军。1938年3月29日，第三批离开曼谷回国，开始时共24人，后有同船到达，即被泰国当局"驱逐"出境的爱国七君子——"抗联"领导人许煜、许一新、许侠、吴琳曼等人。4月，在龙岩与新四军留守处接上，因车辆及身体原因，只有12人跟随新四军留守处同志一起北上到皖南，其余转潮汕另作安排。②

东江华侨回乡服务团，在"南洋惠侨救乡会"领导和支持下，于1939年1月成立，广大华侨青年积极参加，迅速建立了惠阳、海陆丰、博罗、紫金、河源、龙川、和平七个分团以及东莞宝安队、增城龙门队、两才队（马来亚爱国华侨黄伯才、张育才共同资助组织的"南洋惠侨救乡会两才歌剧队"简称两才队）、文森队（爱国侨领官文森先生独资组织的回国服务队）、吉隆坡队五个队和一个东江流动歌剧团，简称"东团"。人数发展到500多人，遍及东江地区的十三个县。团长叶锋，副团长刘宣为。他们带回大量救济物资、药品，在东江地区，既宣传抗日救国，又给难民发救济，给伤病者治病，特别是解除了成千上万群众患疟疾的痛苦。"东团"各分团队，除了上述工作外，还发动群众建立了青年抗日同志会、青年读书会、抗日妇女

---

① 郑山玉：《抗日救国血荐轩辕——菲律宾华侨救国义勇队回国参战记》，《华侨大学学报》（哲学社会科学版），1985年第1期。

② 郑山玉：《华侨华人历史研究文集》，北京：光明日报出版社，2004年，第28—30页。

会、抗日姐妹会、抗日先锋队、抗敌后援会等群众组织。有的地方还建立了抗日自卫队、抗日随军队等农民抗日武装。他们的爱国行为，有力地推动了东江地区抗日救亡运动的发展，得到广大人民群众和社会各界爱国人士的高度赞扬。"东团"后被国民党顽固派强制解散，广大团员毅然参加了中国共产党领导的东江抗日游击队，继续参加战斗。"东团"是华侨回国服务团中规模最大、影响最大的归侨组织。①

马来亚华侨回国服务团，马来亚华侨组成的归国服务组织，全团17人。其中汽车驾驶员11人，在校学生青年6人。1938年夏，他们带着三辆新式救护车和大批医药回国。所带回救护车，一辆送给国民党军队四路军，一辆送给新四军，留下一辆，从九龙半岛一直行驶七千余里，直奔延安，受到边区人民和八路军的热烈欢迎。随后，他们到达晋东南，深入游击区，后来多数回延安，参加了学习。②

4. 南侨机工

抗战时期，由于日军的封锁，中国的国外抗战物资，只有靠滇缅公路和空中运输。当时需要大量机工，东南亚广大华侨青年，在陈嘉庚先生的领导下，在"南洋华侨筹赈祖国难民总会"（简称"南侨总会"）的组织下，组织了"南洋华侨机工回国服务团"（简称"南侨机工"），分九批回国。青年归侨达3200多人，回国参加抗战。抗战胜利后，大部分回了原居地，约三分之一留了下来，1000多人牺牲在滇缅公路运输途中。中华人民共和国成立后在重庆的南侨机工有39人。

5. 归国侨生

抗战期间，广大的华侨学生，无处安身学习。国民政府于1939年8月在重庆成立了"回国升学华侨学生接待处"，负责华侨学生的接待和教育安排，至1945年结束工作。自1942年至1944年，"经政府介绍分发就学的侨生，总数达一万二千多名"，③国民政府先后设立了三所华侨中学。

1939年底为适应东南亚国家华侨学生回国求学的需求，国民政府决定在云南省保山市筹办国立华侨中学，于1940年5月正式开学。1941年更名为国立第一华侨中学（下称侨一中）。

---

① 蔡仁龙、郭梁主编：《华侨抗日救国史料选辑》，第27—28页。
② 方绥：《活跃在西北前线的华侨服务团》，《新华日报》，1939年2月13日。
③ 祝秀侠主编：《华侨革命史》，台北：正中书局，1981年，第126页。

第一章 绪 论

1941年8月，国民政府决定在重庆江津成立国立华侨中学第二校，9月开始招生，1942年3月，更名为国立第二华侨中学（简称侨二中）。1942年3月，侨二中学生达300多人；1943年春，达430多人；1944年9月，侨一中停办，其高中部270多人并入侨二中，学生人数600多人。1946年，侨二中迁到海南海口市办学。1947年5月，学校更名国立第一侨民中学。中华人民共和国成立后，1950年5月，更名为广东海南华侨中学。①

1942年10月在广东省乐昌县（今乐昌市）成立国立第三华侨中学（简称侨三中）。1944年春，日军企图打通粤汉线，从湖南进攻广东粤北，韶关各县告急。侨三中奉命迁往连县三江镇（今为连南瑶族自治县三江镇）。抗战胜利后，为便于接收东南亚地区华侨子弟入学，教育部决定将侨三中迁往广西龙州县（距越南约30千米）。1946年秋，国民政府教育部将侨三中改名为国立第二侨民中学。1950年夏，第二侨民中学并入广西省立龙州中学（即今龙州高级中学）。

6. 积极捐献款物

为了调动广大华侨参与抗战的积极性，1939年11月，国民党五届六中全会曾宣示："海外侨胞为抗战建国力量泉源之一……抗战期间，其重要性尤倍于往日。关于侨务，最重要者，为谋保障侨胞之安全及发挥侨胞之物力人力，以用于抗战之事业。"广大华侨本来就有为祖国捐款寄外汇的传统爱国行为，特别是抗战爆发后，华侨更是踊跃捐款，支持祖国抗战。在国民党的一次集会中，曾说："抗战以前，侨汇每年达三万万元以上，约可抵塞全年入超百分之六十。抗战以后，则每年增加至七万万元以上，此庞大之外汇，对于祖国抗战，实予以巨大之助力。"②华侨究竟捐了多少款，汇了多少外汇回来，因统计困难，现还无一统一数据。据南洋华侨筹赈祖国难民总会（1938年10月10日在新加坡成立）统计，自1937年7月至1939年12月，该会各分会捐款如下（单位：国币元）：

菲律宾分会区 18 034 136.16　　马来亚分会区 86 826 027.07
荷印分会区 31 212 191.37　　纽约分会区 22 902 042.4
旧金山分会区 9 677 460.79　　香港分会区 9 557 438.63
安南分会区 6 059 874.99　　泰国分会区 9 509 954.8

---

① 海南华侨中学，重庆市江津区侨联，滇渝黔琼侨中校友编：《归来》，2015年8月，内部资料。
② 祝秀侠主编：《华侨革命史》，台北：正中书局，1981年，第120页。

印度及缅甸分会区 6 818 773.65　　伦敦分会区 3 570 486.53

澳洲分会区 5 455 893.83　　澳门分会区 257 127.98

其他 716 754.91

总计 210 598 163.11

时人龙大均在《东方杂志》上发文说,据美国教授雷麦氏计算,自抗战以来华侨汇款,在1928年有二万万五千元,1929年有二万万八千万元,1930年有三万万一千六百万元,1931年有二万万三千一百万元。据中国银行经济室估计：1933年有二万万元,1934年有二万万五千万元,1935年有二万万六千万元,1936年有三万万二千万元。全面抗战时期,只有上海外汇经纪人耿爱德氏的估计：1937年达四万万五千万元,1938年达六万万元,这两年包括献金在内,其中1938年的献金有一万万元。据1939年4月6日香港大公报估计,在1938年华侨捐款和汇款总数应该有国币二十万万元。但龙大均估计,抗战三年来普通侨汇大约在三十万万元。① 这些汇款,极大地缓解了当时国家的外汇需求。

除了积极捐款汇款外,广大华侨还积极捐献物资,如药品、医疗器械、救护车等,还有应国内要求捐献。如1939年,应宋美龄委托,南侨总会为全国妇女慰劳会发起的为前线将士捐募冬季大衣筹募,分配如下：马来亚12万件,婆罗洲2万件,缅甸1万件,荷属6万件,菲律宾4万件,安南1万件,泰属（暹罗）2万件,香港2万件。总计30万件。②

7. 归国难侨

由于日本加紧侵略中国,威逼东南亚,以致占领东南亚诸国后,大肆迫害、侵占华侨生命财产,搜捕华侨,使华侨苦不堪言,大量华侨只有逃难回国。国民党政府曾先后制定"紧急时期护侨指导纲要"及"国外战区侨胞紧急救济案",于1941年成立"回国侨民事业辅导委员会",负责救济、疏散、安置归国华侨（主要是难侨）。在广东、广西、福建、云南、贵州等省组织紧急救侨委员会,在福建漳州（1940年10月—1945年9月,抗战胜利停办）、广西遂溪（1940年—1945年9月,后迁玉林、榕溪,抗战胜

---

① 龙大均：《三年来华侨的财力怎样支持抗战》,《东方杂志》第37卷13号。转引自蔡仁龙、郭梁《华侨抗日救国史料选辑》,福州：闽出管刊（内）字第002号,1987年,第205—210页。参见陈嘉庚《南侨回忆录》,上海三联书店出版,2014年,第322—323页。《南侨回忆录》是从1937年10月始,而非7月。

② 陈嘉庚：《南侨回忆录》,上海：三联书店,2014年,第132页。

利停办）、广西防城东兴（1942年—1945年9月，抗战胜利停办）、云南畹町（1941年8月—1944年6月，1944年迁下关）、广西龙州（1940年）、广东水果（1942年3月—9月，因军事影响停办）、广东汕尾（1942年3月—1943年12月，因军事影响停办）等处设立侨民回国临时招待所，在云南打洛（1941年）、龙州（1942年）、东兴（1941年）等处设立归侨村，安置战时归侨开荒垦殖，一面办理紧急救助，一面辅导协助就业，对个别特困者，给予赈济和贷款。①抗战期间究竟有多少华侨逃难回国，还没有定论，据当时媒体报道："目前侨胞归国者甚众，仅香港一地，即在七十万以上，各地归侨已登记者亦逾二十八万。"②"仅据过去两个月大后方各报所载消息，港澳两地华侨，在二月中离开港澳归国的就不下三十万人，以后为敌寇分批逐出的又不下十余万人……越南侨胞一批三万人……从马来亚荷印战区退出侨胞，一路分赴印度、缅甸、澳洲、新西兰等地方暂住，但经滇缅公路归国的亦达四五十万以上。"③据南侨机工林广怀回忆："1942年往腊戍接车运物资回昆明，沿途公路上尽是华侨难胞扶老携幼，饥寒交迫，病倒睡卧于公路两旁。"④这时期，究竟有多少难侨归国，因资料欠缺、难以统计，有待深入研究，但人数之巨，是不争的事实。

8. 积极投资祖国

抗战时期，广大华侨不仅捐款捐物、输送人才，还积极投资祖国，特别是日本占领沿海和东南亚后，海上交通、陆上交通中断，许多华侨归国投资建厂，支援抗战。战时华侨投资，重点在工矿业。华侨实业公司即是因此诞生。1939年，国民政府颁发了《非常时期华侨投资国内经济事业奖励办法》，次年颁发了《华侨商业团体备案办法》，侨务委员会拟订了《华侨投资祖国计划》等，吸引华侨回国投资。一些华侨实业家，抱着深深的爱国情怀和发展事业、拓展市场的目的，纷纷回国投资。新加坡华侨谢吉安，集资100万元，于1940年组建华侨实业公司，开发川康农工矿业，并在西南设炼油厂一处，专门利用土产植物榨油。

最著名的就是华侨实业公司、中国侨民公司、中国电化厂、中南橡胶股

---

① 祝秀侠主编：《华侨革命史》，台北：正中书局，1981年，第174页，第126页。
② 《给侨胞以切实帮助》，《新华日报》，1942年3月9日。
③ 《救济归侨》，《解放日报》，1942年3月12日。
④ 四川省归国华侨联合会、四川省华侨华人学会：《华侨华人研究文集》第一辑，成都：成都科技大学出版社，1993年，第293页。

份有限公司、重庆制药厂、华侨织布厂；除了办厂，华侨还投资金融，如华侨工业银行、华侨信托银行、华侨实业银行、华侨兴业银行和华侨建业银行、华侨联合银行。

华侨工业银行，由侨领曾纪华、戴愧生等联合内地人士集资800万元设立，以发展后方工业为宗旨。①1942年底，华侨信托银行、华侨实业银行、华侨兴业银行和华侨建业银行成立，总资本达1亿元。②华侨连瀛洲、李文、何葆仁、林庆年等，专集侨资，于1943年夏，创办华侨联合银行，其经营方针是："运用华侨资本，投资生产事业。"③华侨的金融投资，不但补充了当时政府的财政金融之不足，而且为战时陪都及后方的工矿、垦殖的建设和开发提供了资金，对发展战时经济有着积极意义，对抗战胜利发挥了积极作用。

王振相，被誉为马来亚"锡矿大王"；王金兴，槟榔屿胶业公司股东，胶业界巨子；庄怡生，马来亚怡保市新福橡胶公司经理，三人于1940年随侨领陈嘉庚率领的"南洋华侨回国慰劳视察团"，一起回国慰劳。见我国沿海口岸和越南港口都已沦陷，泰国亦被封锁，交通运输只能靠滇缅公路运输；但该路路况很差，汽车轮胎消耗很大。他们出于拳拳爱国之心，发起倡议，于1940年4月16日在重庆成立"中南橡胶股份有限公司"，其命名取义于"公司是中国南洋华侨创办的"。国民政府社会局于5月23日批准核发证书。

中南橡胶股份有限公司，既为国家节省了大量外汇，又为战时西南紧张的交通解决了急难，还带回了先进技术，是战时大后方经营突出的企业。

重庆制药厂，是侨领陈嘉庚、侯西反、郭兆麟等筹建。因国内抗战急需药品，于是他们将资金投入国内，与内地实业家一起合资创办了大型的重庆制药厂。该厂可生产药品91种，④是当时中国第一家最大的新式提炼药厂，制成的药品被大量运往前线，解决了战时缺医少药的困难窘况，为抗战做出了重大贡献。

德国归侨张寿星巧妙带回资金，在三年内，先后在重庆南岸上新街、南

---

① 《侨资银行近闻》，《西南实业通讯》第6卷，第3期，1942年9月。
② 《四华侨新银行短期开业》，《西南实业通讯》第6卷，第6期，1942年12月。
③ 《侨声报》第13期，1944年10月。
④ 《陈嘉庚等创办中国药产公司》，《解放日报》，1942年1月17日。转引自钟铁《华侨与战时陪都经济》，《华侨华人研究文集》，成都：成都科技大学出版社，1992年，第314页。

岸清水溪后街、南岸莲花山办了弹花厂、华侨织布厂和染布厂。棉纱由国家供给，生产军需品棉布、棉衣。张寿星的行为，有力地支援了抗战，是一位爱国实业家。①

此外，还有缅甸华侨梁金山等筹资，于1943年组建中国侨民公司，资本1500万元。菲律宾华侨泰望山、叶松生，在长寿创办中国电化厂，用电解方法生产电石等产品。

9. 中共中央南方局

中共中央南方局，是中国共产党中央在重庆的派驻机构，负责领导长江以南国民党统治区和沦陷区各省，包括四川、云南、贵州、湖北、湖南、广东、广西、江苏、上海、江西、福建等省和港澳地区及海外华侨的秘密党组织，②设有派出机构，代行南方局就地领导，按照毛泽东的指示"国民党区域的党，均由恩来全责管理，以统一党的领导"。③毛泽东还强调，党在国统区的工作带有全国性，要进一步发展。④其对外的公开机关为第十八集团军驻重庆办事处、《新华日报》馆、《群众》周刊社等国民党允许存在的机关，因为国民党不许中共党组织在国统区活动。

由于日军的大举进攻，南京、武汉不保，1937年11月，国民政府迁渝办公。中共代表团和中共中央长江局，鉴于武汉难守，于1938年7月派周怡到重庆，筹建办事处，以"十八集团军重庆通讯处"名义开展活动。同年9月26日，中共中央政治局决定中共代表团由周恩来负责，由周恩来、博古、叶剑英、黄文杰组织南方局，由董必武、凯丰、吴玉章组织重庆党报委员会。10月，武汉沦陷，《新华日报》报馆人员和八路军办事处部分人员，在董必武率领下抵达重庆，其余人员由周恩来率领，后期撤离到重庆。1939年1月，根据中共中央六届六中全会决议，在重庆成立了中共中央南方局，设立常委，由周恩来、博古、凯丰、吴克坚、叶剑英、董必武六人组成，周恩来任书记。领导成员还有吴玉章、徐特立、邓颖超、廖承志、张文彬、刘

---

① 洪新发、邹政：《记德国归侨张寿星爱国二三事》，载《华侨华人研究文集》，成都：成都科技大学出版社，1992年，第75—176页。
② 南方局党史资料征集小组：《南方局党史资料·大事记》，重庆：重庆出版社，1986年，第3页。
③ 中共中央文献研究室：《周恩来传》（二），北京：中央文献出版社，1998年，第582页。
④ 中共重庆市委党史研究室资料：《南方局1940年8月31日会议记录》复印件。转引自陈全：《中共中央南方局在抗日民族统一战线中的使命与贡献》，《重庆社会科学》2005年第9期。

晓、高文华等。①

南方局的办公地点，最初在机房街70号和棉花街30号，1939年因日机大轰炸被炸毁，南方局同十八集团军驻渝办事处一起，搬到红岩村。另以十八集团军驻渝办事处名义，租了曾家岩50号的部分房屋，作为周恩来、邓颖超的住所，习称周公馆，成了南方局实际上在市区的工作机关。1939年1月至1944年1月，由周恩来担任书记。南方局在1944年11月至1945年12月，曾一度改为"工作委员会"，王若飞担任书记。1945年12月，中共中央派周恩来率团到重庆参加政治协商会议，决定恢复南方局，在重庆期间称为重庆局，由董必武任书记，王若飞任副书记，下设委员和候补委员若干。1946年5月，中共代表团和重庆局迁到南京，改为南京局。自此，南方局结束其使命。

南方局下设华侨工作组和南洋工作组（1941年并入国际组），②分别由叶剑英、博古负责，后由吴克坚代替博古，负责与华侨相关工作和接送华侨捐赠物资，包括接待输送归国华侨青年到延安和新四军部队。在香港，设立香港统战委员会。1941年6月，南方局在桂林设立了中共桂林统战委员会，安置从香港回到桂林的进步人士。

十八集团军办事处的主要任务之一是负责十八集团军和新四军的后勤问题，共产党领导的这两支军队在抗日战争时期名义上由当时的国民政府统一管辖，所以共产党的工作人员要定期到国民政府军事委员会领取十八集团军和新四军所需的军饷、弹药、卫生器材和药品等，再由办事处负责转送给前线的十八集团军和新四军将士。按照抗战初期国共合作时双方达成的协议，国民政府每月给十八集团军军饷50万法币，新四军军饷20万法币，由重庆

---

① 周勇主编：《重庆通史》，重庆：重庆出版社，2002年，第913—915页。
② 李蓉：《中国共产党历史上的南方局》，《党的文献》2003年第3期。关于南方局华侨工作组，《中共中央南方局和八路军驻重庆办事处》显示没有设立，设立有叶剑英办公处，负责联络；设有统一战线工作委员会，董必武任书记，叶剑英任副书记。而《南方局党史资料·大事记》则显示，1939年1月16日南方局给中央书记处报告组织分工情况的电文中，既没有华侨组、南洋工作委员会，也没有叶剑英办公处。设有联络组，由叶剑英负责。《重庆通史》反映设有华侨工作组（负责人叶剑英）和南洋工作组（负责人博古）。见王明湘主编：《中共中央南方局和八路军驻重庆办事处》，重庆：重庆出版社，1995年，第9页。中共中央南方局党史资料编辑组：《南方局党史资料·大事记》，重庆：重庆出版社，1986年，第40页。周勇主编：《重庆通史》，重庆：重庆出版社，2002年，第916页。

第一章 绪 论

办事处到国民政府军需署领取，然后汇到十八集团军和新四军总部。①

1937年抗日战争全面爆发以后，周恩来担任中共中央南方局书记和国民政府军事委员会政治部副主任，长期在武汉、长沙和重庆驻扎，进行党的工作和统一战线工作。1938年，周恩来创造性地提出了建构南北交通线的构想，同年11月12日，他和叶剑英联名致电中央书记处，建议以西安为西北交通联络中心，负责西北、华北及中原之联络；以桂林为西南交通联络中心，负责东南、西南之联络；以香港为海上联络中心，负责沿海及海外之联络；重庆作为西北、西南和海上三个方面的联络中心，负责西安、桂林、香港之联络，以贯穿南北。周恩来在构想南北交通线之初，就极有预见地做了开辟秘密交通线的准备。这些秘密交通线沿线设立的办事处、交通站，以公开合法名义为掩护，在其内部设专门机构或专门人员，管理秘密交通，与公开交通截然分开，另建秘密交通站，另辟秘密交通线。因此，当时的重庆港等地，既是公开的交通运输中心，又是秘密交通的集结点。在国民党顽固派大肆破坏中共交通运输的情况下，周恩来领导大后方党组织加强秘密交通线的建设。

1940年7月10日，面对国民党反共情绪高涨，对延安地区封锁日益加紧，南方局开会讨论认为应加强重庆至延安的交通建设工作。这次会议决定，由时任中共中央南方局委员的刘晓同志组织各地同志，研究如何有效利用现有的关系和人力资源构建新的秘密交通线。会议之后同志们以极高的效率工作，南方局挑选了一些忠实可靠的党员干部，以公开合法的职业为掩护，默默无闻地战斗在从重庆经西安，最后到延安的秘密交通线。他们的工作方式是加强与国民党内运输机构的私人关系，以保障运输全线的安全畅通。

据归侨郭凌同志回忆，1938年，他刚20岁时，从新加坡到重庆，在重庆八路军办事处里，遇到了两千多人，有来自海外和祖国各地的青年。郭凌后来曾任广东省人大常委。他们在办事处的安排下，分两队、取道川北一路步行北上，走小路，沿红四方面军北上延安的道路，经半个月行程，才抵达西安，后坐车到达延安。②

---

① 周勇：《重庆通史》，第925页。
② 郭凌：《转战在敌伪顽包围之中》，载全国政协文史资料研究委员会华侨组：《峥嵘岁月——华侨青年回国参加抗战纪实》，北京：中国文史出版社，1988年，第201页。

后来曾任中共广州市委副秘书长的吴田夫同志，1940年从泰国回国，来到重庆，就是办事处安排乔装，经成都、广元等地，坐汽车到宝鸡，改乘火车到西安，后步行到延安。①

侨领陈嘉庚先生率"南洋华侨回国慰劳视察团"共50余人，于1940年4月先后抵达重庆，办事处设宴款待。②

千多人的规模确实不少。庄焰，著名外交家，曾任我国驻联合国副代表，先后任过孟加拉国、伊朗、希腊大使。他于1938年从菲律宾回国，抵渝后，就到机房街十八集团军办事处，后经办事处安排，与办事处招募的护士大队约100人，集体同去延安，他们乘船从嘉陵江北上，经合川、南充、阆中、苍溪、剑阁、广元、汉中到西安，再到延安。③这100多人中，应有不少华侨。

十八集团军办事处，除了向延安输送爱国青年归侨外，还向新四军输送。1945年七八月间，洪涛、李极椿等一批原在重庆等地就读、从事救亡运动的归侨学生，经川东地下党组织介绍，进入鄂豫边李先念所部的新四军第五师。他们来自菲律宾、新马、泰国、越南等地，有二十人左右。④

方川如，新加坡归侨，第5批"机工回国服务团"，有19名机工分到十八集团军，他们于1939年5月19日从新加坡启程，在香港聚集，一行增加至50多人，过越南到凭祥县，出南宁，穿广西，翻独山，到贵阳，1939年10月上旬，抵达重庆十八集团军办事处。方川如留在办事处车队，直到1942年离开，曾开车由渝到延安，往返几次。同批回国的程龙庆，也留在重庆十八集团军办事处，在办事处服务的两年多时间里，他3次到延安，每次都是五六辆，多至十来辆的"车队"。⑤

正是输送人员太多，引起国民党蒋介石的警惕，因此大加限制，层层设卡布哨，严加盘查，扣押物资，关押华侨青年，有些华侨青年甚至被活活折磨而死。庄国英，泰国青年归侨，当他抵渝找到办事处时，办事处同志告诉他"投奔延安的青年被关进集中营，就是穿上八路军军服也要被扣押……现

---

① 吴田夫：《在抗日中心的狂飙里》，《峥嵘岁月——华侨青年回国参加抗战纪实》，第78页。
② 陈嘉庚：《南侨回忆录》，上海三联书店出版，2014年，第124页。
③ 庄焰：《烽烟寸丹——延安的回忆》，《峥嵘岁月——华侨青年回国参加抗战纪实》，第31页。
④ 郑山玉：《华侨华人历史研究文集》，北京：光明日报出版社，2004年，第5页。
⑤ 四川省归国华侨联合会、四川省华侨华人学会：《华侨华人研究文集》，成都：成都科技大学出版社，1992年，第277—279页、第286页。

在实在没办法收留你们,"①无奈,他只有自行到延安。他先徒步到成都,再转西安到延安。

南方局建了重庆到延安的几条通道:一是沿嘉陵江,经合川、南充、阆中、苍溪、剑阁、广元、汉中到西安转延安;一是经成都到西安转延安;一是利用1938年修建的汉渝公路,即今的210国道线,由江北到邻水过大竹、达县、宣汉、万源,进入汉中再到西安,转延安。第一条被称为延渝线,是一条公开线路;第二条是秘密线路,被称为"川陕"线;第三条是秘密备用线。

四、共和国时期

共和国时期,到1978年改革开放前,分两个阶段:中华人民共和国成立初期和改革开放前历史时期。前者以归国参加祖国建设为主要目的,以归国科学家和大量归国升学的侨生为主,后者多以东南亚和日本等国的"排华反华"而逃难的归侨为主。

1. 解放初期

中华人民共和国成立后百废待兴,需要各种人才,中央人民政府发出"欢迎华侨回国定居"的号召,极大地激发了广大华侨的爱国热情,华侨们纷纷回国,参加中华人民共和国建设,形成了中华人民共和国成立后的华侨回国的第一个高潮。这批归侨,以青年学生为主,出现了"归国升学热"。到1953年,侨务部门接待安排的侨生就达1.9万人,未经侨务部门安排、直接入学的,估计也在2万人—3万人,1955—1958年四年间,中侨委所属的北京、集美、广州、汕头四所"归国华侨学生中等补习学校",接收的华侨学生有1.8万人。在我们采访的现还健在的重庆归侨,多数都是这个时期归国者。当然,这个时期还有许多科学家等回国,如钱学森等一批著名科学家。中华人民共和国成立后的五年里,我国接收的归侨和侨生就达1.78万人,到1956年8月,我国有归侨23万人。②

2. 改革开放前历史阶段

20世纪50年代末和60年代初,由于印尼、印度、越南、缅甸、菲律

---

① 庄国英:《从泰国到延安》,《峥嵘岁月——华侨青年回国参加抗战纪实》,北京:中国文史出版社,1988年,第69页。
② 卢海云、权好胜主编:《归侨侨眷概述》,北京:中国华侨出版社,2001年,第26—27页。

宾等东南亚国家及日本、韩国等国掀起了"排华反华"浪潮，使大量海外侨胞被迫回国，有20多万人回国定居。①有一些归侨到了重庆。据"文革"前出版的《侨务报》报道，从1949年中华人民共和国成立到1957年，有23万华侨回国；从1957年到1959年，有11万多华侨回国；20世纪60年代，从印尼、印度等国归来的难侨以及其他回国华侨，约20万人；20世纪70年代初估计，有40万—50万归侨以及6万—7万的归国侨生，计有60万人左右。②

1975年，越南统一后，推行不利华侨的政策，致使大批华侨生存困难，他们被迫逃难，或回中国，或逃他国。据不完全统计，20世纪70年代末和80年代初，逃难的越南归侨就达27万之多。③此期的越南归侨，有个别在重庆居住。

第四节　重庆归侨史特征

一、明显的历史阶段性特征

重庆归侨，在不同的历史时期，显示其不同的时代特征。清代末年，以日本归侨为主，主要是留学者，包括官费和自费，以教育兴国、实业兴国为目的。当然官费有军警留学生。这些归侨，或从事教育传播新学；或从事实业，开拓近代企业；或从事军警。当然有的是兼顾革命，或以革命为主，兼营企业，如李青阳，何鹿嵩、陈崇功等人。

抗战前时期：以欧美归侨为主，因四川军阀混战，十多年都没官派留学生，以自费为主。这时期，主张科技兴国，所以广大留学生多选择科技发达的欧美。除了这批自费留学归来者外，还有留法勤工俭学归来者。这批归侨，对重庆市政及四川建设，如道路、工商、金融业发展有很大的推动作用。还有一批归侨，那就是中国共产党有组织派到苏联的学习者，他们归国后，大多成为了职业革命家，但这批归侨，直接回重庆者较少。

抗战时期，是重庆归侨最多的时期，因是战时陪都，许多侨务都在重庆

---

① 《归侨侨眷概述》，第28页。
② 蔡先杰:《试析归侨的构成、分布与特点》《八桂侨史》，1992年第3期。
③ 《归侨侨眷概述》，第29页。

第一章 绪 论

处理,广大华侨包括升学侨生,都以到重庆为向往。如国民政府侨务委员会下设的"归国升学侨生临时接待处",短短时间就接收183名侨生,也让国民政治决定创办国立华侨第二中学校(校址在江津),以满足广大归国升学侨生的学习愿望。这个时期的归侨,以东南亚和美国为主。

东南亚归侨即南洋归侨,主要有三类:一类是回国参加抗战的,包括归国直接参军、报考军校的,南侨机工和回国服务团(主要是医药、护理、宣传);二类是归国升学的侨生,除了华侨二中外,在云南保山还有华侨一中。招收了大量回国侨生;三类是大量的难侨,日本占领南洋后,南洋各地大肆排华,致大批华侨逃难归来。如中共在一份保护华侨的文章中就有当时难侨的大概人数估计,在1942年2月,归国难侨就有80万—90万人。[①]南侨机工方怀林在回忆录中谈到在滇缅公路见闻时说:"1942年往腊戍接车运物资回昆明,沿途公路上尽是华侨难胞扶老携幼,饥寒交迫,病倒睡卧于公路两旁"[②]。大量的难侨归来,给政府带来了极大困难,政府在云南、广西、贵州、重庆等地设置了接待安置机构。

除了以上三类主要归侨外,抗战时期,还有一批爱国的华侨实业家投资国内支持抗战,如"四王"创办中南橡胶厂等、德国归侨张寿星创办"华侨织布厂"等。

美国归侨,主要是华侨飞行员归国抗战。因美国、南美等地区没有战场,社会安定,所以这个时期从美洲回来的华侨相对较少,但他们捐赠了大量物资,支持祖国抗战。因中国航空落后,在美国俄勤岗州波特兰市的华侨,仅有二千多人,在九一八事变后,华侨组织"华侨航空救国会"创办了"美洲华侨航空学校",购置飞机两架,聘请外籍教师,举办了两期,招收了三十名华侨子弟。他们学成后全部回国效力,还有许多以其他途径学成回国服务的。[③]

从苏联归来的华侨,因以共产党有组织派遣,归国后主要在延安,八路军和新四军以及各抗日根据地,到重庆者少。

共和国时期,到1978年改革开放前,分两个阶段,即中华人民共和国

---

① 《救济归侨》《解放日报》,1942年3月12日。
② 四川省归国华侨联合会,四川省华侨华人学会:《华侨华人研究文集》第一辑,成都:成都科技大学出版社,1993年,第293页。
③ 《华侨抗日救国史料选辑》,第24页。

成立初期和东南亚各国"排华反华"浪潮时期。大量华侨被迫归国，以归国参加祖国建设为主要目的。

中华人民共和国的成立，极大地激发了广大华侨的爱国热情，他们纷纷回国，参加中华人民共和国建设。这批归侨，以青年学生为主，出现了"归国升学热"。

在20世纪50年代末和60年代初，由于印尼、印度、越南、缅甸等东南亚国家掀起了"排华反华"浪潮，使大量海外侨胞被迫回国，大约有20多万人回国定居。①有一些归侨到了重庆。

1975年，越南统一后，推行不利华侨的政策，致使大批华侨生存困难，他们被迫逃难，或回中国，或逃他国。据不完全统计，70年代末和80年代初，越南归侨就达27万之多。②此期的越南归侨，有个别在重庆居住。

留学归来者、抗战时期青年华侨归国效力、归国升学侨生，多是主动归来，为政府所期望。抗战时期的难侨和中华人民共和国成立后因东南亚诸国排华所引起的华侨归国，是被动的，政府也是处于被动的安置。

二、重庆兼具地方性和全国性侨务地位

战时陪都的重庆，为全国的侨务中心，所以重庆兼具地方性和全国性侨务工作地位。抗战时期，特别是重庆成为战时陪都期间，国民党国民政府中央机构和其他行政事业企业机构迁来重庆，大批党政军要员和其他方面的人员迁入，大批外事机构、文化单位特别是国民党国民政府的华侨委员会迁入，重庆成了全国的政治、经济、文化、外事活动中心，抗战大后方。1941年日本偷袭美国珍珠港，太平洋战争爆发，重庆又成了世界反法西斯远东指挥中心。重庆不但在全国，在世界的地位都很突出。

三、抗战时期，国共均在重庆展开任务工作

抗战时期，从阶级和政治力量来讲，主要是国民党和共产党。③是以国民党国民政府为主体。，即既有国民党国民政府的侨务组织（如侨务委员会）和侨务活动，又有中国共产党的侨务政策和中共中央南方局侨务工作。两党

---

① 《归侨侨眷概述》，第28页。
② 《归侨侨眷概述》，第29页。
③ 陈全：《中共中央南方局在抗日民族统一战线中的使命与贡献》，《重庆社会科学》，2005年，第9期。

第一章 绪 论

的华侨观有着很大的差异,但两党都在重庆积极开展侨务工作。

四、重庆归侨在侨居地地域上相对比较集中

在清末民初归侨表中,统计有 250 人,若加重复计算(包括从欧美一国转到另一国,如从法国到比利时算 2 人)有 292 人。从日本归国有 152 人,占 292 人中的 52%;欧美归侨有 117 人,占 40%,苏联归侨有 24 人,占 8%。无论是抗战时期,还是解放初期,从人数上来看,以东南亚归侨为多数。重庆市早期归国华侨统计表中,登记了 190 名归侨,其中东南亚各国归侨有 140 人,占了 74%;香港和澳门地区归侨 13 人占 7%;欧美及大洋洲归侨 12 人,占 6%;日本归侨有 7 人,占 4%;朝鲜和韩国归侨 11 人,占 6%;苏联归侨 3 人,占 2%。东南亚归侨占了绝对多数。

清末民初的归侨,以日本归侨为主;抗战时期和解放初期,以东南亚归侨为多数。抗战时期的大量归侨青年(南侨机工)和学生(仅 1944 年 9 月,侨二中学生人数就有 600 多人,绝大部分学生为东南亚各地归国侨生),人数的绝对数都非常大,更不要说归国难侨人数。

五、重庆归侨皆分散居住,没有形成聚居状况

除了抗战时期侨二中的学生和解放初期在重庆一中等校就读的学生外,其他居住在重庆的归侨,都分散在各地和工作单位,没有形成聚居状况,不像云南等地有华侨农场集中安置。在重庆市早期归侨表中,有 146 人在机关事业单位和企业工作,有 2 人在农村,有 36 人没有登记。他们多数是分散在各个单位。这种分散居住,有利于归侨的文化适应。

第五节 中国归侨问题研究综述

一、将归侨史研究纳入移民文化研究的意义

所谓"归侨"指的是归国定居的华侨，而根据广义的移民概念，移民指的就是迁往他处定居的人。华侨迁往国外定居，其身份自然是移民，而由于某些特殊的原因返回国内，他们的身份也随之成了极为特殊的移民。重庆中国三峡博物馆研究员岳精柱老师率先把归侨问题纳入移民文化研究范畴之内，这是极具学术眼光的做法。

在中国当代史上，归侨为中国革命以及中华人民共和国的成立与社会主义建设做出了巨大的贡献，祖国危难之中他们毅然回国投身革命，致力于祖国的独立和解放运动；中华人民共和国成立以后他们继续投身国家的科教文化事业，服务中华人民共和国的经济社会发展，同时利用自己特殊的身份为巩固统一战线贡献自己的力量。所以无论如何归侨都不应当被历史遗忘，而且应当被纳入学术研究范畴。

更加值得注意的是，其中的一部分归侨在重庆定居之后，在各行各业努力工作，为重庆市的发展和建设贡献自己的力量，从机场、桥梁的修建，到制造业的进步，再到医疗事业的发展，以及教育事业的进步，新重庆的建设随处可见归侨的身影。铭记归侨的功勋，研究特殊时代下身份特殊的归侨的历史，从而为宏观的中国当代史提供补充和注脚，是历史学者不可推卸的使命。

二、共和国建立以来的政策与学术解读

1956年10月12日，中华全国归国华侨联合会在北京成立，第一届侨联主席是陈嘉庚。陈嘉庚先生被毛泽东誉为"华侨旗帜，民族光辉"，担任此职可谓名正言顺，此后任侨联主席的还有庄希泉、张国基等同志。侨联的宗旨是充分调动广大归侨侨眷的积极性，凝聚侨心、集聚侨力，共同为振兴中华做贡献。此后全国各地也陆续成立各级侨联，作为官方机构，侨联是党

第一章 绪 论

和政府联系广大归侨、侨眷和海外侨胞的桥梁和纽带，代表归侨、侨眷的利益，依法维护归侨、侨眷的合法权益，其基本职能是"群众工作、参政议政、维护侨益、海外联谊"。

1990年9月7日第七届全国人民代表大会常务委员会第十五次会议通过了《中华人民共和国归侨侨眷权益保护法》，自此归侨和侨眷的权益有了法律的保障。十年后的2000年10月31日，第九届全国人民代表大会常务委员会第十八次会议通过《关于修改〈中华人民共和国归侨侨眷权益保护法〉的决定》。这部法律也正式明确了归侨和侨眷的概念，即归侨指的是回国定居的华侨，华侨是指定居在国外的中国公民。侨眷是华侨、归侨在国内的眷属。自此对归侨侨眷概念的界定，对归侨和侨眷权益的保护就有了法律意义。

2012年6月，由叶青和孙宁先两位先生撰写的《归侨侨眷维权问答手册》在上海社会科学出版社出版，这部著作将市、区县侨联法顾委（团）、法律工作者在实践中搜集的一手素材，以生动的案例以及对案例详细的分析来解决归侨侨眷在日常生活中可能遇到的诸如合同纠纷、物权纠纷、继承纠纷、家庭纠纷等法律问题。本书中的所有案例均是发生在现实生活中的真实案例，具有很强的实用性和借鉴性。与此同时学者们也对国内政策及归侨安置等问题展开讨论，陈昌福的《〈中华人民共和国归侨侨眷权益保护法〉简介》即从法律角度对这部法律进行解读[①]，认为经过实践检验，这是一部有效的侨务法律，对于依法维护海外侨胞和归侨侨眷在国内的合法权益有重要意义和价值。另外王秀卿的论文《当代侨情发展变化与归侨侨眷权益保护法的修改研究》[②]，也对于新形势下归侨侨眷权益保护法的修订提出了意见。

三、归侨问题研究简述

近年来学者们集中关注的问题是归侨的文化认同问题，这也是研究归侨问题的重中之重。陈云云的文章《归侨的归属感研究——以广西来宾市华侨农场为例》[③]，集中讨论归侨的归属感问题，作者详细考察广西来宾华侨农场归侨的认同变化过程，认为华侨群体的认同圈在不断扩大，归侨已基本融入

---

① 《上海市社会主义学院学报》，2010年第1期。
② 《山西农业大学学报（社会科学版）》，第13卷第8期。
③ 《八桂侨刊》，2012年6月第2期。

当地社区。张晶盈的文章《华侨农场归侨的认同困惑与政府的归难侨安置政策》①，从政府工作的角度讨论归侨安置对归侨归属感的影响，作者在文章中对相关政策的反思引人深思。而姚俊英的论文《越界：广州 H 华侨农场越南归侨跨国流动研究》，认为归侨的跨国再流动在心理层面上也使越南侨跨越了身份认同的边界，使得其身份认同出现了多重性特征。②该作者的另外一篇文章《越南归侨早期跨国再流动的人类学研究——以广州市近邻 H 华侨农场 YH 越南归侨社区为例》③，也提出了和前一篇文章大致相同的问题。

归国华侨的文化适应问题也引起了学者们的关注，日本学者奈仓京子提出了在归侨研究中应注意"他者"文化与自我认同的问题，在其文章《"他者"的文化与自我认同》中④，作者指出应当把华南沿海地区和东南亚地区视作一个统一的整体，认真考察和区分核心区域中人们的心态和归侨回归之后的心态，这一理论的提出为归侨研究提供了新思路。另外该作者还有一篇学术论文《归侨认同意识的形成及其动态——以广东粤海湾华侨农场为例》⑤，指出归侨在文化认同上兼顾越南文化和中国文化，一直保持自己文化的特性。这些内容和观点后来融入作者的著作《"故乡"与"他乡"：广东归侨的多元社区、文化适应》中，在这部书中作者研究的分析基础是归侨社区的多元结构和群体关系，而社会变迁及文化适应则为其论述的展开提供了令人信服的研究视角。而在这部著作中作者成功的基本条件是广泛的文献阅读、深入的田野调查和敏锐的学术思索，但最终动力则是对人类学社会结构理论与文化动态理论的深刻领悟和交叉应用。

也有学者注意到，归侨的认同问题可能和他们有共同的苦难经历有关，归国过程的苦难，以及归国后在国内遭遇的苦难，这些经历都构成了归侨的情感联系纽带和对彼此的认同。相关的研究主要有孔结群《难民认同：基于苦难历史记忆、政策及现实利益的想象——以广东省小岭华侨农场越南归侨为例》⑥，蒋婉《"边缘化族群"的认同——以广西防城港企沙镇华侨渔村归

---

① 《华侨大学学报（哲学社会科学版）》，2013 年 01 期。
② 《广西民族大学学报（哲学社会科学版）》，2009 年第 3 期。
③ 《贵州民族学院学报》2009 年第 2 期。
④ 《广西民族大学学报（哲学社会科学版）》，2009 年第 5 期。
⑤ 《华侨华人历史研究》，2008 年第 3 期。
⑥ 《华侨华人历史研究》，2010 年第 1 期。

第一章 绪 论

难侨为例》①,姜振奎、刘景岚《归难侨、过路客与国家公民——社会身份复杂性理论视角下的汕丰华侨农场归难侨分析》②,都关注到归难侨的身份认同问题,而其中提到的"难侨"的概念,是应当引起我们重新思考的。

婚恋关系是社会史研究的重要课题,在我们的访谈中关于这个问题归侨一般不愿意多谈,但它确实是归侨认同的一个重要层面,也具有极为重要的史料价值。可贵的是孙燕的文章《广东花都华侨农场通婚圈的田野调查》③,作者发现该农场归侨侨眷的通婚圈经历了先扩大后缩小的独特的变迁模式,这与已有的其他研究的发现不同,也是应当引起我们注意的问题。再者,李妮娜《散居归侨的婚姻变迁研究》④,考察了近些年归侨婚姻关系的变化,也是对归侨婚恋进行研究的重要文章。另外石坚平的文章《国际移民与婚姻挤压——以战后四邑侨乡为例》⑤、沈慧芬的文章《华侨家庭留守妇女的婚姻状况——以20世纪30—50年代福建泉州华侨婚姻为例》⑥,也是对归侨婚恋关系进行研究的重要研究成果。再者,《乡音》杂志1996年第4期发表了一篇文章《一位归侨女子的传奇婚姻》,也是关于归侨婚姻的个案,具有一定的参考价值。

值得注意的是,通过个案——尤其是其中的华侨农场——探讨归侨的认同问题是近年来学术研究的大趋势,而其中最为学者们注意的是位于福建省的松坪华侨农场。《华侨华人历史研究》刊物在2003年第2期专门组织了一批文章来讨论松坪归侨的问题,其中就包括孙晟的论文《重建家园:松坪华侨农场印尼归侨群体研究》⑦,这篇文章就是以松坪华侨农场为个案,通过叙述印尼归侨如何一步步在流离中建构家园,讨论这一群体对于"家园"的意识。同样的文章还有李明欢的《社会人类学视野中的松坪华侨农场》⑧,也是以松坪华侨农场为个案,从人类学的角度探讨归侨的认同问题。同期其他文章还有俞云平《一个特殊的历史轨迹:松坪华侨农场发展史》⑨、刘朝晖《社

---

① 《八桂侨刊》,2012年第2期。
② 《理论月刊》,2016年第1期。
③ 《八桂侨刊》,2009年第1期。
④ 《思想战线》,2011年S2期。
⑤ 《华侨华人历史研究》,2011年第4期。
⑥ 《华侨华人历史研究》,2011年第2期。
⑦ 《华侨华人历史研究》,2003年第2期。
⑧ 《华侨华人历史研究》,2003年第2期。
⑨ 《华侨华人历史研究》,2003年第2期。

会记忆与认同建构：松坪归侨社会地域认同的实证剖析》①。

除了华侨农场之外，也有学者关注散居归侨的问题，例如叶英《散居归侨的地域认同——以广西东兴镇越南归侨为例》②，就是关注散居归侨的认同问题。散居归侨面临和当地其他人群的交往问题，而婚姻则是这种交往的重要形式，所以散居归侨的婚姻问题应当引起重视，李妮娜的文章《散居归侨的婚姻变迁研究》③，就是从这个角度展开讨论，其中的一些意见应当引起我们的注意。郑春玲的论文《散居归侨社团研究——以广西凭祥市水果协会为例》，也是以散居归侨作为研究对象。

另外也有学者试图从方法论角度思考如何研究归侨问题，例如李银兵和李满华的论文《试论人类学在归国华侨全体研究中的运用》就旨在阐释如何从人类学的田野调查实践观、文化整体观、跨文化比较法等三个维度对归国华侨群体进行研究，其中的一些结论例如"田野调查实践是归国华侨群体研究的基础；文化整体是归国华侨群体研究的内容；跨文化比较是归国华侨群体研究的动力"等对于归侨的研究具有指导意义。④

另外，一些学者们关注较多的是归侨的发展问题，尤其是青年归侨和侨眷在新形势下的人生发展，也同样引起了学者们的注意。李雪岩和龙四古先生在《八桂侨刊》上连载了他们的论文《西南边疆民族地区归侨侨眷青年发展困境与优势分析》⑤，分析侨眷青年的历史遗留问题、"文化孤岛"问题、社交网络局限问题，以及"跨文化"优势、语言优势、跨国亲缘优势对他们未来发展的影响。两位作者的观点后来收入他们的著作《西南边疆地区青年归侨侨眷发展问题研究》，该书2013年5月由社科文献出版社出版。

20世纪80年代以来，归国华侨纷纷组建社团，事实证明这是华侨认同感重新塑造的重要途径。近年来对于归侨社团的研究也逐渐受到学者们的重视，黄静的文章《中国大陆的归侨社团——以北京印尼归侨为例的研究》⑥，这篇文章通过对北京印尼归侨社团的实地考察，在较为宏观的视角下观察和研究全球化背景下归侨与海外华人社会关系的重建及其新的组织模式和认同

---

① 《华侨华人历史研究》，2003年第1期。
② 《八桂侨刊》，2012年第2期。
③ 《思想战线》，2011年第2期。
④ 《华侨华人历史研究》，2013年第2期。
⑤ 《八桂侨刊》，2013年12月第4期。
⑥ 《华侨华人历史研究》，2005年第2期。

特点。同样的研究也参见王苍柏《香港的归侨团体研究——以巨港（香港）校友会为例》①，清水纯和乔云的文章《归侨、侨生、台商——联系台湾和东南亚的华侨华人社团》也同样关注归侨社团的问题②。另外，前面提到郑春玲的论文《散居归侨社团研究——以广西凭祥市水果协会为例》，也为归侨社团研究提供宝贵的实际参考资料。

而比较新颖的研究模式是从全球化时代人类相互依存大幅提高的宏观背景之下讨论归侨的回流模式，这一点华东师范大学陈程的博士论文《大陆海外移民的回流模式与空间特征——以浙江为例》为我们提供了观察归侨问题的特殊视角③，作者通过翔实的调查数据，采用定性与定量相结合、社会统计与空间分析相结合等研究方法，以新移民主要流出地与回流集聚地的浙江为个案，从宏观和微观两个层面考察我国大陆新移民在国际迁移中的回流行为模式，探讨其回流意愿、回流动因、回流地点选择和回流方式，分析海外大陆回流移民中基于身份差异而导致的回流行为模式的不同表现。陈程的博士论文提示我们，对于归侨问题的研究可以不必局限于特殊历史时期的归国华侨，新时代也有大量海外定居的中国公民正在回流国内，对于这部分人也应当纳入移民问题的研究范畴之内。已有的研究参见丁月牙《回流移民再融入的生活史研究——以加拿大回流北京的技术移民为例》④。

四、归侨史研究思路

首先，要充分发挥口述史学的理念和方法在归侨问题研究中的重要作用，通过访谈、调查、收集、整理等多种方式深入挖掘归侨的故事，保存归侨文物。我们已经通过以上方式整理和掌握了大量的相关资料。此外还要广泛调查现在仍保存的归侨史资料，包括华侨中学的重要资料，以及归侨参与培训教育、参与社会工作等留下的大量资料，这些资料经过初步的搜集和整理之后，可以以资料集等形式保存出版，也可以在这些资料基础上进行更深层次的研究。

---

① 《华侨华人历史研究》，1999 年第 3 期，以及张文奎和许金顶的文章《香港归侨社团调查报告》《八桂侨刊》，2011 年第 2 期。
② 《南洋资料译丛》，2010 年第 4 期。
③ 华东师范大学 2016 年人口学博士学位论文，指导教师：吴瑞君。
④ 《华侨华人历史研究》，2012 年第 4 期。

其次，对于华侨归国的原因的探究依然不够。归侨或者是受到国内政治势力的感召，或者是遭受当地民族主义的排挤而返回国内，但具体缘由又各不相同。对于华侨归国问题的讨论，完全可以放到中国和周边国家近现代历史，以及中国和周边国家国际关系史的宏大格局中进行叙述。这是以往的研究并没有过多注意的问题。

再次，归侨和各地侨联等关系，以及归侨社团的活动等，依然是研究的重点内容。侨联对于归侨群体的认同感发挥着至关重要的作用，对于侨联政策，以及侨联工作等内容有必要进行细致地分析，从而为政府相关政策的制定提供参考依据。而归侨群体作为归侨的自发性群众组织，有力促进了归侨之间的交流，这些社团群体如何活动，也是我们进行学术研究需要关注的问题。

总的来说，归侨研究还有许多尚待充分发掘的问题，尤其是重庆市本地还有众多归侨生活于此，铭记他们的历史是我们共同的责任。

第二章 清末民初归侨与重庆

第一节 归侨与重庆近代工业的肇启

1890年重庆开埠,大量洋货的涌入,开阔了人们的视界,其物美价廉的特点,导致了大量传统手工业的破产失业,也催生了一些商人投资于近代企业,采用当时先进的设备和工艺进行生产。归侨,特别是留学归来者,起到了非常重要的示范作用。

四川最早的近代工业,是洋务派丁宝桢在1877年奏准创办的四川机器局,为军工企业,生产洋枪洋炮和弹药。丁宝桢是1876年从山东巡抚升任四川总督,在第二年利用原在山东创办机器局的资源,在四川创办的机器局,属官办性质。①重庆大多近代企业,主要是民生企业,由民间资本运作。

一、卢干臣等归侨与森昌正火柴厂

森昌正火柴厂是重庆最早的近代企业,于1890年建立。其创办者为重庆城区人卢干臣、奉节人邓徽绩和黄龙章联合开办。地址在今南岸王家沱和今渝中大溪沟,生产火柴。

卢干臣、邓徽绩两人,1889年在日本建立森昌泰火柴厂,资本五万两,生产硫黄火柴,年产量达六万三千箱。该厂开办不久,"嗣因日本专利,不容华人贸易,经该商案请,由前出使日本大臣、川东道黎庶昌奏准于重庆开设",并经政府批准享有二十五年专利。②森昌泰火柴厂被迫于1890年从日本迁厂于重庆。最初在王家沱设厂,随后在大溪沟另行招股设厂。王家沱之厂名为聚昌火柴厂,大溪沟之厂名为森昌正火柴厂,两厂都是森昌号。聚昌厂由卢干臣、黄龙章任经理;森昌正厂由邓徽绩任经理。两厂资本达八万

---

① 张学君、张莉红:《四川近代工业史》,成都:四川人民出版社,1990年,第71—77页。
② 《四川近代工业史》,第135—138页。

两,年产量达十二万六千箱。两厂雇用工人达数百人。生产原料硫黄购自国外,磷和毛玻璃等购自上海。火柴盒的糊制,是雇用女工和童工。总计其成本高、质量差,销路受限,亏损严重。后来,厂商进行变革,改用川黔生产硫黄,经四川地方当局批准,每年可采购川黔大黄四万斤;火柴盒的糊制,大量地分发到附近的贫民家庭进行,"每年附厂贫民赖以做工者且逾万人"[①],实行计件工资,既增加了贫民的收入,又极大地降低了成本,提高了生产效率。每百个制成火柴盒付制钱四十文,平均每人一天可挣六十文,勤劳者每天最多可获三百文。

1900年3月,他们又在重庆设立同德火柴厂。虽有政府的专利保护,但火柴厂越来越多,各有优势,竞争激烈。到1911年,四川有火柴厂九家,重庆就出现六家,其中日商两家、德商一家。为了缓解相互之间的竞争,早在1905年,重庆地方政府就成立了"华洋统销公司",[②]统销各厂产品,由公司统一分派各零售商,收取10%佣金,作为政府举办公益之费。为了发展壮大,森昌两厂于1900年3月和1901年4月,分别在云贵交界处和嘉定(今乐山)泸州开设分厂,以期占领其他地区市场。

在近代工业的发展中,重庆乃至四川,火柴厂是发展较好的行业。

二、罐头厂

1. 冉君谷父子与江津建馨厂

冉君谷(1872—1949),江津人,冉隆泽之子。1904—1907年在日本宏文师范学院学习,他用新思想和观念劝导其父亲。冉隆泽在其影响下,逐渐接受了新思想、新生活。除了办近代企业外,还接受新生活,如不留长指甲以讲卫生,等等。1904年,在江津福寿场,在冉君谷协助下,冉隆泽创办江津建馨工厂,主要生产罐头和果酒。罐头有水果、鱼类、肉类等共22个品种,年产量1150打(每打12罐),产值4000—5000元。用工200多人。[③]

江南建馨工厂是我国西部近代第一家罐头厂。

冉君谷后来还在重庆建了同文石印局,印刷书籍等,发展文化。1927年在今巴南建立了谷士中学,推行新式教育。同年又任江津中学校长。

---

① 《渝报》,第二册,(清)光绪二十三年十月中旬,载《蜀事近闻》第20页。
② 周勇、刘景修译编:《近代重庆经济与社会发展》,成都:四川大学出版社,1987年,第159页。
③ 四川地方志编纂委员会:《四川省志·轻工业志》,成都:四川辞书出版社,1993年,第107页。

2. 冉羲之、冉君毅与南纪门罐头厂

冉羲（曦）之、冉君毅，日本留学生，1905年学成归国。两人从日本购买手工制罐设备回国，在今渝中区南纪门开设罐头厂。

当时还有日本归侨余德仁于1905年开设的振亚罐头厂，位于今渝中临江门。

三、何鹿嵩与鹿嵩玻璃厂

何鹿嵩（1883—1970），江津人，中国同盟会会员。1903年，随官费留学生一道，到日本求学求艺。在日本经巴县人彭金门介绍，与革命党人徐锡麟相识，由徐介绍何鹿嵩入东京岩城硝子厂（岩城玻璃厂）学习制造玻璃技术。经三年的学习，何鹿嵩基本掌握了玻璃生产技术，于1906年，购置全套设备回国，开办鹿嵩玻璃厂，厂址在重庆江北刘家台老金厂。1907年正式投产。

玻璃厂最初高薪请了三位日本技师，负责生产和培训技工。受训者有五十人左右，最多时达百人。当时给日本技师每人每月工资六十元，每年休假一月，还供给食宿和医药，而当时学成的技工工资也就十余元。初时，日本技师还安心生产和培训学员，后来发现中国缺少技师，遂骄横怠惰，甚至弃厂游玩，给厂家生产造成严重影响，工厂损失重大。何鹿嵩便亲自训练技工，使他们很快成为独立操作手。待合同三年期满，便将日本人全部解雇。

为了办好厂，提升产品质量，何鹿嵩先后七次到日本聘技师、购材料、学习。

该厂产品主要有：压机所制的杯盘、灯具等日用品，人工吹制的各种瓶、罐，手工制作的各种花瓶，各色美术滚花、印花、游花茶杯。1909—1918年产品质量不断提高，销路很好，供不应求，成为民间婚嫁高档礼品。除了在四川销售外，产品还远销云、贵、鄂等省。清末产品多次荣获成渝两地商品赛会金奖。1911年获巴拿马博览会一等奖。[①]

后因何鹿嵩长期从事革命活动，厂家生意受到很大影响。何鹿嵩除了开办玻璃厂外，还在江北开办有底沟仁记煤矿。

---

① 何鹿嵩：《鹿嵩玻璃厂四十年回顾》，《重庆工商史料》第二辑，第177页。

四、陈崇功与富川纸厂

陈崇功，重庆人，1905 年曾留学日本，中国同盟会会员，1903 年与杨庶堪、朱必谦等合创公强会，宣传资产阶级革命，辛亥革命重庆起义后，任重庆蜀军政府交通副部长。在留学日本期间，专攻造纸、织布技术。1908年，在南岸组建富川纸厂，资本金 1 万余银圆。富川纸厂以破布、草类为原料造火柴盒用纸。① 因陈崇功主要从事革命活动，纸厂发展缓慢，影响不大。

五、桑蚕丝业

1. 张森楷与蚕桑丝织业

张森楷（？—1927），重庆合川人，清代历史学家，晚清举人，曾参加保路运动，任川汉铁路公司成都局总理，1925 年，成都大学成立，受聘任国史教授。主要著作有《史记新校注》《通史人表》《二十四史校勘记》《华夏史要》等。民国初年主修《合川县志》。一生著作 17 种，共 1134 卷。除了在学术上的成就外，张森楷在桑蚕和丝织业方面贡献也很大。

1900 年，张森楷发起成立"蚕桑公社"，自任社长，拟定章程，在全川推广新式种桑、植蚕技艺。他曾潜心钻研外国种桑养蚕技术，立志改良蜀丝。他从浙江海宁、石门等处购回桑树苗种植，称为"鲁桑"或"湖桑"。张森楷的业绩，得到清政府的表彰和支持，官方明令推行。1902 年，他仿用日本人力坐缫丝车，蚕丝质量高于传统办法所生产之丝，售价也比川丝高得多。1907 年，仿意大利机器练厂车式，造成人力联动缫丝。为了提高制丝水平，1903 年，采用利源新车，日出细丝十二两以上。张森楷带队到日本考察养蚕制丝，聘请浙江技师来渝传习。在蚕桑公社创办之初，为了培养技术人才，创办了民立实业中学堂、普通小学堂两所，共招 100 多人，培养蚕桑实业人才。据史料记载，四川蚕桑公社从清光绪三十一年（1905）至宣统二年（1910）的六年间，在 110 名毕业生中，就选派了 28 名优异者赴日本深造，由蚕桑公社出资。②

蚕桑公社以"留心时务，欲为全川兴蚕桑之利，期获利益于无穷"为宗旨，从事种桑、养蚕、缫丝的教学和生产活动。建有桑土试验场、蚕室、复

---

① 《四川省志·轻工业志》，第 18 页、第 3 页。
② 重庆市教育委员会：《重庆教育志》，重庆：重庆出版社，2002 年，第 763 页。

缫土丝厂、蚕具工艺厂、女子实习小学校等。1908年,扩张复缫丝厂,名为四川第一经纬丝厂,除了学生外,还招有男、女工达数百人之多。①张森楷对四川重庆的桑蚕制丝业做出了很大贡献。

2. 石青阳与蜀眉丝厂

石青阳(1878—1935),巴县人,中国同盟会会员。曾被广州军政府授予陆军中将。死后追为上将军衔。1911年辛亥革命重庆起义时,组织率领敢死队配合夏之时所率军队,起义成功,建立蜀军政府,敢死队改义勇军,石青阳任标统。参加第二次护法运动,曾任川东边防军总司令,蒙藏委员会委员长。1905—1907年,在日本长町蚕桑学堂学习,专攻养蚕制丝。1908年,倾其家产筹建蜀眉丝厂,厂址在巴县界石场,旋即于浮图关办蚕桑传习所,聘日本技师来所传授蚕桑技术。

其厂机设置煮茧、施工及成丝后裹束、装潢一切略仿日本,是重庆最早引进蒸汽缫丝机的厂家。②因办厂的目的主要是为革命者提供掩蔽之处,因而石青阳未能专心经营,效益不是很好,不数年即辍业。

3. 杜香樵与永川蚕桑学校

杜香樵(1864—1943),重庆永川人,中国同盟会会员。1904年官费去日本宏(弘)文师范学习。回国后,于1909年与友人一起集资创立永川蚕桑学堂,培养新式养蚕技术人才。同盟会永川分会成立后,永川蚕桑学堂成了同盟会会员活动的据点,曾两次接待在川西、川北组织起义失败避难的熊克武。杜香樵于1909年担任永川视学,以后先后担任川东师范、永川中学教师、隆昌中学监督(校长)、监学(训育主使)等,永川、荣昌劝学所所长。川东联立高级工业职业学校理事等职。四川省第二届议会议员(1919—1927),永川县参议会议员(民国31年)。③

宣统三年(1911),四川保路运动暴发,清政府派湖北新军,由端方率领入川镇压。行至资州,武昌起义爆发。端方于此驻扎。

9月下旬,重庆同盟会负责人张培爵,接到武昌方面送来促使入川新军反正的3封信。张培爵将信件交由川东师范学堂学生、同盟会会员刘大滋等

---

① 张森楷、郑贤书,等:《合州县志》,民国十一年修(1922)。载《中国地方志集成·四川府县志辑》,第44页,成都:巴蜀书社,1992年,第519—521页。
② 向楚:《巴县志》卷12,民国二十年修(1931),第5页。
③ 四川省永川县志编修委员会:《永川县志·人物》,成都:四川人民出版社,1997年,第895页。

2人，嘱其迅速送往永川杜香樵，再由杜安排下一步工作，要求二人不要住栈房，直到永川。杜香樵接到信后，妥做安排，刘大滋等顺利到达资州。不久，端方被杀，新军反正回鄂，参加革命。

辛亥革命永川起义成功后，杜香樵主持永川政务会议，成立永川县地方政府。

六、纺织业：白汉周与振华公司

白汉周，重庆世合公商号掌柜，1902年，"欲仿效泰西制造商业……带工匠二人游历日本，博采各国制造货物。遍览之下，惟织毛手巾一宗，易学易精"。遂留工匠在日专攻织造工艺。1903年，工匠学成归国，并携织毛机回重庆。他们"照样制造二十余架"，开设昌华公司。1907年，改名为振华公司。因纺织工艺较精，货色与东西洋产品无异，在重庆市场畅销获利颇丰。由于振华的产品质量较高，占据了重庆市场，使得洋货无法在渝打开销路，亦无客贩来渝贩办洋货。①

振华公司以生产毛葛巾、蚕丝等为主。所使用的机器还是木机。

七、唐建章与北川民业铁路公司

唐建章（1890—1951），字鸣皋，江北人，曾就读于北京大学，后留学美国康乃尔大学电机系、哈佛大学电机系，获得硕士学位，工程师职称。1913年学成归国。回国后任川东（重庆）职业甲种工业学校校长，曾任江北县（今江北区）建设局局长，北川铁路发起人。在今北碚内的文星场和戴家沟一带，盛产煤炭，在清代始，即为四川的重要产煤区。这些煤炭，都要靠人力肩挑到嘉陵江边的黄桷镇，翻山越岭，道路崎岖，人力运输，成本增加。当时北碚尚未建区，黄桷镇属江北，文星场属合川。

1925年，唐建章联络江北、合川士绅文化成、唐凤来、张芝耘、李云根等人，倡议修建北川铁路，运输煤炭。最初确定自江北嘉陵江北岸黄桷树，沿西山山脉到合川境内渠江东岸的线路，长约45千米。他们成立了筹备组，唐建章任董事长，聘请测绘工程师刘竞之（又名刘杰）负责勘测事务。

---

① 《巴县毛葛巾帮职商振华公司廖坤三为保商事禀结方案》，光绪三十三年（1907），《巴县档案》"光财二·近代工业7—3"。

刘竞之等经过艰苦工作，于当年 10 月完成勘测，同时做了详细预算，大约需 24.5 万两银圆，而当时发起人只筹到了 5 万两，差距甚大，无法开工。1927 年，唐建章邀请卢作孚加入。卢作孚是民生实业公司的总经理，又接任嘉陵江峡防团务局局长。卢作孚慨然应允，商议重组"北川民业铁路股份有限公司"。1928 年从上海聘请德国人（又云丹麦）、原胶济铁路总工程师守儿慈任总工程师，勘测北川铁路的线路。

线路原设计经麻柳湾出黄桷树达于江岸，因通过乡绅王尔昌祖坟受阻，只好改道至白庙子出江。11 月 6 日，北川铁路开工，由张艺耘任总经理。工程总共分三期，分段建设，1934 年 4 月，北川铁路和白庙子码头重力绞车道完全建成。至此，一条从大田坎至白庙子 16.8 千米的铁路全线通车。日运量达 1000 余吨。由于各种原因，原拟伸入合川境内的线路未修建。以运煤为主，兼有少量的客货运输。

1931 年 4 月，北川民业铁路与天府、中福公司达成协议，成立"天府矿业股份有限公司"，实行路矿合一，铁路成为矿厂专用。天府矿业公司随后对其改造升级，运载量更大，并且由公司自制了两台 110 马力的火车头。所造第一台机车，为中国第一台自制火车头。1952 年起，随着一些煤矿的关闭，北川铁路开始分段拆除，1968 年，全线拆除，结束了 39 年的历史。[①]

北川铁路是重庆、四川第一条建成通车的铁路，虽为轻轨窄距且功率较低，但对重庆、四川经济科技发展具有重要意义。

八、郑东琴与民生公司

郑东琴（1882—1965），男，重庆永川人，同盟会会员。1904—1906 年，公费留学日本，东斌学校毕业，其间加入同盟会。归国后，在永川组织"教育会"，担任会长。曾在成都政法学堂任教两年左右。重庆蜀军政府成立，郑东琴任资州知州，后相继任彰明县、大邑县征收局局长，重庆警察厅厅长，合川、涪陵、岳池、广安、南充、巴县等县知事。组织编修的《巴县志》至今受到好评。民国十四年（1925），卢作孚发起成立民生实业公司，认股者很少。卢作孚找老上级郑东琴相助。卢作孚曾在重庆市警察局工作时郑东琴任重庆市警察厅厅长，有着同事关系。郑东琴当即借出数千

---

① 重庆市地方志编纂委员会：《重庆市志》第五卷，成都：成都科技大学出版社，1994 年，第 322—323 页。

元，并出面说服合川县府支持。县教育局局长陈伯遵借出大洋 8000 元，才凑足船价，民生轮才能从上海开回。1926 年 8 月，民生公司正式开业，经营重庆到合川航运，生意很好。但随着枯水季的到来，面临停航局面。卢作孚找郑东琴商议，希望开通渝涪线。郑东琴曾任涪陵知事，事情顺利办妥，1927 年 1 月开通航线，营业颇佳。1927 年夏天，民生公司召开第二次股东大会，郑东琴被选为监察。由于郑东琴的主张，股东又分得上年 8—12 月红利，又因郑的提议，大会决定增资扩股，超过原定股额 46%。随即增购民用轮，能全年实现渝合线通航。1930 年，民生公司召开第五次股东大会，郑东琴当选为董事长，他担任该职直到解放。此时期的民生公司，资产已达 35 万元，不但经营川江上游航运，还向长江中上游发展业务。从 1930 年至 1936 年，民生公司一共合并、收购了日、美、英、意以及本国的 25 家公司的 43 条轮船，占川江航运量的 59.6%，占整条长江航线各大轮船公司轮船总数的 46.46%。1937 年 9 月，民生公司担任川军出川抗战部队的运送任务，到 1945 年抗战胜利，民生公司运送出川部队和壮丁达 270 万人，武器弹药 30 余万吨，还有大量的军需物资。① 国民政府西迁，撤退抢运任务非常艰巨，民生公司总经理卢作孚出任交通部次长，负责组织所有轮船公司抢运人员、物资。民生公司主要负责宜昌至重庆段的运输任务。1938 年底，武汉失守，有 3 万人员和 9 万吨物资抢运入川。面对日军进犯和仅余 40 天的枯水季，民生公司领导巧安排，员工日夜奋战，终于在枯水季到来前完成任务。这一壮举，被称为中国实业界的"敦刻尔克"撤退。据不完全统计，1937 年至 1940 年，民生公司先后从上海、南京、武汉、宜昌等地抢运到重庆及四川等地的物资器材，总计达 19.6 万吨。② 至抗战后期，经济凋敝，通货膨胀，民生公司面临倒闭风险。宋子文以解决民生资金问题为诱饵，提出要担任公司董事长。此事被郑东琴拒绝，他还四处奔走，筹措资金，使民生公司转危为安。以后还成立了太平洋轮船公司，在香港、台湾设有民生分公司。中华人民共和国成立前夕，有人劝郑东琴将公司财务转移香港。但郑东琴不但未转移，还积极召开董事会，通过决议，将黄金、美钞等交与国家，支援建设。中华人民共和国成立后，郑东琴一直担任民生公司副董事长，直

---

① 周勇主编：《重庆通史》，重庆：重庆出版社，2002 年，第 1108—1109 页。
② 卢国纪：《中国实业界的"敦刻尔克"》，《重庆抗战纪事》，重庆：重庆出版社，1985 年。转引自《重庆通史》，第 1110 页。

到去世。他还曾被西南军政委员会任命为西南财经委员会委员,兼任重庆工商联常委,四川省和重庆政协委员。①

九、夏江秋与綦江铁厂

夏江秋(1890—1946),又名锡珍、宪虞,男,綦江东溪人,中国同盟会会员,1908—1911年在日本大阪工业大学留学,肄业。1911年,奉命回国,在黄兴领导下,参加广州起义,负责制造炸弹,钻研颇深。民国十四年(1925),夏江秋再次赴日本大阪工业大学学习冶炼。回国后,获得当时中央农商、农矿两部核准为矿业技师,任财政部重庆铜元局工务科科长兼技师,后任川东边防总部军械处处长,其间,在东溪创办綦江铁厂。但因军阀混战和运输困难,曾一度停办。民国十六年(1927),夏江秋任教于甲等工业学校。民国十八年(1929),任綦江县建设局长,大力倡导发展经济林木,亲自编写《植树浅说》《油桐栽培法》《蚕桑浅说》《种棉浅说》等小册子,广为宣传。建有綦江农场,建苗圃,育油桐、桑树、柑橘、松柏花卉等苗木,供人参观学习。民国二十四年(1935),川政统一,夏江秋鉴于国家急需钢铁,便承租了土台地区的国营矿业开采权,同友人陶子谦一起在东溪合办谦虞铁矿采冶合资股份有限公司,自任总经理,开矿炼铁。民国二十八年(1939)夏江秋将土台矿业开采归还政府,将铁厂捐送政府,受到钢铁迁建委员会的表扬。1946年,突患病去世,终年56岁。

十、沈士灵与重庆兴国公司

沈士灵(1899—1975),号芷人,一说1900年生,重庆忠县人。1918年(一说1919年)由四川省留法勤工俭学入法国巴黎大学化学预备班学习,1922年考入比利时大学化学工程专业,兼读晚课新设的无线电班。②1926年先后获得机械博士学位、化工硕士学位和电机硕士学位,被聘为比利时化学学会会员。1927年回国。

曾与蓝文彬一起筹建重庆电视台,沈士灵被任命为台长。民国二十年(1931),应刘湘聘请,任四川省武器修理总工程师。曾四次赴德、法、比、

---

① 《永川县志·人物》,第915页。
② 邓海东:《沈士灵——川籍华人开发北婆罗洲的先驱》,《八桂侨史》1993年第二期。文中与《忠县志》的时间有差异,本文采《忠县志》观点。

瑞等国考察,写成《机枪原理》一书,抗战爆发后,前往欧洲购买枪弹,回国后,刘湘已死,仍谢绝国民政府兵工署署长之邀:以中将军衔,任四川省兵工局副局长。回重庆后,与蓝文彬等合资开拓隆昌义大煤矿。不久,独资开办重庆兴国工矿公司,任总经理。公司设有炼油、机制砖瓦、造纸、机器等7大厂矿,其中上清寺机器厂为全国第二家缝纫机制造厂。在南岸的致中煤矿,井下建有5千米长的轻便铁道,为当时国内设备较先进的煤矿。还引进荷兰奶牛,创办向家坡模范农场。沈士灵还相继创办了江津国华酒精厂、图书馆,入股大华航空公司,购买重庆大夏银行等。抗战胜利后,又创办"为民国际贸易公司""三有轮船公司",其业务遍及中国渝沪和东南亚。

1951年,沈迁居马来西亚,1975年12月死于香港,即定于从香港入境大陆之日。①

第二节　归侨与重庆金融业

重庆近代金融业的发起,有官府和民间的共同参与,但民间资本做得更好,而且还是与归侨有关。在重庆做得比较好的有聚兴诚银行和美丰银行。聚兴诚银行是本土银行,由杨希仲及其家族创办。杨希仲,留学日本和美国归来。美丰银行,发起资金主要是中美合资经营,美资控股。管理由中美人员共同参与,美国人为主。1926年,在全国收回租界的反帝浪潮中,美丰银行的创始人之一、美国归侨康心如千方百计想办法,在刘湘的支持下,收回了美股,至此美丰银行由中美合资变成中国人合股经营。

一、杨希仲与聚兴诚银行

杨希仲(1882—1924),巴县人,杨文光次子,1908—1910年留学日本,1910—1913年,留学美国芝加哥大学工商管理专业,重庆聚兴诚银行的主要创始人。聚兴诚商号,由聚兴仁商号改名而来,而聚兴仁的来源,则要追溯到聚兴祥商号。聚兴祥商号于同治十年(1871),由刘质堂、业紫卿、黄之方等合伙开办。主要业务是做上货,经营苏广杂货、疋头、洋纱等。同年,杨文光经其姐夫业紫卿介绍,到聚兴祥商号当学徒。杨文光很勤俭恭顺。三

---

① 忠县志编纂委员会:《忠县志》第二十三篇《人物》,成都:四川辞书出版社,1994年,第698页。

第二章 清末民初归侨与重庆

年学徒满后,就留在商号当先生(正式职员),后又被升为掌柜(经理)。清光绪二十二年(1896),聚兴祥商号因亏损而停业。第二年,杨文光发起,联合刘质堂、业紫卿、黄慧轩、刘苁臣等,合股开办了聚兴仁商号,资本一万两银子,扩大经营范围上下货(从长江下游地区进货到重庆,称为上货;从重庆发货到下游地区,称为下货)一起做,兼营存、放、汇兑等票号业务。由于杨文光的精明和业务范围的扩大,聚兴仁商号赚了大量的银两。杨文光利用各种手段扩大自身股权,引起其他股东不满而退股。聚兴仁商号成了杨文光独资企业。

清光绪三十年(1904),杨文光拨五万两银子,与百货富商吴勋臣合办聚兴成商号,由长子杨寿宇负责经营。三年后,增资五万两,加强聚兴成实力,同时结束聚兴仁商号。清光绪三十四年(1908),杨寿宇病逝,由杨文光三子杨粲三负责商号业务。杨粲三将名更为聚兴诚,取"诚实"经商、以人聚财兴之意。聚兴诚生意规模再次扩大。

为了培养人才,杨文光将次子杨希仲、侄子杨芷芬等送到国外学习,先是在日本留学,后又到了美国留学。

杨希仲在青少年时期,深受"效法西方""振兴实业、挽回利权"爱国思想影响,抱着"实业救国"思想求学。在日本留学期间,十分关注三井家族企业的管理和经营思想,积极向家人介绍三井家族企业,特别是三井如何开办银行、资本运作等,一再向父亲杨文光建议开办银行。

数十年的商业经营使杨家积累起了巨额财富,已达百万两银子。他们要将这巨额资本寻找更好的出路。杨希仲的建议,正是此目的。在美国留学期间,杨希仲对金融知识特别关注,并不断向家族成员,尤其是他弟弟杨粲三介绍,为创立银行做好思想准备。

民国二年(1913),杨希仲从美国学成归国。他对重庆市场和金融进行了考察,认定"非有一家商业银行,决难使资金流转,金融活跃",力促建立家族银行。同时建议杨文光出川考察。杨文光亲到汉口、上海等地考察,深有感触,决定举家族之力创办银行。

经过一年多时间的筹备,民国四年(1915)3月16日,重庆最早的商业银行——聚兴诚银行诞生,地址在重庆打铜街泰来裕巷。杨文光任事务委员会主席,杨希仲任总经理,杨粲三任协理。聚兴诚商号,完成了由商业资本向金融资本的转型。

杨希仲特请留学日本归来的工程师余子杰设计，仿照日本"三井银行"的建筑，在重庆新丰街（今渝中区解放东路）修建了聚兴诚银行大楼，为当时重庆新式建筑之一。

聚兴诚银行，是我国早期民族资本成长的佼佼者，其实力和信誉都是全国商业银行的翘楚。在重庆和我国的金融史上，占有重要地位。1951年，全国公私合营中，聚兴诚结束了三十六年的私营历史。①

杨希仲和其弟杨粲三合作，不仅倡建了聚兴诚银行，还在聚兴诚商号中，开办了航运部，解决内河航运问题，还建立了外国贸易部，直接与外国人做生意。

1918年，杨希仲创设聚兴诚外国贸易部，自任总经理，经营进出口贸易。大宗商品为桐油，兼营山货。1924年，派人前往美国，与施美洋行签约，此洋行为美国克利弗兰经营桐油业者。从此，聚兴诚商号直接对美国出口桐油，不再假借外国洋行运输，开创了重庆、四川外贸的新局面。

为了满足自己大量外销桐油等的运输问题，同时与外商洋行争利，杨希仲创办了聚兴诚航运部。当时，聚兴诚经营桐油每年出口高达万吨以上。

1919年9月，杨希仲会同汪云松、温少鹤等，发起创办重庆留法预备学校，学制一年，由重庆工商界捐款和社会支持，集资两万余元，杨希仲就捐资五千元。招收的第一批学生有百余人，大多来自川东地区的20个县，也有来自川北、川南、川西者。邓小平就是留法预备学校学生之一。1920年7月，预备学校的110名学生中有83名考试合格，赴法国留学。重庆留法勤工俭学的创办，为重庆地区的有志青年赴法留学提供了有利条件。杨希仲还捐资建了孤儿院，并任董事长。

杨希仲，为重庆的近代商业银行、进出口贸易和社会发展做出了较大贡献。

二、康心如与美丰银行

康心如（1890—1969），字宝恕，陕西城固人，同盟会会员，年少时便有很强的经商意识。1911—1913年，留学日本早稻田大学政治经济专业。与美国人合作，创办美丰银行，一直负责经营二十八年。

---

① 徐上游、五世萍：《聚兴诚银行创办人杨文光》，载重庆市渝中区政协文史资料委员会：《重庆渝中区文史资料》第十八辑《渝中金融史话》专辑，2008年，第139—144页。

第二章 清末民初归侨与重庆

康心如曾于成都客籍中学上学,并由此考入日本留学,1913年留学归来,在上海任"濬川源"银行上海分行经理,还成为"民立图书馆"和"进步书局"股东。

重庆有位大盐商邓芝如,手有资本,想投资银行。这时期美国"美丰"银行恰好想将其业务扩展至长江上游,正物色重庆合伙人。1921年,经康心如搭线,邓芝如在北京与美国代表一拍即合,双方很快签订合同。

康心如的父亲与邓芝如的父亲是金兰之交,康心如认为这是一次很好的机会,再加上邓芝如需要一位懂银行业务的亲信相助,便很爽快地借给康心如12 000块银圆作为股东参股。康心如既是行家,又是股东,很自然地被任命为中方第二协理。

通过紧锣密鼓的筹备,1922年4月2日,中美合资的四川"美丰"银行在重庆开业,注册资本100万美元,美资占51%,中资占48%,美方控股。美方经理赫尔德,中方第一协理邓芝如。邓芝如安排大批外行亲朋进入银行,为尔后埋下了祸根。因经验的缺乏和双方职员不和谐,第一年银行便亏损了。邓芝如很是不满,经常发脾气,与康心如和美方代表关系越来越糟糕,而且康心如也未如邓芝如之愿而站在了美方代表一边。邓、康两人关系水火不容。为了威胁"美丰"和康心如,邓芝如使用了"退股"和收债的办法,要求美丰退股金、康心如还借款。

为了扫清"美丰"发展的障碍,康心如决定清除邓芝如。他想方设法筹钱,甚至卖掉祖上在成都遗留的田产,还清了邓芝如的借款,退完了"美丰"的股份,邓芝如彻底退出了"美丰"银行。美方又新派了一位经理,对康心如言听计从,非常信任。从此,康心如完全掌握了实权。这是1923年春季所发生之事。

康心如大展才能,充分利用中外合资银行的优势,按照中国国情,辛勤努力扩展业务,当年就盈纯利润1.1万元。1924年,银行存款比上年翻了一倍,利润达7万元。股东们分得利益,对康心如也是信任有加。

康心如利用中外合资银行特权,发行美丰兑换券,经有力的宣传和包装美化,取得了很大成功,其发行量越来越大,最高曾到150万元。

1926年,北伐战争开始,各地掀起反帝反军阀的革命高潮,要求收回外国租界,四川、重庆也加入了这股洪流之中。特别是8月29日,英国太古公司的轮船在云阳长江中公然撞沉三艘中国木船,数十名中国乘客落水身亡。中国军队和当地百姓在盛怒之下扣押了英国太古公司在万县的轮船。9月5日，英国军舰炮轰万县城，造成近千人伤亡，民房、商店被毁近千家，史称"万县惨案"。案发后，四川各界人士纷纷集会声讨，全国各地工人罢工声援，反帝达到新高潮。面对中国的反帝声势，各国纷纷撤侨回国，美丰银行四川分行的外国职员也在撤离之列。康心如认为这是一次收回股权、实现完全属于中国人的银行的大好机会。

经与美国代表协商，美方愿意出让股权，但要收回现金。按当时计算，美方股价在13万银圆巨款，要在短短三天内完成。康心如委人与刘湘联系，刘湘当时归顺北伐军任国民革命军21军军长，得到刘湘的大力支持，在美方人员撤离的最后期限即1927年3月30日深夜，双方代表完成文件的签字盖章。美方代表连夜出城登船。至此，美丰银行四川分行完成了由中美合资向中国人合股银行的转变，成为民族资本银行。

1937年，康心如被推为重庆银行业工会主席等。中华人民共和国成立后，他先后在政府、政协、全国工商联等部门任职。1957年初被错划成右派分子，1969年病逝。

中华人民共和国成立前期，美丰银行遭到国民党党政军要员的强提黄金、退股、兑现等。"美丰"陷入绝境。为了信誉，康心如发动全家，将两代几十人的全部金银财宝、首饰等变现兑换。

1950年初，因历史原因，美丰银行关闭，完成其艰辛的28年航程。康心如至此完成对美丰银行的负责历史。但到1964年美丰银行早已不存在，著名经济学家马寅初还在北京康心如的住处，结算到他早期入股持续分红的红利。这是美丰银行最后一次兑换，也是美丰银行完成的最后一次承诺。①

第三节　归侨与重庆城市发展

近代城市发展，水、电、城市道路交通、排水系统等是缺一不可的要素。重庆城市发展的过程中，归侨起了相当大的作用。他们在电力、自来

---

① 康心如：《回顾四川美丰银行》，《回顾四川美丰银行》第八辑，1980年9月。曹庞沛：《美丰银行一诺千金》。杨耀健：《康心如筹款救"美丰"》，重庆市渝中区政协文史资料委员会、重庆市渝中区金融工作办公室：《重庆渝中区文史资料》第十八辑，渝中金融史话专辑，2008年12月。第82—90页，第121—123页。

第二章 清末民初归侨与重庆

水、城市道路交通和城市排水系统等方面都做出了积极贡献,甚至是开创之功。

一、李湛阳、李龢阳兄弟与烛川电力公司、川江轮船公司

李湛阳(1972—1920),字觐枫,巴县人。同盟会会员,辛亥革命重庆起义后,入蜀军政府担任财政部部长。其父李耀庭,系云贵会馆首任会首,商人,1904年重庆成立总商会,李耀庭为首任总理(会长)。湛阳曾在岑春煊手下任劝业道台。岑春煊,其父岑毓英,曾任云南布政使、云南巡抚、云南总督,李耀庭与之为换帖兄弟。岑春煊与李湛阳亦为金兰之交。岑春煊曾任陕西巡抚、四川总督、两广总督,李家凭此关系,荣盛重庆。1904年,被派日本学习警务。回国后,改任两广巡警道台,受委重任。后奉父命回重庆,常与上层官府往来。端方率鄂军过重庆,委旧相识李湛阳为巡防军统领,扩募新兵。同盟会重庆负责人杨庶堪,与李湛阳私交甚厚,又都是同盟会革命党人。为了争取和瓦解驻守重庆的武装力量,培养革命队伍,作为起义的基本武装力量,趁这次招募新兵之机会,介绍了一批青年同盟会会员渗入巡防军。后来,当辛亥革命重庆起义时,经李湛阳暗示,新军立即倒向革命,重庆兵不血刃,起义成功,宣布独立,建立蜀军政府,李湛阳被推选为财政长。①1908年,主要由李耀庭出资,以李湛阳名义,联合重庆绅商刘沛膏、赵资生(城壁)等,集股创办烛川电灯公司,全部采用英法两国机械设备,租白象街作为厂址,架设电缆、立案开办。当年五月初十发电,当时《广益丛报》报道:"乃开灯以来,荧之明星,朗若白昼,合郡人士,咸称利便……纷纷报名,通计预定数十盏。"因原办锅炉、电机只能供应几百盏灯之电力,无法满足需求,公司遂再次招收华股30万元,添办电灯,"向上海购办三万盏之机器,并禀农工商经予执照,准予专利"。十月,大机开始发电,"愿照者颇形踊跃,通宵达旦,光明异常",照明区域由下半城主要街区。重庆巡警总署下令,自冬月初一起,所有警灯,全改为电灯,"灯费每月一元,俱由各街担任"。②至此,电灯普及重庆全城。民国以后,军阀官僚无偿用电越来越多,烛川电灯公司经营困难,后被官商合营的重庆电厂股份有限公司(大溪沟,1932年建立,1934年发电)收购。1908年,为了维护

---

① 程仲澄:《李耀庭父子与辛亥革命》,《重庆文史资料选辑》,第十三辑,1981年。
② 《广益丛报》,1910年12月1日,"纪闻",第八年二十八期,二五二号。

川江航运，不被外国轮船独占，周善培（四川劝业道负责人，四川营山人，留学日本归来）等人启奏获准，在渝投资成立川江轮船有限公司，由重庆天顺禅号以李龢阳名义，垫付三万两，再加成都官界集资的四万两，重庆绅商集资四万五千两和川东道陈蓉曙分派三十六属绅商集资的二万四千多两，合计约十四万两，向英国订购机器、部件，由上海江南制造厂组装，附带拖驳，命名"蜀通"，往来于重庆、宜昌运输。1913年李龢阳担任经理，由于当时只有蜀通一轮，客货拥挤，李湛阳自垫二十余万两到英国购造轮船"蜀亨"号，造价十八万两。1914年在江南制造厂装配成功，该船2000马力，可载560吨，往返于重庆、宜昌之间，经营川江航运。有蜀和、蜀通、蜀亨三船，其中蜀通600马力、蜀亨2000马力。因军阀混战，川江不靖，轮船承受不起兵祸之灾，自1921—1927年，公司轮船悬挂外国旗，受外国保护，交挂旗费。①

李龢阳（1826—1931），字裴知，李耀庭三子，同盟会会员。1904年留学日本早稻田大学。积极支持参加革命，曾任蜀军政府监司。孙中山发动"第二次革命"组织队伍，因资金不足，李龢阳一次慷慨捐输三万银圆支持孙中山。孙中山为此亲书"高瞻远瞩"相赠，成为李家传世之宝。1909年，李龢阳投资2万两，与人联合顶下永靖祥丝厂，更名潼川锦和丝厂，再更名锦纶丝厂，总号设重庆，其本人兼任经理。永靖祥丝厂，于1906年开办，厂址在潼川，"工厂建筑如法，丝车改良合式"，按西方格局试机，拥有缫丝车240架，丝厂包括锅炉、机器和丝车等设备。

李龢阳还投资重庆自来水公司等。

二、傅友周与重庆交通市政建设

傅友周（1886—1965），重庆城区人。1910年考取官费，留学美国科罗纳多大学矿冶系工程科学习，1914年毕业回国，先后任北京采金总局川康银铜铅矿调查委员、四川工业专门学校教授、重庆铜元局工务科长、四川省省长公署代理实业科长、天津南开大学教授。1926年，担任重庆商埠督办公署工务处长，1927年任重庆市政厅工务局局长，直到1935年。1949年任重庆电力公司总经理，组织了大溪沟电厂的护厂工作，使之免遭国民党军警

---

① 《四川近代工业史》，第183页。

破坏。中华人民共和国成立后历任重庆供电公司副经理,重庆市民主建国会副主任委员、市工商联协作委员会副主任委员等职。

在任工务处长和局长期间,对重庆的交通市政建设做出了贡献。曾主持修建了重庆城区朝天门、储奇门、千厮门、太平门、望龙门等码头;主持开拓了城区七星岗—观音岩—两路口—曾家岩,南纪门—菜园坝,七星岗—民生路—较场口—都邮街—小梁子—小什字等城市道路;主持了成渝公路测量规划工作,负责巴县段和川黔公路海棠溪—綦江—松坎段的工程施工;开办重庆公用电话,参与兴办自来水公司;改组重建电力公司。1927年任渝简(简阳)马路总局会办兼工务处长,负责修筑了四川省里第一条东西干线公路。[1]

三、税西恒与重庆自来水公司

税西恒(1889—1980),又名绍圣,四川泸州人,早年就读于上海中国公学中学部和青岛高等学堂,1911年加入同盟会;1912年考取公费留学德国柏林工业大学,5年内修完机械系本科课程,还选修了水利、建筑、采矿等多门学科;1917年以优异成绩毕业,获德国国家工程师称号,任西门子电子公司工程师,回国后,曾主持设计建成四川第一座水电站——泸州水电站和水力发电厂。

1926年,税西恒任重庆商埠督办公署技正,代表官方参与自来水公司的筹备工作。从1927年起历任工务处、部门主任、总工程师等职,主持了整个工程的设计和基建工作,建泵于大溪沟,建净水厂于城区最高处打枪坝。1929年动工,1932年建成供水,历时3年,是重庆乃至四川的第一个正规水厂,从此结束了重庆城市用水靠人力挑运的历史。

1935年,税西恒出任重庆大学工学院院长兼电机系主任。1944年,积极参加中国共产党领导的"蜀都中学"筹建,并任副董事长兼校长。此外还担任过重庆华学院院长、中国公学大学部校长等职。抗战时期,积极参加抗日民主活动。

中华人民共和国成立后,税西恒任重庆自来水公司代经理、总工程师,以及一系列社会职务等。1980年病逝,立碑于打枪坝水塔旁。[2]

---

[1]《重庆市市中区志》第二十六篇《人物》,重庆:重庆出版社,1997年,第774—775页。
[2]《重庆市市中区志》第二十六篇《人物》,第785—786页。

四、罗竞忠与重庆排水系统

罗竞忠（1903—1975），四川新津人，1919年，赴法国勤工俭学，1922年转赴比利时沙洛王大学土木建筑系道桥专业，获建筑学博士学位；1925年学成回国，1930年创办三益建筑师事务所——重庆最早的土木工程设计单位；承办的第一个项目是范绍增公馆的设计监造。范是原川军师长，其公馆位于上清寺。

1935年，任四川公路总局川黔公路工程处处长兼总工程师，仅用3个月，完成了川黔公路整修任务；后任重庆大学教授，土木建筑系主任。

1946年2月，罗竞忠任陪都建设计划委员会委员，10月，任重庆下水道工程处处长，主持设计修建合流制新式沟管下水道系统工程，全长55千米。该工程不仅造福重庆人民，还成了全国城市史上第一个具有近代化意义的下水道工程。1947年英国国会访华团团长称其为"创举"。南京、西安、长沙等城市纷纷前来考察学习。应要求，罗竞忠与张人隽合作，写成《重庆下水道工程》一书供交流。出版后，畅销国内外，成为1948年国际文化交流图书。

中华人民共和国成立后，罗竞忠任重庆下水道工程所所长，重庆市建筑设计院总工程师、西南工业建筑设计院（成都）副总工程师。[①]

第四节　归侨与重庆近代军事

清政府派留学生到日本学习军事很早，这些留学生归来后，相继在军事上有了发展，不仅建立了近代化的军队，还建立了近代化的警务系统。为培养人才，高亚衡在涪陵办了巡警教练所，培养警务骨干和革命力量。王陵基建立重庆军官学校和重庆保安团务学校，培养军事人才。特别是归侨吴宥山，留学法国，半工半读，掌握了飞机驾驶和学习飞机制造技术及组装，从国外购机回国，在重庆广阳坝试飞成功，成为四川驾驶军用飞机第一人，为四川航空发展做出了贡献。

一、高亚衡与涪陵警务

高亚衡（1879—1949），字德泰，重庆涪陵人。1903年，到日本留学，

---

① 《重庆市市中区志》第二十六篇《人物》，第782页。

第二章 清末民初归侨与重庆

学习警务，参加同盟会，1907年回国，在涪陵设立同盟会据点。为培养军事人才，在他建议下，受州署聘请在涪陵开办巡警教练所，配备130多支枪，数千发子弹，分甲、乙两班，甲班培养警察干部，乙班培养一般警察。第一期120人，毕业后即成立了警察局。到1911年辛亥革命爆发，巡警所已开办了4期，培训警察300余人，其中干部40余人。这些学员，除了留守涪陵外，还分发到武隆、鹤游坪、分州等地。高亚衡利用此机会，吸收同盟会会员，培养革命的骨干力量，如会春山、方茂盛等。高亚衡成为州县掌握武装最多的人。

1910年，同期留日同学，涪陵人李蔚如回涪州，与高亚衡密商，决定加紧各方联系，筹备物资，准备起义。湖北武昌起义推动了各地革命。高亚衡、李蔚如等发动了涪陵起义。1911年11月16日，高亚衡以巡警所学员为主力，编成两个连，约200人，由同盟会骨干会春山、方茂盛分别率领，支援长寿起义。胜利后，队伍返回涪陵。此时高亚衡派出警察，软禁了州官戴庚唐，并进驻两营清军驻地，以防不测。会春山、方茂盛率部入城，两营清军管带见大势已去，当即逃跑。高亚衡将会、方两部与愿意留下的清军混编为两营，并分兵向鹤游坪、武隆进发，很快实现涪陵全境光复。

11月20日，涪陵军政府成立，高亚衡为司令，李蔚如为军政部长。涪陵军政府派兵进援彭水，使之很快光复，并发兵促进丰都、忠州、酉阳等县相继光复。不久，高亚衡率部攻克梁山（今梁平），会同熊克武，攻占万县，有力地支援了重庆和各州县的光复。

辛亥涪陵起义，不但城乡未受到损失，还将当地盐税款约48万两银子收缴，用于支付各税税费，涪陵人由此免交五年的税费。当地人民很是感谢高、李。

1912年，高亚衡任四川省警察厅厅长，后曾任护国军援陕第二军秘书长。后来看破国民党及军阀间的权力争夺，回乡隐居，直到1949年去世。其间，多次帮助中共地下党，支持农民革命运动等。[①]

二、王陵基与重庆军官学校、重庆保安团务学校

王陵基（1883—1967），字方舟，四川乐山人，后入日本东斌学校。

---

① 高兴亚：《高亚衡、李鸿钧与涪陵光复》，《四川保路风云录》，成都：四川人民出版社，1981年，第275页。

1907年，留学日本陆军士官学校，同期的有孙传芳、阎锡山、唐继尧、刘存厚等人。1908年回国，任四川陆军军官学校建成学堂副官，刘湘、杨森为其学生；辛亥革命后任川军第二镇标统；因支持北洋政府与四川熊克武等对立，一度失权，后投靠刘湘，再掌兵权，抗战初期，组建第30集团军出川抗战，曾任第九战区副司令，抗战后任第七绥靖区司令，江西省主席；不久，调任四川省主席，上将军衔；1949年被解放军俘虏，1964年特赦。

1924年他改投刘湘，任川滇边务督办公署陆军第28混成旅旅长，5月31日被北京国民政府将军府授予尚威将军衔；1926年任川康边务督办公署第3师师长兼江巴卫戍司令，12月任国民革命军第21军3师师长兼重庆警备司令；1927年3月31日造成空前的重庆"三三一"大惨案；1931年任长江上游"剿匪"总指挥部代总指挥。1933年任四川"剿匪"总部第5路总指挥；1934年因围剿红军失败被撤职；曾在重庆创办了重庆保安团务学校和重庆军官学校，兼任两校副校长；1935年任四川省保安司令部警保处处长，代行保安司令。他所属部队除原来的第三师外，还训练了十几个保安团。

正是重庆保安团务学校和军官学校，培养了不少军官，在抗战初期，他把16个保安团组成两个军4个师，组建了第30集团军，开赴抗战前线。①抗战期间，在今渝中枇杷山上建花园、设公馆，又称"王园"。中华人民共和国成立后改作枇杷山公园。

三、吴宥三与四川军用航空

吴宥三（1895—1984），又名宥山，武隆人，1920年赴法国勤工俭学。在法国华央谷飞机制造厂，半工半学，1926年秋，被调到波兰华沙飞机制造厂做质检工作。半年后回法国华央谷厂任机械检查员。1927年回上海，旋回法国为刘湘买飞机，出色完成任务，购四架飞机和四架单翼教练机。1928年被派法国凡尔赛莫兰航空学校学习飞机驾驶，提前毕业，又受命到波日代军用飞机制造厂学习总装，1931年，吴宥三在重庆广阳坝驾驶飞机试飞成功，成为四川驾驶军用飞机第一人，先后任二十一军航空机械主任兼飞行主任，重庆大学西南财经委核酸研究所工程师。后来，回武隆农村老家务农，生活困难艰辛。②

---

① 《重庆市市中区志》第二十六篇《人物》，第798页。
② 武隆县志编纂委员会：《武隆县志》第三十篇《人物》，成都：四川人民出版社，1994年。

第五节　归侨与重庆科技文化教育

清政府派学生青年到日本留学，学习教育的人既早又多，后来又有到欧美学校者。他们归来后，倡办新学，创立学校，对推动重庆教育发展起到了重要作用。除了举办中小学外，还伴有专科学校，如师范学校、西南美术专门学校，尤其是推动创办重庆大学，促进了重庆高等教育的发展。归侨在推动"留法勤工俭学"活动中，做出了突出贡献。他们不仅奔走呼吁政府、社会重视，还亲自参与捐资出力，建立培训学校。他们这一举动，为中国推举培养了很多人才，特别是革命者，如邓小平、聂荣臻等老一辈革命家。归侨在推动科技方面同样功不可没，无论是在防疫、早期微生物研究，还是在工业技术上，如重庆炼钢厂，都在重庆应用推广。归侨对推动重庆的发展是全面的，除了上述外，他们在重庆文化发展中的贡献突出，不仅办了报纸刊物，还创办电影院，引进、播放国外影视，更为可贵的是他们自己拍摄影片播放。

一、归侨与重庆教育

1. 邓缡仙父子与聚奎学校

邓缡仙（1873—1943），名鹤丹，邓石泉第六子，同盟会会员。清光绪二十七年（1901），公费赴日本宏文学院习师范，加入同盟会。1904年邓缡仙学成归国，历任江津中学、重庆联合县立中学、万县省立第四师范学校、泸州川南师范学校校长，江津县教育局局长，聚奎小学、中学董事长等职。

清同治九年（1870），聚奎义塾成立。光绪六年（1880），邓石泉与张元富协作，将义塾扩为聚奎书院，光绪三十年（1904），邓石泉次子邓鹤翔任聚奎书院斋长，次年将书院改成聚奎二等学堂，首任堂长，开设几何、代数、物理、化学、日文、英语学课程。推行新式教学，延聘留日生任教。1909年延荣县肖湘来校教授国文。肖湘是同盟会会员，革命党人，在教学中，他大力宣传三民主义革命思想。由此，学校成了民主革命的据点。

邓鹤年，字蟾秋，邓石泉第五子，在重庆经营洪顺祥盐号，后又开办大有恒钱庄，火柴厂和曾家岩玻璃厂，在自贡有"福川盐号"。经商多年，积累了大量财富，他大力支持公用事业，支持聚奎学校发展。他在七十寿辰之际，将所收礼金三万多元，全部捐赠给聚奎中学，设立"邓蟾秋奖学金"。

民国十四年（1925），邓缁仙任聚奎小学董事长，与吴芳吉、邓蟾秋等谋划，欲增扩为大学；先在学校周围种植红橘、广柑3000余株，以增加收入。继购发电机，安设电灯，购买军乐器等；扩充校舍；民国十九年（1930），增扩中学部，民国三十年（1941），高中部正式成立；以高薪选聘教师和校长。邓缁仙办学，向以严格认真著称，学校建设迅速，学生成绩也很优秀，在四川省皆有高名声。他在初任校董事时，曾刻石对联于校门以明其志，对联曰："知国家大事尚可为也，得天下英才而教育之。"因邓缁仙的卓有成效，国民政府教育部嘉予一等奖。[1]

2. 杨霖、曾吉芝等归侨与川东师范学堂

杨霖，1903年留学日本宏文书院。归国后，于1906年与曾吉芝、李梧荪等联合创办川东师范学堂，任校长。

曾吉芝（1872—1942），又名吉之，巴县人。1904年，被派日本宏文书院速成师范科学习；8月后学成归国；1906年，与杨霖等一道，创办川东师范学堂；1907年创办巴县中学堂，任监督（校长），同年创办照武小学；1928年，创办赣江中学，是重庆教育界开办新式教育的先驱之一。曾吉芝曾先后任过巴县视学，四川省视学；蜀军政府秘书院编制局长、巴县中学校长（任三届）、四川省立第二女子师范学校校长，四川省议会议员，巴县教育局局长，重庆赣江中学校长等职；善书法。[2]

光绪三十三年（1907），川东道尹张铎拨银5万两，作为川东师范学堂创办经费，为川东36县培养师资，学生由36县选送。民国三年（1914）更名川东联合县立师范学校。民国二十五年（1936）更名四川省立川东师范学校，限在上川东15县招生。学堂初设重庆学政使试士院，后迁巴县文庙，再迁学院街，民国二十年（1931）迁石马岗（今市文化宫）建新校舍。抗战期间曾迁江津白沙，抗战胜利后迁回，直到1951年，并入西南师范学院。

师范学堂师资力量强，设备好，藏书多，教学质量高，受到社会赞誉。在45年的办学历史中，培养了4000多名学生，为川东的教育做出了贡

---

[1] 江津县志编纂委员会：《江津县志·人物志》，成都：四川科学技术出版社，1995年，第808—809页。
[2] 《重庆市市中区志》第二十六篇《人物》，重庆：重庆出版社，2007年，第765页。

献。①巴县人，1904年留学日本的龚秉权，曾任该校第三任校长。

3. 沈懋德、彭用仪等归侨与重庆大学

沈懋德（1893—1932），巴县人，曾留学日本高等工业学校、东京帝国大学物理系，专攻物理天文，获博士学位；1923年回国任湖北武昌师范学校物理学教授兼教务长；1926年曾短暂任巴县中学校长；1927年任成都大学理科学长兼物理系主任。

在成都大学任教期间，与吴芳吉、吕子方、彭用仪等川东籍教授共商创办重庆大学，为重庆大学筹创人之一。他利用假期返渝，遍访地方名流绅老。当时被重庆学界商界称为"五老"的杨公度、朱之洪、汪云松、温少鹤、李奎安，也早有办大学的夙愿。在得到"五老"和驻重庆的川军总司令、第21军军长兼四川省省长刘湘的积极支持下，成立了重庆大学促进会，在成都成立了分会，筹备建立重庆大学。1929年8月4日，重庆大学筹备会正式成立。10月12日，在城区菜园坝杨家花园正式成立了重庆大学。②

吕子方（1895—1964），巴县人，1914—1918年，在日本东京高等工业学校学习；1918—1923年，留学英国里茨大学。吕子方回国后，先后在厦门大学、广东大学（中山大学前身）、暨南大学、成都大学任教。他积极参与筹建重庆大学，任招生委员会主考委员，是著名的中国科技史专家。③

彭用仪（1899—1994），巴县人，1921—1927年，先到法国，庚即到德国爱尔兰根大学、慕尼黑大学学习化学。归国后，他曾任重庆邹容中学校长、成都大学、南充师范学院、第七军医大学、四川财经学院教授。1929年，他参与筹建重庆大学，成立后任图书馆主任、教授，后曾任代理校长。④

冯陶钧（1893—1943），巴县人，1920年，留法勤工俭学，民国十二年（1923），到比利时劳工大学学习，后转读于巴黎高等电机专门学校。民国十八年（1929）回国，他参与筹办重庆大学，任招生委员会主考委员，教授。民国三十二年（1943）7月15日，在返家途中被暗杀身亡。⑤

参与重庆大学筹建的归侨，还有朱之洪、杨芳龄等。

民国十八年（1929）10月12日，重庆大学成立，录取文、理预科各

---

① 《重庆市市中区志》第十八篇《教育》，重庆：重庆出版社，2007年，第573页。
② 《重庆市市中区志》第二十四篇《人物》，重庆：重庆出版社，2007年，第817页。
③ 四川省巴县志编纂委员会：《巴县志》第六篇《人物》，重庆：重庆出版社，1994年，第740页。
④ 淳于森泠、潘丽霞：《重庆留学史研究》，北京：中国社会科学出版社，2014年，第160页。
⑤ 《巴县志》第六篇《人物》，第738页。

一班，招学生45名，刘湘任校长，21军政务处长李公度代理校长事务工作，沈懋德任教务长，吕子方任斋务长，杨芳龄任事务长，彭用仪任图书馆主任。刘湘拨款10万元开办费。后来改由肉税附加承担，每头猪增收2角，作为重庆大学永久经费。民国二十一年（1932）8月，开始招收本科生，分文、理两院，何鲁任理学院院长，李公度任文学院院长。民国二十二年（1933），设农学院，刘伯量任院长。重庆大学具备了大学标准。

沈懋德担任教务长期间，聘请著名教授任教，亲自参加新校址（沙坪坝）的选定工作，1932年5月，因事务繁忙，生活艰苦、操劳过度而病逝，年仅38岁。1933年10月，重庆大学迁入沙坪坝新校址，学校特命一段环校新道路为"懋德路"，以为纪念。①

4. 杨芳龄与广益中学

杨芳龄（1894—1960），巴县人，毕业于教会学校广益中学。1919—1922年在英国伯明翰大学留学，攻读教育专业。杨芳龄未毕业就归国，在广益中学任教，并担任教务主任。

广益中学，成立于清光绪二十年（1894），由英国基督教公谊会会友陶维持等人创办。初为广益书院，在城内都邮街，后改到南岸文峰塔侧建校，更名为广益中学堂，1904年正式开学，1925年附设小学一所。民国十四年（1925），五卅爱国运动爆发，形成全国反帝高潮。广益中学学生群起响应。基督教四川公谊会被迫改换校方领导，英国人校长被解职离去，由杨芳龄接任校长。杨立志要将广益中学办成四川重庆一流学校。他逐步将学校变成私立中学，民国十九年（1930），邀请军政、教育、财经、实业各界声望高者成为校董，成立了第一届校董会。杨芳龄想方设法筹措资金，加强学校建设。不但新修校舍、配置电机等照明设备、添购教学仪器，而且成立图书馆、添加藏书、扩大运动场地、整修校园、栽树种草，把学校建成了花园学校。经过努力，广益中学成为重庆设备和环境最优越的学校之一。

杨芳龄很注重挑选教师，不惜重金聘用高水平教师，如数学家何鲁，作家黄潮洋、赖以庄，英语名师文幼章等。名师出高徒，学校教学质量不断提高。

杨芳龄不但严格要求学生学习文化知识，还要求学生参加劳动，重视学

---

① 重庆市渝中区人民政府地方志编纂委员会：《重庆市市中区志》第三十四篇《人物》，重庆：重庆出版社，2007年，第816页。

生体育锻炼。

因良好的环境和办学效果,在抗战时期,大批军政要员及社会知名人士,都将子弟送到学校就读。抗战中期,学生达800多人。

杨芳龄虽是基督教教徒,但他坚持不让学生信教。他在广益办学20多年,培养了数千名学生。还参加了重庆大学的筹建工作,并任教。1951年,被错定为反革命罪、判无期徒刑。1960年病逝。1985年平反。①

5. 杨公托、万从木与西南美术专门学校

杨公托(1898—1925),原名杨德,字公度。重庆长寿人。1917年,留学法国巴黎美术学校,获文学博士学位,后又到德国柏林美术学院学习一年。1924年回国,在重庆联中、省第二女子师范学校任教。1925年,筹办西南美术专门学校(美专),自任校长,时集资3000银圆。地址在渝中沧白路铁板巷。他聘请万从木、何聘九等美术家任教。学校第一年招生达100余人。他助学贫困学生,吸收进步青年。因忘我工作,积劳成疾,患急性盲肠炎,于当年去世。②

万从木(1899—1971),重庆永川人。1919年,留学日本西京美术专门学校学西画,1921年回国,先在景德镇作瓷画,翌年,在重庆先后任职中法学校四川分校、川东师范学堂、重庆第二女子师范学校等,创办《世界美术画报》;1925年助扬公托创办西南美专,为西南地区第一所艺术学校。同年秋,因杨公托突然去世,其继任校长。抗战时期,该校与内迁的武昌美术专门学校和艺术专门学校并称为大后方三大艺术教育学府。

1933年,曾任川军军长的彭诚孚,将牛角沱的一块地(一说甘绩镛,四川省财政厅厅长、教育厅厅长),约20亩捐给美专校。万从木通过借贷和募捐,建起了教学楼、餐厅和师生宿舍,改校名为西南艺术职业学校,每年秋招,高中、初中各一班,约100人。抗战时期,万从木带领师生创作了许多抗战爱国题材的美术作品,宣传支持抗战。1939年,日机轰炸重庆,学校被迫迁移至巴县鱼洞、成都中兴场和华西。1944年学校迁回重庆南岸玄坛庙。抗战胜利后迁回原址。1945年国民政府教育部批准建立西南美术专科学校,增设音乐科,开设声系、器乐、作曲等专业,保留职业学校,同时招生。万从木积极支持学生爱国运动,多次营救进步师生。

---

① 《重庆市南岸区志》第三十篇《人物》,重庆:重庆出版社,1993年,第787—788页。
② 《长寿县志》第三十三篇《人物》,成都:四川人民出版社,1997年,第1139页。

1951年,因"历任戡乱委员会委员",万从木被定为"反革命案",被判有期徒刑10年,1956年底提前释放,1984年撤消,宣告无罪。①

1951年,蜀中艺专合并入西南美专,更名"私立重庆艺术专科学校"。1952年全国大专院校调整,美专校学生和教师分别并入西南师范学院、四川美术学院、四川音乐学院。西南美专在办校的25年中,培养了大批艺术人才,如女高音歌唱家刘淑芳,国画家杨鸿坤,美术家刘艺斯、谭学楷,等等。②

6. 文勃斋与万县职业学校

文勃斋(1881—1945),又名文化兴,万县人。1908年,留学日本早稻田大学攻读蚕桑专业,加入同盟会,1909年学成归国。与其兄文瑞荪(创办万县劝工局)一道,他们一面创办实业,一面进行革命活动。参加保路运动,投身于辛亥革命风云之中。文勃斋对万县的职业教育、基础教育贡献很大。

清末和民国初年,文勃斋在万县石马乡文家坪兴办缫丝作坊,又与友人在万县西较场创办"天碧丝厂",招收女工30余人。1914年,在万县知事的支持下,创办万县甲种农业学校,致力于发展实业,地址设在县城内的白岩书院。1924年,在文昌宫创办万县女子职业学校,以习蚕桑为主,兼习刺绣、纸花等。不久,又在鸡公岭创办女子中学,自任校长。

1938年,文瑞荪、文勃斋兄弟两利用文氏祠堂200石地产作基金,以文氏祠堂为校舍,创办私立文光中学,瑞荪为董事长,勃斋任校长。办学之初只有100余学生,后学生达1000人,直到中华人民共和国成立后。

文勃斋曾参加反袁斗争,资助朱德、刘伯承等进行革命。曾当选万县参议院议员,任石马乡乡长等职。1945年10月26日,被国民党军炮兵演习时弹片误伤而死,时年64岁。③

7. 归侨与重庆留法勤工俭学预备学校

受新文化运动和五四反帝爱国运动的影响,为寻求救国救民的知识和真理,因法国大革命和第一个共产主义政权巴黎公社的影响,20世纪初大批青年赴法国开展勤工俭学的运动。1912年,李石曾、吴玉章、吴稚晖、张继等在北京发起组织"留法俭学会"。当时任教育总长的蔡元培力赞此事。

---

① 《永川县志·人物》,第919页。
② 《重庆市市中区志》第十八篇《教育》,第575页。
③ 《万县志》第三十篇《人物》,成都:四川辞书出版社,1995年,第736页。

俭学会在北京成立留法预备学校，送 80 多人赴法俭学，1914 年受袁世凯政府的阻止，被迫停办。以后李石曾等在巴黎华工中试验工余求学，1915 年发起组织勤工俭学会，1916 年 3 月，在巴黎成立华工学校，蔡元培等人还亲自讲授课程，提倡国内青年学生赴法勤工俭学。同年 3 月中法两国人士蔡元培、吴玉章、李石曾、欧乐、穆岱等为了"发展中法两国之交谊"，促进中国经济文化之发展，在巴黎发起成立了华法教育会。1917 年，在国内也成立了华法教育会，组织赴法勤工俭学活动，事实上已成为该会的主要活动内容。北京留法预备学校也重新建立，并在长辛店、河北高阳县布里村、保定育德中学及成都先后成立各种各样的预备学校，为赴法勤工俭学运动的发展提供了必要的条件。

1919—1920 年间，先后共 20 批约 1600 人到达法国。他们来自全国 18 个省，其中以四川（378 人）、湖南（346 人）、河北（147 人）为最多。基本上都是 16—30 岁的青年。此外还有湖南教育界著名的徐特立、蔡和森、蔡畅和他们的母亲葛健豪一家，王若飞和贵州教育界知名的黄齐生甥舅，向警予等近 20 名女青年。他们到法国后，有的先工后学，有的先学后工，有的边工边读。据 1920 年八九月调查，当时有四五百人进入 70 多家工厂，还有的当散工、干杂活。约 670 人进入巴黎及各地 30 多所学校，其中多是首先补习法文，然后进入工业实习学校及其他学校学习。1919 年 6 月，第一批成都留法预备学校毕业学生赴上海到法国，途经重庆并作短暂停留。此事极大地感动了重庆的有识之士。同年 8 月，成立了留法勤工俭学会重庆分会，由时任重庆总商会会长、大中银行总经理汪云松任会长，巴县劝学所视学温少鹤、巴县劝学所所长童宪章任副会长，积极筹办留法勤工俭学事宜。9 月，在多方努力下，特别是商会和一批归侨的资助，重庆勤工俭学预备学校在城区夫子池成立。汪云松、温少鹤、杨希仲等社会名流组成董事会，汪云松任校长。留日归侨杨希仲、曾吉之、童宪章、黄复生等筹款两万元，杨希仲（重庆孤儿院董事长）就独自捐资五千元。预备学校招收中学生和具有同等文化程度的青年，学制一年。经考试选录了 110 人，为第一批学生，来自川东 20 余县。分两班授课。中学毕业学生在高级班，同等文化程度者在低级班。授以法文、代数、几何、物理、中文以及工业常识等课程，以法文为主，以能说法语为重点。重庆共派遣了三批集体赴法。第一批是 1919 年暑期，聂荣臻、周子君等 35 人赴法勤工俭学，1920 年 1 月 10 日，到达法国马赛。第二批是重庆赴法勤工俭学预备学校毕业学生。经一年的学习,有83名考试合格,于1920年10月19日抵达马塞。第三批是郑毓秀女士带领的巴县10余名女子赴法。1920年下半年,经黄复生、石青阳(留日归侨)等邀请,郑毓秀女士来重庆宣传女权思想,倡导女子赴法勤工俭学。郑毓秀是我国外交人员,在她的帮助和带领下,巴县张雅南、潘惠春、朱一逊、朱一恂、朱鸿命、张汉君、朱澄芳、潘为云、张振华等10位女生赴法。还有大量重庆青年通过外地赴法勤工俭学。由于法国在第一次世界大战结束后自身面临的经济危机日益尖锐,工厂歇工、工人失业、工潮迭起,勤工俭学学生处于勤工困难、俭学不易的境地。当时入工厂者不到十分之四五。中法反动当局和投机政客们又不满勤工俭学学生日益走向革命的倾向,华法教育会于1921年1月发出通知,宣告与勤工俭学学生脱离经济关系。自此,赴法勤工俭学处于低潮。

重庆留法勤工俭学会和预备学校,与外地外省的运作有所不同。重庆主要以工商界和社会名流支持推动,以工商界及民间捐款为主要支持。而外地的留法勤工俭学会、留法俭学会、法华教育会等筹办组织的留法预备学校或预备班等,大多得到官方的支持和资助。重庆留法勤工俭学组织,只与北京留法勤工俭学总会联系,与重庆地方官府没有直接联系。①

童宪章,又名童显懋,字文谬,生于清同治十一年(1872)巴县横街,巴县人,入私塾读书,18岁时担负家庭生活重担,辍学以教书为业,后进书院学习;1903年,赴日本高级师范学校学习,加入同盟会;1905年,奉孙中山之命,与陈崇功等携带同盟会章程回渝,宣传革命思想,组织联络有识之士,筹建同盟会重庆组织;1919年积极支持重庆赴法勤工俭学运动,资助成立留法勤工俭学预备学校;曾任川东书院校长等职,一生从事教育工作,为教育事业做出了贡献。

黄复生(1883—1948),原名黄树中,四川隆昌人。1904年毕业于泸州川南经纬学堂,成年后东渡日本留学,学习印刷;1905年加入同盟会,受孙中山派遣,在日本横滨学习化学,研制炸弹;1907年初,奉派回川组织革命活动,一度任同盟会四川分会会长,在川南永宁组织起义,研制炸弹时,炸弹意外爆炸,头部、面部及左手血流如注,左眼几近失明,在众人的全力抢救下得以挽回性命,为纪念这次死而复生并继续坚定革命信念,"舍

---

① 淳于淼泠、潘丽霞:《重庆留学史研究》,北京:中国社会科学出版社,2014年,第82页。

生取义,死而后生",故更名黄复生。从此,他毕生与炸弹为伍,决绝地走上自己的革命之路。1919年他积极支持重庆赴法勤工俭学运动,资助成立留法勤工俭学预备学校。

有相当多的留法勤工俭学学员到了苏联学习,据不完全统计,至1926年9月,重庆留法勤工俭学学员被选派到苏联的有李季达、赵世炎、聂荣臻、冉钧、周文楷、何嗣昌、陈家齐、邓绍圣(邓小平)、江克明、周唯真、胡大智等。[①]他们都成了中国社会主义革命的领导者。

二、归侨与重庆科技

1. 程绍迥与重庆防疫

程绍迥(1901—1993),黔江人。1912—1930年在美国依阿华州立农工学院/霍普金斯大学公共卫生学院免疫学系学习,获博士学位。中国共产党优秀党员,杰出兽医学家,中国畜牧兽医学奠基人,一级研究员;回国后于1932年创立兽医生物药品制造;同蔡无忌等创建了上海兽医专科学校,任教授;主持建立中国第一座血清制造所,任主任。1940年重庆国民政府成立农林部,任命程绍迥为渔牧司司长,到川、黔、鄂三省交界广大地区,建立牛瘟防治机构,培训防疫队伍,控制牛瘟的流行,并研制出抗瘟血清和牛瘟脏器苗、鸡胚化牛瘟弱毒冻干苗、兔化牛瘟弱毒苗。

2. 王良与重庆微生物实验所

王良(1891—1985),字眉伯,浙江杭州人。幼年随父宦游来川,定居巴县。1906年王良考入法国在越南河内开办的河内医学院,攻读7年;1913年毕业回国,先后在云南、成都及重庆仁爱堂医院任医师和主任技师,并在天官府开设诊所。其间,结核病肆虐,其兄妹均死于肺结核,王良深感结核病对人民健康危害甚大,遂确立防痨志愿。

1932年,王良前往法国巴黎大学巴斯德研究院卡介苗实验室,向卡氏(Calmete)、介氏(Guerin)两位卡介苗创始人学习,从事卡介苗的研究工作,用两年时间完成了预定的科研计划,获法国国家科学博士学位,写出了4篇关于结核菌、卡介苗及其他生物制品研究成果论文,其中3篇在法国发表、1篇在国内发表。1933年回国时,引进卡介苗菌种及其他菌种30余株,

---

① 淳于淼泠,潘丽霞:《重庆留学史研究》,北京:中国社会科学出版社,2014年,第122页。

1934年集资在重庆吴师爷巷28号建立微生物实验所,进行卡介苗及其他防疫制品的制造接种工作,创设了中国第一个卡介苗实验室,从事卡介苗的实验研究和推广应用,并免费在国内给婴幼儿接种,至1935年共接种243名婴儿,还初步发现了卡介苗的非特异性免疫。1936年,国民政府勒令停止制造和接种卡介苗,微生物研究所被迫停办,王良仍然坚持对菌种进行培养、传代和保存。

1950年,王良应邀赴北京参加第一次全国卫生工作会议。1951年,重庆成立了西南卡介苗制造研究所,王良任所长,他将自己的部分实验仪器无偿地献给研究所,同时组建西南地区接种站,开设接种人员培训班,开始在西南地区接种卡介菌。1956年,重庆西南卡介苗制造研究所并入卫生部成都生物制品研究所,王良任副所长兼卡介苗室主任,生物制品研究院在成都包江桥成立时,任院长。此院集合全国生化专家数百人,从事生化研究,创制生化药品逾百种,填补了我国在生化制药方面的空白,王良因此受到嘉奖。1985年在成都逝世,终年94岁。

王良是把卡介苗接种技术引进中国的第一人,一生致力于对卡介苗的研究和推广,对卡介苗的质量、菌种选择及菌株诱导、免疫机制的研究有独到的见解,为中国防痨事业做出了重要的贡献。曾被选为第三届全国人大代表、第四届和第五届全国政协委员、中国防痨协会四川分会名誉理事长。被载入《中国当代医学家荟萃》第一传。有《卡介苗的培养和制造》《重庆自制卡介苗接种婴儿概况》《结核菌现时的培养及分离法》《卡介苗菌株接种动物的免疫比较》《分离卡介苗纯种的实验》等20余篇学术论文在国内外刊物上发表。①

3. 杨芳毓与重庆钢炉

杨芳毓(1887—1974),字吉辉,四川资阳人,十七岁考入四川武备学堂炮兵科,毕业后留校为教官;1908年后调四川陆军速成学堂任教。刘湘、杨森都是他的学生;1909年,杨芳毓考入北京陆军大学第三期,四年后与同学李济深留任陆大炮兵战术教官,授营长衔。1916年,杨芳毓任北洋皖系参战军炮兵二团团长。1918年11月第一次世界大战结束,参战军解散,杨芳毓被派赴日本考察军事。1921年受刘湘邀请,杨芳毓出任川军总司令部参谋长,后又任第三军参谋长;1922年改任第三军十三混成旅少将

---

① 《重庆市市中区志》第二十六篇《人物》,第190页。

旅长；1928年，杨芳毓受李济深保荐赴德、法、英考察军需工业，走工业救国的道路；回国后立志办钢铁工业，感到只有祖国强大起来，才有能力不受外侮。1931—1933年，他先后任二十一军军训会副委员长、四川善后督办署教导总队副队长、二十一军军官教育团副团长、四川军训会团管区副总司令、四川国民军训会处长、主任、国民政府军事委员会委员长行营驻川参谋团副主任、四川学生训练总队副总队长等职；1934年筹建重庆钢铁厂，1937年建成重庆电力钢铁厂，担任厂长，直到1949年11月辞职。重庆电力钢铁厂是重庆乃至四川第一座电力钢厂。

杨芳毓在办厂过程中重用德国柏林大学冶金系毕业的杨能深、熊天祉等人，不惜高薪聘请专家、学者到厂工作。他提出"体脑并用，理论与实践相结合"的教育宗旨，培养技术人员。十五年间先后创办了中级技术人员培训班、艺徒班、职工补习学校、技工学校、职工子弟学校、华光职业学校等。

杨芳毓重视原料基地的建设，为解决生铁和能源问题，他从1937年起即全面调查四川各县煤铁资源，曾赴威远、綦江、南川、万源等地调查五金矿藏。抗战期间，炼钢所需进口材料和设备很难弄到，他就带领职工自行生产或设法寻找代用品。他组织职工自炼矽铁、锰铁、自造瓷船、烧管、电炉盘，以白泡石代硅砖用。炼钢炉增为两座，有一座命名吉辉炉。他自筹资金创建马丁炉一座，生产国防所需的多种钢材，制造枪支、手榴弹和炸弹等。1948年，他未按照国民党的指令去台湾，而组织职工多方劝阻国民党军队蓄意破坏工厂的行径，秘密转移玛瑙体、铂器皿等设备，组织职工防范突袭，因而中华人民共和国成立后工厂能得以迅速恢复生产。

1951年1月，杨芳毓应聘为中央人民政府重工业部技术顾问。后任北京市人民政府专员、参事室参事、文史研究馆专员、四川省政协第二届、第三届委员。1966年"文化大革命"中，杨芳毓受到冲击，被押送原籍。1972年北京革委通过恢复其工职。1974年病逝，享年87岁。

三、归侨与重庆文化

1. 归侨与重庆电影

1925年秋，曾留学法国专研电影学科的吴特生（四川人），在商业场（今人民公园附近西三街）创办了环球电影院，上映中外巨著，是重庆第一家完全专业化的电影院。环球电影院在当时非常有名，重庆拍摄的第一部无声电影《革命阵亡将士》、第一部进口彩色片、第一部国产彩色片、第一部国产有声片等都在这里首映。该影院规模宏大,设备完善,轰动一时,环球电影院还破天荒地特辟二楼包厢,这是重庆首创。

留法学生卢丕漠等在打铜街新华旅馆顶楼开设新华电影院。吴特生,卢丕漠运用自己之所学,于1925年,两人合作,拍摄了当地新闻短片。如在夫子池举办的革命阵亡将士追悼会,庆祝北伐胜利纪念及学生示威大游行等,均曾摄制公映。1932年后,环球、新川两影院开始使用最新式的有声放映机。于是,有声电影在重庆逐渐普遍,吸引了广大观众。重庆电影事业已有相当发展。[1]

程子健(1902—1973),原名程秉渊,字心浦,党内化名秋霞,四川省荥经县人,1920—1924年在法国巴黎电影专门学校学习,1925年加入中国共产党。他曾开办重庆最早的电影院——社育电影院,地址在重庆打铜街,参与中共重庆地方委员会的创建,任地委工委书记,负责领导全川的工人运动,成为重庆(也是四川)最早的工运领袖;领衔组成"英日惨杀华人案重庆国民外交后援会",成功地领导了重庆启渝印刷公司工人的罢工斗争、重庆工人反对军警镇压"五一"集会游行的罢工斗争,发动了江津、合川、广汉兵变,丰都、梁山、荣县农民暴动,自贡盐业工人政治同盟大罢工及成都市排字工人增加工资的斗争;曾任重庆市总工会副委员长、临时省委书记、省委军委书记、省工委组织部部长、代理川康特委书记等职。中华人民共和国成立后,任中共中央西南局统战部副部长、中共四川省委统战部部长、四川省政协副主席、四川省志编委会副主任委员。[2]

2. 陈愚生等归侨与《新蜀报》

陈愚生(? —1923),四川泸州人。1911年参加四川保路运动。民国初年赴日本早稻田大学学习经济。回国后,他于1918年6月代李大钊等人在北京发起组织少年中国学会,任执行部主任。1919年底陈愚生到重庆,任川东道尹公署秘书长;1921年与刘泗英等在重庆城区组织渝社,发行《渝社旬刊》,从事地方自治活动的宣传;同时在重庆筹组"新文化丛书"和"新文化印刷社",同年2月1日与鲜英等人发起创办《新蜀报》(旧址在今渝中区白象街45号),任社长。《新蜀报》成为当时宣传新文化、新思想的

---

[1] 《重庆市市中区志》,第三十三篇,第92—94页。
[2] 《重庆市市中区志》第二十六篇《人物》,第198页。

阵地,并很快成为重庆地区有影响的一家报纸。1923年,支持萧楚女等创办重庆公学。随即转为奉行"实业救国",出任富川银行协理,致力于"开发大西北"。①

3. 宋育仁与《渝报》

宋育仁(1857—1931),字芸子,号道复,四川省富顺人,我国近代较早向西方学习的改良主义思想家;光绪年间进士,授翰林院庶吉士。1894—1895年,他任清廷驻英、法、意、比诸国使馆参赞;1895年加入"强学会"。1897年,他在重庆设立四川省商务局,兴办各类实业公司,同年在今渝中区白象街创办重庆(也是四川)近代史上的第一家刊物——《渝报》。《渝报》以宣传变法维新、救亡图存为己任,发行范围甚广,几乎遍及全国,是重庆地区宣传维新思潮的主要阵地。宋育仁还曾担任翰林院检讨,广西学道,四川省矿务、商务监督,四川省通志局总纂等职。著有《周礼十种》《时务论》《三唐诗品》《采风记》等书。②

第六节　归侨与重庆社会变革

重庆的社会变革,主要就是辛亥革命和中国共产党在重庆、四川进行的马克思主义宣传和革命活动。辛亥革命前,广大归侨就大力宣扬革命思想,积极参与到革命浪潮之中,做各种准备工作。辛亥革命爆发后,他们又成了领导者,如推动重庆辛亥起义的归侨朱之洪、夏之时、童宪章等,还有领导酉阳起义的陈德元等。涪陵的高亚衡从一开始就培养革命力量,武力推翻清政府的统治。杨闇公,中共重庆早期组织领导者,在四川、重庆领导和策划泸顺起义,以推翻军阀统治,最后被反动军阀逮捕,不幸牺牲。归侨,为重庆民主革命和社会主义革命做出了不朽贡献。

一、朱之洪等归侨与重庆蜀军政府

朱之洪(1871—1951年),字叔痴,四川巴县鹿角场(今重庆市巴南区南泉镇)人,同盟会会员。清光绪二十九年(1903),朱之洪与杨庶堪、童宪章等组织反清组织"公强会";同盟会重庆支部成立后负责宣传、联络工

---

① 《重庆市市中区志》第二十六篇《人物》,第794页。
② 《重庆市市中区志》第二十六篇《人物》,第795页。

作。宣统三年（1911），重庆成立保路同志协会，朱之洪任会长，曾参与密谋重庆辛亥起义。重庆起义成功后，一再谦让，只任"蜀军政府"高等顾问并兼大汉银行总办。1912年，朱之洪作为蜀军政府全权代表与成都"四川军政府"谈判并签署了合并草约；1913年，参与"二次革命"兴军讨袁；1925年，任中国国民党四川临时执行委员会委员；1926年，与温少鹤等倡议筹办重庆大学；1933年，任巴县文献委员会委员长，并兼《巴县志》协修。晚年致力史学。1951年去世。在密谋重庆辛亥起义时，他两次冒险翻越城墙，绳城而下，迎夏之时军入城，促成起义成功。为阻止林绍泉叛乱，他义正词严，袒胸堵枪口等侠烈之事，光照史册。1913年，朱之洪在讨袁军兴时任安抚使，事败，流亡日本。首次谒见孙中山先生，中山先生对他很器重，常与之商谈国事。朱之洪生性豁达开朗，不在意升官发财之事，孙中山对其非常了解，为其书写了"海阔天空""天下为公"两幅横额，可惜的是，这两幅横额在"文革"时期被销毁。

  1914年，孙中山还题字"天地本逆旅，道义凭仔肩"赠给朱之洪，勉励朱之洪坚定信仰，树立革命的必胜信心。回国后，朱之洪每年"岁时伏腊"即将中山先生亲笔题写的"海阔天空""天下为公"及"天地本逆旅，道义凭仔肩"等墨宝悬挂中堂，向儿孙们解说当年之事。他在任"同盟会烈士纪念会"四川支部负责人时，亲赴京、津、沪移奉张培爵、邹杰、魏荣权、张威、程中权等烈士遗骨，葬于浮图关烈士墓园。为了更好地培养烈士遗孤，还特地倡议建立了遗爱祠小学等。由朱之洪主持操办或推动发起的纪念和公益项目很多，如建立沧白堂、邹容纪念碑，以及邹容中学、罗斯福纪念馆、浮图关革命烈士墓园等。

  夏之时（1887—1950），字亮工，四川合江人。1904年东渡日本，考入东斌学堂，学习军事；学习期间加入中国同盟会。1905年夏之时学成归国，回川参加新军，担任步兵排长，驻扎成都，在新军中策动革命。1911年11月，夏之时在成都市亲自领导并取得了龙泉驿起义的胜利，随后东进重庆，在安岳，被举为革命军总指挥，率军直抵江北。夏之时率军来到重庆，重庆革命党人有了武装凭借，精神为之振奋。11月21日，重庆方面派朱之洪前往与夏军会商独立事宜。于是夏军兼程进抵浮图关。在相互配合下，重庆兵不血刃，取得革命胜利，当天成立蜀军政府，推张培爵为都督，夏之时为副都督，通电全国，宣告重庆独立，为辛亥革命的胜利做出了贡献。平定林绍泉叛乱后，夏之时兼任蜀军总司令。民国元年（1912）3月12日，成、渝两军政府合并，他任重庆镇抚府总长。同年5月夏之时再度赴日留学。民国六年（1917），护法军兴，他受唐继尧委为四川靖国招讨军司令兼川东宣抚使，12月率军进驻合江。民国八年（1919）初，率部到成都大面铺，交熊克武收编，退出军政界，隐居成都办学。民国十年（1921），在成都创办锦江公学，任董事长。1938年为躲避日军，他返回合江，研究佛学及文物古玩，曾任合江县佛教分会常务委员、法王寺佛学院董事长及合江县银行董事长；1949年中华人民共和国成立后，他担任合江县治安委员会委员；1950年，土匪暴乱，受人民政府副县长之命，写信动员匪首夏西夔投诚；1950年镇反运动中被错杀。1987年11月，四川省合江县人民法院宣布为其平反，恢复辛亥革命人士的荣誉。

辛亥革命后，夏之时任北伐军四川总司令，参加反袁、护国、护法运动，积极追随孙中山先生参加革命工作，是四川近现代史上有影响的进步人士。

二、陈德元与酉阳辛亥起义

陈德元（1876—1938），字钦峰，又名赞廷，酉阳龙潭镇人，1904年6月，留学日本宏文师范，次年加入中国同盟会，在川籍中国留日学生中发展成员。1906年陈德元毕业归国，接受同盟会四川分会主盟黄树中（复生）的委托，负责川东地区秘密征集会员的工作。在酉阳建立蚕桑学校，培养人才。1911年10月辛亥革命爆发，陈德元在酉阳州响应，领导起义，宣告独立，他被推选为酉阳州五路之东路司令官。1912年7月，陈德元当选为四川省临时议会议员；1920年任酉阳县知事（县长）；1928年和1932年曾两度任省立五中（今酉一中）校长；以后曾任秀山县教育科长、酉阳县财务委员会委员长等职。此后多从事教学工作。他博学多才，杏坛著绩，书法刚劲，诗文笔调新颖，教学有方，学生中成名者众多，无产阶级革命家赵世炎烈士为其得意门生。精于诗文，擅长楷书，在酉阳县内多处留有题刻。著有爱国诗文《征兵伐倭》《少年感怀》等。

三、杨闇公与中共重庆组织

杨闇公（1898—1927），重庆潼南人，15岁考入江苏军官教导团学习军事，受孙中山影响加入国民党。1917—1920年，杨闇公留学日本士官学校，因参加声援五四运动,被日本警察拘留了8个月。1920年他被迫回国,是年秋,回重庆积极从事马克思主义宣传。1922年,他在成都加入中国社会主义青年团。1924年1月12日,他与吴玉章等在成都成立中国青年共产党。1924年秋,杨闇公任中国社会主义青年团重庆地方执行委员会组织部部长。1925年,自行取消中国青年共产党而加入中国共产党,与吴玉章、童庸生等四川地区共产主义先驱者一道,整顿和改组四川国民党组织,实现四川省内的国共合作;随后,发动群众开展反帝反军阀斗争,掀起大革命高潮。1925年10月,中共四川地方委员会成立,杨闇公被选为书记。1926年2月,他任中共重庆地方执行委员会书记,10月任地委军委书记。杨闇公领导四川党组织,一方面大力发展工农运动,一方面把注意力集中于军事斗争。1926年8月,重庆地委提出了在四川"扶起朱德、刘伯承同志,造成一系列军队"的战略主张,决定在泸州、顺庆一线发动武装起义,以配合北伐战争。党中央同意了泸顺起义的计划,决定在重庆地委内增设军事委员会,由杨闇公任书记,朱德、刘伯承为委员,陈毅也参加了领导工作。杨闇公以川军中的共产党员和革命军官掌握的6个旅为骨干,成立了国民党川军各路总指挥部,由刘伯承任总指挥。

1926年12月初泸顺起义爆发,起义军很快便占领了泸州和顺庆,极大地震撼了四川军阀。这次起义虽然失败了,但是,泸顺起义是中共重庆地委直接领导的第一次大规模的武装斗争,更是中国共产党最早独立领导的大规模军事行动。泸顺起义为党领导军事工作积累了经验,参与领导起义并取得宝贵经验的吴玉章、刘伯承、朱德、陈毅等一批杨闇公的战友,均成为后来"南昌起义"的骨干和中坚。

在杨闇公领导下的中共重庆地委,在统一战线、武装斗争和党的建设三个方面开展了创造性的工作,四川地区出现了党组织坚强、国共合作巩固、群众运动高涨、武装斗争声势浩大的新局面,四川成全国革命形势发展最好的地区之一。1927年3月,正当刘伯承率军激战于前线的时候,英帝国主义制造了南京血案,重庆地委在打枪坝组织抗议帝国主义暴行的群众大会。3月31日,反动军阀刘湘与蒋介石勾结,向重庆人民大开杀戒,制造了骇人听闻的"三三一"大惨案。杨闇公同志在惨案中脱险以后,于4月4日乘船前往武汉向党中央汇报。因叛徒告密,不幸被捕,于1927年4月6日牺牲在重庆佛图关下。

第二章 清末民初归侨与重庆

结 语

　　清末民初归侨，以在外留学归来者为主。他们要么是清政府公派出国留学，要么是自费出国求学，当然也有少量出国办企业归来者，如卢于臣、邓徽绩等人。还有一批特殊群体，那就是留法勤工俭学，他们既有官方的支持，又有民间赞助，与其他留学有一定区别。

　　清末，主要是赴日本留学者较多。这与官方选派优秀青年到日本学习有关。官派留日学生，以学习教育和军务为主，自费学习者，以学实业技术为主，因为大家都抱着"实业救国"的崇高愿望而行。事实证明，这些无论是官派还是自费的留学归来者，都对重庆乃至我国的社会发展、经济推动，有着很大的促进作用。这些归来者，相继办起了学校，推行新式教育；办起和参与了警察和军事学校的教学，促进了中国军警建设的近代化水平；办起了近代企业，采用先进技术和管理，对巴蜀地区近代工业产生了深远影响。

　　民国初年留学归来者，主要是留学欧美者居多。这些留学者，以自费为主。因在民国初年的巴蜀地区，军阀混战，民不聊生，军阀政府没有财力，也没有精力去办理留学事宜。这些出国留学者，多是殷实之家子弟。他们多数是抱着"技术救国"的理念而去。他们学成归国后，更是在重庆城市建设、交通发展、民生、金融事业、社会文化方面，有着很大的推动作用，这些推动，是全面的推动。

　　当然，有着更重要的推动社会发展的，是这些留学生带回了革命思想，无论是留日归来的同盟会会员，还是留法勤工俭学及留学苏联归来的革命者，他们都在一代传递一代地完成中国民主革命的任务。辛亥革命以留学日本归来者为主，特别是归国的中国同盟会会员。社会主义革命任务的推动者，以留法勤工俭学和留苏归来者为主。从这些留学生的职业和专业选择，就清晰地反映了当时人们的理念变化，即教育救国—实业救国—技术救国—工业救国—革命救国。从最初的各种救国方案，到最后选择了"革命救国"方案，最终，由于每方面的使力和各阶段成果的积累，中国发生了翻天覆地的变化，重庆亦随之发生变化。

第三章 抗日战争时期的归侨

第一节 保卫重庆的归侨飞行员

抗日战争时期重庆曾经是中华民国的陪都,在当时的世界局势中具有极为重要的地位,重庆也因此成为日本最重要的征服目标。从1938年2月18日到1943年8月23日,日本为了彻底"摧毁中国的抗战意志",达到"迅速结束中国事变"的目的,对重庆进行了长达五年半的无差别轰炸。据不完全统计,在这五年多的时间里,日军总共出动了九千多架次飞机,对重庆进行了218次轰炸,投弹量达11 500枚以上,使重庆人民的生命财产和重庆城市遭到空前浩劫。正是在这样的特殊历史时刻,海外华侨纷纷参加空军,驾驶飞机与日寇英勇作战,他们中的很多人为保卫重庆牺牲,埋骨于巴山蜀水。

一、概 述

早在1934年国民政府就已经开始组建航空委员会,预备即将到来的抗日战争,然而当时的中国只有一支集合各地方实力派航空力量临时组成的杂牌空军,拥有305架飞机,而且大多是国外购置,性能不一,飞行员素质也良莠不齐。[1] 而在战争之前日本则是已经建立了完整的航空工业体系,能够研制和生产当时世界上最为先进的作战飞机,而且已经建立了一支专业化程度极高的航空兵队伍,拥有各式飞机两千多架,日本人甚至为了增加战斗飞机的性能几乎不惜一切代价。[2] 正因如此,在抗战开始以后中日空军一交手,中国空军就饱尝失败的苦楚,短短几年中国空军就损失殆尽。到国民政府迁

---

[1] 元江:《抗战时期中国空军作战的若干问题》,《军事历史研究》,1988年第1期;袁成毅:《全面抗战前国民政府空军建设评析》,《杭州师范大学学报(社会科学版)》,2003年第2期。

[2] 高平平、李雅茹:《抗战时期中日空军争夺制空权的殊死搏斗》,《军事历史研究》,1996年第2期。

第三章 抗日战争时期的归侨

都重庆初期,空军已经几乎没有战斗力,这也直接导致重庆的中国军民饱受日军空袭轰炸之苦。为了应对这种局面,国民政府一方面在大后方组织空军力量建设,一方面也广泛地接受世界各地各种力量的支援。从1938年10月开始,苏联航空志愿队进驻重庆,开始帮助中国军民反击日本轰炸[①];1939年5月,"中国空军航空委员会"迁移至四川省成都市办公,其下属就包括苏联航空志愿队和中国空军第三大队、第五大队等;1940年陈纳德组织中国空军美国志愿大队,支持中国空军对日本空军的轰炸进行反击。[②]

而其中支持中国空军力量最大的当属海外华侨,例如美国旧金山、波特兰、纽约、洛杉矶、芝加哥、底特律、檀香山、菲尼克斯、图森以及加拿大、东南亚各地的华侨,都不约而同地掀起了航空救国运动。[③]他们一方面积极筹款为国家购买飞机,另一方面积极创办航空学校和航空学会,为祖国培养和输送各类空勤人才。回国从戎的华侨,有许多人在海外接受了专门的航空训练,他们是飞行员、航空机械人员,为国防科学技术落后的祖国增添了新鲜血液,大大地加强了国内抗日的空军力量。美国华侨在这方面的贡献尤为突出,先后向国内输送一百多名飞行员。如美国俄勒冈州波特兰市仅有华侨两千余人,九一八事变后,这里的华侨组织了"华侨航空救国会",创办了"美洲华侨航空学校",购置两架飞机,聘请外籍教师,除救援学员飞行技术以外,还开设"国耻史"课程,以培养学员的爱国主义觉悟。该校举办两期,招收三十余名华侨子弟,他们学成后全部返回国内服务。此外,菲律宾、印尼等南洋各地华侨青年,回国参加空军者也大不乏人。[④]

由于华侨航空人员多批回国加入空军抗战,因而在中国空军的驱逐机飞行员中华侨占四分之三,广东空军从队长到队员几乎全是华侨子弟。华侨空中健儿多次驾机与日本空军激战,为保卫祖国领空战功赫赫,也有的在空战中壮烈殉国。黄泮扬、陈瑞钿都是美国波特兰"美洲航空学校"第一期毕业生,1932年回国编入空军,抗战中分别击落敌机8架和6架,名震一时,号称虎将,双双被升为飞行大队长。印尼华侨梁天成、陈镇和、刘盛芳在与日机空战时先后牺牲。刘盛芳的父亲刘长英侨居雅加达(当时称巴达维亚),

---

① 张建华:《再造苏联形象:抗战初期苏联空军援华及其影响》,《史学月刊》,2017年第1期。
② 金光耀:《陈纳德航空队与中国抗日战争》,《军事历史研究》,1986年第1期。
③ 方雄普:《美国华侨的航空救国活动》,《华侨华人历史研究》,1988年第2期。
④ 《捍卫祖国的华侨空军战士》,载(美国)《三民晨报》,1940年5月30日。引自《华侨抗日救国史料选辑》第24—25页。

当他接到国民政府的慰问信和抚恤金后,化悲痛为力量,立即作复说:"当兹抗战需要之际,噩耗传来,五内痛伤,爱子之悲。承政府俯赐之恤金一万元,值此抗战时期,国家经济上正待张罗之际,实不敢受领,拟请将盛芳恤金,全部捐赠祖国,为抗战军费。"救国之心,赤诚无私,感人至深!

这些空勤人才回到国内之后陆续参与了抗战初期中国对抗日军侵略的各大战役,例如南粤空战、兰州空战、武汉保卫战等,取得了不朽的功勋。① 国民政府迁往重庆之后,他们也陆续抵达大西南,为建设大后方空军组织力量、培养人才。

当时国民政府的总体构想是,以成都为中心在大后方组建空军基地,以最大限度地反击日军对重庆的轰炸。空军最高机关航空委员会(主任周至柔)、空军总指挥部(主任毛邦初)迁到成都市外东沙河堡,空军总政治部(主任简朴)驻成都市内狮马路,空军三路司令部(司令王叔铭)驻红牌楼,空军参谋学校(校长蒋介石)驻外南龙江路省艺专隔壁,还有双流机场的空军一大队,太平寺机场的空军士官校,以及灌县的空军幼年学校等。② 而其中最引人注目的就是航空研究院③,院长黄光锐原来就是一名归侨飞行员,也是中华民国空军的元老级人物。

二、归侨飞行员

黄光锐是旅美华侨,祖籍广东台山,他少年时即远赴美国谋生。1916年,黄光锐的台山同乡、飞行前辈蔡司度在旧金山举办美洲飞行学校,黄光锐即自费学习飞行,取得美国飞行执照。1922年黄光锐随同后来被誉为"中国革命空军之父"的杨仙逸回国造飞机④。次年6月他们制造完成了第一架飞机,并由黄光锐驾驶飞行,同时请当时在广州的孙中山元帅检阅。1923年广东航空学校成立,黄光锐任飞行教练,后接任航校校长。1937年,他调任中央航空委员会副主任(主任为周至柔),至1939年秋,改任空军总指挥部军政厅厅长。他所培育和指挥的原广东空军飞行员,大多数在抗日战争中

---

① 李湘敏:《略论抗日战争时期的中日空战》,《福建师范大学学报(社会科学版)》,2001年第4期。
② 参见许蓉生《成都对日空战的指挥中枢和前沿阵地》,《成都日报》2015年7月8日;张宪文:《抗战时期国民政府军邮、防空及大后方建设研究》,《军事历史研究》,2015年第4期。
③ 傅海辉:《抗战时期空军航空研究院科研工作之研究》,上海交通大学博士学位论文。
④ 郭丹玲:《试论杨仙逸对我国航空事业的贡献》,《沧桑》,2014年第2期。

第三章　抗日战争时期的归侨

英勇战斗，做出重大贡献，据统计，他们之中有 40 人共击落日机 70 多架，有 70 多人为国牺牲。

1940 年前后成都航空研究院成立，黄光锐以少将军衔任研究院院长，并且在成都制造了一架轻型轰炸机，一时在大后方引起轰动。1949 年黄光锐迁居香港，后至美国洛杉矶，1985 年 8 月于洛杉矶病逝，终年 87 岁。

黄光锐以后，驾驶飞机参与空战，反击日军轰炸，保卫大后方的有一大批归国华侨。[①]这些归侨以旅美华侨为主，他们大多在美洲期间就获得了当地的飞行执照，抗战爆发之后怀着满腔热血参加空军，在装备远落后于敌人的情况下以无畏的牺牲精神浴血奋战，沉重打击了侵略者的嚣张气焰。据当时曾服务于中国空军第三大队和第五大队的归侨们回忆，他们在保卫重庆之前，先后参与过保卫南京大空战、南粤大空战、保卫武汉大会战以及兰州大空战等重要战役，在这些战役中很大一部分人受伤乃至失去生命。然而国民政府迁居重庆之后，他们又肩负起保卫大后方、反击日军重庆大轰炸的责任，涌现出一批空战英雄。根据任贵祥先生所著《华侨第二次爱国高潮》一书介绍[②]，旅美华侨回国加入空军队伍抗战的归侨有二百多人，这些人为当时国家的空军事业贡献了巨大的力量。黄新瑞是旅美华侨，祖籍广东台山，他的父亲黄经护清末侨居美国，曾捐款资助孙中山革命。黄新瑞十岁时随母亲抵美国，后来进入由洛杉矶中华会馆集资开办的航空学校学习飞行；毕业后又进入屋仑市斐摩上校飞行学校深造。[③]1934 年取得飞行执照，旋即回祖国效力。

黄新瑞是抗日战争时期最为著名的飞行员之一，他短短的一生参加过百余次空战，先后击落 8 架日军飞机，被誉为当时中国空军的"王牌飞行员"。1939 年，黄新瑞在广州空战中一举击落敌军 3 架飞机，而他在这场战斗中身负重伤，此后辗转广州和香港治疗。1940 年黄新瑞康复归队，赴重庆"航空委员会"报到后，被任命为第五大队队长，正式参与反击日军对重庆的轰炸。1941 年 3 月 14 日，日军出动六十余架"零式战斗机"掩护 27 架轰炸机奔袭川西地区。黄新瑞率领空军第五大队各中队 31 架飞机升空迎战，然

---

① 李可：《抗战时期华侨航空救国述略》，《纪念抗战暨世界反法西斯战争胜利 60 周年文集》，另外参见关连芳、王海英《华侨在抗日战争中的贡献》，《纪念中国人民抗日战争暨世界反法西斯战争胜利 60 周年专刊》，2005 年。
② 任贵祥：《华侨第二次爱国高潮》，北京：中共党史资料出版社，1989 年。
③ 韦强：《抗日"空中虎将"黄新瑞》，《五邑大学学报（社会科学版）》，1995 年第 2 期。

而由于敌我力量悬殊,黄新瑞的战机中弹,他不幸牺牲。

这场战役也就是著名的成都"三一四"空战,中国空军在这场战役中损失惨重。在这场战役中不幸阵亡的还有第五大队副队长岑泽鎏、中队长周灵虚、副队长谭卓助、分队长江东胜与其他飞行员6人。①这场战役之所以损失惨重,即在于当时的空军指挥员没有注意到掩护敌军轰炸机的"零式战斗机",以致飞行员们付出惨痛的代价。②日本在战争期间研制的"零式战斗机"性能极为优越,在当时国际上也几乎很少有对手,而且日本人为了飞机的性能不惜牺牲一切代价,包括飞行员的生命安全。与当时的中国空军相比,其性能自然不是一个时代的,所以中国空军会在这场战役中损失惨重。

黄新瑞牺牲月余,其妻生下一名男婴,取名"川生",以志不忘国仇家恨!黄川生长大后魁伟英俊,相貌酷似黄新瑞,烈士于九泉之下可以安息矣!另,黄新瑞遗孀刘惠贤,战后在基督教长老会创办的广州柔济医院当护士,中华人民共和国成立后在广州市第二人民医院护士长任内退休,安享晚年。

在成都"三一四"空战中牺牲的分队长江东胜也是美国归侨,祖籍广东花县,父亲江树樵清末即赴美谋生。③江东胜1913年出生于美国加利福尼亚,1931年九一八事变的时候,江东胜时值弱冠之年,血气方刚,对蹂躏祖国河山的民族敌人无比愤慨,于是立志投笔从戎,转入士托顿飞行学校学习,冀挟一技以求报国。④1925年江东胜学成回国,投效广东空军,在华侨训练班接受空中对抗战技术的强化教育之后,被分配到歼击机队服役。1937年抗战全面爆发,江东胜随队驻守江苏句容。是年,日本空军的木更津航空队和鹿屋航空队,分批偷袭沪宁杭沿线地带。中国空军歼击机队立即起飞拦截攻击,中日两国空军在南京上空发生空战,是役中国空军以六比○取胜

---

① 参见冯经世:《抗日空军英雄岑泽鎏》,《航空史研究》,1999年第2期。
② 晏湘涛、匡兴华:《抗战时期日本零式战斗机对中国空军的技术突袭》,《军事历史》,2016年第1期。而航空第五大队经过此次战役之后一直蓄积力量准备复仇,1944年前后第五大队与我军地面部队配合从空中和地面攻击日军,并掩护从云南、四川等处机场起飞的B—29轰炸机实施对华北、华中日军驻地的战略轰炸,切断日军补给、封锁长江、湘江和粤汉铁路运输线,阻止日军进攻西南等重要任务,完成了对日军的复仇,参见向国双《航空五队复仇记》,《湖南档案》,1995年第4期。
③ 黄严:《长空仰忠魂——记美籍华人空军英雄江东胜为国捐躯的事迹》,《花都文史》第9辑,1986年,第85页。
④ 东航:《以身殉国的空军勇士归侨——江东胜》,《花都文史》第15辑,1995年,第95页。

第三章 抗日战争时期的归侨

告捷。而在这场战役中,江东胜从江苏句容机场升空,担负佯攻任务,诱敌转移目标,紧密配合作战,为友机创造克敌的条件,堪称执行战术方针的典范。1940年前后江东胜随队驻守成都保卫大后方,当时他已经升任第五大队的分队长,与轰炸重庆和大后方的日军空军多次展开殊死搏斗,直至1941年3月14日壮烈牺牲。

余拔崴,广东台山人,旅美华侨,牺牲于重庆璧山空战之中。1940年9月13日璧山空战爆发,日军的零式战斗机参加了此次战斗,这种当时世界上性能极为先进的战斗机再次给中国空军带来了极大的创伤(上次为成都"三一四"空战)。然而尽管如此,中国空军飞行员依然勇敢起飞迎敌,只是由于飞机性能差异太大,中国空军几乎没有还手之力,最终损失惨重。

然而由于情报条件的限制,当时的飞行员对日本飞机的情况了解不多,飞行员徐吉骧回忆说:"直至半年后才知当时遇到的是什么飞机。我军的俄制飞机和'零式'机一接触,就知我机的性能及马力、灵活度都比日机差太多了,虽知如此,我们依旧奋战不肯脱离战场,我见到我方的战机一架架坠落及有人跳伞。"

经过苦苦鏖战后,中国空军被击落13架、重伤11架,飞行员阵亡10人、重伤9人,而日军则几乎无一伤亡,这是中国空军历史上损失最严重的一次。[①] 此役之后,空军元气大伤,从此一蹶不振,在数量、质量均不如日军的情况下,基本上无力阻止日军对重庆的轰炸。

余拔崴是当时起飞迎战的飞行员之一,他的名字在重庆南山空军坟的墓碑上被误刻为"余拔峰"。战斗中余拔崴的座机不幸被日军飞机击中,跳伞着陆时被日军飞机开枪扫射,当场身亡,时年仅27岁。余拔崴牺牲后被国民政府追授上尉军衔,当时的重庆陪都人民也都深切悼念在空战中牺牲的英烈们。

余拔崴的遗骸被埋葬于重庆南山空军坟,2008年《重庆商报》与《江门日报》曾联合发起了寻找空军坟牺牲英烈后人的活动,余拔崴的侄子余贯虹得到消息之后专程赶来重庆祭奠伯父。据余贯虹说,他的父亲余剑侠在兄弟中排行老六,而出生于1913年的三伯父余拔崴则排行老三,从家中珍藏着的一张发黄的照片上看,三伯父身高超过180厘米。"当年国民政府给我

---

① 戴逸贤:《中日空战记》,北京:解放军出版社,2015年,第287页。

家发放抚恤金时,我们才得知三伯父已阵亡了。"余贯虹说得知余拔崴牺牲的消息之后,父亲余剑侠跑遍了几乎大半个中国,试图找到余拔崴的葬身之地,但寻找了43年一直未果。1983年11月,余剑侠临终前拉着余贯虹的手,希望儿子能帮他完成寻找夙愿。后来,余贯虹曾到成都、南京等地的空军阵亡墓地挨个寻找,还是没有三伯父的任何消息。"今年3月,我在报纸上得知三伯父葬在重庆南山上的空军坟中。"余贯虹称,当时全家非常欣慰,父子俩历经68年的寻亲终于有了结果。①

伍国培,参加了璧山空战,他是旅美华侨,祖籍广东台山,出生于1912年,1936年考入广东航空学校,后并入中国空军军官学校第8期,1938年毕业分到中国空军第四大队,驻防重庆,并在重庆参加了数十次空战。1940年5月20日,伍国培架机参加梁山空战,并击落敌军侦察机一架,立下了赫赫战功。1940年9月13日,伍国培参加璧山空战,在这场中国空军损失最为惨烈的战役中幸免于难,但也受到了严厉处分。

雷炎均,参加了璧山空战,他是旅美华侨,祖籍也是广东台山,14岁的时候就随父亲到美国定居。雷炎均毕业于美国北仑航空学校,1934年归国,随后参与到空军中。1937年雷炎均和同乡苏英祥一起随队北上参与太原抗战,亲见苏英祥牺牲,他的座机也中弹累累,但幸免于难。雷炎均后来到重庆参加反击日军空战的战役,战功赫赫,先后任第三大队第二十八中队分队长、中队长。璧山空战中,他的队员战死数人,他下了飞机后就在机翼下号啕大哭,悲痛地说:"飞机差别太大,根本没有还手的机会。"②

司徒坚,广东台山人,旅美华侨。司徒坚曾在广州航空学校学习,后来在重庆参加了璧山空战,在战斗中他的飞机被敌机重重包围,最后被性能极为优越的敌零式战斗机从上空俯射,不幸中弹身亡。司徒坚的遗骸后来被葬入位于重庆南山的空军坟。

黄栋权,广东台山人,旅美华侨。黄栋权回国后曾在杭州笕桥航空学校学习,在昆明期间遇到梁思成、林徽因等人,并结下深厚的友谊,梁思成和林徽因还作为他的"名誉家长"参与了毕业典礼。1940年黄栋权参加璧山空战,在战争中飞机被击中,不幸阵亡。

璧山空战中飞行员英勇作战,但是限于飞机性能差距太大,所以才会有

---

① 《空战英雄跳伞被日军扫射身亡 后人寻墓68年》,《重庆商报》,2008年11月8日。
② 朱力扬:《中国空军抗战记忆》,杭州:浙江大学出版社,2015年,第242页。

如此惨烈的伤亡。后人对这场战役的得失进行了详细的分析：

此役，敌以最新机种参加空中各兵种之联合战斗，以其九七式对我 E—16，另以其较九七式更为优越之一种专对我 E—15 式，背向太阳，利用高度分为上下二层，向我分进突击，综其性能速度，均较我为优越。我机则以性能关系，利于 3000 米高度作战，故敌先占高度之优势。我机性能太差，速力，升空力，火力均较敌机逊，除防御外，几无还击之机会。故全战斗中，我机之取得发射之机会实属寥寥。胜败之因果昭然若揭。幸我军精神旺盛，始终团结一致，虽伤亡惨重，但无一离队者。亲爱精诚，生死与共，实为此次减少损害之总因。而爱护器材之心由切，虽人机两均受伤之困苦中，均能将飞机勉强飞回极地，此点确为难能可贵。①

黄泮杨也是美国归侨，抗日战争爆发后回国参加空军，先是在广东空军中服役，参与轰炸浏河舰战役，并获得军功。1940 年前后黄泮杨在重庆地区参加反击日军轰炸，当时陪都重庆出版的《中国空军》杂志多次刊载他的英雄事迹，并且称他为"空军英雄""虎将""福将"等。而黄泮杨之所以被称为"福将"，是因为他多次参加空战，可谓是身经百战，但从来没有被敌机所伤，而这一切正源于他机敏的战术。抗日战争期间，黄泮杨总共击落敌机 4 架，与僚机合力击落敌机 3 架，立下了赫赫战功。黄泮杨曾说："在美国，我们那时候深感到一个中国人的可怜。我们总想：为什么一个堂堂大国的国民，在外国是这般被人瞧不起？我决心要学点可以使祖国强大的技能回去。我选定了航空一途，而且还组织了一个航空救国会。后来学成飞行，才回祖国。"②这份赤诚的爱国情怀至今仍令人动容。

马国廉是美洲加拿大归侨，祖籍广东台山。③ 马国廉曾经在加拿大艾伯塔省艾特蒙特飞行学校学习，1933 年回国参加抗战，先后参与过兰州空战等重要战役，并于 1940 年元旦在湖南零陵击落了日军的高速侦察机"神风

---

① 王晓华、徐霞梅：《国殇：国民党正面战场空军抗战纪实》第三部《首次揭开中国空军抗战的真相》，北京：团结出版社，2012 年，第 230 页。
② 李景光：《华侨对中国抗日战争的贡献》，中国致公党官网 http://www.chinazhigongparty.org.cn/zthd/2015nzt/jnkz70zn/dbnr/201506/t20150602_23938.html
③ 马德宇：《空军飞行员马国廉》，《白沙侨刊》，1987 年（复刊号）。

号"，大大鼓舞了当时国人的抗战士气①。随后马国廉来到重庆参与反击日军的大轰炸，隶属于空军第三大队第十七分队，后升至第五大队第二十九队队长，并在成都参与了消灭有日军"空军之王"称号的奥田大佐的战役②。1942年马国廉调任民航，参加开辟飞跃驼峰的中印航线，并承担驼峰空运的艰难任务，1944年在驼峰航线上不幸撞山，献出了年轻的生命。马国廉总共击落过3架敌机，无愧于空军英雄的称号。

严均也是一名归侨飞行员，他隶属于中华民国空军第十七大队，之前曾经参加过兰州大空战，来到重庆的时候他已经是一名分队长。③从1940年开始严均参加了中华民国空军在重庆地区的巡逻和警戒，并与前来轰炸的日军飞机展开殊死搏斗。1940年4月30日，日机27架分两批夜袭重庆。凌晨3点30分，我空军第29中队、第四大队第21中队、22中队、23中队分别从白市驿、广阳坝机场起飞2架和9架E—15战斗机，在两机场上空和市区上空警戒。5点20分，我第四大队第24中队又从梁山机场起飞3架E—16战斗机，在梁山上空警戒。在这场战役中，我方仅有严均和杨元臣两人发现了敌机，并加以攻击。杨元臣在飞机滑油管破裂、润滑油粘涂风挡且阻隔视线的情况下，仍英勇进攻，击伤敌机1架，受到中国空军当局的传令嘉奖。严均和其他飞行员或因敌机过远，或因高度不足，未能适时加入围攻。1940年6月16日，日本陆军航空队出动36架重型轰炸机轰炸重庆，当时的中华民国空军出动34架战机迎战。在空战中，严均在渝中区上空遭遇敌军飞机一架，并且奋勇追击，最终与僚机配合，将其击落在弹子石附近，立下战功，鼓舞了当时重庆人民反轰炸的信心。

黄普伦，广东台山人，1930年从加拿大回国，先后参与过多次空战，立下赫赫战功。中国空军在成都建立空军基地之后，黄普伦任第六轰炸大队大队长，编入空军总指挥部，第一路战斗序列，参加抵抗日军轰炸大后方的

---

① 日军"神风号"快速远程侦察机性能极为优越，它在战争中的主要任务是侦察，为大规模轰炸机部队提供先导。由于其速度极快，所以即便发现也很难被追到，故而令当时的空军非常头疼。见林毅夫的回忆文章《忆抗战时的周至公》，《回忆周至柔》，北京：中国文史出版社，2015年，第89页。
② 余宗：《日本空军之王葬身中国天空的经过》，《航空史研究》，1997年第3期。
③ 中国人民政治协商会议四川省重庆市委员会文史资料研究委员会：《重庆抗战纪事》，重庆：重庆出版社，1991年。

第三章 抗日战争时期的归侨

战役。1942年黄普伦在成都因病逝世。①

苏英祥是旅美华侨，祖籍广东台山。苏英祥毕业于美洲华侨航空学校，这是一所位于俄勒冈州波特兰，由美洲华侨航空救国会主办的著名学校，在短短的两年内培养了二十九名学员，并将他们送回国内空军服役，参与抗战，其中就包括苏英祥。苏英祥回国之后就参与了八一三战役，并且随队轰炸四礁石岛附近的日本军舰。1937年9月，上海沦陷后苏英祥随队北上太原，在太原上空遭遇日军飞机一架，英勇将其击落。10月15日，苏英祥再次随队出击，在山西忻县（今忻州市）附近遭遇敌军大队飞机围攻，后来壮烈牺牲。

黄元波也是旅美华侨，他的经历和苏英祥类似。1931年黄元波就从美国回国，1937年淞沪抗战爆发，黄元波在夜航轰炸淞沪日军阵地时，被日军击落，壮烈牺牲。

另外，还有王牌飞行员美誉的陈瑞钿。陈瑞钿的祖籍是广东省台山县大江村，他的父亲是华裔，母亲是秘鲁人。陈瑞钿年少时就有志于从事飞行事业，并取得了美国的飞行执照，抗日战争爆发后回国抗日，曾参加过多次战役，后来在昆仑关战役中负伤，后回美国治疗。战争结束后陈瑞钿被称为"中华战鹰"，并在"美国空军战斗英雄馆"中正式被评为"第二次世界大战美国的第一位空战英雄"。

抗战时期的华侨飞行员中经历较为传奇的还有"飞虎队"成员梁汉一。梁汉一祖籍广东恩平，父亲早年赴美谋生，1917年梁汉一出生于美国加利福尼亚州。1936年，梁汉一入美国空军学校学习，毕业后被选到陈纳德麾下的"飞虎队"（即第14航空队）任飞行员。1941年，梁汉一随同飞虎队来华支援抗战，驻守昆明。飞虎队仅在12月12日和23日就分别击落日机9架及战斗机9架、轰炸机15架。梁汉一作战英勇，功勋显赫，晋升为空军准将。1944年，梁汉一在延安受到毛泽东接见。

更为传奇的是，1972年尼克松访华，梁汉一就是尼克松座机空军一号的飞行员，再次受到毛泽东接见。据统计，与梁汉一一样加入"飞虎队"的华侨飞行员有1000多人，他们的祖籍大多是广东省。

除旅美华侨之外，还有其他地区的华侨回国参加抗战。陈桂林和陈桂文

---

① 王平、许蓉生、胡越英：《成都与抗战时期的中国空军》，成都：四川大学出版社，2015年。

是马来西亚华侨,两兄弟在抗日战争爆发后回国,是广东空军第七期的学员,后来随队北上,参加过上海、太原等重要战役。①1940年两兄弟驻守成都,参加多次战役保卫大后方,反击大轰炸。1941年陈桂林在空战中牺牲,他的父亲从马来西亚回国将寡媳孙子接去,并嘱咐小儿子陈桂文要坚持战斗。陈桂文后来在昆明空战中英勇牺牲,而这一次老父又默默地回国,来接孙子和儿媳妇。

吕天龙,1910年出生于马来西亚邦加岛,祖籍广西陆川,父亲早年被骗到南洋做苦工,后来经营胡椒园逐渐成为小康之家。②吕天龙13岁时回国,九一八事变之后考入广西航校飞行班第一期学习,1936年担任驱逐机飞行队队长。1938年吕天龙架机参加台儿庄战役,取得了辉煌战果。1941年驻扎在成都的第五大队几乎全军覆没,正副队长均在空战中牺牲,在全队斗志丧失殆尽之际,吕天龙临危受命去成都接任第五大队队长职务,他到任后雷厉风行整顿队伍,加强训练,迅速提高了士气。1941年6月成都机场遭遇敌军袭击,空军损失惨重,吕天龙被认为应当对这次战斗负有责任,于是被关押审讯。解放战争时期吕天龙架机起义,加入中国人民解放军行列,1972年病逝于上海。③

林日尊是马来亚归侨,他中学毕业后恰逢九一八事变爆发,于是毅然选择航空救国的道路④。林日尊回国投考广东航空学校,苦练报国本领,毕业后升为中尉队长。1937年到1940年期间,林日尊先后架机参加过上海、南京、广州、杭州、南昌、长沙、衡阳等数十次空战,因表现出色,被国民政府授予一等宣威章一枚。1940年前后林日尊随队在成都驻防,参与保卫大后方的数次空战,5月18日,日军出动大批飞机空袭成都,当晚林日尊驾机迎敌时重创敌机3架,不幸双腿负伤,坠机身亡。

梁添成是印尼归国华侨,祖籍福建南安,1933年归国在复旦大学学习,1937年抗日战争全面爆发,梁添成参加空军抵御侵略。⑤梁添成所在的中国空军第四大队,是一支王牌驱逐机大队,大队长是有着"空军战魂"之称的

---

① 任贵祥:《海外华侨与祖国抗日战争》,北京:团结出版社,2015年,第107页。
② 黄启文:《归国华侨空军抗日英雄吕天龙传略》,《八桂侨史》,1992年第1期。
③ 赖晨:《从南洋归国抗战的华侨飞行员》,《文史月刊》,2014年第11期。
④ 任贵祥:《海外华侨与祖国抗日战争》,《抗日战争与中华民族复兴》丛书,北京:团结出版社,2015年。
⑤ 任贵祥:《海外华侨与祖国抗日战争》,北京:团结出版社,2015年,第107页。

高志航。① 中国空军第四大队使用的主力机型是霍克三型战斗机，是当时中国空军最为先进的战斗机。1939年，梁添成升任第四大队第二十三中队中队长，同年6月11日日军出动27架飞机轰炸重庆，梁添成升空抵抗，不幸被日军击中，飞机在涪陵附近坠毁，梁添成壮烈牺牲，年仅26岁，当时他刚新婚不久。梁添成牺牲的消息传到印尼，万隆华侨各界人士为他举行了隆重的追悼会。梁添成的遗骨和100多名抗日飞行员一道，被安葬在南京紫金山北麓的抗日空军烈士公墓。②

此外，从南洋归来的华侨飞行员还有陈镇和、刘盛芳等，他们也都为抗战做出了卓越贡献。

三、重庆空军坟

除梁添成等人的遗骸被埋葬于南京之外，众多驻守重庆地区的空军抗战英烈后来被埋葬于重庆南山"空军坟"。③ 根据调查，在抗日战争期间大约有240名空军将士在重庆大轰炸、武汉保卫战、长沙会战、璧山空战及其他地方英勇牺牲。抗战胜利后，为了安葬这些牺牲的空军将士，国民政府特地在重庆南山长房子放牛坪购买了二百多亩地，设置了烈士陵园。然而由于空战的惨烈性，很多空军将士的尸骸都无法完整寻找，所以这里安葬的有些只是英烈们的遗物，包括衣服、皮鞋、皮带等，即便有遗骸的也大多残缺不全。

现在的空军坟是抗战胜利六十五周年的时候，由重庆市南岸区政府修复，遗址位于一斜坡丘陵地带，依山建坟，砌石叠土有5层台阶，每台为一坪，坪长约40米，宽约20米，用于埋葬牺牲的将士，每一层台阶设5排，每排12个墓，穴共有60个墓穴。平台中间栽着万年青，通往空军坟的路面还铺着石阶，两边种着松柏，还有守墓人住的房子等建筑，显得非常宏伟壮观。重庆南岸区政府还在遗址基础上建成了"空军抗战纪念园"，以纪念为抗战卫国和保卫重庆壮烈牺牲的先烈们。

---

① 高志航的儿子高耀汉后来写了一部著作回忆自己的父亲，参见《我的父亲高志航》，北京：中国文史出版社，2017年。
② 洪顺兴：《抗日空战英雄梁添成》，《炎黄纵横》，2008年第9期。
③ 谭松：《血火与堡垒 重庆大轰炸采访录》，广州：暨南大学出版社，2015年，第167页。

第二节　定居重庆的南侨机工

1937年抗日战争全面爆发，全国人民奋起抵抗，广大华侨也以各种方式支援国内抗战。1938年10月定居在东南亚各地的八百万侨胞在新加坡成立"南洋华侨筹赈祖国难民总会"，热心社会公益事业的大实业家陈嘉庚被推举为主席。在陈嘉庚的组织和领导下，"南洋华侨筹赈祖国难民总会"组织"南洋华侨机工回国服务团"，先后有3200名爱国华侨回国参加抗战，这是华侨总会组织的最大规模的抗日救国运动，也是百年华侨史上最集中、最有组织、影响最为深远的爱国壮举！① 南侨机工，统一编入西南运输公司，主要办事处设在了昆明，重庆设运输站及办事处，受昆明管辖。

一、南侨机工

抗日战争初期，日军占领和封锁了中国沿海各港口，国际社会援助的大量物资很难进入中国。1938年初中国军民开辟滇缅公路，这条公路从云南昆明到缅甸腊戍，全长1146千米，仅用一年多的时间就建成，后来这条公路也就成了抗战时期西南地区唯一的一条国际通道，大量的物资通过这条通道进入中国，以供国内抗战的需要。然而这条公路本身十分简陋，而且修建在崇山峻岭之中，沿途要翻越海拔三千多米的横断山脉，还要跨越水流湍急的澜沧江、怒江等，地势极为险要，如果没有技术娴熟的司机和有一定技术能力的修理工，很难完成如此重要的运输任务。然而当时国内能够驾驶汽车的技术人才十分匮乏，国民政府军事委员会西南运输处主任宋子良致电陈嘉庚，希望能够招募华侨技工回国。陈嘉庚先生急国家之所急，迅速以"南侨总会"的名义发出号召，得到了南洋华侨的热烈回应，于是来自东南亚地区八个国家的3200名华侨司机和修车技术人员组成南侨机工回国参战。据侨领陈嘉庚的巡视记载：滇缅路将通车时，缺乏驶车机工、且新路多崎岖，驶车者非老经验必多蹉跌。宋君来电托代雇司机、机修工人等回国，往滇缅路并西南等省服务，除薪水外膳宿衣服医药概由政府供给。南侨总会乃出通

---

① 贺春旎：《侨之魂 华之光 陈嘉庚与南侨机工》，北京：文物出版社，2014年，第1页。

第三章 抗日战争时期的归侨

告,并致函马来亚各属会鼓励,数月之间,热诚回国者三千二百余人。经安南往昆明者居多,经仰光者三百余人。有一修机工在洋十余年,每月收入坡币二百余元,自甘牺牲,并招同伴十余人,带其全副机器前往。诸机工到昆明需经军训两个月乃出服务,其训练多属军式礼节。实行服务后有少数人逃回。寄来之通讯亦云,"待遇甚劣,不依照所约办理,如寒衣宿舍医药均缺乏,各站办事人乏精神,手续麻烦、迟慢,站段无车屋,救济车及修理器具不备,辛苦难以言状,常有货车损坏停于山地无人处,车上机工饥寒至两日之久"云。① 回国机工,要参加集训,虽然南侨技工都是熟练的机工,充满着抗战爱国热情,但他们对国内的情形不十分了解,而且要养成集体行动的习惯,锻炼他们吃苦耐劳的能力。南侨技工和其他受训学生一样,进行军训,接受政治和技术训练。不过,他们接受训练的时间比较短,只要条件符合,可以随时出外,分发录用。受训期间,他们每天五点起床,半小时后全体集合,行升旗礼,然后分队操练,讲话或练习修理驾驶,直到十二点午餐。稍事休息后,下午仍行操练实习。晚餐之后,做自修,至晚八时许全体就寝。他们还要面对食粮供应不足,要忍饥挨饿;用水不足,洗澡等不能满足(训练所所在地水源不足)。训练虽苦、条件虽差,但全体机工,出于爱国热情,不悲观、不抱怨,很快适应了艰苦的生活条件。②

在被称为"死亡公路"的滇缅公路上,三千多名华侨青年冒着生命危险抢运抗日物资,用生命和血汗构筑起一条"抗战输血线"。据统计,在抗日战争期间,南侨机工通过滇缅公路运输的军需品和其他物资共计45.2万吨,军事物资平均日输入量在300吨以上,在一定程度上保证了前方战事的需要。这些参与运输的华侨机工也被誉为抗战运输线上的"神行太保"。而就是在这条运输线上,有1000多名侨胞献出了年轻的生命,长眠于祖国西南边陲的红土高原。

为了广大南侨机工的利益和为其服务,南侨总会派了庄明理担任常驻滇缅公路的代表,与国民党政府交涉实施修路事宜,维护华侨机工的权益。从1940年11月起,到1945年抗战胜利,庄先生先后5次赴昆明,了解南侨机工的情况和要求。

---

① 陈嘉庚:《南侨回忆录》,上海:三联书店,2014年,第87—88页。
② 黄警顽:《华侨对祖国的贡献》,长风出版社,1940年,第199—205页。引自蔡仁龙、郭梁主编《华侨抗日救国史料选辑》,闽出管刊(内)字第002号,第393页。

抗战胜利后，南侨技工开始复员。据林广怀回忆：当时由于复员工作需要调我参加输送机关员工去湖南长沙。返重庆后听说侨务委员会早已登记南侨机工复员南返，我即到侨委会登记，主办人说："南侨机工复员手续早已办完，你来登记已经迟了，只能领奖金200元美金，你在西南运输处连续工作6年已经证明，可由本会向中央政府代你申请颁发抗日胜利勋章。"我得勋章后即寄回南洋以慰亲人并向陈嘉庚主席汇报，表示我没辜负家中亲人对我的希望。①

战后，这些机工大约有1600人回到了原居地，约三分之一留在了国内，②还有一些牺牲在了滇缅公路运输战场。

二、定居重庆的南侨机工

中华人民共和国成立后，定居重庆的有39位，③参加新中国社会主义建设，为重庆的城市发展继续贡献自己的力量。由于南侨机工曾经参与滇缅公路的运输任务，所以他们一般都有非常高超的驾驶技术和车辆维修技术，新中国成立之后，他们的这项技能在建设新重庆的交通事业中发挥了重大作用。留居重庆的南侨机工中的多数人都从事与交通运输有关的职业，如在公交公司担任驾驶员等；另外还有一些南侨机工擅长机械以及汽车修理方面的工作，中华人民共和国成立之后他们就在如汽修厂之类的地方工作。由于山城重庆特殊的地理条件，对车辆驾驶技术和汽车维修技术都有较高的要求，留居重庆的南侨机工们，就是依靠着自己的一技之长为重庆的交通运输业服务，在各自平凡的工作岗位上做出了突出的贡献。

时至今日，留居重庆的南侨机工仅有两人健在，其余陆续谢世，他们的后人为了铭记他们的功绩，组织编撰《定居在重庆的南侨机工》一书，记载了南侨机工在抗日战争及后来留居重庆期间的事迹，也是对先辈的纪念。④

程龙庆，祖籍福建省泉州市，是留居重庆的目前健在的两位南侨机工之一。

---

① 林广怀：《听祖国召唤 为华侨争光》，载四川省归国华侨联合会、四川省华侨华人学会编：《华侨华人研究文集》第一辑，成都：成都科技大学出版社，1993年，第294页。
② 卢海云、权好胜主编：《归侨侨眷概述》，北京：中国华侨出版社，2001年，第23页。
③ 程晓华、除玉琴主编：《定居在重庆的南侨机工》，2008年，内部资料。
④ 程晓华、除玉琴主编：《定居在重庆的南侨机工》，2008年，内部资料。

第三章　抗日战争时期的归侨

1921年5月，程龙庆出生于新加坡，他3岁丧母，13岁丧父，在华侨工厂做学徒，一度经历过极为艰难的岁月。1939年，18岁的程龙庆从新加坡参加南侨机工，属第五批南侨机工成员。回国后程龙庆和方川如等十五人被安排在十八集团军驻重庆办事处汽车队，驻扎在红岩村办事处，其地就在今天重庆市渝中区瑞天路红岩村纪念馆。① 据程龙庆回忆，在红岩村期间，他曾三次运送进步学生及抗日物资到延安，据他本人的回忆文章提到："运输任务除了国民党政府拨给十八集团军的给养外，还装有以宋庆龄同志为首的各界进步人士捐送的药品、汽油等急需物资。另一个特殊任务就是运送一批批去延安的地下党员、民主人士、青年学生和技术工人，并秘密捎给党组织从港澳及各地转来的材料、文件、电台等。"②

抗战结束之后，程龙庆继续留在重庆，至于为何没有南返，程龙庆的回忆文章里提到了一些细节：当时国民政府百般阻挠，南侨机工复员南返的事情一拖再拖，为此程龙庆和林英侨等19名机工联名致信陈嘉庚先生，在舆论的压力下，当时的国民政府为南侨机工们解决护照和办理复员事宜。然而恰好就在这个时候，程龙庆的岳母病重，程龙庆就留下来照顾岳母，也就错过了返回南洋的机会。③

中华人民共和国成立后，程龙庆在重庆第二公共交通公司工作，直至退休。程龙庆工作十分勤奋，连续多年被评为优秀职工。由于有在滇缅公路上的运输经历，程龙庆驾驶车辆的技术十分高超，在工作岗位上驾驶公交车更是游刃有余。而程龙庆一直行事低调，所以很多年轻的同事都不了解他的南侨机工的经历，经常会问他为什么开车这么好。程龙庆也只是笑笑并不多言，说自己天生开车就是这么好。④

然而由于"左"的错误思潮影响，归国华侨的特殊身份给程龙庆的生活带来了很大影响，中华人民共和国成立后留居重庆期间，程龙庆的生活条件并不好，退休之后的生活也受到影响。幸而这些年来南侨机工的经历越来越受到公众的关注，在重庆本地政府的关切之下，程龙庆的晚年生活得到很大改善。

---

① 邓海东：《抗日战争时期的重庆侨界》，许由等主编《重庆统战政协文史资料丛书：重庆致公、台盟、台联、侨联》，重庆：重庆出版社，2002年，第429页。
② 程龙庆：《话抗战烽火 忆红岩生活》，《沙坪坝文史资料》，总第11辑，第51页。
③ 《从重庆到延安——记南侨机工程龙庆》，林少川著《烽火赤子心 滇缅公路上的南侨机工》，北京：新华出版社，2015年，第187页。
④ 黄尧等：《南侨机工——南洋华侨机工回国抗战纪实》，昆明：云南人民出版社，2015年，第274页。

1956年，程龙庆就提交了入党申请书，但是直到1983年才被批准入党，成为一名光荣的共产党员。其实人们不知道的是，他早在抗战期间就与中国共产党结下了不解之缘。

蒋印生，祖籍广东顺德，是留居重庆的目前健在的两位南侨机工之一。蒋印生1927年8月出生于印度，1939年8月在印度参加南侨机工回国抗日，属第九批成员，分配在西南运输处华侨先锋队任驾驶员抢运抗日物资，先后在云南昆明美国驻华救济总署和中国人民解放军汽车五团、汽车二团任驾驶班长。

蒋印生在回忆文章中提到，在滇缅公路的运输中他负责的是仰光到曼德勒段，有200多千米，他说当时的滇缅公路不像如今的平坦大道，而是一条窄窄的坑洼道路，公路开通仅半年，便遭遇日军飞机的剧烈轰炸，他回忆道："为了安全，车队每次至少有5辆至10辆车一起装运物资、一起出发。有一次，我们遭遇袭击，亲眼见带队的货车被炮弹击中，3名战友当场牺牲。我立即跳车寻找隐蔽点。一次空袭间隙有20多分钟，飞机一走，我们立即又跳上车继续前进。"就这样，蒋印生和战友们完成了一次又一次的任务，把大量国际援助物资运往国内，支援抗战的进行。

抗战结束之后，蒋印生没有回到南洋，而是继续留在重庆。解放军进入重庆，蒋印生成为中国人民解放军一员。后来刘邓大军继续向西南进发，蒋印生作为刘邓大军一员，向西藏进发，当时他主要负责驾驶车辆，往来川藏运送军事物资。蒋印生随军在川藏公路上往返八个年头，运送大量物资进藏，先后荣立一二三等功，荣获中国人民解放军18军万里行车安全表彰。后来在军队中蒋印生也曾经担任驾驶教官，因为出色的驾驶技术受到战友们的敬仰，也为解放军培养了大批优秀的驾驶员，并因此获得全军嘉奖。1958年，蒋印生从解放军部队转业，到重庆永川汽车25队任驾驶员，1979年加入中国共产党。后来蒋印生曾担任永川县侨联主席，在任内为归侨做了许多实事。2015年9月3日，蒋印生作为南侨机工的唯一代表，参加中国人民抗日战争暨世界反法西斯战争胜利70周年阅兵式。①

林广怀，福建省永春县人，在2008年归侨后代编撰《定居在重庆的南侨机工》的时候是当时健在的三名南侨机工之一。

林广怀又名林江海，"广怀"这个名字就是当时他瞒着家人回国抗战而

---

① 田荻：《蒋印生：感谢祖国没有把我们忘记》，《红岩春秋》，2015年第9期。

第三章 抗日战争时期的归侨

特意改的，意思是"心怀祖国"。①林广怀1919年7月28日出生，1939年7月由马来亚芙蓉埠参加南侨机工回国抗日，为第八批成员。陈嘉庚接见了全体机工，勉励大家要团结一致，尽忠报国。这一批有三百多人，被编成七个中队，林广怀任第三中队长，率领20多名热血青年组成的队伍。回国后，林广怀被分配在西南运输处第17大队补充队抢运抗日物资。1944年，日军大举进攻贵阳，林广怀参加战斗运输，夜以继日地运送第九军、十三军部队兵员到独山前线。抗战胜利后林广怀因运送物资去湖南长沙，返回后错过了南返的时机，他把领到的"南侨机工复员纪念章"寄回南洋，而自己继续留在重庆。

中华人民共和国成立后，林广怀曾经在川东行署公安厅从事运输工作，后来就一直在重庆第三公共交通公司担任驾驶员。林广怀工作几十年如一日，默默奉献，对驾驶技术精益求精，出色完成各项运输任务，多次被评为先进工作者，荣获"特级驾驶员"称号。1984年，林广怀与爱人一起光荣退休，为了感谢他们几十年的辛劳贡献，当时公司还特意为他们安排了新的职工宿舍。1986年，林广怀与当时还生活在全国各地的南侨机工一样，享受了国家制定的特殊政策。1987年，作为当时抗战后留居国内的南侨机工代表之一，林广怀返回新加坡，受到新加坡中华商会会长陈共存先生的接见。同年8月16日，新加坡《联合晚报》记者专门采访林广怀，10月23日以整版的篇幅全文刊载大特写——《久违了，南洋！留居中国的机工近况实录》，介绍了这位抗日南侨机工的事迹。②

当年林广怀是家中长子，下有八九个弟妹需要照顾，父亲早逝，因而祖母非常希望林广怀能够留下来照顾弟弟妹妹。然而林广怀毅然选择了回国，年迈的祖母只得含泪应允，反复告诫他说既然决心已下，就不要半途而废。临走时祖母说："战争胜利马上回家，我要看到你才合眼。"然而一晃几十年过去，林广怀回到新加坡的时候祖母早已过世，他内心的苦楚也许只有自己才最清楚。

2012年6月11日，林广怀因病去世，享年97岁。

刘贝锦，祖籍福建永春，1902年4月23日出生于马来亚，1939年3月

---

① 林少川：《烽火赤子心 滇缅公路上的南侨机工》，北京：新华出版社，2015年，第158页。
② 林少川：《记三位永春籍南侨机工——林广怀、刘瑞齐、颜世国》，《永春文史资料》，第12辑，第68页。

在马来亚柔佛州参加南侨机工回国抗日,属第三批成员,也是第三批近600名南侨机工的总领队,并任华侨先锋大队大队长。

据刘贝锦的儿子和儿媳回忆,刘贝锦当时回国也有一段不为人知的经历:"1939年,父亲刘贝锦已是37岁,并建立家庭还育有两儿两女。大儿子妙才11岁,最小的女儿惠贞只有5岁。大妈郑卫泪眼婆娑地苦苦哀求父亲不要离开一家老小。但父亲想到国家、民族已处在生死存亡关头,没有国,哪来家。他反复把这些道理讲给大妈听,承诺把侵略者赶出唐山(海外华侨习称中国为唐山——笔者注)即刻回来。父亲毅然报名参加了南洋华侨机工回国服务团。"①

刘贝锦等回国后,国民军事委员会西南运输处先是将机工们全部集中在昆明潘家湾训练所进行短期的军事、业务培训,随后将驾车、修车技术精湛、身体强壮且特别能吃苦耐劳的部分南侨机工组成一支华侨先锋大队,刘贝锦被委任为华侨先锋大队大队长。华侨先锋大队承担最繁重、最艰苦、最紧迫的军用物资运输任务。②刘贝锦带领先锋大队的战友们,冒着日寇敌机的狂轰滥炸,满载着抗战物资,行进在横断山脉之中,为抗战胜利做出巨大贡献。

中华人民共和国成立后,刘贝锦选择继续留在重庆,凭着深厚的文化底蕴和出色的驾驶、修理车辆技术,先后在重庆中南橡胶厂和重庆汽配厂工作,继续做出自己的贡献。然而不幸的是,1958年3月刘贝锦被错误认定为国民党特务而关进监狱,并在狱中去世。刘贝锦的儿子刘国胜后来在重庆市渝中区工作,也已去世。改革开放后刘贝锦得到平反,1989年当时的四川省侨办、侨联给刘贝锦颁发了"荣誉证书",恢复了刘贝锦的身份,并感谢他为中国人民抗日战争做出的贡献。

林清泉,又名林渊源,祖籍福建省泉州市,1911年11月30日出生,回国抗日前曾是陈嘉庚在新加坡开设公司的司机,受陈嘉庚思想影响很大。1939年7月林清泉在新加坡参加南侨机工回国抗日,是第九批成员,分配在西南运输处抢运抗日物资。中华人民共和国成立后林清泉在四川省运输公司重庆公司工作,并往返于川藏公路运送各种物资。1955年在抢运物资过程中林清泉双眼受伤,至1959年彻底失明,被迫离开驾驶工作。"文化大革

---

① 黄蜀娥:《我所知道的公公刘贝锦》,《重庆归侨口述史》,待刊。
② 有关华侨运输先锋队的资料见《抗战时期华侨运输先锋第一大队纪实——南侨机工张智源回忆录》,收入林少川著《烽火赤子心 滇缅公路上的南侨机工》,第257页。

第三章 抗日战争时期的归侨

命"期间林清泉由于归侨的身份曾经遭受不公正待遇,在何香凝同志的关怀下恢复了工作和名誉,后于 1990 年 10 月 5 日在重庆万州去世。

方俊卿,又名方川如,祖籍福建省厦门市,1910 年 9 月出生,1939 年 5 月在新加坡参加南侨机工回国抗日,属第五批成员。方俊卿回国后分配在第十八集团军驻重庆办事处,任中士驾驶员,往返重庆延安之间运送抗日物资。据方俊卿之子方卫国回忆:"父亲还经常将国外援助的车辆运往新四军在安徽的办事处,运输途中经常遇到国民党的检查和刁难,父亲与战友总是想方设法,克服艰难,完成运输任务,并亲自将南洋华侨支援抗战的款项交到第十八集团军参谋长叶剑英手上。"①

往延安运输抗日物资是方俊卿印象最为深刻的经历,他在回忆文章里说:

1940 年底,抗战进入十分艰苦的相持阶段,国民党却掀起了第二次反共高潮,公路运输线封锁得更加严密。那次我们五辆卡车、两辆小车由重庆出发去延安。走到川陕交界处的宝城(褒城——作者注)时,国民党检查站借口检查武器号码与持枪证是否相符为由进行刁难,强逼我们把车开到汉中。到了汉中,又胁迫我们把车开回宝城。宝城检查站无事生非,要扣押车队的一个军医(该军医原在白崇禧部队做过事),几经交涉才准许离开宝城。途中的一个检查站又故意找麻烦,在扣押一个参谋之后,才让车队继续前进。几经波折,车队才进入边区。当我们远远望见延安宝塔山时,大家都高兴得唱起歌来。②

中华人民共和国成立后方俊卿在重庆公交一公司任驾驶员,1971 年退休,2002 年 3 月去世。③

邱武杰,福建省海澄县新安社人。1904 年 3 月出生于马来亚吉隆坡,曾任马来亚雪兰莪精武体育会武术教师,1939 年 5 月参加南侨机工回国抗日,属第五批成员,并兼任第五批宣传副主任和第九队队长,分配在西南运输处第十四运输大队任驾驶班长,中华人民共和国成立后在重庆中南橡胶厂

---

① 《定居在重庆的南侨机工》,另参见林少川:《烽火赤子心 滇缅公路上的南侨机工》,第 167 页。
② 方川如:《有幸与八路军、新四军结缘——重庆南侨机工方川如回忆录》,林少川著《烽火赤子心 滇缅公路上的南侨机工》,第 171 页。
③ 邓海东:《在渝南洋老机工队员生平简介》,许由等主编《重庆统战政协文史资料丛书:重庆致公、台盟、台联、侨联》,重庆:重庆出版社,2002 年,第 435 页。

工作[①],1982年12月6日去世。

据邱武杰之子邱前明回忆:"父亲会武术,身体强壮……中华人民共和国成立后父亲留在重庆中南橡胶厂工作,他驾驶和修车技术一流,经常参加省、市、区组织的技术比赛,多次受到领导表彰,一直到74岁才退休。"

陈寿全,祖籍广东省台山市,1918年3月8日出生于印度尼西亚邦加岛,1939年6月在印尼苏门答腊客属公会参加南侨机工回国抗日,属第七批成员。

后来陈寿全之女陈玉琴回忆陈寿全的回国经历:"他约上同事李文生、同学邱松意、表哥刘德庆,一起跑到远离邦加岛吻哩洋的苏门答腊地区,在苏门答腊筹赈分会报名成功,由筹赈分会上报南侨总会,南侨总会安排他们会同沙捞越的南侨机工,总共118人,组成第七批南侨机工回国服务团,由廖萍先生(沙捞越古晋华侨青年,一个会开车的中学教师)任总领队。"陈寿全回国后被分配在西南运输处抢运抗日物资,陈玉琴回忆当时运输工作之艰辛时说:"人人要闯六道生死关:一是山高路险关:沿途要跨越怒江、漾濞江、澜沧江等几条大江,要翻越海拔3000多米高的高黎贡山、横断山、怒山等大山,两山相望,近在咫尺,而汽车盘旋上下,却要一整天时间。沿途悬崖峭壁、陡坡急弯,令人胆战心惊,稍有不慎,便车毁人亡。二是雨季泥泞塌方关:公路仓促修成,路面泥土、石块坎坷不平。云贵高原气候多变,一遇暴雨,路基不稳、边坡垮塌、泥泞黏滑,行车犹如老牛拖犁,裹足难前。三是车辆众多摩擦关:当时在滇缅公路上行驶的车辆,除南侨机工抢运抗日物资外,有国民党后勤、空军、海军、兵工署的车,还有中美公司、国际红十字会、地方军政部门的车,也有不少商车。仅经当时畹町车管所发放登记的牌照就超过一万辆。在滇缅路上行车,几乎每分钟都要会车,遇上赶路超车,擦剐不断,矛盾不断,争吵斗殴,时有发生。四是瘴疟疾病关:滇西至缅北一带,是世界闻名的'烟瘴之地',毒蚊猖獗,恶疾流行,染上疟疾,得不到医治,九死一生。五是饥饿寒暑关:汽车抛锚荒山野岭,就要饱尝忍饥受冻之苦,还得担心盗匪抢劫之忧。六是日机轰炸关:日寇为了封锁滇缅公路,每天轮番轰炸各站点、油库、修车厂,沿线扫射运行中的车辆,如躲避不及便车毁人亡。面对这一道道难关,父亲与南侨机工的战友们

---

① 陈维新:《重庆中南橡胶城创办经过》,《重庆文史资料选辑》第3辑,第125页。

第三章 抗日战争时期的归侨

以坚强的毅力、大无畏的精神、娴熟的驾车技术,保障了抗日物资的运输。"中华人民共和国成立后陈寿全在重庆冶炼厂工作,1989年12月10日去世。①

江潮,又名周志楣、谢梅,祖籍广东省梅县,1911年5月出生在泰国曼谷,曾在马来亚加入马来亚共产党,1933年在香港南华学院毕业,1939年3月参加南侨机工回国抗日,为第三批成员,并兼任第三批宣传干事,中华人民共和国成立后在重庆万州二中教书,1995年11月去世。②

颜世国,祖籍福建永春,1909年12月出生,1939年7月自马来亚参加南侨机工回国抗日,属第八批成员。据说颜世国在离开马来亚之前先是设法将妻子送回槟城岳母家中安顿妥当,然后瞒着母亲和弟妹报名。他考虑到本地熟人多,一旦声张出去家人会来阻拦,便特地赶到芙蓉埠筹赈会报名,待一切手续办好之后,才回家悄悄告诉弟弟,连母亲都没有让知道,就与芙蓉埠的机工队出发了,前往新加坡加入回国机工团。③

颜世国回国后分配在西南运输处抢运抗日物资,在滇缅公路上他遇到过无数艰险的情况,但他告诉采访者那段经历中最让他印象深刻的是1942年5月滇缅公路大撤退之惨状。当时仰光已经沦陷,西南运输处奉命日夜不停地向国内强运积存在中转站腊戌的大量物资。尽管几乎每天都有车辆在翻越陡峭的山路时坠入深谷,但整个车队没有退却,司机们机智而勇敢,前赴后继,战胜艰难险阻,战斗在运输线上。颜世国的车辆在临近惠通桥时,可以看到日寇从山上用大炮对惠通桥进行轰击,桥上两侧已经布满了炸药,随时都准备引爆以阻止日寇的追兵。颜世国刚把车开过惠通桥不久,就传来惠通桥炸毁的声音,此后滇缅公路便被切断了。

抗日战争胜利后,颜世国荣获了国民政府侨务委员会颁发的奖状,中华人民共和国成立后在重庆公交一公司任驾驶员,多次被评为先进工作者,后来也被评定为一级驾驶员。颜世国退休后继续发挥余热,担任区政协委员、祖国统一工作委员会委员,热心公益事业,于2002年9月去世。据颜世国的儿子颜建立回忆,颜世国始终把满腔的爱国热忱和抗日救国精神转化为服务社会、积极工作的动力,日夜奔驰在蜿蜒崎岖的滇缅公路上,为抗日运送

---

① 陈玉琴:《怀念父亲》,《重庆归侨口述史》。陈寿全之女陈玉琴已去世,重读她的文章,感怀南侨机工及子女,希望这段往事能为更多人所知,不负陈老师殷殷之期待。
② 黎亚久、卢朝基:《泰国华侨归侨抗日史料选辑》,生活文化基金有限公司,2015年,第131页。
③ 《一心救国 奋战到胜利——记重庆南侨机工颜世国》,林少川著《烽火赤子心 滇缅公路上的南侨机工》,第163页。

军火和作战物资。①

  杨木深，祖籍广东省潮安，1919年10月出生，1939年8月在新加坡参加南侨机工回国抗日，属第九批成员，分配在西南运输处抢运抗日物资，中华人民共和国成立后在重庆大坪汽车修理厂工作，1980年6月去世。

  邢明，又名邢福昌，祖籍海南文昌，1919年8月出生，1939年8月在新加坡参加南侨机工回国抗日，属第九批成员，1940年3月，入会川中兴军校第十七期二十总队步兵科受训，1942年5月调南洋班二期受训，1942年10月在重庆卫戍总部稽查处任稽查员、科员、社长等职，中华人民共和国成立后在重庆永川地区第三建材厂（机砖厂）工作，1980年当选永川市政协委员，1995年8月去世。

  黄富强，又名黄雄，广东省大埔县人，1921年12月21日出生，1939年8月在新加坡参加南侨机工回国抗日，属第九批成员，分配在西南运输处抢运抗日物资，中华人民共和国成立后在重庆汽车运输公司23队工作，1987年1月去世。据黄富强之女黄正兰回忆，黄富强在中华人民共和国成立后多次被评为先进工作者，曾获10万千米无事故奖章，以及多次安全行驶节油标兵。

  林英侨，祖籍福建省厦门市，1902年12月出生，1939年4月在马来亚参加南侨机工回国抗日，属第四批中驾驶与汽车修理两能人才。回国后分配在西南运输处下属的重庆汽车修理厂工作。中华人民共和国成立后，先后在重庆907兵工厂和716厂工作，1984年2月去世。

  吴乾贵，祖籍海南省文昌县，1903年11月出生，1939年5月在新加坡参加南侨机工回国抗日，属第五批成员，分配在西南运输处抢运抗日物资，中华人民共和国成立后在重庆汽车运输公司23队工作，1976年5月去世。

  李金辉，祖籍福建省泉州市，1916年4月17日出生，属第五批回国南侨机工，1939年5月从缅甸回国抗日，分配在西南运输处抢运抗日物资，中华人民共和国成立后在401厂和重庆公路养护总段机修厂工作，1989年12月9日去世。据李金辉之子李筑华回忆，李金辉在"文化大革命"中受到审查，蒙受了不白之冤，但他总是勤恳工作，也教育子女要爱国，多做一些有益的事。

  何应芳，又名何应芬，祖籍广东省三水西南镇水牛田村，1916年12月12日出生，1939年7月在新加坡参加南侨机工回国抗日，属第八批成员，

---

① 颜建立：《忆我的父亲——南洋机工队员颜世国》，《重庆市渝中区文史资料》第15辑，第306页。

第三章 抗日战争时期的归侨

分配在西南运输处抢运抗日物资，中华人民共和国成立后在重庆交通运输公司（原四川省运输公司21队）工作，1978年4月28日去世。

黄艺民，祖籍广东省台山市，1914年出生，属第六批南侨机工，1939年6月从印度尼西亚苏门答腊巴东回国抗日，分配在西南运输处第六大队三中队抢运抗日物资，中华人民共和国成立后在四川省运输公司重庆23队和48队工作，1965年5月去世。据黄艺民之女黄春华回忆，黄艺民在单位中努力工作，多次被评为先进工作者，在国家困难时期，用自己的全部积蓄购买债券，支援国家建设。

黄金水，祖籍福建省泉州市，1911年7月出生，1939年3月由新加坡参加南侨机工回国抗日，属第三批成员，分配在西南运输处12大队抢运抗日物资，中华人民共和国成立后在重庆公交通电公司工作。1995年1月去世。据黄金水之子黄光荣回忆，黄金水对待工作认真严谨，一丝不苟，忘我奉献，曾多次被评为先进工作者、安全操作标兵、节油能手等称号，曾当选为四川省五届人大重庆代表团代表。

傅财起，祖籍广东省潮州市，1909年8月2日出生，1939年6月在马来西亚参加南侨机工回国抗日，属第七批成员。回国后他被分配在西南运输处抢运抗日物资，中华人民共和国成立后在重庆阀门厂工作，1983年11月8日去世。

张坚，祖籍广东省番禺北沙乡，1906年8月1日出生。1939年8月在新加坡参加南侨机工回国抗日，属第九批成员，因擅长汽车零部件铸造技术，分配在西南运输处设在重庆化龙桥的汽车修理厂做技术指导，中华人民共和国成立后在重庆通用机器厂工作。1984年6月1日去世。据张坚之女张锦玲回忆，张坚在重庆503厂工作的时候，是当时全国机械行业为数不多的一级铸造技师，多次被评为先进工作者，当过工段长、车间主任。据说张坚向来话不多，但对子女的教诲却是句句重千金，时常教育子女要爱国，要认真工作。

叶玉富，祖籍广东省番禺，1920年5月出生，1939年5月在新加坡参加南侨机工回国抗日，属第五批成员，分配在西南运输处抢运抗日物资，中华人民共和国成立后在重庆汽车运输公司63队工作，1989年3月去世。

陈来福，祖籍福建，1921年9月出生，1939年5月在马来亚参加南侨机工回国抗日，属第五批成员，分配在西南运输处抢运抗日物资，中华人民共和国成立后在重庆公交五公司任驾驶员，1957年5月去世。

杨仁松，祖籍广东省南海，1918年2月19日出生，1939年5月在印度尼西亚邦加岛参加南侨机工回国抗日，属第五批成员，分配在缅甸复兴运输处抢运抗日物资，中华人民共和国成立后在重庆冶炼厂工作，2006年1月8日去世。

陈志平，广东省大埔县人，1915年9月9日出生，1939年2月在新加坡参加南侨机工回国抗日，属第二批成员，分配在西南运输处抢运抗日物资，中华人民共和国成立后在重庆公交公司工作，1987年10月7日去世。

黄金堆，福建省厦门市人，1914年6月出生，1939年6月在新加坡参加南侨机工回国抗日，属第六批成员，分配在西南运输处抢运抗日物资，中华人民共和国成立后在重庆公交一公司任驾驶员，1987年8月去世。

邓作宁，又名邓志刚，广东省东莞人，1915年6月1日出生，1939年7月在马来亚参加南侨机工回国抗日，为第八批成员，分配在西南运输处抢运抗日物资，曾任第六大队副队长，中华人民共和国成立后在重庆公路运输公司汽车修理厂工作，1974年12月29日去世。

吕承广，海南省文昌县人，1939年5月在马来亚霹雳天定州参加南侨机工回国抗日，属第五批成员，分配在西南运输处抢运抗日物资，中华人民共和国成立后在重庆大坪汽修厂工作。

曾杏存，广东省汕头市人，1910年8月28日出生，1939年8月在新加坡参加南侨机工回国抗日，属第九批成员，分配在西南运输处抢运抗日物资，中华人民共和国成立后先后在大坪汽修厂和重庆农药厂工作，1994年9月3日去世。

朱振东，广东省广州市人，1918年4月15日出生，1939年8月在新加坡参加南侨机工回国抗日，属第九批成员，分配在西南运输处抢运抗日物资。中华人民共和国成立后朱振东在重庆第三福利院工作，2001年5月24日去世。

陈带棋，广东省丰顺人，1910年11月出生，1939年5月在马来亚参加南侨机工回国抗日，为第六批成员，分配在西南运输处抢运抗日物资，中华人民共和国成立后在重庆科技情报处西南信息中心工作，1987年12月去世。

林金狮，福建省厦门市人，1896年9月出生，属第五批南侨机工，1939年从新加坡回国抗日，分配在西南运输处抢运抗日物资，中华人民共和国成立后在重庆中南橡胶厂车队工作，1960年3月去世。

陈存光，福建省南安县人，1915年5月出生，属第九批南侨机工，

第三章 抗日战争时期的归侨

1939 年从新加坡回国抗日,分配在西南运输处抢运抗日物资,中华人民共和国成立后在重庆中南橡胶厂车队工作,1980 年 2 月去世。

麦华炳,广东省人,1911 年 2 月出生,1939 年 5 月在马来亚参加南侨机工回国抗日,属第六批成员,分配在西南运输处抢运抗日物资,20 世纪 50 年代即回广东省老家居住,至今无法联系。

钟兰,又名钟章伦,广东省东莞人,1901 年 11 月出生,属第三批南侨机工,从马来亚回国抗日,分配在西南运输处抢运抗日物资,中华人民共和国成立后在重庆机床集团有限公司工作,1981 年 7 月去世。

代金宝,属第四批南侨机工,1939 年从新加坡回国抗日,分配在西南运输处抢运抗日物资,中华人民共和国成立后在重庆公路运输总公司科技汽车修理厂工作,去世时间不详。

冯炳权,广东省恩平人,1916 年 3 月出生,1939 年 3 月在马来亚参加南侨机工回国抗日,属第三批成员,分配在西南运输处抢运抗日物资,中华人民共和国成立后在重庆江北精神卫生中心工作,1978 年 10 月去世。

林纪茂,福建省厦门市人,1912 年 6 月出生,1939 年 6 月在马来亚参加南侨机工回国抗日,属第六批成员,分配在西南运输处抢运抗日物资,中华人民共和国成立后在重庆西南建管局工作,1952 年 2 月去世。

郭林荣,广东省汕头市人,1900 年 11 月出生,1939 年 4 月在马来亚参加南侨机工,属第四批中驾驶与修车两能人才,分配在西南运输处下属重庆汽车修理厂,中华人民共和国成立后先后在重庆 907 兵工厂和 716 厂工作,1979 年 11 月去世。

前文提到,南侨机工们回国之后大都被分配到"西南运输处",这是抗日战争时期成立的特殊运输机构,其全称是"军事委员会西南进出口物资运输总经理处",为保密起见对外称"兴运公司",也被称为"新安运输公司",实质上是当时国民政府组织的运输国际物资的官方机构,其实质也是准军事机构。[1] 西南运输处成立于 1937 年 10 月,是国民政府为了抗战的需要,统一管理从国外进口军需物品和各种物资,并负责转运到全国各地的特殊机构。

这个机构原先的办公场所在广州,主要是为了方便以香港为口岸进口物资。后来由于海上交通被日本切断,运输物资主要依靠滇缅公路,所以西南

---

[1] 宗之琥:《回忆西南运输处和滇缅公路》,《上海文史资料选辑》,第 69 辑,1992 年,第 104 页。

运输处迁往昆明。西南运输处在全国主要城市都设有分处，其中位于陪都重庆的一处自然地位十分重要，从南洋归来的华侨机工也主要在重庆和昆明两地，负责从缅甸经滇缅公路运送军需物资到昆明，然后到重庆。①

西南运输处第三分处位于陪都重庆，其办公地点在重庆南岸区黄山路口。后来西南运输处规模扩大，因为正常或者非正常损坏、报废而急需维修、保养的车辆急剧增加，所以就需要设立汽车修理厂。于是1939年5月就在昆明成立了汽车修造总厂②，而重庆就设立了汽车修理分厂，南侨机工中擅长汽车修理的就来到汽车修理厂工作。当时的汽车修理厂就位于重庆化龙桥，据南侨机工回忆，这里地处渝中和沙坪坝之间，属于城市郊区，但往来交通便利，所以选择这里作为汽车修理厂。

除了滇缅公路之外，从昆明到重庆交通路线是为了满足滇缅公路向国内延伸的需要，当时有两条主要的交通线，其中一条是水陆联运，是以泸县也就是今天的四川泸州为中转港口，先从泸县到昆明修建一条川滇公路，这条公路穿过贵州省西北部，直达云南省沾益县，再从沾益经曲靖到昆明，这也就是川滇公路昆泸线。而从泸州到重庆的交通则主要依靠长江航运，为了开辟这条道路，当时著名的民生公司也参与其中，他们在昆明设立了办事处，和国民政府的川滇公路管理处合作，由川滇公路管理处将货物从昆明运送到泸县，再由民生公司派轮船将货物运送到重庆。③另外一条交通线是从昆明经滇黔公路到贵阳，然后再从贵阳经川黔公路经遵义、桐梓、綦江到重庆，这条线路基本上就是今天国道210线贵阳到重庆段。这条线路全为陆路，相对于由民生公司参与的水陆联运距离上要远一些，运输成本也要略高一些。

1941年滇缅公路断绝，西南运输处逐渐裁撤，国民政府的运输主要由军事委员会运输会负责，办公地点在重庆。④滇缅公路断绝对外交通主要依靠驼峰航线，以空运的方式将物资运送到昆明，然后由昆明运送到全国各地，当然重庆到昆明之间的交通线就显得尤为重要。而重庆也就成为了当时全国陆路交通最为繁忙的城市，据统计当时有大约五六千辆汽车云集重庆，承担着战时后方艰巨的运输任务，其中就包括前面提到的南侨机工。

---

① 庄崚：《红锥叶：父辈的西南运输总处抗战岁月》，北京：生活·读书·新知三联书店，2014年。
② 《论抗战时期的西南运输处》，《抗日战争研究》，2003年第3期。
③ 杨实：《抗战时期的西南交通》，昆明：云南人民出版社，1992年，第313页。
④ 《抗战时期的西南交通》，第64页。

第三节 华侨中学

抗战期间，由于日本威逼乃至侵占东南亚和太平洋国家，迫使这些地区如泰国等，大量取缔华侨学校，致使广大的华侨学生无处安身学习，纷纷回国。国民政府于1939年8月在重庆成立了"回国升学华侨学生接待处"，负责华侨学生的接待和教育安排，至1945年结束工作。自1942年至1944年，"经政府介绍分发就学的侨生，总数达一万二千多名"。[①]国民政府先后设立了三所华侨中学。

一、概 述

抗战全面爆发后，大批华侨学生心怀抗日救国之志，离开侨居地回国求学。国民政府1939年8月中旬在重庆成立了"回国升学华侨学生接待处"，地址在林森路厘金巷内3号，负责华侨学生的接待和教育安排，一方面为侨生提供免费居住，集中温习功课，以节约经费，另一方面为侨生以切实指导，介绍学校。到1940年4月10日，就接待了183人[②]。解决归国华侨学生的就读问题，除社会上现有的中学吸纳部分侨生入读之外，国民政府先后在云南、重庆和广东建立了三所国立华侨中学，并对侨生就读给予公费待遇。1940年5月，在云南省保山县成立国立第一华侨中学（简称侨一中）；1941年8月在重庆市江津成立国立第二华侨中学校（简称侨二中）；1942年10月在广东乐昌县成立的国立第三华侨中学（简称侨三中）。

其中第一华侨中学和第二华侨中学，以及之前于1939年因泰国政府关闭华文学校而返回云南昆明办学的私立育侨中学，这三所华侨中学经过几度合并、迁校和改名，发展成为今日的海南华侨中学。

1939年10月28日，云南省教育厅致电教育部，提出筹建一所国立华侨中学的建议。教育部和侨委会都认为有必要设立一所专门招收归国侨生的华侨学校。这样，既可体现政府对归国侨生的关怀，激发广大华侨的爱国

---

① 祝秀侠主编：《华侨革命史》，台北：中正书局，1981年，第126页。
② 《现代华侨》创刊号，1940年5月。转引自傅佑勋著《从〈新华侨报〉的创刊重温抗日战争时期的重庆侨史》，载《华侨华人研究文集》第一辑，成都：成都科技大学出版社，1993年，第347页。

心,亦可结合侨生的特点,增设适应海外需要的课程,使他们学有所长,学以致用。经过筹备组刘石心等调查,选定滇缅公路要冲保山县为校址,呈报教育部批准,校长刘石心。1939年11月28日,国民政府行政院440次会议做出决议,并经行政院长孔祥熙签字,批准教育部可以筹设国立华侨中学,并拨给开办费5万元。1940年春季开学,每月共需经费两万元,由教育部自1940年1月起按月拨给。学校计划招收高中、初中20个班,学生约1000人。第一年实际招生458名。5月15日进行编班考试,5月24日正式上课。第二年,学生人数增加到500多人。

1941年底,鉴于重庆国立第二华侨中学成立开课,为了区分两所华侨中学,教育部电令:保山县国立华侨中学改称为"国立第一华侨中学"。

1942年5月4日,学校举行纪念建校两周年运动会。当日中午,师生们正在宿舍休息时,日机滥炸保山县城,学校女生宿舍被燃烧弹击中焚烧,12名女生罹难,3名男生在校园内遭敌机轰炸和机枪扫射身亡,还有不少同学受伤,现场惨不忍睹。传闻日寇要进攻保山,刘石心校长当日晚上动员师生撤离保山县,自行到昆明集结,每人补助30元。从保山到昆明的路程有600多千米,教工与学生自行撤离,大家路上互相关照,或爬车或步行,经过千辛万苦,在将近一个月的时间内抵达昆明中法中学集结点。

1942年10月,教育部决定将侨一中迁往贵州省继续办学。经贵州省教育厅协助,学校到贵阳市清镇县五里桥乡觅得新校址。清镇县教育部门及五里桥乡同意把设在高堡的国民中心学校提供给侨一中办学。1942年12月迁校完毕,从保山撤出的500多名学生中,有300多名学生来到新校园继续就读。

五里桥乡国民中心学校是一座庙宇,只有六间课室。当时全校共有十四个班,迁校的学生加上在贵阳招收部分的学生,共有400多人。学校只好安排学生上下午轮流上课,没有寒暑假。后来教育部和侨委会各拨款30万元,师生自力更生在高堡和邻近的平堡、姜家堡三个村子里,赶建了八间教室、六间学生宿舍和一个礼堂,都是竹木结构糊泥巴墙的茅草房。高堡为校本部和高中部及女生宿舍,初中部设在平堡,初中部男生宿舍设在姜家堡的观音堂。宿舍不够,校长、教师和部分学生则住在村民家里。

学校经过长途搬迁来到贵阳,已没有教学设备。由于经费奇缺,教师教学参考书和学生课外读物都无法购置。得悉侨一中在保山被炸、迁校困难重

第三章 抗日战争时期的归侨

重后,著名画家徐悲鸿先生提出愿为侨一中在贵阳举行一次展览义卖,筹款购置学校图书。1943年春节,徐悲鸿在贵阳市区举办了为期十天的画展和作品义卖。门票和作品义卖收入十多万元,除去徐先生的医药费和绘画材料等费用外,大部分捐给侨一中,学校才有钱建了一个较像样的图书馆。

学校条件虽有改善,但后来学生人数增达600多人,再加上校址偏僻,交通不便,环境条件差,师生生活极为困难,导致师资缺乏,侨生来源逐渐减少,师生人心浮动,此处很不适宜办侨校。1943年,侨委会要求再次转换校址,初时拟迁校至福建南安,后因战局变化暂缓进行。1944年9月9日,教育部致电川、黔的教育厅:"查贵州清镇国立第一华侨中学校址偏僻,设备简陋,本部经与侨务委员会会商决定,将该校校址撤销,另在闽省择地设立,并将现有的高中部侨生并入国立第二华侨中学,初中部改为国立第十四中学分校。"

侨一中并校工作于1944年10月中旬交接完毕。历时四年多的办学,培养高中毕业生共300多人。

侨三中于1942年10月成立,创办时校址设在广东粤北山区的乐昌县杨溪乡安口村。安口村景色宜人,武江从村边流过,绿水、青山、桃林、田野,环境十分幽静。学校利用当地一家榨油厂厂房作校舍,并新建一批课室和办公室。1942年11月2日正式开学时,有6个年级、13个学生班,学生人数约800人,大部分是华侨学生及港澳学生,也招收一些当地学生。第一任校长为丘宝畴;1944年4月,由周元吉接任第二任校长。

1944年春,日军企图打通粤汉线,从湖南进攻广东粤北,韶关各县告急。当时广东省政府已从韶关转移到连县。位于铁路边上的侨三中也奉命迁往连县三江镇(今为连南瑶族自治县三江镇)。全校师生于6月从安口村撤出,步行一星期到达连县西部三江镇,此时全校仅存6个年级、6个学生班,人数不到300人。

到达三江后,学校校舍分散在石子坪(初中)、九皇庙(高中)和关帝庙三个地方。开始招收高一、初一新生,不久后学生增至600余人。迁校后,学校条件异常艰苦。校舍全部都是作坊、仓库、庙宇祠堂、古宅老屋,四壁皆空,破漏严重,修修补补才可勉强栖身,学生睡的是竹笪大平铺。每月每人只配二两油,人人都吃不饱。缺乏教材,上课要全凭老师讲学生记。一年四季都是在江边洗漱,夏穿草鞋,冬无棉衣,不少学生患了疟疾、疥癣，缺医少药，全靠同学互相照料。

1945年8月抗战胜利后，为便于接收东南亚地区华侨子弟入学，国民政府教育部决定将侨三中迁往广西省龙州县。1946年7月，周元吉校长卸任，李育潘为第三任校长。8月间，全体师生从三江撤出，西迁广西龙州。当时，大部分学生选择回家或转学，只有初一至高二五个年级的百余学生和十余名教师随校西迁。他们先到广州，乘船溯西江而上至南宁，再从南宁坐大卡车西行，前后颠簸五天一夜，才到达广西龙州县（距越南约30千米）。

师生初到龙州入住唱忠韬古祠，学校开始招收初一新生。新生大部分是越南华侨子弟。不久后，教育部拨款在龙州城南的南标营内建新校园，盖起一批砖木结构的办公室、教室，至1946年底，学生人数增至360多人。1946年秋，教育部将侨三中改名为国立第二侨民中学。到1950年初，学生人数不足400人。1950年夏，第二侨民中学并入广西省省立龙州中学（现名龙州高级中学）。第三华侨中学从创办到结束，办学九年，二次迁校，二次易名，经历三个校址。在抗日战争、解放战争动荡的艰难环境中，同学们自始至终坚持孜孜求学，团结友爱，充满青青活力，亲如兄弟。无论在安口、在三江或在龙州，校园都充满着积极向上的爱国精神。

在抗战时期的艰苦年代，办学非常困难和艰辛。学校没有现成的校园，校长接受任命时只有一纸聘书，要亲自寻找合适地点建校办学。没有校舍，学校主要利用当地的庙宇、会馆和祠堂作为教室和宿舍。学生除少数战区生和当地学生外，主要是来自东南亚的泰国、缅甸、马来亚、新加坡、越南、菲律宾、印度尼西亚和柬埔寨的侨生，也有少量欧美、加拿大、秘鲁、日本的侨生和中国港澳学生。1941年底日本发动太平洋战争侵略东南亚国家后，大部分侨生与家庭失去联系，经济来源中断，生活陷入困境，只能依靠政府提供的伙食费和微薄的补助艰难度日。

二、国立华侨中学第二校

抗战期间，重庆市是国民政府的战时陪都，在重庆市聚集大量的回国求学、矢志抗日救国的侨生和港澳学生。回国侨生，都愿意到重庆，一者重庆是战时陪都；二者，在重庆执行侨务政策要好一点。国民政府"回国升学华侨学生接待处"，集中召集侨生。为了满足他们的求学需求，设立一所华侨中学很有必要。

第三章 抗日战争时期的归侨

1941年5月,国民政府教育部指派马灿汉、王德玺和翟俊千三人为华侨中学筹备委员,并指定马灿汉为主任,因马灿汉在香港未归,特指定王德玺代理主任。6月19日,王德玺与翟俊千赴重庆附近一带勘察,选定江津县五福场乡小渔楾程家祠为校址。程家祠是当地程姓家族大祠堂,正堂供奉程族列祖的灵牌位,每日敲钟供香。祠堂前不远是清澈的綦江河,水路可通重庆,对岸有高耸入云的龙登山。从程家祠走三千米是五福场乡,再走十千米到杜市,就有公路到重庆。程家祠环境优美安静,适合办学校。经教育界邹亚邻先生介绍王德玺与当地乡长程文鼎、族长程兴昌及当地头面人物何建三等商谈,大家都热心教育事业,同意把程家祠连同大片土地无偿借给学校办学,学校也同意划出学生人数5%的比例,接受程族子弟经考试入学就读。

1941年8月,"国立华侨中学第二校"正式成立。教育部任命王德玺为校长,并拨下开办费8万元。8月底学校制订出招生简章,9月中旬开始招生。招生简章规定:"凡报考学生,需有侨居地方之公使馆、领事馆、党部、商会、教育会等任何一机关之证明,方能考虑。""凡报考新生,需呈验海外华侨学校或侨居地外人所办学校学业证明文件,或当地公使馆、领事馆、教育会之证明。证明其相当于该校高、初中各级之程度,一年级新生考试成绩如初中有一科、高中有两科不及格但总平均成绩尚优者,得由本校编入补习班一年,经考试及格后,再编入正式班级。"建校初,由于侨生和港澳学生不知有此校,三个月内只有41名高中、初中学生报读。学校在1941年11月11日正式开始上课,并决定11月11日为校庆日。校训定为:努力学业,勇往迈进。

1942年3月,接国民政府教育部侨字第7128号训令,学校改名为"国立第二华侨中学"。学校奉教育部及侨委会之令,派员赴广西、贵州等地招收在桂林中学和私立汉民中学以及贵阳清华中学的侨生,让他们转学入读侨二中。3月12日,学校派简锡璋、张念祖携带招生办法及运输计划前往黔桂办理此事。当时在桂林、贵阳的侨生共300余人,学校在当地设考场进行初试、口试和审查证件,计在桂林招收224人、在贵阳招收18人。1942年5月,学校又派人赴广东招收港澳学生和缅甸回来的学生共100多人。

1943年春,学校有教职员65人,其中教员29人,行政方面设有校长王德玺、教务主任汪太仪、训育主任方家珍、总务主任简锡璋、会计主任、军事教官、校医等。学生人数达430多人,除少数战区生和当地学生外,其余360多人分别来自泰国、缅甸、马来亚、新加坡、越南、菲律宾、美国、加拿大、秘鲁、日本的归国侨生和中国港澳学生。学生不断增加，程家祠已容纳不了。学校选中距离程家祠约三千米，与五福场乡一溪之隔的一栋外形独特美观，被当地人称为"洋房子"的两层砖木结构楼房，便同洋房子业主钟文孚、钟循则兄弟洽商。钟家兄弟答允借出洋房子给侨中办初中部。

太平洋战争爆发后，绝大部分学生的经济来源断绝，生活十分困难。虽然侨生和港澳学生均是公费生，但由于拨下来的伙食费不多，学校伙食很差。每日一粥两饭，早餐多是白粥胡豆，正餐也多是胡豆、南瓜。学生的衣服破了自己缝补，鞋烂了就买草鞋穿，或者自己编织草鞋，亦有个别学生赤脚上课。书本和练习本都是用劣质土草纸印的，两人同用一本。

尽管学习条件很差，生活十分艰苦，但是学生学习很刻苦。大家明确读好书对抗日救国和参加祖国建设以及继承侨居国家业的意义，所以能自觉用功。天刚亮，学校里可以听到学生的朗朗读书声。每天晚上，没有教师在场，学生也能自觉地在教室、饭厅、天井，数人一桌围着桐油灯，静静地做功课。学习好的同学辅导不大懂的同学，互帮互助，共同进步。毕业班参加教育部门统一考试，侨中学生成绩较好，读大学的比例也较高。学生都有共同的命运，彼此相依为命。有些学生的衣物或共用，或送给困难的同学。谁的口袋有钱，会拿出来大家共用。对有病的同学，有人送米汤喂药，嘘寒问暖，学生们在同甘共苦的生活中凝结了深厚的情谊。

学校的文体活动很活跃，班班都有球队、歌咏队、墙报，都可以排演戏剧。高中部有大型的"海韵"歌咏队，而初中部亦有"綦江合唱团"。每逢校庆等节日，学校都组织游泳比赛、球赛、歌咏比赛以及连续几晚的戏剧会演。附近的中学一般只有篮球队，而侨二中却有篮球队、足球队、游泳队、棒球队、拳击社、健力社等。学校的篮球队和游泳队在附近的几个县参加比赛所向无敌。学校的戏剧社到綦江县进行劳军演出，获得社会好评。

当年的国民政府侨务委员会委员长陈树人为侨二中校歌写了歌词，著名作曲家张定和为校歌谱曲。国民党中央秘书长吴铁城、教育部部长陈立夫、国民党海外部部长张道藩等曾来校看望师生，鼓励大家要努力读书，将来为国家出力。

1944年9月，国民政府教育部派国民党中央监察委员李次温继任侨二中校长。同月，教育部决定侨一中停办，将其高中部251人和教职员子女

20人并入侨二中。李次温派教导主任黄颖城办理接纳手续,两校合并后,侨二中学生增至600多人。

1944年冬天,国民政府动员青年学生参军抗日。许多学生热血沸腾,积极报名参加远征军赴滇西对日作战。抗战胜利后,绝大部分参军的学生复员回校复学、或升学或回侨居国。当时也有部分进步学生,在地下党组织的指引下,参加新四军或奔赴革命根据地。

1945年8月,抗战胜利后,久经颠沛流离,历尽艰苦的侨二中师生和全国人民欣喜若狂。师生步行几十千米到重庆参加庆祝抗日胜利大游行。许多学生随后与家庭取得联系、取得经济接济,生活得到改善。与此同时,教育部和侨委会接华侨来信,说归侨学生回国后入学读书难,指出侨二中校址偏僻,交通困难,不便归国侨生前往报考。另外,华侨界知名人士陈国楚先生亦多次提议将侨二中迁往福建厦门。教育部和侨委会对侨二中迁校问题几经统筹,于1946年初做出决定,将侨二中迁往海南岛海口市。1946年6月12日,教育部副部长朱家骅复函陈国楚先生说:"国立侨校之迁设,已于统筹调整,国立第一侨民师范留闽,第二侨师留粤,第三侨中迁广西龙州。海南岛地位重要,紧连南洋,对侨胞子弟入学尤为便利,故将第二侨中迁往该地,以求均衡发展。"

1945年9月,国民政府教育部委派卢宗敏接任侨二中校长。侨二中从1946年初开始着手迁校的筹备工作,卢宗敏校长为总领队。根据国民政府教育部要求下学期在9月如期开学的训示,校务会议决定,该学期的课程通过增加课时,于4月下旬全部授完。4月初,学校与西南公路局谈妥,5月1日至20日,全校师生乘车抵达广西省梧州,改乘内河船于七月初到达广州。9月11日,侨二中75名教职员和489名学生乘招商局大轮船"海章"号去海口,不料途中遇特大台风,轮船被迫返香港备航。翌日,大家仍乘原船重新起航,最后顺利到达海口。

9月14日和18日两天,学校奉令接收海口市海秀路金岗岭原日本海军第七基地海南设施部为校址,总面积500多亩。金岗岭毗邻琼州海峡,南有海秀路,学校距离海口市区3千米,交通方便,景色幽美,是较为理想的办学环境。校内有四五十栋日军修建的日式木板结构房屋,都已破旧,且不敷用。图书馆、理化实验室和部分课室都要新建。侨二中南迁时携带的图书和仪器设备因途中遭台风袭击,海水渗入舱内,遭受严重损失。

1946年10月，学校正式开学上课。在当地招收数十名新生后，在校学生达到527人，其中高中六个班、学生207人，初中七个班、学生320人。当时学校领导力量较强。校长卢宗敏毕业于中山大学法学系，教务主任陆咏勤毕业于中山大学教育系，总务主任雷耀岐毕业于广东新闻学院，训导主任赖增迎毕业于私立南华学院史学系，体育主任胡学成毕业于广东体育专门学校。迁校后，教育部每年拨给经费2804万元（旧币），学校逐步添置了五千册图书和八组理化实验仪器，还建立校医室，学校条件不断改善，各项工作逐渐走上正轨。

1947年1月16日，国民政府教育部颁布第2353号训令："查前国立第一华侨中学早经并入他校，并经决定不再设立，现仍存在之国立第二华侨中学改为国立第一华侨中学，国立第三华侨中学改为国立第二华侨中学。"1947年2月1日，国立第二华侨中学改名为国立第一华侨中学。1947年5月，学校改名为国立第一侨民中学。1950年5月，国立第一侨民中学改名为广东海南华侨中学。①

第四节　归侨与重庆到延安的交通线

抗战时期，随着南京、武汉的相继失守，国民政府迁到重庆。重庆成为战时陪都，国民政府侨务委员会等侨务机构也迁到重庆，重庆成了侨务工作中心。中国共产党成立了中共中央南方局，驻节重庆，负责领导长江以南国民党统治区和沦陷区各省、港澳地区及海外华侨的秘密党组织。南方局建立了通向延安的公开和秘密交通线，其重要任务之一就是负责输送爱国青年归侨和广大华侨捐款捐物。交通线的有效运作，保证了重庆和延安之间的人员往来和物资输送。

一、概　述

抗日战争时期为了使延安能够有效与外部世界联络，也为了各个抗日根据地之间能够互相沟通，中国共产党领导开辟了数条对外交通线。特别是中

---

① 海南华侨中学、重庆市江津区侨联、滇渝黔琼侨中校友：《归来——抗战时期华侨学生回国求学奋斗纪实》，重庆市江津区内印字NO.24889，第31—33页。有关侨中的资料，多采集于此书。感谢作者和编者。

第三章 抗日战争时期的归侨

共中央南方局建立了从重庆到延安的秘密交通线——延渝线。延渝线以抗战大后方四川为枢纽，以陪都重庆为中心，有的是公开交通线，负责人员和物资的运输；也有的是秘密交通线，负责运送重要信息和重要人员。

1936年，周恩来作为中国共产党全权代表赴西安谈判，国共双方开始一致抗日。1937年抗日战争全面爆发以后，周恩来担任中共中央南方局书记和国民政府军事委员会政治部主任，长期在武汉、长沙和重庆驻扎，进行党的工作和统一战线工作。1938年，周恩来创造性地提出了建构南北交通线的构想，同年11月12日，他和叶剑英联名致电中央书记处，建议以西安为西北交通联络中心，负责西北、华北及中原之联络；以桂林为西南交通联络中心，负责东南、西南之联络；以香港为海上联络中心，负责沿海及海外之联络；重庆作为西北、西南和海上三个方面的联络中心，负责西安、桂林、香港之联络，以贯穿南北。

由于国民政府的反动阻挠，当时的公开交通线面临着层层关卡，周恩来在构想南北交通线之初，就极有预见地做了开辟秘密交通线的准备。这些秘密交通线沿线设立的办事处、交通站，以公开合法名义为掩护，在其内部设专门机构或专门人员，管理秘密交通，与公开交通截然分开，另建秘密交通站，另辟秘密交通线。因此，当时的重庆、香港等地，既是公开的交通运输中心，又是秘密交通的集结点。在国民党顽固派大肆破坏中共交通运输的情况下，周恩来领导大后方党组织加强秘密交通线的建设，仍以四川为枢纽、重庆为中心，着重进行了延渝线、川陕线、川鄂线及川黔线、川滇线的建设。重庆到延安的"延渝线"可以说是联系南方局和党中央的纽带，其重要性是不言而喻的。1940年7月10日，国民党反共情绪高涨，对延安地区的封锁日益加紧，南方局开会讨论认为应加强重庆至延安的交通建设工作。这次会议决定，由时任中共中央南方局委员的刘晓同志组织各地同志，研究如何有效利用现有的关系和人力资源构建新的秘密交通线。会议之后同志们以极高的效率工作，南方局挑选了一些忠实可靠的党员干部，以公开合法的职业为掩护，默默无闻地战斗在从重庆经西安，最后到延安的秘密交通线。他们的工作方式是加强与国民党党内运输机构的私人关系，以保障运输全线的安全畅通。

位于重庆红岩村的中共中央南方局和八路军驻重庆办事处是秘密交通线的中心，时任中共中央南方局秘书的袁超俊同志负责秘密交通工作，在他的工作室里藏有从各方搜集而来的国民党各机关的信笺、信封、空白护照等，不仅有国民党军事委员会运输统治局的、国民党中宣部的、国民政府某些重要机关的等，还有银行、商行以及某些大公司的等，另外还有一些肥皂等物品，根据研究者的介绍，这些肥皂主要是仿制国民党和国民政府的关防大印，也模拟刻制一些国民党要员的私人印章，并备有朱砂印泥等。如果需要的时候就伪造各种证件、护照和书信，同时加盖各机构的印章，主要是用于应付国民党设立在各交通要地的关卡。据说这些伪造的证件等物从未被识破过。这也反映出了南方局同志办事的机敏和灵活性[1]。

二、重庆到延安的交通线

南方局建了重庆到延安的几条通道，也是利用当时的水陆交通，我们暂且总称为延渝线。水路是嘉陵江航道，从重庆出发，沿嘉陵江，经合川、南充、阆中、苍溪、剑阁、广元上岸、过汉中到宝鸡、西安转延安；陆路有三条：第一条是重庆出发，经璧山，走绵璧公路，到绵阳，汇川陕公路，转汉中、西安，再到延安；第二条是走成渝公路，经成都，转川陕公路到西安转延安；第三条是利用汉渝公路，即今 210 国道线，由江北经邻水过达县、万源，进入汉中，到西安，转延安。水路和陆路第一条绵璧公路，是公开线路；陆路第二条是秘密线路，被称为川陕线；第三条是秘密备用线，被称为川陕东路线。

为了清楚各路段的情况，下面分头将各路段做一介绍。

嘉陵江水路，即沿嘉陵江的嘉陵古道。重庆到广元，有船行之便，全长 796 千米。据记载清宣统元年（1909）"沿嘉陵江和涪江流域已有水木匠在广元、射洪等地建有'鲁班会'的组织，并相继设有造船厂 12 家，年新造木船 144 只，计 4032 吨。常年行驶重庆等地往返运货。"[2]民国十五年（1926）7 月 23 日，民生公司第一艘小火轮"民生号开辟嘉陵江重庆至合川客运航线"。民国十六年（1927）7 月，嘉沱公司"嘉沱 2 号轮航行嘉陵江合川至南充。"[3]重庆—南充段，有了客运。抗战时期，为了开展川陕联运，

---

[1]《抗战时期中共南方局的红色密径》，中央电视台《档案揭秘·铭记》，2015 年 10 月 20 日 11：44。
[2] 重庆市交通局交通史志编纂委员会：《重庆交通大事记》，北京：科学技术文献出版社，1991 年，第 24 页。
[3]《重庆交通大事记》，第 27 页。

第三章 抗日战争时期的归侨

国民政府从民国二十八年（1939）至三十二年（1943），连续5年对嘉陵江河道进行治理，筑坝导流，炸除礁石，疏浚河道，修筑纤道和设置绞滩机等，整治后能行驶25—50吨木船，小轮船可由重庆直航南充。尤其广元港，直达重庆的物资年运量4万余吨，民国二十九至三十五年（1940—1946）年均吞吐量30万吨。① 可以印证该线路的繁华和人员的熙攘。有鉴于此，嘉陵江水路成了重庆到延安的主要交通线，而且是一条公开的交通线，既有物资运输又有人员往来。从南充至阆中，有一段公路捷径，全长约74千米，在民国十九年（1930）前建成。还有一条潼南到阆中的潼保（保宁，即阆中）公路，部分路段于民国二十一年（1932）开通。②

绵璧公路，从绵阳起，经三台、射洪、遂宁、潼南、铜梁、终点璧山，全长338千米，于民国二十三年（1934）建成。③ 从重庆出发，走成渝线，在璧山改道绵璧公路，到绵阳，与川陕线合道，经绵阳、广元到汉中或褒城，再经宝鸡、西安，最终到延安。民国二十七年（1938），四川省公路局在潼南设立车站，以方便川陕路旅客乘车。④ 民国三十二年（1943）3月15日，"川陕联运处新辟重庆经璧山、遂宁、绵阳至广元直达客车线路"。5月，"四川公路局在铜梁设汽车站"。⑤

成渝公路，重庆至成都，于1933年建成，翌年，在内江椑木镇设置沱江轮渡，至此，成渝公路全线贯通，全长450千米，其中巴县境内63千米。1934年，"重庆设立成渝通车营业管理处，安排汽车70余辆，经营跨线段客运"。民国二十四年（1935）2月20日，"成渝通车营业管理处增开成渝特别快车，重庆至成都一日可达，票价30元（法币），成都至重庆25元"。"是年，四川公路局收管成渝公路业务，统一营运。成都至重庆，沿途设站16个，先后开始营业。并在公路沿线各场镇增设代办站、招呼站，方便旅客乘车。"⑥ 早在全面抗战前，成渝公路的客运就已经很成熟了。

川陕公路，于1935年建成，从成都经绵阳、梓潼、剑阁、广元，在川

---

① 四川省地方志编纂委员会：《四川省志·交通志》，成都：四川科学技术出版社，1995年，第37页，第121页。
② 《四川省志·交通志》，第154页，第158页。
③ 《四川省志·交通志》，第152页。
④ 《重庆交通大事记》，第172页。
⑤ 《重庆交通大事记》，第174页。
⑥ 《重庆交通大事记》，第170—171页。

陕两省交界处的棋（或七）盘关之头沟里接线陕西的褒棋公路到汉中，转宝汉公路至宝鸡，到西安，全长993.5千米，其中绵阳至广元段长285千米。① 主要是今天的国道108线的成都至汉中段。到了宝鸡后可以坐火车到西安。民国二十五年（1936）初，政府收归客运路线遭到反对，于7月安排有商营客车经营绵遂等固定线路客运。②民国二十九年（1940），四川公路局开办成都至广元的长途班车，开展客运。③

汉渝公路，重庆至陕西汉中，从重庆市沙坪坝区小龙坎出发，过嘉陵江到大石坝，然后由江北到邻水，经大竹、达县、宣汉、万源，进入陕西西乡，接汉白路，到汉中，1939年修建，又名川陕东路，全长582千米，其中川境长417千米。④民国二十七年（1938），国民政府交通部奉命修筑陕西西乡古城至四川万源段公路，1940年建成，全长165千米。⑤当时是为了接运苏联的援华物资而兴筑。这条路线基本上就是今天国道210线的重庆至汉中段，为重庆至汉中的捷径。

1935年蒋介石下令要求打通川陕公路。于是，陕西省政府修了宝汉公路和褒棋公路。宝汉公路，陕西宝鸡到汉中，于民国二十五年（1936）建成通车，全长254.16千米。褒棋公路，从陕西褒城到宁强县的棋盘关，与四川广元相接。民国二十六年（1937）通车，褒棋公路全长141千米。⑥

西宝公路，西安经咸阳到宝鸡，民国十九年（1930）建成，全长156.9千米。⑦民国二十四年（1935），西北国营公路局成立，经营国道公路汽车客货运输，涉及陕西的西安至兰州（包含西安至宝鸡的西宝公路），宝鸡至汉中（宝汉公路），汉中至宁羌（强）的褒棋公路，汉中至白河（包含汉渝公路的汉中至西乡段），皆划为国道。民国二十九年（1940）开通有宝鸡至汉中客运，每日对开1辆。宝鸡至广元，每周一三五对开1辆。汉中至广元，每日对开1辆。汉中至褒城，1辆车每日往返2次。汉中至西乡，每日2辆

---

① 四川省地方志编纂委员会：《四川省志·交通志》，成都：四川科学技术出版社，1995年，第151页，第164—165页。
② 《四川省志·交通志》，第306页。
③ 《四川省志·交通志》，第329页。
④ 《四川省志·交通志》，第172页。
⑤ 陕西省地方志编纂委员会：《陕西省志·公路志》，西安：陕西人民出版社，2000年，第171页。
⑥ 《陕西省志·公路志》，第177页。
⑦ 《陕西省志·公路志》，第165页。

第三章　抗日战争时期的归侨

车对开往返 2 次。①

从西安到延安，公路可走咸榆公路，从咸阳到榆林，民国二十五年（1936）建成。从咸阳起，经三原、同官（今铜川）、耀县、洛川、富县、延安、绥德到榆林。此线路从民国十六年（1927）就开始分段修建，到民国二十四年（1935）才修到延安。民国二十三年（1934）10 月，蒋介石下令"陕北干路即自西安经延长、绥德至榆林公路，限明年十月前完成"。1937 年，陕甘宁边区政府组织修建了延安至延川公路，咸榆公路全线打通。西安到延安段，大约 356 千米。②

陇海铁路西安至宝鸡段，于民国二十五年（1936）12 月 7 日完成铺轨，全长 172 千米。③1937 年通车，每天开行客货混合列车 1 对。民国二十八年（1939）6 月，咸阳到同官（铜川）咸铜铁路动工，民国三十一年（1942）1 月通车，全长 131.1 千米，有客车、客货混运车各 1 对，但客运只通到耀县。④

综上，从重庆到延安的线路是：

水路，即沿嘉陵江北上，经合川、南充、阆中、苍溪、剑阁、广元、汉中、宝鸡到西安，再到延安，在宝鸡可以坐火车到西安。重庆到南充，可以坐船。南充到广元要么走路，要么坐货船，走路者多；从延安返渝，可以在广元搭货船顺水而下。到广元，走川陕线，经宝鸡，转西安，再走咸榆线，到延安，这一段，可以坐汽车，或坐火车到耀县，再转到延安，总计长度约 1704 千米。水路是重庆到延安的捷径。此线路既是一条公开线路，又是一条秘密通道，特别是 1942 年，国民党政府取消南方局汽车运输队以后，成了重庆—延安的重要人员、物资运输通道。菲律宾归侨庄焰等到延安，就走了此线，而且他们乘船走了一段水路。所以，一般人员往来，走嘉陵江水路和陆路结合，路程相对较短一些，水路还可以坐一段路程的客船，要方便得多。

走绵璧公路，经绵阳、汉中、宝鸡、西安到延安，全长约 1594 千米。

---

① 《陕西省志·公路志》，第 484 页。
② 《陕西省志·公路志》，第 166—169 页。
③ 根据西安站和宝鸡站在陇海线的距离计算出。西安站在陇海线的 1074.3 千米处，宝鸡站在陇海线的 1246.3 千米处，由此推算，两站之间相距 172 千米。资料来源：陕西省地方志编纂委员会：《陕西省志·铁路志》，西安：陕西人民出版社，1993 年，第 102—103 页。
④ 陕西省地方志编纂委员会：《陕西省志·铁路志》，西安：陕西人民出版社，1993 年，第 10 页、第 103 页、第 105 页、第 108 页。

1943年，还设有重庆直达陕西宝鸡的跨省长途班车，客运已是比较方便。[①]此线是重庆与西北交通的重要线路，客货流量都很大，便于隐藏。当年到延安的大量战略物资和大量的捐赠物资以及人员，由汽车运输，就走此线。此线是机动车到延安的重要通道和捷径，是一条公开线路，但公开当中有秘密。

川陕线，指重庆—成都—西安—延安一线，主要是当时八路军驻西安办事处秘密经营，被称为"川陕线"。这条线路是一条秘密交通线。主要是利用成渝公路和川陕公路沿线。到西安后，再到延安，全长约1799千米。1940年5月，周恩来从延安返回重庆，走了川陕线和成渝公路，到成都时，会见了地方实力派和一些民主人士。5月10日出发，31日到达重庆，此次是3月从苏联回延安。[②]

走汉渝公路，经汉中、宝鸡、西安到延安，全长约1349千米。又称为川陕东路，是一条秘密备用线。相对水路和绵璧公路及川陕线，这条秘密备用线路更加隐秘，这条线路是南方局为紧急疏散干部而设立的备用线。有时到延安的人员过多，也会走此线，多是步行。秘密备用线主要是人员往来。此线也是国民党军队北上的重要线路。只是从重庆到达州之后，可分两条线路，一条走万源、汉中、宝鸡到西安；一条走平昌、巴中、南江、汉中、宝鸡，到西安，此路是人行大路，非公路。到宝鸡可以坐火车到同官（今铜川）。岳大源（四川宣汉毛坝人）当年两次参与从重庆带新兵到潼关（或同官），就是走的此线路（一次经万源，一次经巴中、南江）。据岳大源讲当年行走汉渝公路的人很多，常是结队而行，自己埋锅煮饭。[③]

到达宝鸡后，可以坐火车到西安。泰国归侨吴田夫从重庆到宝鸡后，就是从宝鸡乘火车由陇海线到西安的。

线路有公开有秘密，但公开当中有秘密，公开只是表面现象。特别是国共摩擦时期，公开阻拦进步人士到延安，就只有秘密进行，公开线路成了秘密线路。

[①]《四川省志·交通志》，第329页。
[②] 南方局党史资料征集小组：《南方局党史资料·大事记》，重庆：重庆出版社，1986年，第94页。
[③] 岳大源（1921—2008），男，四川宣汉毛坝人，1938年参加国民党军队，驻守宜昌。抗战时期两次从重庆带领新兵到同官。汉渝公路经过毛坝。部队曾在毛坝住宿。

第三章　抗日战争时期的归侨

三、输送归侨青年和干部以及华侨捐款捐物

1. 接待转移归侨青年和干部

重庆办事处的工作中，有一项重要任务是经常接送重要人员往返延安，安排运输大量物资到延安。其中周恩来就前后两次经"延渝线"往返延安。另外1938年胡志明从苏联经新疆、西安前往延安，并在中共的秘密护送之下由延安返回越南，当时走的就是这条"延渝线"。侨领陈嘉庚先生率"南洋华侨回国慰劳视察团"50余人，于1940年4月先后抵达重庆，办事处设宴款待。①1940年5月陈嘉庚曾经从西安突破重重封锁访问了延安，也是中共中央南方局的接触和安排。对于这次访问国民政府非常紧张，蒋介石曾想方设法阻止陈嘉庚此行，但无奈陈嘉庚意志坚定，还是抵达延安。在延安考察的这段经历让陈嘉庚非常感慨，他经过自己实地考察得出了"中国希望在延安"的结论，这让国民政府和蒋介石非常不安，也因此加紧了防止人员和物资抵达延安的防线。

菲律宾归侨庄焰，新中国的著名外交家，曾任我国驻联合国副代表，以及驻孟加拉国、伊朗、希腊大使，2017年3月5日去世。庄焰当年从重庆到延安，就走的延渝线。庄焰早在1935年就加入了菲律宾共产党，1938年经廖承志介绍转为中国共产党，并于同年10月归国。回国后庄焰同志先是来到重庆十八集团军办事处，随后从重庆经西安抵达延安，庄焰同志后来在回忆文章里说：

在旅店安顿好以后，我就去机房街八路军办事处，接见我的是廖似光同志。我把长江局的介绍信交给了她。经过一番了解后，博古（秦邦宪）同志和董必武同志也出来见我。他们亲切地询问了菲律宾抗日救亡运动的一些情况，以及我本人的情况，并向我交代了一些应该注意的事项，叫我安心等候去延安的通知。不久便接到通知，要我参加八路军办事处招募组织的第十八集团军护士大队，约100人，集体同去。大队里成立了党支部，由我任支部书记。出发前全体人员在机房街八路军办事处集合，董老语重心长地讲了许多勉励的话，并强调要遵守组织纪律，要求大家轻装步行。从此，我便在祖国大地上开始了新的革命旅程。

大队人员乘船沿嘉陵江上川北，经合川、南充、阆中、苍溪、剑阁、广

---

① 陈嘉庚：《南侨回忆录》，上海：上海三联书店出版社，2014年，第124页。

元、汉中到西安……尽管我们打着第十八集团军护士大队开赴华北前线的旗号,携带了必要的证件,但到达国民党的重点封锁关卡汉中时,还是受到了国民党特务人员的多方刁难。他们甚至下令粮商不准卖米给我们,企图用饥饿困死我们。

我和人数不多的一批人乘坐一辆载货的卡车,经过国民党区的三原、铜川等关卡,在一个大雪天到达延安。在离延安还很远的地方,就看到耸立的宝塔,像"自由女神"正展开双臂,迎接天宫仙女散下来的铺天盖地的洁白"梨花"。当天晚上,我就寄住在宝塔山下的窑洞里。①

这100多人中,应有不少归侨。他们乘船走了一段水路,沿途自己做饭,除了坐船外,就是步行,走了1个多月。

虽然国民政府对延安进行封锁,多方阻挠物资和人员进出延安地区,但丝毫不能阻碍热血青年们前往延安,而其中归国华侨的经历尤为惊心动魄。

虽然没有史料明确记载,但据推测庄焰同志从西安去延安时候乘坐的"载货的卡车",很可能就是当时十八集团军的运输车队。

当时从重庆到延安也有海外华侨自己驾车完成的。菲律宾归侨王唯真就是跟随新加坡、中国香港司机服务团于1939年6月3日从香港出发,经重庆、西安抵达延安。

新加坡、中国香港司机服务团成员共有30人左右,他们驾驶海外华侨捐赠八路军、新四军的22部美制大卡车和宋庆龄同志赠送的1部漆着红十字的大救护车,途径越南的海防、河内进镇南关到了广西边陲重镇凭祥……"车到重庆之后,我们被安排住在市郊嘉陵江畔化龙桥附近的八路军兵站。兵站负责人是一位八路军副官,他既负责我们的安全,又协助炊事员给我们做饭,非常勤劳,一点架子也没有……不久,我们车队继续北上到达西安七贤庄八路军办事处。"②

所谓"八路军兵站",其实就是位于化龙桥的中共中央南方局和八路军办事处。后来王唯真同志于1940年,也就是他到达延安的次年加入了中国共产党,1941年8月开始在《解放日报》工作,随后一直在新华社工作,此后在长达半个多世纪的岁月里,他为党的新闻事业和新华社的发展壮大付

---

① 庄焰:《烽烟寸丹——延安的回忆》,载全国政协文史资料研究委员会华侨组:《峥嵘岁月——华侨青年回国参加抗战纪实》,北京:中国文史出版社,1988年,第30—31页。
② 王唯真:《归国奔延安》,《峥嵘岁月——华侨青年回国参加抗战纪实》,第48页。

第三章 抗日战争时期的归侨

出了毕生心血，1988年3月离休，2006年5月6日逝世。

当时热血青年向往延安蔚然成风，为了遏制这样的局面，国民党政府采取了各种刁难的方案，其中就包括沿途设置重重关卡，把试图前往延安的青年送往集中营训导，1939年4月，有四名泰国华侨青年教师回国抗日，在经过河南洛阳准备渡过黄河赴晋东南前线抗日时，被国民党的宪兵扣留，被关进集中营进行反共训练。这些青年本为爱国抗日而回国，不愿意接受国民党宪兵的反共思想，竟然有一名华侨青年被活活折磨致死。延安的共产党高层领导非常愤怒，向国民党当局提出了严厉的控诉，八路军驻洛阳办事处特派代表送花圈到集中营，向死难华侨表示哀悼。即便是这样的严苛条件，也不能阻挡华侨青年向往延安，他们在中国共产党的帮助之下，想尽一切办法前往延安，到抗日的最前线去。

侯泽良，1913年10月出生于广东揭阳，家境贫寒，童年在放牛中度过，边放牛边读书，读书勤奋，成绩优异，但因家庭经济有限，读到初中就失学在家，1934年漂流到泰国随其父亲一起谋生。侯泽良到泰国时，祖国正处于危难之际。抗战爆发后，泰国广大华侨纷纷行动起来，掀起抗日救亡的爱国热潮，创立各种抗日救亡组织，以侨领蚁光炎担任主席的泰国中华总商会提出"反抗侵略，全力救亡"的口号，号召侨胞"有钱出钱，有力出力"，支援祖国抗战。侯泽良在抗日救亡实践中深知，只有共产党才能救中国，于是他热烈响应中华总商会的号召，在他亲自组织、带领下，于1939年3月初与罗道让、周介文、张锐、曾定石等人（罗道让原是中央警卫局副局长、代理局长，湛江地委副书记。周介文原是吉林省供销总社秘书长。曾定石原是广东省人大常委会副主任、副省长）瞒着亲人，历尽艰辛，由泰国经缅甸、云南，于1939年4月23日到达重庆八路军办事处，受到叶剑英、董必武的接见。当时日军轰炸化龙桥，他们的住处被炸毁，随身携带的行李也被烧毁，八路军办事处便设法用救护车秘密将他们送到西安。1939年7月他们步行到达革命圣地延安。①

当时已经很难安排车辆运送，所以也有华侨青年徒步从重庆到西安，再辗转到延安的。郭凌同志就是其中之一。1938年郭凌启程回国的时候才满20岁，一路从新加坡抵达陪都重庆，在重庆八路军办事处里郭凌遇见了来

---

① 《侯汉钦访谈录及其对父亲侯泽良的回忆》，《重庆归侨口述史》待刊。

自海外和祖国各地的青年,一时有两千多人聚集在八路军办事处,据郭凌回忆,那里的气氛十分融洽,这让年轻的郭凌非常高兴。为了使这两千多名青年能够顺利到达延安,办事处把他们编成两队,同时派干部护送,取道川北一路步行北上。据说当时走的是一条险峻的小路,一路要经过崇山峻岭,山势险要,每每会经过悬崖峭壁,稍有不慎就会跌落谷底。然而即便如此,也阻止不了这群热血青年前往延安的决心,他们经过川北的时候这里曾经是红四方面军建立的苏维埃政权所在地,他们所行进的正是当年红军北上延安的道路,知晓了这个情况之后,年轻人们更加兴奋,边行军边唱歌,驱赶疲劳,激励斗志。这些年轻人每到一个宿营地首先要做的就是用热水烫脚,以便恢复体力。就这样,经过半个多月的行走,他们才抵达西安。好在西安八路军办事处的同志考虑到这些年轻人长途跋涉十分辛苦,特地派了几辆军车送他们去延安。西北高原气候恶劣,一路上黄沙飞舞,又赶上冬季,这帮南洋归来的年轻人饱尝了寒冷的痛苦,但他们最终顺利地抵达了延安。① 郭凌同志后来曾任广东省人大常委。

大批的青年前往延安让国民政府十分紧张,于是国民政府进一步收紧了沿路关卡的控制。与郭凌他们的情况类似,年轻的庄国英在重庆的经历尤为困苦,他从昆明乘坐公共汽车来到重庆,可是在重庆却遇到了更为艰苦的情况。庄国英,泰国青年归侨、当他抵渝、找到八路军办事处时,办事处的同志告诉他"投奔延安的青年被关进集中营,就是穿上八路军军服也要被扣押……现在实在没办法收留你们",无奈,他只有自行到延安。他先徒步到成都,再转西安到延安。庄国英回忆道:(到重庆)第三天便和八路军办事处联系上了……办事处的同志沉默了半天才惋惜地说:"收容你们并送到延安,现在很困难了。国民党又掀起了反共浪潮,挖空心思地造事端、闹摩擦。投奔延安的青年被关进集中营,就是穿上八路军军服也要被扣押……现在实在没办法收留你们了。"②

然而庄国英并没有气馁,他悄悄离开重庆,和两位广东华侨青年一起,徒步行走到成都,然后从成都再到西安。他在回忆文章中提到,国民党在广元和汉中都设了关卡和检查站,不少要奔赴陕北的青年都被扣押送往集中营。就是在这样的危险中,年轻的庄国英凭着机智和勇敢终于抵达了陕北

---

① 郭凌:《转战在敌伪顽包围之中》,《峥嵘岁月——华侨青年回国参加抗战纪实》,第201页。
② 庄国英:《从泰国到延安》,《峥嵘岁月——华侨青年回国参加抗战纪实》,第69页。

第三章　抗日战争时期的归侨

延安。

吴田夫同志后来曾任中共广州市委副秘书长,1940年的时候他从泰国回国,来到重庆之后在曾家岩五十号中共办事处见到了叶剑英同志,并在办事处同志的帮助之下化妆成为国民政府四大银行办事处的职员,搭乘国民政府军事委员会的专车,由重庆经成都、广元等地到宝鸡,又从宝鸡乘火车由陇海线到西安。他再从西安北上,突破国民党政府设立在陕甘宁边界的重重封锁,抵达延安。

从西安到延安这最后一段大约四百千米的路程,也让归国华侨青年们饱尝行路之苦。

吴田夫在回忆文章里提到从西安到延安的封锁已经非常严密,他们没有办法坐汽车,只好秘密步行前往延安,而沿途为了应对国民党军队的盘查,不得不走小路,绕过设有关卡的重要城镇。为了躲避盘查,他们必须天不亮出发,而当时已经是冬天,从南洋归来的华侨青年何曾体验过陕北高原彻骨的寒风,而被迫走小路的时候又要徒步蹚过冰冷的河水。吴田夫回忆,遇到这样的时候,男同志就主动组织起来,抬着同行的女同志过河。就这样,华侨青年们一路从三原、耀县、同官(今铜川)、宜君、洛川等地,用了14天抵达延安。而乘坐汽车和他们差不多同时出发的人们,由于要应对沿途的盘查,所以也差不多用了十几天才到延安。①

从马来亚归来的青年沈光也差不多走的是同一条路线,沈光于1939年3月归国,8月抵达重庆,然后由重庆前往成都,在成都购买了两张前往西安的汽车票。当时他们就坐着敞篷的大货车前往西安,货车里满满堆积的都是货物,年轻的沈光就坐在高高的车顶,烈日高照,尘土飞扬,卡车在崎岖险峻的公路上盘山绕岭,让人不由感慨"蜀道难难于上青天"。1940年春节抵达西安之后同样面临封锁,于是沈光和年轻的归侨们也选择了步行前往延安,同样是抄小路穿过封锁线,同样经受陕北高原刺骨的严寒。②这条前往延安的道路也让沈光终生难忘。由于外语方面的特殊能力,沈光在延安主要是从事英文电讯翻译工作,中华人民共和国成立后曾任上海市侨联副主席。

2. 输送华侨捐款捐物

重庆八路军办事处的一项重要任务就是往延安运送物资,并接送往返重

---

① 吴田夫:《在抗日中心的狂飙里》,《峥嵘岁月——华侨青年回国参加抗战纪实》,第78页。
② 沈光:《槟城——延安》,《峥嵘岁月——华侨青年回国参加抗战纪实》,第105—106页。

·117·

庆和延安之间的干部。在物资运送方面,比较重要的几次都发生在1939年,当年5月到6月,重庆八路军办事处和共产党贵阳交通站的同志根据中共中央南方局的指示,从贵州黄平县军火库提取各类弹药和炸药约10吨,经贵阳到重庆,再经"延渝线"转运至西安,供应前线的抗日斗争需要。同年夏天,南方局接中央指示,从新加坡进口了一批重要物资,包括我党购置的几辆军用汽车,再加上华侨捐赠的汽车,以及汽车上满载的华侨捐助的物资、药品、汽油、黄油等,由重庆办事处负责联合桂林办事处、西安办事处共同行动,将这批物资从越南海防经广西凭祥、河池、贵阳到重庆,再从重庆经"延渝线"运达延安。同年,重庆办事处还负责将宋庆龄等爱国人士捐赠的抗日物资经"延渝线"运达延安。当时在延渝线上承担运输任务的主要是南侨机工,他们的主要任务是驾驶车辆和承担汽车修理工作。前面提到,生活在重庆的南侨机工程龙庆当时就分配在十八集团军驻重庆办事处汽车队,他们的主要任务就是驾驶货车从重庆运送抗战物资到延安去,他在回忆录里曾提到自己三次运送抗日物资和进步学生到延安。据他本人的回忆文章提到,"运输任务除了国民党政府拨给十八集团军的给养外,还装有以宋庆龄同志为首的各界进步人士捐送的药品、汽油等急需物资。另一个特殊任务就是运送一批批去延安的地下党员、民主人士、青年学生和技术工人,并秘密捎给党组织从港澳及各地转来的材料、文件、电台等"。

程龙庆在回忆文章中也提到周恩来对每次运输任务都非常重视:"为保证行车安全,周恩来同志操了不少心,每次出车之前,都是他亲自与有关当局交涉,办理手续;出发时,他要一一清点人数、物资,还对我们华侨司机和修车工再三叮嘱。"

程龙庆也提到了当时国民政府一路上封锁运输线,以及运输队巧妙应对的情形:"当时,国民党一路上层层设卡布哨,每道关卡都配有军、警、宪、特务人员等。由西安通往延安的路上,检查哨就更多了,车队每到一个县城或大镇,都得停下来接受检查,甚至连汽油桶也要伸进棍子搅一搅。即使如此,车队还是在他们的眼皮下运输秘密物品进出。办事处的同志巧妙地将文件单本和电台部分紧紧夹藏在大油桶底下,装满了汽油的桶太重,检查人员是不会抬下来查看的。历尽艰难险阻之后,每当车队一进入陕甘宁边区,车

第三章　抗日战争时期的归侨

厢里的沉闷空气就一扫而空，大家心情大快，精神为之一振。"①

方川如，新加坡归侨，第5批"机工回国服务团"，有19名机工分到十八集团军，他们于1939年5月19日从新加坡启程，在香港聚集，一行增加至50多人，过越南到凭祥县，出南宁，穿广西，翻独山，到贵阳，1939年10月上旬，抵达重庆十八集团军办事处。方川如留在办事处车队，直到1942年离开，曾开车由重庆到延安，往返几次。同批回国的程龙庆，也留在重庆十八集团军办事处，在办事处服务的两年多时间里，他3次到延安，每次至少五六辆，多至十来辆的"车队"。②

方川如在一篇文章中回忆当时经过层层险阻运送物资到延安的经历：到重庆后，我在十八集团军重庆办事处任中士驾驶员。当时，祝华同志（后在北京商务部任职）是我们车队的直接负责人，他在办事处的主要工作是给周恩来开车，同时处理车队日常事务。我曾驾车在重庆和延安之间往返几次，还为新四军送过车。

1940年底，抗战进入十分艰苦的相持阶段，国民党却掀起了第二次反共高潮，公路运输线封锁得更加严密。那次我们五辆卡车、两辆小车由重庆出发去延安。走到川陕交界处的宝城（应该是褒城——作者注）时，国民党检查站借口检查武器号码与持枪证是否相符为由进行刁难，强逼我们把车开到汉中。到了汉中，又胁迫我们把车开回宝城。宝城检查站无事生非，要扣押车队的一个军医（该军医原在白崇禧部队做过事），几经交涉才准许离开宝城。途中的一个检查站又故意找麻烦，在扣押一个参谋之后，才让车队继续前进。几经波折，车队才进入边区。当我们远远望见延安宝塔山时，大家都高兴得唱起歌来。③

其实从重庆到延安的运输线路对于延安的重要作用，当时的国民党政府自然是十分清楚的，所以才会如此大动干戈地检查过往物资。皖南事变之后，国共双方这种明面上的合作也难以维持，在国民党政府的压力之下，1942年十八集团军重庆办事处运输队解散，重庆到延安之间的公开交通线不复存在，然而秘密的交通工作依然在有序进行。

① 程龙庆：《话抗战烽火 忆红岩生活》，《沙坪坝文史资料》，总第11辑，第51页。
② 四川省归国华侨联合会，四川省华侨华人学会：《华侨华人研究文集》，成都：成都科技大学出版社，1992年，第277—279页，第286页。
③ 方川如：《有幸与八路军、新四军结缘——重庆南侨机工方川如回忆录》，林少川《烽火赤子心，滇缅公路上的南侨机工》，第171页。

这些海外青年华侨抵达延安之后迅速投身于抗日战争和民族民主革命之中，他们中有的人直接入伍参加八路军，以血肉之躯抵挡日军的侵略；有的人发挥自己在语言方面的特长，从事秘书方面的工作；有的人来到延安的时候年龄尚小，被安排进陕北公学继续学习，学成之后成为我党和我军的高层干部，后来继续投身于中华人民共和国的建设之中。

十八集团军办事处，除了向延安输送爱国归侨青年外，还向新四军输送。1945年7、8月间，洪涛、李极椿等一批原在重庆等地就读，从事救亡运动的归侨学生，经川东地下党组织介绍，进入鄂豫边李先念所部的新四军第五师。他们来自菲律宾、新马、泰国、越南等地，有二十人左右。[①]

正是输送人员太多，引起国民党蒋介石的警惕，因此大加限制，层层设卡布哨，严加盘查，扣押物资，关押华侨青年，有的华侨青年甚至被活活折磨而死。中共中央南方局建立的重庆到延安的秘密交通线，接待转移了大量归侨青年，转运了大量物资，包括广大华侨的捐献物资，为抗战胜利和中国革命立下了不朽的功绩。

第五节　陈嘉庚从重庆至延安之行

抗日战争爆发以后定居在东南亚各地的八百万侨胞在新加坡成立"南洋华侨筹赈祖国难民总会"，热心社会公益事业的大实业家陈嘉庚被推举为主席。在陈嘉庚的组织和领导下，"南洋华侨筹赈祖国难民总会"组织"南洋华侨机工回国服务团"，先后有3200名爱国华侨回国参加抗战。对此陈嘉庚可谓功不可没！然而抗日战争进入相持阶段以后，国民党刻意制造摩擦，给抗战大局带来非常不利的影响，也让海外华侨非常忧心。正是在这样的情况之下，陈嘉庚先生受海外华侨委托，起身前往国内慰劳考察抗日军民，也实地考察国共两党对抗日的态度，从重庆到延安，陈嘉庚这一路看到了很多事情，也因此得出了那个著名的结论，即中国的未来在延安。

一、陈嘉庚与南洋华侨回国慰劳视察团

陈嘉庚，福建同安（今厦门市集美村）人，1874年10月21日生，侨

---

① 郑山玉：《华侨华人历史研究文集》，北京：光明日报出版社，2004年，第5页。

第三章 抗日战争时期的归侨

商家庭，1890年17岁的陈嘉庚远赴新加坡，助父经商，艰苦创业，1904年自立门户，获得巨大成功，成为东南亚著名的"橡胶大王"，其商业高峰时期，于马来亚、荷印等地及中国香港、上海等大城市设分行分店三十余处。总资产逾一千二百万元。他怀着"教育为立国之本，兴学乃国民天职"的理念，于1913年回家乡集美先后创办了集美小学、中学、师范、水产、航海、商科、农林等校（统称集美学校）和厦门大学。1924年，于新加坡创办《南洋商报》，并手订"拥护南京政府为首要目的"作为办报规则。抗日战争爆发后，他不计个人安危得失，被推举为"南洋华侨筹赈祖国难民总会"主席，为国难奔走呼号。他的高风亮节，赢得了海内外同胞的高度尊敬。1940年，陈嘉庚率侨团返国，至各地慰劳考察。访问延安期间，他备受中共影响，提出"中国的希望在延安"。毛泽东同志称赞他是"华侨旗帜，民族光辉"。陈嘉庚先生于1949年回国定居参政，曾任中国人民政治协商会议委员会副主席、全国人民代表大会常务委员、中华全国归国华侨联合会主席等职；1961年8月12日于北京逝世。鉴于陈嘉庚先生对社会的特殊贡献，1990年3月11日，国际小行星中心和小行星命名委员会把一颗编号为2963的小行星命名为"陈嘉庚星"。①

1940年初陈嘉庚又以南侨总会主席的身份，发起成立"南洋华侨回国慰劳视察团"。国民党政府非常重视南洋华侨回国慰劳视察团，特成立了由陈树人（侨务委员会委员长）、吴铁城（国民党中央海外部长）、陈诚（军事政治部部长）等人组成的"欢迎南洋侨胞回国慰问团委员会"，且这三人为常务委员。他们负责安排慰问团的行程和接待，其中包括参观国际广播电台。②

同年3月26日，陈嘉庚和庄西言（南洋华侨总会负责人之一，富商）及秘书乘机从仰光启程，经腊戌、昆明各停留一小时，午后四点钟抵达重庆。陈嘉庚在珊瑚坝机场对前来迎接的重庆各界民众发表演讲，报告慰问团此来之目的首先是代表南洋一千多万华侨回国慰问和考察。陈嘉庚说，抗战已经进行了三年，海外华侨未能尽力，只是派遣机工三千余人在各路服务，

---

① 陈嘉庚：《南侨回忆录》，上海：上海三联书店，2014年，第3—4页。文中所引的相关内容，多出自此书。
② 重庆市档案馆藏：《关于检送招待南洋各属华侨筹振会回国慰劳团日程表致国际广播电台的函》，档案号 00040001001220000049。

所以这次回来主要是向军政各界及民众致敬慰问。另外抗战必然需要大量资金，华侨派代表回国考察，看国内民众如何努力进步、民族如何同仇敌忾、各党派如何团结对外，将这些信息报告给海外华侨，以汇集华侨外汇财力帮助祖国抗战。

然而这些只是表面的原因，其内在原委陈嘉庚并没有明说，只是隐约说了下要看国内各党派是如何合作的，也委婉表达了他想去延安看看的想法。实际上他和海外华侨真正想了解的是国内国共两党之间究竟发生了什么。

陈嘉庚此言是基于1940年前后国内抗战的大体形势以及国共两党两军不断地出现摩擦而发的。1940年抗战进入相持阶段，以蒋介石为首脑的国民政府虽然名义上仍然是抗战的主导者，但抗战之决心动摇，而国民党内部的某些人也对抗战失去了信心，例如汪精卫等人就在同年着手于上海成立了伪政府。而与此同时，共产党领导的八路军和新四军一直在坚持抗日，其力量也在逐渐壮大。共产党力量的壮大让国民党非常不安，于是两党虽然明面上仍然是共同抗战，但暗里的摩擦却愈演愈烈。就在1939年冬天，蒋介石前往位于兰州的行营视察，发表了一份针对陕甘宁边区政府的报告，报告中指责共产党刻意制造摩擦，影响国内抗日大局。这份报告传出去之后令海外华侨们深觉不安，他们非常急于知晓国内到底出了什么状况，于是才有了陈嘉庚回国之行。对于陈嘉庚回国的真实目的，国共两党显然都非常清楚，为了争取有利的地位，两党都对陈嘉庚的行程非常关心，然陈嘉庚意志坚定，坚持要眼见为实。

陈嘉庚抵达重庆之后就积极与共产党方面接触，到重庆不久他就会见了前来探望的叶剑英和董必武等人，叶剑英也邀请陈嘉庚前往共产党驻重庆办事处茶话。陈嘉庚接受了邀请，并于几天后前往位于红岩村的八路军办事处与共产党方面人员会谈，在会谈中陈嘉庚提及如何才能到达延安。叶剑英积极回应，说可以先找到位于西安的八路军办事处，他承诺会派遣车辆护送陈嘉庚前往延安。随后叶剑英立即向中央汇报，毛泽东亲自给陈嘉庚电报，热情邀请他去延安会晤。于是，陈嘉庚就启程开始慰问考察。

1940年5月1日，"南洋华侨回国慰劳视察团"兵分三路，前往三个不同的方向考察。陈嘉庚先是随同其中的一路前往成都，适逢蒋介石也在成都。蒋介石问陈嘉庚到成都之后还会去往何处，陈嘉庚答要往西北的兰州、西安。蒋介石继续追问，是否还要到其他地方去。陈嘉庚知晓蒋介石之意，也没有隐瞒，说如果交通方便的话也会到延安去看看。蒋介石听了之后竟然破口大骂起共产党来，这让陈嘉庚非常诧异，他向蒋介石解释说自己受南洋华侨所托，慰劳抗日将士，只要交通方便，不得不亲自去，以便回去之后向华侨报告。蒋介石对这个回答非常不满，但碍于陈嘉庚的身份，又无可奈何，只是说"要去亦可，但勿受欺骗"。这些话让陈嘉庚非常生气，他认为自己有足够的判断力，不会被任何人欺骗。

二、陈嘉庚延安之行

随后，陈嘉庚乘坐飞机从成都前往兰州，在兰州见西北运输艰难，所以放弃了继续西北前往新疆的打算，转而向东前往西安。谁知陈嘉庚和慰劳团在西安期间处处受到限制，尤其是和共产党方面的接触，更是受到反复阻拦。例如当时在西安的朱德同志听闻陈嘉庚已到西安，即邀请前往八路军办事处赴宴，陈嘉庚欣然欲往，但国民党方面以多种借口阻止陈嘉庚见朱德。后周恩来也从延安来西安，要到重庆去，特意在西安多留了一天就是为了见陈嘉庚，结果国民党方面又一次阻止。慰劳团的所有成员的自由都受到限制，他们出门都有专人跟随，就为了防止与共产党方面接触。显然国民党高层对陈嘉庚前往延安非常敏感，所以才会令西安严阵以待。

最后无奈之下，陈嘉庚亲自到位于七贤庄街的八路军办事处，询问有没有汽车可以去延安。办事处的工作人员见到陈嘉庚非常激动，他们对陈嘉庚说，之前去慰问团的住处试图拜访，却被告知已经搬到别处去了，陈嘉庚亲自前来，让他们觉得非常意外，于是立即派了大小汽车各一辆，护送陈嘉庚前往延安。国民党方面无奈，也派人跟随陈嘉庚北上；而延安方面闻知此事，又加派一辆汽车随行。于是三辆汽车就一同北上前往延安。

然而路上并不太平，陈嘉庚在回忆录里面讲了这样一件事：他们的汽车抵达洛川县的时候，有农民数百人和公务员等迎接，等他们要上车走的时候，这些人突然给他们送来了许多文书。车行出洛川县以后，陈嘉庚拆阅这些文书，基本上都是诉共产党不法之事。陈嘉庚等人心里了然，这些都是刻意而为的，目的就是让他们先对共产党有所恶感。于是陈嘉庚将这些文书撕碎扔到路边，并不理睬。

陈嘉庚到延安之后受到了热烈的欢迎，他在演讲中再一次重申慰劳团此行的目的，期待全民族共同抗日。次日，陈嘉庚在延安拜访了毛泽东主席，陈嘉庚在回忆录中说，经过和毛泽东会谈之后他表明作为华侨对于抗日之态度，毛泽东也详细跟他讲了共产党对于抗日的主张。这次的会谈非常愉快，陈嘉庚的兴奋和愉悦的心情也在他的回忆录中表达得非常明显。

陈嘉庚到延安之后，对于通过各种渠道来到延安的华侨青年格外关心。前面的文章里已经提到，抗战时期有许多海外华侨青年跨越千山万水，经过各种艰难险阻来到革命圣地延安。他们有的来到延安直接参与抗日对敌斗争，有的在敌后工作，有的年龄尚幼继续学习。多年之后这些人都已经是革命元勋，回忆起这段延安岁月的时候依然可以感受到他们内心中的热血澎湃。

面对这样的激情陈嘉庚不会无动于衷，他到延安的第二天上午，就去参观延安女子大学，这里有南洋华侨女学生多人，其中有马来亚等处归来的华侨。陈嘉庚问学生们在这里学习的情形，她们回答说这里的住宿饮食和学习都是免费的，每月还另外给一元钱零用，衣服寒暑各两套，也都由边区政府供给。这些学生除了在学校读书之外，还要到各乡村演说，劝告农民爱国，同仇敌忾，这些工作都取得了相当的成果，让陈嘉庚非常欣慰。

陈嘉庚在延安期间，毛泽东前后同他谈了数次，两人也终于谈论到了两党摩擦的事情。陈嘉庚站在南洋华侨的立场上，希望毛泽东和延安政府能够体谅国民政府之难处，尤其是在抗日期间大家共同面临外敌，国内经济濒临崩溃，在这个时候摩擦甚不合时宜，如果共产党当真觉得委屈，也可等抗战胜利之后再说。毛泽东表示共产党并没有恶意，也希望陈嘉庚代为向国民政府言说。毛泽东另外嘱托陈嘉庚将在延安看到的事情如实向外界介绍。毛泽东向陈嘉庚委托的事情后来陈嘉庚都做到了，陈嘉庚在回忆录中说："余心中已自揣度，凭余人格与良心，决不指鹿为马，不待到南洋，就是出延安界，如有关系人问余所见闻者，余定据实报告耳。"[①]

慰问团结束行程之后，陈嘉庚启程返回南洋，这次的经历他主要都记载在《南侨回忆录》中，陈嘉庚在延安期间的所见所闻也都如实记录。陈嘉庚后来也回忆说，中国的希望在延安，当然这些都是极有见地的预言！

总的来说，陈嘉庚在抗战进行到中期的时候从重庆到成都，到兰州、西安再到延安，他走的这条路大致也是前文提到的周恩来领导开辟从延安到重

---

① 陈嘉庚:《南侨回忆录》，上海：三联书店，2014 年，第 165 页。

庆的交通线。陈嘉庚以自己的亲身经历描述了他在这条路线上的所见所闻，与前文谈到的华侨青年在这条路上行走的见闻，也可以丰富我们对抗日战争时期从重庆到延安交通线的认识。

第六节　华侨与中国战时经济

抗战时期，广大华侨不仅捐款捐物、输送人才，还积极投资祖国，特别是日本占领沿海和东南亚后，海上交通、陆上交通中断，许多华侨归国投资建厂，支援抗战。最著名的就是华侨实业公司、中国侨民公司、中国电化厂、中南橡胶厂、重庆制药厂、华侨织布厂；除了办厂，华侨还投资金融，如华侨工业银行、华侨信托银行、华侨实业银行、华侨兴业银行、华侨建业银行和华侨联合银行。

一、华侨与重庆金融

华侨工业银行，由侨领曾纪华、戴愧生等联合内地人士集资 800 万元设立，以发展后方工业为宗旨。①1942 年底，华侨信托银行、华侨实业银行、华侨兴业银行和华侨建业银行成立，总资本达 1 亿元。②华侨连瀛洲、李文、何葆仁、林庆年等，专集侨资，于 1943 年夏，创办华侨联合银行，其经营方针是："运用华侨资本，投资生产事业。"③华侨的金融投资，不但补充了当时政府的财政金融之不足，而且为战时陪都及后方的工矿、垦殖的建设和开发提供了资金，对发展战时经济有着积极意义，对抗战胜利发挥了积极作用。

二、华侨工矿企业

战时华侨投资，重点在工矿业。华侨实业公司即是因此诞生。1939 年，国民政府颁发了《非常时期华侨投资国内经济事业奖励办法》，次年颁发了《华侨商业团体备案办法》，侨务委员会拟了《华侨投资祖国计划》等，吸引华侨回国投资。一些华侨实业家，抱着深深的爱国情怀和发展事业、拓展市

---

① 《侨资银行近闻》，《西南实业通讯》第 6 卷，第 3 期，1942 年 9 月。
② 《四华侨新银行短期开业》，《西南实业通讯》第 6 卷，第 6 期，1942 年 12 月。
③ 《侨声报》第 13 期，1944 年 10 月。

场的目的，纷纷回国投资。

华侨实业公司 新加坡华侨谢吉安，集资100万元，于1940年组建华侨实业公司，开发川康农工矿业，并在西南设炼油厂一处，专门利用土产植物榨油。

中南橡胶公司 王振相，被誉为马来亚"锡矿大王"；王金兴，槟榔屿胶业公司股东，胶业界巨子；庄怡生，马来亚怡保市新福橡胶公司经理，三人于1940年随侨领陈嘉庚率领的"南洋华侨回国慰劳视察团"一起回国慰劳。见我国沿海口岸和越南港口都已沦陷，泰国亦被封锁，交通运输只能靠滇缅公路运输；但该路路况很差，汽车轮胎消耗很大。出于拳拳爱国之心，积极支持抗战，于1940年4月16日在重庆成立"中南橡胶股份有限公司"，其命名取义于"公司是中国南洋华侨创办的"。国民政府社会局于5月23日就批准核发证书。

公司创办者，除了前述三人外，还有王家骥、王遵法，他们"四王"，均为南洋槟榔屿胶业公司股东。庄怡生还是培南小学校长、"南洋华侨筹赈祖国伤兵、难民总会"马来亚分会的宣传部部长。他们熟悉橡胶业务，又富有管理经验。

当时由于外汇紧缺，一经华侨筹办中南橡胶厂，国民政府便命政府外贸企业中国茶叶公司与华侨合资筹办，旨在利用华侨力量打开东南亚贸易局面；华侨实业家们也需要依赖这种资源在国内站稳脚跟；由于双方各自所需和华侨出于爱国抗战目的，双方一拍即合，很快达成筹建中南橡胶厂的协议。总投资额180万元。共分100股，每股1.8万元，其中官股30%，商股70%；而商股中，王振相、王金兴占90%。庄怡生原无资本，但王振相等对其才干非常赏识，便赠其股份5万元，列为股东。因"四王"主业在南洋，不能常住国内，董事长等职便以官商股东协商解决，不以股份多少为依据。1940年4月16日，组成董事会，其成员名单如下：

董事长：寿景伟，官股，中国茶叶公司人员；

副董事长：卓君卫，官股，中国茶叶公司人员；

第二副董事长：王金兴，商股，南洋华侨；

常务董事：王振相，商股，南洋华侨；

常务董事兼总经理：庄怡生，商股，南洋华侨；

监察：刘孔贵，官股，中国茶叶公司人员。

第三章 抗日战争时期的归侨

董事会成立后,马来亚华侨实业家、怡保市利群橡胶厂经理陈维新积极响应抗日号召,经王金兴、庄怡生介绍,辞去该厂职务,于1940年7月回国入股,他带了一名技术人员和十二名技工,还带了一批在南洋购买的设备,辗转昆明后抵达重庆,担任公司运输负责人。庄怡生又延揽了响应抗日号召而回国、有企业管理经验的张木森、庄东生、吴中钦、邱小秋等入股并分别担任公司部门业务主管人员。至此公司管理人员、技术人员、资金、设备等均已具备。他们便积极投入建厂工作中,相继建立了六个分厂,分别是:

1. 昆明分厂,1940年9月1日建立,主要是旧轮胎翻新,为西南地区翻新了第一个轮胎。经理陈乐出。1945年8月合并到贵阳分厂。仅两年就翻新了六千多个轮胎,极大地支援了抗战运输。

2. 贵阳分厂,1941年3月建成。年翻新轮胎2000个左右。经理王白山。抗战胜利后与昆明分厂合并。该厂为贵阳橡胶厂的前身。

3. 重庆南岸分厂,1941年6月建成。经理庄东升。年翻新轮胎2000多个。1946年庄东升去上海,该分厂由总厂接管,1949年末,总厂因资金短缺,卖与四川盐业公司。

4. 广东曲江、四川广元和成都三个小分厂,分别于1940年、1941年、1945年建成。但因原材料供应不上,开工仅3—6个月即分别宣告停业。

1941年日本偷袭美国珍珠港,美、英等国相继宣布对日作战,太平洋战争爆发,东南亚相继为日军侵占,橡胶来源受到很大影响。"四王"股东也因自顾不暇提出退股停业;中国茶叶公司也因外贸中断,失去了南洋华侨的利用价值而提出撤股。何去何从,股东们意见分歧很大,中南橡胶公司面临重大决策。

1943年3月19日公司召开股东大会,决定进行增值重估和股权转移,改变登记。公司核定增资为200万元,分为200股,每股1万元,实退王振相、王金兴、王家骥、王遵法"四王"股金130万元,退中国茶叶公司60万元。所退股权和一部分新股转让给新的股东。股份分配如下:

庄怡生,董事长兼总经理,64股;

陈维新,董事兼运输处,40股;

张木森,董事,25股;

白仰峰、庄东生,董事,各20股;

吴中钦，监察，6股；

林水昆，监察，10股；

邱小秋，监察，15股。

改组后的中南厂，完全成了民营资本企业。华侨庄怡生、陈维新两大股东，成了主要经营者，他们继续经营，不断发展，并于该年冬修建了总厂，地址在化龙桥华村，购得土地25亩。建成后，时国民政府资料委员会高级工程师、清华大学毕业，留学美国，学习橡胶专业，并在上海大用橡胶厂负责生产的台籍人士陈国昌，愿意加入，公司遂赠予6股，成为股东并任公司协理兼总工程师，总厂厂长。他任职后，对公司总厂业务发展和新产品开发都做出了很大贡献。

总厂建成后，除轮胎翻新外，还扩展生产布面胶鞋、胶鞋、胶靴，人力车胎，雨衣，轻便胶管等。总厂投产后，公司资产总额增到881万元，比建立时增长七倍多。

抗战胜利后，庄怡生去上海发展，提款投资单建"中南橡胶厂"（后改为上海力车胎厂）。1946年初，陈国昌也去上海。公司经营困难，苦撑至中华人民共和国成立，于1955年7月，又合并了六个厂，实行公私合营，1965年1月转为国营全民所有制企业，即后来的"中南橡胶厂"。

公司自创办到1944年总厂投产的五年时间，翻新轮胎四万多个，为大后方抗日军用汽车运输做出了巨大贡献。①

公司成立后，为了解决胶源，还引进橡胶树，在云南大量种植。

中南橡胶公司，既为国家节省了大量外汇，又为战时西南紧张的交通解决了急难，还带回了先进技术，是战时大后方经营突出的企业。

重庆制药厂 侨领陈嘉庚、侯西反、郭兆麟等筹建。他们原计划在新加坡投资建制药厂。后来，因国内抗战，急需药品，于是他们将资金投入国内，与内地实业家一起合资创办了大型的重庆制药厂。陈嘉庚等考察了重庆药业公司，最后选择了"中国提炼药厂股份有限公司"。该公司原注册资本三十万元，以国内药材化制西药，而本国药材尤以川甘陕等地出产为佳。经商议，扩充资本一百万元，旧股东增资二十万元，共五十万元；南侨总会出

---

① 黎伟生：《我国西南地区橡胶工业的发端》，《华侨华人研究文集》，成都：成都科技大学出版社，1992年，第322—331页。

资二十五万元,集美学校出资二十五万元,计侨资五十万元。① 该厂可生产药品 91 种,② 是当时中国第一家新式的最大提炼药厂。其制成药品被大量运往前线,解决了战时缺医少药的困难窘况,为抗战做出了重大贡献。

张寿星与华侨织布厂 张寿星,德国归侨。1927 年,张寿星到德国投靠其叔父,在德国做小生意维持生活。1937 年 7 月,德国柏林电影院上演一部《火烧北京》的影片。该片是丑化、侮辱中华民族的影片,这引起了中国侨民不满,张寿星率领一批中国侨民,冲击柏林电影院,并割断其电线。中国侨民的这种愤怒行为引起了德国当局的重视,德国当局开始清查此事。一旦查出,则为杀头之罪,特别是对移民。张寿星不得不离开在德国的爱妻,返回祖国。当时德国政府严禁外国人携带大量现金出境。张寿星机智地将 6 万马克分别塞入 6 斤多核桃和十几个牙膏皮内,带回了祖国。他将这笔钱用于办实业。在三年内,他先后在重庆南岸上新街、南岸清水溪后街、南岸莲花山办了弹花厂、华侨织布厂和染布厂。棉纱由国家供给,生产军需品棉布、棉衣。张寿星的行为,有力地支援了抗战,是一位爱国实业家。③

中国侨民公司 缅甸华侨梁金山等筹资,于 1943 年组建,资本 1500 万元。

中国电化厂 菲律宾华侨秦望山、叶松生和马来亚华侨庄明理等,在长寿创办,用电解方法生产电石等产品。这家电化厂就是后来重庆铁合金厂的前身。

第七节 华侨报刊:《现代侨报》《侨声报》

为了更好地宣传华侨的爱国行为,宣传国民政府的侨务工作和政策,鼓动广大华侨抗日救国。民国三十年(1941)夏,国民侨务委员会在重庆成立了华侨通讯社,发行通讯稿,分寄国内外各地,报道有关侨务新闻和祖国消息。④ 抗战期间,在重庆办了两种侨刊,一种是《现代侨报》,一种是《侨

---

① 陈嘉庚:《南侨回忆录》,第 128 页。
② 《陈嘉庚等创办中国药产公司》,《解放日报》,1942 年 1 月 17 日。转引自钟铁《华侨与战时陪都经济》,《华侨华人研究文集》,成都:成都科技大学出版社,1992 年,第 314 页。
③ 洪新发、邹政:《记德国归侨张寿星爱国二三事》,载《华侨华人研究文集》,第 75—176 页。
④ 祝秀侠主编:《华侨革命史》,台北:正中书局,1981 年,第 176 页。

声报》。

一、《现代侨报》

《现代侨报》，由当时国民政府侨务委员会"现代侨报社"主办的官方报刊，于1940年5月创刊，社址在公园路3号。《现代侨报》在创刊号中，就刊载了"南侨慰问团在重庆"（作者昭史），报道了重庆各界千余人欢迎陈嘉庚率领的南侨慰问团。文章对慰问团的到来和随后分三路奔赴前方战区进行慰问，喻为"温晓的春语"，高度赞扬了华侨的爱国热情，鼓舞了全国人民的抗战信心。该报还于创刊号中报道了政府在重庆设置归国升学华侨学生临时接待所和创办国立华侨中学的消息，在华侨中引起积极反响，在以后的报道中，多次登载爱国华侨在重庆投资建厂的消息。

二、《侨声报》

《侨声报》，以华侨为对象，以宣传华侨爱国精神和抗日救国为宗旨，面向国内外发行的中、英文周刊，由侨界民间人士创办，社址在两路口，于1943年创办。在抗战处于最艰难的1943年至1945年间，为鼓励广大华侨及全国人民克服困难，坚持抗战，做了大量华侨支持抗战的事迹报道。如1945年5月刊发署名文章《悼侯西反先生》，报道了侯西反先生的抗战爱国行为，侯先生是马来亚华侨，经常居于新加坡，是南洋华侨救国总会台柱之一，是陈嘉庚先生的左右手。"称"侯先生死了（回国组训南侨机工和救济昆明难侨，因飞机失事不幸遇难）在国家等于打碎了一根柱石，在华侨等于损失了一位领袖（在机工损失了一位慈母），在我们等于失去了一良友。

《侨声报》，1943—1945年间，各期都载有侨资在渝企业的消息和广告。在1945年3—5月间，连续发表了揭露侨二中的腐败案，如《国立侨中内幕》《请问侨务要员二件事》《侨生的呼声》《为侨中学子请命》等文章。[1]

---

[1] 傅佑勋：《从〈新华侨报〉的创刊重温抗日战争时期重庆侨史》，载《华侨华人研究文集》，第343—350页。

第三章　抗日战争时期的归侨

结　语

　　总的来说，抗日战争时期华侨主要集中于民族救亡方面，旅居海外的华侨在国家和民族遭受巨大苦难的时候挺身而出，以各种方式参与到国家和民族的救亡图存历程之中。回到国内参加抗战的飞行员中以美洲华侨为主，也有很多东南亚地区的华侨，他们一般是在美洲或者东南亚进行过系统的飞行训练，然后回到国内驾驶飞机与日军作战。抗战时期国内的空军力量与日军相差悬殊，无论是驾驶技术还是飞机的性能都和日军差距十分明显，但就是在这样的情况之下华侨飞行员们依然奋勇作战，他们中的很多人都为国捐躯，永远埋骨于巴山渝水之间。直至今日，重庆市每年依然以特有的方式纪念被日军屠杀的民众，也纪念牺牲的华侨飞行员们。

　　而正如我们在前文中所提到的那样，先后有 3200 名爱国华侨回国参加抗战，这是华侨总会组织的最大规模的抗日救国运动，也是百年华侨史上最集中、最有组织、影响最为深远的爱国壮举，南侨机工回国参加抗战无疑是抗战历史上最为光辉灿烂的一页。而定居在重庆的南侨机工以及他们的后代，积极参加新中国社会主义建设，为重庆的城市发展继续贡献自己的力量。由于山城重庆特殊的地理条件，对车辆驾驶技术和汽车维修技术都有较高的要求，留居重庆的南侨机工们，就是依靠着自己的一技之长为重庆的交通运输业服务，在各自平凡的工作岗位上做出了突出的贡献。

　　另外，抗日战争全面爆发后，大批华侨学生心怀抗日救国之志，离开侨居地回国求学。当时的国民政府为了妥善安置这些归国侨生，先后在云南、重庆和广东建立了三所国立华侨中学，并对侨生就读给予公费待遇。尽管办学条件十分简陋，但大部分侨生认真完成了学业，为抗战及抗战以后国家的建设留存了大量的优秀人才。

　　与此同时我们也注意到，有大批的华侨在抗日战争时期返回国内，前往延安参加革命，他们大多从重庆出发，一路艰难前往延安，他们的故事成为特殊年代的独特插曲。另外在抗战时期，广大华侨不仅捐款捐物，极大地输送人才，还积极投资祖国，特别是日本占领沿海和东南亚后，海上交通、陆上交通中断，许多华侨归国投资建厂，支援抗战。

　　广大华侨的爱国之举当永记史册！

第四章 中华人民共和国成立以后的归侨

第一节 中华人民共和国成立初期的"回国升学"热潮

1949年10月1日中华人民共和国成立，对于当时的世界尤其是亚洲来说是开天辟地的大事。近代以来中国政府一直都自顾不暇，对于海外侨民的利益也很难谈得上切实有效的保护，而中华人民共和国的成立彻底改变了这样的局面，中央人民政府在甫一成立就向世界宣布有意愿也有能力保护海外侨民。因此也有大批华侨学生选择回到国内升学考试，成为身份特殊的归侨。

一、概 述

为了迎接大量回国的归侨学生，中央人民政府采取了多方面的措施。首先在法律方面，中华人民共和国制定法律明确保护华侨的正当权益。1949年9月29日有着临时宪法性质的《中国人民政治协商会议共同纲领》颁布，其中第五十八条明确规定："中华人民共和国中央人民政府应尽力保护国外华侨的正当权益。"1954年中华人民共和国宪法颁布，再次明确规定："中华人民共和国保护国外华侨的正当的权利和利益。"另外，1990年全国人民代表大会常务委员会通过《中华人民共和国归侨侨眷权益保护法》，明确保护归侨和侨眷的权益。也就是说，从中华人民共和国成立初期开始，就从法律方面严格规定保障归侨和侨眷的合法权益。

其次在领导机构上中华人民共和国中央人民政府也在努力维护华侨权益。1949年10月22日，中华人民共和国刚刚成立，中央人民政府委员会

第四章　中华人民共和国成立以后的归侨

根据《中华人民共和国中央人民政府组织法》第八条的规定，在政务院直接领导下，设立中华人民共和国中央人民政府华侨事务委员会，任命何香凝女士为中央华侨事务委员会主任委员。这是中华人民共和国成立后设立的首届侨务工作机构。1954年改称中华人民共和国华侨事务委员会，简称"中侨委"。中侨委以"保护华侨的正当权利和利益""管理华侨事务"为基本职责，协助党中央、国务院研究制定了一系列侨务工作的方针、政策，并做了大量为侨服务工作。

正是在这样的大背景之下，海外华侨切身感受到了祖国的温暖，中华人民共和国成立不久，在海外华侨子弟中兴起了"回国升学"的热潮，大批华侨青年回国投身中华人民共和国建设，他们的共同心愿是"学好本领，建设中华人民共和国"。

需要注意的是，华侨子弟回国读书的现象其实一直都不同程度地存在。在中华人民共和国成立之前，有识之士就已经认识到应当吸引在海外的华侨子弟回国升学，诸如暨南大学校长何炳松等人，就建议当时的政府推行优惠的政策，同时开办补习学校，促使海外华侨子弟回国。现在广东省档案馆内仍保存有何炳松提交的《补助清寒华侨学生案》《培养华侨教育师资案》《为补救回国投考侨生程度之不齐应由教育部特设侨生补习学校案》等方案，这些方案大多从当时遇到的具体情况出发，提出解决实际问题的办法。暨南大学、华侨中学等处的华侨补习学校，就是在这种情况下建立的。当时暨南大学和华侨中学等处开办的华侨补校规模都不是很大，而且由于时代的限制归国升学的华侨子弟也不是很多，但毕竟开风气之先，也使得生活在海外的华侨在一定程度上感受到了祖国的关怀。

前文提到，在抗日战争时期有不少侨生甚至冒着生命危险，冲破层层封锁奔赴革命圣地延安，追求真理，投身民族救亡解放运动。这些学生往往是受到共产主义信仰的感召，他们中的一些先是来到当时的陪都重庆，然后在中共中央南方局和八路军驻重庆办事处的帮助之下，秘密前往延安。到达延安之后在延安抗日军政大学学习，其中有一些人学有所成，甚至成了党和军队的高级领导。但在抗日战争时期到达延安的海外归侨还是少数，其规模和后来中华人民共和国成立以后无法比拟。

由于地域等诸方面的原因，生活在广东、福建等地的人们从明、清以来就开始前往东南亚各地求生，是为"下南洋"。华人为南洋各地的社会文明进步和经济文化发展做出了突出的贡献,然而在第二次世界大战期间,尤其是日本侵占南洋各国以后,当地的华文教育受到摧残被迫中断;而战争结束之后纷纷独立的各国由于民族主义情绪高涨以及某些政治方面的原因,再加上经济不稳,开始排斥甚至是禁止兴办华文教育,于是大批华人失业,华侨子弟为前途出路彷徨。正是在这个时候,中华人民共和国的成立给他们带来了曙光,家境一般的侨生,也就自然选择回国升学之路。而祖国本土的教育,其教学质量水平也较南洋各地为高,这也是中华人民共和国吸引华侨子弟归国升学的一个非常重要的原因。

为了帮助华侨学生们补习学业,使得他们有机会提前适应国内生活,中华人民共和国中央人民政府组织兴办了一批华侨补习学校。根据归侨回忆,印度尼西亚归国的华侨学生一般是在马来亚各地的港口登船航行,抵达香港上岸,然后前往广州进入华侨中等补习学校学习。

已经从重庆第二师范学院离休的温庆和、洪新发两位老师是印度尼西亚归侨,他们就是在中华人民共和国成立以后"回国升学热"中回国的。2017年5月15日,笔者在重庆市南岸区重庆第二师范学院同时采访了温庆和、洪新发两位老人,听他们讲述了当时回国的经历:

我(温庆和)在1955年7月5日早晨离开印度尼西亚,当时一个人离开,只有19岁。原因很简单,印度尼西亚是我的第二故乡,中国才是我的第一故乡,一般来讲我们归国的时候父母亲都不同意,我本人的家庭来讲,父亲是随便你,孩子长得骨头硬了自己飞,但是母亲是不同意我回国的。我的祖父母是广东陆丰的,"卖猪仔"过去印尼的,我爸妈都是出生在印度尼西亚的。我回来是要办护照的,我们学校当时还有21个同学,集体办护照,当时驻印度尼西亚大使是王振(?),那时候办护照要过两关,第一个是医生体检,检查身体,21个同学中就有1个检查出肺结核没有被批准回来;第二关是在印度尼西亚的警察局要过关,当时也是我们21个集体到警察局,一个一个地喊(洪新发:当时我去警察局的时候去了好几次,每次坐到中午12点就让你回去了,后来我想到要给他们钱,找人问到警察的家在哪儿,把钱送到家里去,然后第二次就让过了),喊到我,问我是不是温庆和,我说是;问我为什么要回国,我说因为祖国是我的第一故乡,我回去要学习;他问我印尼不能学习吗?我说我要回国学习,建设我的祖国;最后他问我还要不要回印尼,我说我不回来了,他就在护照上写上永远不回印度尼西亚;

第四章 中华人民共和国成立以后的归侨

他又问我你父母同意你回去吗？我说我旁边就是我的母亲，我母亲点头意思是同意，我这就过关了。

1955年7月5日早上，我就要离开印度尼西亚了。我们的行李之类的东西在7月4日这天就由劳工工会、华侨团体来一起运走了，工会负责，7月4日全部行李运到海关，我们只带简单的行李就行了……当时船绕印尼，在不同的港口装人，是荷兰船，最后再离开印尼，一般一年两次，六月和十二月。当时我们离开的时候坐小船唱"五星红旗迎风飘扬"，大家都哭了。我们坐三等船，男女同学住大通铺。5日早上船离开码头，6日到了新加坡，7日到了太平洋边缘，在太平洋走了五天六夜，7月12日下午三点钟到九龙，靠岸以后我们就坐火车到深圳，当时的深圳就是农村。12日我们全体到深圳住了一个晚上，所有的行李已经运到深圳了，13日早上所有的行李都拿出来，就到广州了……①

温庆和老人对从印尼回国的这段经历叙述十分简洁，却很有典型意义。这些华侨学生的父母辈一般都是在海外出生，再上一辈是经过各种艰难困苦来到南洋求生的所谓"华工"。温庆和说自己的祖辈是"卖猪仔"到南洋的，这段困苦的经历对于华侨来说当然是刻骨铭心的。然而到了第二代，华侨经过自己的艰辛努力已经在当地有了一些根基，生活也开始慢慢好转，温庆和、洪新发他们就属于华侨的第二三代。虽然对于国内的状况其实了解不多，但是华侨们也知道自己根在何处，对于孩子们要回国感情上会有所阻拦，但最终还是会选择放孩子们回去。

温庆和提到当时在办签证的时候曾经被问及以后还回不回印尼，和当时的所有青年一样，温庆和的回答是否定的，这也就意味着他们永远失去了印尼国籍！中华人民共和国成立以后，迫于国际上的压力，也考虑到华人在所在国的待遇，中国政府综合考虑后不赞成海外华人持有"双重国籍"，所以当时生活在海外的华人们就面临两个选择，要么在当地加入所在国国籍，当然这必须是自愿的；另一方面也可以回国加入中国国籍。华侨学生选择回国就读，也就意味着他们放弃了所在国的国籍，加入中国国籍，所以在当地警察机关他们才会被问到这样的问题。然而这种问题对于当时的青年学生来说根本是不用回答的，他们就是要回到中华人民共和国加入中国国籍，建设人

---

① 《归侨温庆和访谈录》，《重庆归侨口述史》，待刊。

民当家做主的中华人民共和国!

  温庆和的回忆里面还提到当时有"劳工工会"和华侨团体帮助他们准备回国的各项事宜。我们也曾经在采访归侨的过程中提问过当时有没有印象是哪些人告诉他们可以回国的,一般得到的回答都是不很清楚,就觉得当时大家都回去,于是就跟着一起回去了。这当然是很正常的现象,我们一般人的对于社会重大历史事件都很难有直观的认识,对于究竟是谁在组织华侨学生回国这个问题,当时的华侨学生肯定难以回答,但他们的回忆里也多少透露出当时的一些信息,例如所谓的"劳工工会"。华侨在海外工作和生活,迫于形势势必会成立工会性质的组织,这种组织一般对于当地华侨影响很大,例如工会会深入到他们的工作和生活之中,切实影响每一个人的思想。这种工会组织在所在地皆有,根据记载说南洋各地每处都有工会。除了工会之外也有各种各样的社团组织,例如抗日战争时期在南洋各地的华侨组织成立了"南洋华侨筹赈祖国难民总会",也就是陈嘉庚任主席的"南侨总会",正是他们组织了南侨机工回国抗日。所以当温庆和老人提起工会和华侨社团组织他们回国的时候,我们也自然会联想起当时组织南侨机工回国的"南侨总会"。根据归侨们的回忆可以大致推断,当时的南洋各地的华侨社团组织在得悉国内基本情形的时候,组织适龄的归侨学生归国求学,包括联系商船等,可以说华侨社团组织肯定在华侨学生归国求学的过程中发挥了至关重要的作用。

  根据归侨们的回忆,他们从印度尼西亚各地的港口登船,经新加坡一路北上前往香港。这条线路其实正是他们的祖辈前往南洋谋生的路线,只不过方向是相反的。尽管华侨学生们大多住三等舱的大通铺,但那时的他们恐怕根本无法体会祖父辈前往南洋的艰辛。温庆和的回忆里说他们7月5日离开马来西亚,7月12日到香港九龙,前后也就一个星期的时间,然而他们的祖父辈走同样的路线则需要两到三个月,而且他们是被囚禁在船舱之中的,生活条件极端恶劣,至少三分之一的人会在这段航程中死去。而即便是到了海外的种植园和矿山中工作,他们的死亡率也高达百分之四十到百分之七十!这一前一后的两段航程,正是中国近代以来的海外移民史的缩影。

  华侨学生们在香港登陆,乘坐火车前往广州,到了广州之后也有专人接待他们,根据归侨学生们的回忆,会有军方的人负责接待。一般经过短暂的休整之后,他们就会到当时专门创办的华侨补习学校中学习。

二、华侨补习学校

面对大批回国求学的青年,为帮助华侨学生尽快掌握中文、了解国情,适应未来在国内学习和工作的需要,当时的中央人民政府华侨事务委员会(简称"中侨委",也就是现在国务院侨办的前身)于1950年在北京创建了"北京归国华侨学生中等补习学校",帮助归国华侨青年补习基础的文化知识。经过一段时间的补习后,他们中的许多人先后考入全国各地的大专院校继续深造,并于日后在各自领域取得非凡建树。

然而此后归国的华侨子弟日益增多,北京的华侨补校已经难以容纳如此多的学生学习,所以当时的中央人民政府华侨事务委员会和教育部就联名发函成立了"全国华侨学生招生委员会",确立了对招收华侨子弟回国补习的中央组织保障。从1953年开始,在"全国华侨学生招生委员会"的领导下,全国各大城市如广州、厦门、昆明、武汉、南宁、汕头等地先后成立了新的华侨补习学校。"全国华侨学生招生委员会"要求各地的补习学校认真贯彻既定的方针和政策,对待各国归侨一视同仁,适当照顾困难归侨,从学习、生活等各方面妥善接待、安置归国升学华侨学生。

从性质上来看,华侨补习学校虽然设置在各地,但不受地方领导,而是接受教育部和华侨事务委员会的统一领导,并且由中央华侨事务委员会统一全额拨付经费,属于在侨务系统中独立核算的特殊教育事业单位。而正是由于华侨补校如此特殊的地位,使得这种特殊学校能够在短时间内凝聚各种力量,创造出辉煌的成果。华侨补校的设置其实体现了中华人民共和国在百废待兴的国情下勇于开拓创新,以新的思想和新的思维应对新的特殊情况,创造性地解决侨务问题,这也为后来的侨务工作提供了全新的思维模式。

实际上,中华人民共和国成立之初百废待兴,当时社会各方面都亟须恢复,中央人民政府也面对着各种各样的烦琐事务,而付出如此巨大的财力、物力、人力为妥善安置史无前例的"侨生回国潮",也充分体现了中央人民政府对侨务工作的重视程度,这种关怀可以说是史无前例的。大多数的华侨学校存在的时间也不过三四十年左右,这样的一段时间在历史的长河中几乎如昙花一现,而就是在这样短短的时间内,中央人民政府为华侨子弟归国升学而建设的补习学校,成了海外华侨与祖国关系史上空前绝后的壮举!

当时的中侨委考虑到海外与国内的教育水平,以及归国侨生生活习惯以及思想观念方面的差异，从实际出发制定了"一视同仁、适当照顾"的方针政策，要求各地对回国侨生不得歧视；而对其差异性、特殊性，一要承认和尊重，二要适当照顾，耐心对待，要以高度关爱之情，帮助他们尽快适应新的生活学习环境、缩小差异，发扬他们的爱国精神，鼓励他们努力上进，培养他们成为建设祖国的有用之才。中侨委为切实帮助侨生实现升学梦，创办补校作为过渡性桥梁显然是从当时的国情和侨情出发的合理决策。实践也足以证明这项政策是正确的，补校在贯彻侨生教育方针政策方面，确实发挥了重要作用，做出了应有的积极贡献。众多侨生从经过补校这一"过渡性摇篮"初期哺育，到走进各种正规学校深造，走向社会，经风雨、见世面，逐渐成长。他们从补校起步走上自己的人生道路，在以后的风雨岁月中，虽然个人际遇不同，但在补校与"来自五湖四海，为了同一个目标"而欢聚一堂的老师校友结下的情谊，都是他们一生中一曲难忘的青春恋歌，永远留在他们的心中。

其中广州华侨补习学校由于地处接待南洋华侨学生的第一站，多数侨生由香港登陆之后直接就到了广州华侨补校，这里也就成为全国华侨补校中最有特色的一所。曾经是华侨学生，后来参加华侨补校工作的萧强回忆广州华侨补校早期接待和分送工作时说：

广州华侨补校建立于1953年，1954年3月8日，中侨委派傅克同志率领北京部分教职员工和我们8名新参加工作的华侨学生共22人，与第一批先到广州的同志，以及由广东侨委从各地调来的同志，还有几位来自海外的爱国进步人士和从抗美援朝战线上胜利回国的转业军人近百人融合在一起，共同担负起繁重的归国侨生接待、教育分配等任务。

那时候，来自东南亚各国的侨生如汹涌大潮，单是印度尼西亚的归国侨生，每月就有两艘轮船满载着侨生和一些归侨投奔祖国。如"芝利华"号载千余人，"芝万宜"号可载两千人。还有来自越南、缅甸、柬埔寨、泰国、菲律宾、新加坡、马来亚、南非、加拿大等国家的侨生都不约而同地蜂拥归国。

我们的校舍是原南方大学部分校舍，后归"华南师范大学附中""南方大学"的楼房。而新校区则是苏联专家设计的，于1954年初夏动工，1955年夏完成。

各项工作都在紧张有序地开展着，校长还未到位，由傅克同志任党支部

第四章　中华人民共和国成立以后的归侨

书记兼办公室主任。他最得力的搭档有总务处的杨泽泉主任、接待联络处的吴建中同志,还有张连仲、叶飘萍等同志。他们皆是老革命军人和老革命工作者,带领着我们如同在战场上一样分秒必争地做好每一项工作。

这个时期,为了方便广大归国侨生,国家海关、银行、邮局都设在校内。为了保护归侨学生的人身财产安全,学校的安全保卫工作做到荷枪实弹、日夜巡视。学生携带物品出校要经过本宿舍室长签名,校门才予以放行。

为了保证全校师生的营养,学校食堂每天不是杀两条大猪就是杀一头牛。年轻的食堂工友刘日明与郑炳林两位同志担负着到广东陆丰、惠阳等地采购菜牛的使命。他们一次次随身带着大米和做饭的小煤油炉,一路风餐露宿,硬是凭着两条腿,赶着一批批牛群回广州。刘日明同志自少年时期就在屠宰场工作,练了一把好身手,平日他除了杀猪宰牛外还到市场为大家采购蔬菜,一人用单车载着六百多斤的蔬菜,推上石牌高坡,供应食堂。

炊事员们热心地做了价廉物美的菜肴。每日清晨必有可口的肉包子、馒头、油条、豆浆和稀饭供大家选择。教工的正餐除几色菜肴外,每晚必有一款四角钱的炖鸽、炖鱼或炖鸡汤以供选择。学生的正餐优惠到每人都有一份足够营养的鱼、肉、菜,而米饭与骨汤是随意可取的。印尼华侨观光团到校参观时,来到厨房和食堂,看到炊事员们正在为学生们配好一碟碟热腾腾的菜肴,侨胞们感叹地说:"学校天天都办好(喜)事哦!"

为了让侨生们体会到祖国的温暖,廖承志同志曾经指示学校:"要开展丰富多彩的文体活动,保证同学们在节日期间不至因为想家而流泪。"傅克同志亲自组织和发动侨生们自编自导歌舞节目。在缺乏演出场地之时,学校征得上级领导的支持,得以在广州中山纪念堂召开全校五千人的文艺欢迎大会。各国能歌善舞的侨生们表演了丰富多彩的文艺节目:各国舞蹈,还有钢琴、小提琴独奏等,热烈欢迎新归国侨生。大会结束,学校炊事员们用几部大卡车运来了热腾腾、香喷喷的大肉包和饮料,让我们五千名师生美餐一顿。①

1956年回国的邓海东是广州华侨补校早期的学生之一,邓海东说他在海外的时候生活原本就比较贫困,回到广州的时候只带了几件简单的衣物,

---

① 萧强:《忆广州华侨补校早期接待分送工作》,陈丹等编《甲子心迹:暨南大学华文学院广州华侨学生补习学校建院/校60周年纪念特刊》,2013年,第20—21页。

在广州华侨补校期间的学费、生活费等都是国家补助的。邓海东在接受我们采访的时候谈到了那段令他难忘的日子：

> 我从马来亚回来的时候只带了几件衣服，这些衣服在热带穿还可以，但广州的冬天还是有些冷，棉衣、棉被之类的东西都是当时的学校给发的。我在国外的时候生活本来就不是很好，是一边打工一边学习，回到广州之后华侨补校的生活条件还是不错的，那个时候国家给定的生活标准十几块钱，在当时广州市也算是不错的。
>
> 当时我们在补校主要就是补习功课，因为马来亚学习的内容和国内有很大的不同，在学校的主要任务就是重新学习一些内容，也在适应国内的生活，也上一些政治课之类的，了解国家的情况。我在华侨补校学习了大半年，到1957年的时候学校组织一次考试，我考合格了，就可以离开学校了。我记得当时有好几个城市可以选择，我就填了几个，北京、上海之类的，后来我就被分配到了武汉。到武汉以后我被分配到武汉十三中学习，这里还是给我免学费之类的，我在这里学习了一阵子之后就被保送到武汉大学附中，后来就考入了武汉大学中文系，再后我就到了重庆。①

邓海东的回忆印证了萧强文章谈到的内容，当时华侨补校的生活条件确实相对较好，侨生们回来之后确实经历一段相对稳定和较为优渥的生活。而且正如萧强说的那样，补校里又是杀猪又是宰牛，可见侨生们在补校的生活条件也明显高于广州市的一般市民，我们在广东省档案馆里面看到当时的一份档案说广州华侨补校"浪费粮食"，大约是当时的市民对华侨补校生活较为艳羡的一种反应。

后来同样是定居重庆的归侨温庆和也回忆起在广州华侨补校生活的经历：

> 我们学生当时到华侨补校，广州华侨补校专门接待，是解放军接我们回来的。凡是回来的华侨学生都集中在华侨补校，在那里我们的护照就被收走了，换了一个证明华侨补校学生的身份证件。在华侨补校一个多月，学习中文、数理化等，准备参加统考。上课、吃饭是免费的。大概7月12日、13日，就到补校学习参加学习。②

温庆和的回忆里面也谈到在补校的学习费和生活费都是免了的，实际上

---

① 《归侨邓海东访谈录》，《重庆归侨口述史》，待刊。
② 《归侨温庆和采访纪要》，《重庆归侨口述史》，待刊。

第四章　中华人民共和国成立以后的归侨

我们从其他人的回忆文章里看到当时华侨补校也还是会收取一定的学费和生活费，只是针对较为贫困的归侨才适当免费。然而侨生们归国的时候几乎都是孑然一身，他们携带的钱财本来就十分有限，所以当时的华侨补校根据侨生们的特殊情况几乎都采取免费的政策，显然也是能够理解的。另外值得注意的是，从国外回来的侨生的语言是被特殊重视的内容，所以中文课程自然会占有较大的比重。

当时华侨补校的老师们普遍具有极高的责任感，对待学生极为认真负责，归侨学生何吉妹回忆当时在华侨补校的老师时说：

我们到母校后，遇到的第一个启蒙老师就是责任心很强的归侨共产党员黄蔓莲老师，她主教政治课，兼我们的班主任，当时她是已有两个孩子的妈妈，但为了我们的健康成长，除了上课外，还常用业余时间找学生谈话或交流，有时晚上还带着小孩坚持做我们的思想工作。老师还通过学校帮助许多农场来的同学解决生活上的困难。1966年"文革"初期，为了我们的安全，学校组织全校师生到广州郊外劳动——帮割水稻，既保护了我们，又让我们与当地农民打成一片，并学劳动技能。后来"文革"升级成各派之间的武斗，母校老师翁建华、黄耀民、陈浪平、黎爱英、王美珍等第二次组织我们离校到广州航空学校避难……保护了我们的生命安全。母校的老师们给了我们极大的关爱，以实际行动，让我们懂得怎样去热爱祖国。①

华侨学生们回到祖国之后一般都是孑然一身，身上带着极少的财物，为了生活，他们会选择出售从国外带回的这些财物，归侨洪新发回忆自己在广州华侨补校的生活时说：

1956年7月2日，我们到达广州，进入了广州华侨补习学校（暨南大学校址），准备参加统考。因我们离开印尼时，印尼政府规定我们身上只能带印尼币15盾（当时相当一元人民币），并禁止华侨直接从印尼汇款到中国，华侨要汇款给国内亲人只能秘密通过香港商人转到国内，当然其汇率要比正常汇率高出好几倍，而且时间较长。我们回国时购买的船票包括从印尼居住地到广州的船上一切费用。因此回到广州后，我们已身无分文了。从印尼归国时，因担心国内物资匮乏，父母给我准备了不少日常生活品，如衣服和衣料，所带回来的牙膏、肥皂等可用四五年之久。我还带了一辆自行车、

---

① 陈丹等编：《甲子心迹：暨南大学华文学院广州华侨学生补习学校建院/校60周年纪念特刊》，2013年，第91页。

手表、英国老人牌刀片等。到了广州补习学校后,政府就组织了一些外贸部门到我们补校免税收购我们多余的物品。这总算解决了我从补校到所分配到的中学一切费用。①

洪新发在回忆中提到他从印尼带回来各种生活用品,以及其他商品,政府曾经组织外贸部门回收了其中多余的物品,这是极为重要的历史资料。实际上,在中华人民共和国成立初期,各项物资都极为缺乏,侨生们携带归来的南洋各地的"先进""新奇"物资就成了当时广州市民争相抢购的热门商品,很多归侨学生把这些物品变卖,换取了在国内初期的生活费。归侨李钦胜就是用这笔钱完成了自己的学业,他在接受我们的采访时回忆到:

到我回国时,路费、办手续钱,到广东时还有七八百块。我当时带了欧米伽手表和莱迪自行车,欧米伽手表是二百多在香港买的,到广州卖了四百多,莱迪自行车卖了二百七十多,又交税交了七十多,当时是超过五百就要交税的。到了广州几个月又花了很多,到成都时只剩下五百多了,当时带了一张支票到了成都。我初中三年就靠这五百块,没有申请助学金,当时学费不要钱,其他杂费、饭费之类的就是自己的钱。②

对于当时的归侨学生来说,这的确是解决生活问题的非常有效的手段。然而有些侨生以及在海外的父母得知这种情况,就想方设法让侨生们多携带物资回国,以各种方法售卖给当地居民,对于多数侨生来讲这样做是为了解决在内地的生活问题,然而也有人趁机牟利,这一度造成了当时市场的混乱,如果不加以干涉也会让不法分子有机可乘。所以当时的中央人民政府和广州市政府也采取多种方法规范这种行为,前述洪新发提到的政府外贸部门到华侨补校采购这些物资,就是管理和规范侨生携带物资贸易的方式之一。

总的来说,华侨补校是回国升学侨生进入正规中学、大学的过渡性的摇篮和桥梁,多数侨生在学校内接受一到两年的教育,然后中考或者高考进入大学学习。在当时国民教育质量较差、普通民众教育水平较低的情况下,归国华侨青年接受教育之后,为中华人民共和国的经济文化建设和社会发展都做出了突出贡献。由于教育资源的普遍缺乏,他们中的多数人完成学业之后留在了学校,继续从事教育工作,有很多人把自己的一生都献给了祖国的教育事业。

---

① 《归侨洪新发访谈录》,《重庆归侨口述史》,待刊。
② 《归侨李钦胜访谈录》,《重庆归侨口述史》,待刊。

第四章　中华人民共和国成立以后的归侨

三、从广州到重庆

对于完成在华侨补校学习的青年学生，当时的政策一般是就近安置，所以他们中的大多数都留在了广州，或者其他有华侨补校的城市。当然也有部分人通过中考或者高考，来到北京、上海或者西安等大学集中的城市，继续学业。对于当时的归侨青年来说，能去北京和上海等大城市当然是极好的选择，然而这两座城市早就开始接纳归侨，所以为了避免侨生过于集中，也考虑到中西部地区的发展和建设，一部分归侨青年也前往武汉、重庆、成都等中西部城市，因而很多归侨就在这个时候来到了重庆。

萧强回忆1954年广州华侨补校第一批侨生分送入学工作时提道：

就在1954年夏天，我国大地发生了百年一遇的大暴雨和洪水，南北铁路交通被困多日，侨生分送任务受阻。学校承担了接待分配归国华侨学生的重任，经过与各有关部门的联系与协调，傅克同志兴奋地向我们宣布：上级决定洪水过后第一趟从广州开往北京的列车，是专程运送我校九百多名归国侨生的，沿途将他们分送到上海、苏州、南京、天津和北京等地升学。傅克同志命我与赵怡然老师负责随车把一千七百多名侨生护送到北京，由转业到我校的原海军政委张连促同志担任列车总领队。

多数侨生都有回国后接受祖国分配的思想基础，但仍有一小部分侨生不知天高地厚，一个个围着要上北京，天天缠着负责接待、分送、联络工作的吴建中同志，哭的、闹的、无理取闹的都有。而吴建中同志总是以静制动，用菩萨般的耐心与平常心不断说服引导同学们，终于使同学们愉快地接受分配，九百多人井井有条地上了火车。①

这第一批的归侨有一部分去了苏州、上海、天津等地，也有一百多人去了北京。北京作为年轻的共和国的首都，当然是最为吸引这些归侨学子的城市，然而这里的接待能力有限，所以会出现有一些学生争着想要到北京去的情况。但也有一些归侨最终选择了重庆，归侨选择重庆的原因是抗战以来重庆作为战时陪都的名望，还有这里相对低廉的物价和较低的生活成本。

有的归侨也谈到他们在选择城市的时候要经过一次考试，后来定居重庆的越南归侨李钦胜，他提起在广州华侨补校学习之后要先经过一次考试，考

---

① 萧强：《忆广州华侨补校早期接待分送工作》，陈丹等编：《甲子心迹：暨南大学华文学院广州华侨学生补习学校建院／校60周年纪念特刊》，2013年，第21—22页。

试合格之后再选择要去的城市：

第一次考试是 7 月，我考初一，其他的同学考初二。当时考试有两道题，我到现在都记得。一道题问从广州到北京要经过我们国家的哪两条大河，答案是长江和黄河，我当时回答的是珠江和黑龙江；第二道题问我们国家的首都在什么地方，我说在南京，但是答案是在北京嘛。这样我第一次考试就没考起，没考起他就发了一个通知给我，说李钦胜同学你没有考起，请你再次努力，下次再考。一年嘛可以考两次，第二次我就考起了，考起了我就去了成都。本来是分配到长沙的，我从越南回来的朋友说长沙不好，长沙的华侨同学经常和国内同学打架，去成都，成都伙食费才六元钱，一毛钱的鸡蛋四个，便宜得很，在那里生活很便宜。本来分配到长沙就又去教务科去改，说我们几个同学要去成都，教务科就给我们改到了成都。当时成都很少人来，要改到上海、广州、北京之类的地方就改不到了。①

后来李钦胜在成都生活了几年之后考入了重庆医学院，也就是现在的重庆医科大学，再后就一直在重庆生活。他提到的成都生活成本相对较低，而且对待归侨的态度较好，这成了他最终选择成都的决定性原因，其实与成都类似，归侨学生们选择重庆也是基于大体相同的原因。

温庆和先生是当时选择前往重庆的归侨学生之一，他在接受我们采访的时候说起了当时到重庆的情形：

大概 7 月 12 日、13 日，就到补校学习，要填表，看你是要去北京、上海这类的地方，表格下面说北京去不了、上海有亲戚可以照顾，最后我填的重庆。因为当时重庆是我国八大城市之一，我们了解重庆还不错，我们同学有 3 个人填的是重庆。我们互相打听情况，重庆东西便宜啊。我在广东待了一个多月，9 月到了重庆。当时坐火车先到武汉，在武汉坐船（明珠号）到重庆朝天门，9 月 12 日到重庆。当时船上的归侨有到成都的、有到重庆的，我在朝天门下的船。到这边之后，我们这批人 123 个，分到一中和三中读书。我在一中读初中，1958 年离开一中。我在印尼是在日本投降之后才开始读书，已经 11 岁了才读一年级。我爱好体育，体育很好，我被选进一中篮球校队。在一中读书的时候是免费的，有钱就交伙食费，实在困难伙食费都可以免，当时吃得很好，农村把食物全部送到重庆城市里。1958 年，我

---

① 《归侨李钦胜访谈录》，《重庆归侨口述史》，待刊。

第四章　中华人民共和国成立以后的归侨

就毕业了,这时候刚好有重庆体育学校(中专)招生,我保送到那里读篮球专业。当时学校在大田湾体育场。1959 年 12 月 31 日,重庆体育学校和西师体育科合并成立了重庆体育学院,在这边我读了两年中专,1960 年出来工作,留校。当时体育学院读书不要钱,师范院校不要钱,伙食费也不交。[①]

温庆和提到他和其他一百多名侨生到重庆之后继续在重庆一中和三中学习,这也是非常重要的历史资料。重庆一中创建于 1931 年,是重庆最为著名的中学之一;而重庆三中则是当年赫赫有名的南开中学,是张伯苓创建的。年轻的归侨学生们就是在这两所学校里继续学习文化知识。根据归侨们的回忆,他们在一中和三中读书期间,是根据各自的年龄的文化程度分配在不同的班级,但他们的住宿和伙食却是和其他学生分开的,归侨们有自己的宿舍,而且他们不用像学校其他同学那样排队打饭,饮食有专人负责,相对较为丰盛。而且归侨学生都是背井离乡独自一人来到重庆生活,所以当地的政府和老师们对他们表现出了格外的关心,据说当时的教育局要求班主任们逢年过节务必邀请侨生到家里去,给予更多的关爱。归侨们动情地说:"我们在这里无牵无挂,只能靠党,所以班主任对我们好,把我们当自己的孩子,我们也把班主任当父母。"

就这样,经过几年的中学学习,温庆和又考入了当时的重庆体育学院,毕业后留校任教,直至退休。

韩国归侨应骥回到重庆的经历也较为传奇,1949 年夏天刘邓大军二野进军大西南前,从上海、南京、安徽等地招收的一批城市管理干部和大中学生,工作地点是云南、贵州和四川等地,是为"中国人民解放军西南服务团",简称西南服务团。这些人作为特殊的移民来到大西南地区之后,对这里的经济文化社会发展都做出了特殊的贡献,而应骥就是其中之一。[②]

应骥说他在上海的时候曾经和当时的共产党地下党员有过一定程度的交流,与这些中共地下党成员建立起良好的关系,这也使得他对共产党领导的中国革命有了深深的向往。到了重庆之后,应骥先生的第一份工作是西南粮食局总仓库川东接粮大队中的一名随车(船)押运员,由于应骥在学校期间学习的是农学,所以这份工作还算适合他。有关应骥的故事在下面的章节里

---

① 《归侨温庆和访谈录》,《重庆归侨口述史》,待刊。
② 何瑛、邓晓:《重庆西南服务团移民及文化研究》,《重庆师范大学学报(哲学社会科学版)》2011 年第 4 期。

我们会详细地讲述。

总的来说，自抗日战争作为国民政府陪都以来，重庆在国际上的地位逐渐提升，而中华人民共和国成立以后重庆作为当时的"八大城市"之一在国内格局中也占有重要的地位。这些都是重庆能够吸引国际人才的重要原因，归侨们回到重庆之后扎根当地，为新重庆的建设贡献自己的力量，也成为这座城市实现再次腾飞的必不可少的助力！

第二节　归侨与新重庆建设

1949年11月30日，重庆解放，随着解放军进入重庆，重庆市成为西南军政委员会驻地，是当时西南大区代管的中央直辖市。1950年，川东行署区设立，这个行署区隶属于中共中央西南局，其驻地就在重庆市北碚区。1952年，川东行署区取消，与川南行署区、川北行署区、川西行署区合并，成为四川省。1954年，北碚区并入重庆市，重庆从直辖市降为副省级城市。

虽然被降级为副省级城市，但自20世纪60年代三线建设开始以后，重庆市成为三线建设的重要基地，在当时全国的地位举足轻重，而正是由于三线建设，重庆市的工业建设有了突飞猛进的发展。

1997年，重庆成为继北京、上海、天津之外的第四个直辖市。直辖二十多年以来，重庆在经济、文化、艺术、医疗、教育各方面全面发展，成为全国最重要的城市之一。

一、归侨与重庆工业发展

19世纪末重庆率先开埠，由于便利的水运条件，重庆市工业获得了得天独厚的发展机会，这使得重庆逐渐成为长江中上游的经济重镇。抗日战争时期国民政府西迁，为保存经济命脉，当时的国民政府从上海、南京等地内迁了大批的工厂到重庆地区，这使得重庆的工业有了跨越式的发展。解放战争以后，作为西南重镇的重庆市的工业建设受到当时党中央的高度重视，一大批企业由解放军接管之后也发挥了极为重要的作用，其中如重庆钢铁公司等创造了极高的经济效益，为年轻的中华人民共和国的经济注入了巨大的活力。从1954年以后重庆不再直辖，在全国经济格局中的地位有所下降，然

第四章　中华人民共和国成立以后的归侨

而即便如此，到了20世纪80年代，重庆市的工业依然紧随上海、北京、天津、武汉、广州、沈阳，位列全国前七。在当时国内各大城市中，重庆因有较为强大的冶金、机械、化工、仪器仪表等重工业，以及医药、纺织、食品等较为齐全的轻工业，仍能保持一定的优势。而且重庆不仅产出占比大，上缴税收贡献更大。改革开放以后重庆工业发展呈现复苏的姿态，各项经济指标都开始稳步增长。

1. 归侨吴晓光与重庆机械工业

中华人民共和国成立以后，有一大批归侨回到重庆以后就投入到新重庆的工业建设之中，日本归侨吴晓光就是其中的佼佼者。吴晓光原来是重庆水轮机厂的总工程师，曾任重庆市侨联副主席，四川省科学顾问团顾问等职，是一位具有精深专业技能、做出了卓越贡献的机械工程师。

吴晓光出生于1932年，在读高中的时候随同父母到了日本，1955年从日本著名的千叶大学毕业。毕业之后吴晓光说服了父母，孤身一人回到了新中国。1957年，吴晓光被调到重庆市水轮机厂任技术工作，一直到"文革"爆发。由于特殊的海外关系，"文革"期间吴晓光受到不公正的待遇，但是他并没有倒下，而是坚信爱国无罪，有朝一日一定能够平反，因而他一直默默无闻、兢兢业业地工作。也就是在"文革"期间，吴晓光一连完成了十几项技术革新，令人刮目相看。"文革"结束之后，吴晓光被调回实验室工作，此后又陆续被提升为工程师、副总工程师、总工程师，并且光荣地加入了中国共产党。

在重庆水轮机厂工作了三十多年，吴晓光亲自动手做研究、做实验，完成了多项技术革新和许多重要的科研成果，例如他组织科研攻关团队，于1983年完成了"机器人技术可行性研究"项目，受到当时的四川省自动化协会的肯定，也在投入生产以后创造了巨大的经济效益。另外吴晓光还组织相关人员制订和修订工厂标准或标准草案两百九十多项，使得重庆市水轮机厂的标准化生产得到充分发展，获得广泛好评。1986年，仅仅一年之中，吴晓光和全厂的科技人员一起完成了十一种新产品的开发，创造了1504.14万元的效益，占了当年全厂产值的百分之四十五。

由于特殊的海外教育经历，吴晓光通晓日语、英语、俄语和法语四种外语，而且对海外市场较为熟悉，所以改革开放以后吴晓光积极参加水轮机厂的国外投标和招商活动，努力为水轮机厂拓展海外市场。这重庆水轮机厂占据更多的海外市场份额、创造出更大的经济效益贡献了自己的力量。

吴晓光还在水轮机厂的技术管理、企业经济效益以及出口创汇等方面都做出了突出的贡献,使得重庆水轮机厂这座百年企业散发出新的活力。2008年3月重庆机电股份有限公司在香港上市,至今已经是一所总资产7亿元的巨型企业,为重庆市带来巨大的财政收入。其实也正是这样一家家企业的发展,支撑起重庆现代工业的发展,为重庆的现代化建设增添助力。当然这其中包含着像吴晓光这样老一辈工程师的艰辛努力,这是我们在记述归侨历史的过程中无论如何都不能遗忘的内容!①

1990年4月25日,重庆市第三次归侨侨眷代表大会召开,吴晓光当选为重庆市侨联主席,在任期间为重庆侨务事业做出了自己的贡献。

2. 归侨许万春与重庆长江大桥的修建

长江和嘉陵江穿城而过,因而在重庆修建桥梁就成了解决交通问题的重中之重,现今的重庆城已经有"桥都"之美誉,然而在中华人民共和国成立的时候,重庆却连一座跨江桥梁都没有。在漫长的岁月中,重庆人只能依靠舢板或者简单的轮渡渡过长江和嘉陵江,因而建一座桥,就成了这座城市最重要的交通建设任务之一。改革开放以前重庆只有一座跨越长江的大桥和一座跨越嘉陵江的大桥,跨越长江的大桥并不在重庆市区,而且汽车无法通行,因而就需要在主城区修建一座跨越长江的大桥,以沟通渝中区和南岸区的联系。

1977年,石板坡长江大桥开始修建,至1980年大桥建成,是重庆主城区内第一座跨越长江的大桥,这座大桥修建完成之后大大便利了渝中半岛和南岸区的交通,从此两地不再单纯依靠轮渡,这也是重庆市内唯一一座直接以"重庆长江大桥"命名的桥梁。在修建这座大桥的时候重庆和全国一样刚刚经历了"文革",社会各方面百废待兴,当时的重庆市政府提出了"人民大桥人民建,我为大桥做贡献"的口号,号召全市人民都参与到长江大桥的建设中去。这么做的原因一方面是当时市政府财力有限,另一方面也是借这样的一个机会凝聚全市人民的力量,使得经历动乱之后的人们能够团结一致做大事。这样的口号果然起到了极佳的效果,当时的重庆市民纷纷以各种各样的方式为修建长江大桥做出自己的贡献。时任重庆市五十四中学校领导的

---

① 邓海东:《归侨吴晓光的爱国情》,《重庆年鉴1988》,重庆:科学技术文献出版社重庆分社,1988年。

第四章　中华人民共和国成立以后的归侨

李世庆后来回忆起当时带领全校师生协助修建大桥的情景：我以校领导的身份率市五十四中学师生，分批投入热火朝天的建桥队伍中，顶凛冽寒风，抗潮湿沙滩，战斗在长江之中珊瑚坝上，在第四号桥墩旁安营扎寨，协助建墩工人师傅们苦战达半年！具体任务是敲碎大鹅卵石为一分为二，或二分为四的拳头大小的石子，供搅拌机中水泥浆所用，一小车一小车地倒入四号桥墩巨大扣子中，一天天锤呀，桥身一天天在上升啦，顾不得手起血泡，打起老茧，齐声歌唱，越干越起劲，天天都超指标完工下班，明晨又来到工地上，寒假全投入，逢星期六日都到工地来。①

我们在渝中区采访的时候这样的故事也时常听到，2017 年春某日我们偶遇出租车司机李师傅，他就回忆起他在读小学的时候，就参加了长江大桥的修建，那个时候他每逢周六日就来大桥工地捡石子。我们在检索旧报刊的时候也见到了这样的报道："作为政府工程，全城人都出动了，甚至一些几岁大的孩子也跟着大人在珊瑚坝碎鹅卵石，长长的珊瑚坝边，出现了万人碎鹅卵石的壮观景象。"②南岸人民特别兴奋，硬是出义务工达 10 万人次。

这段记忆深深保存在重庆市人民的心目中，也成了凝聚全市人民的重要精神资源，直至今日人们依然对此记忆深刻。定居在重庆的归国华侨也为长江大桥的修建贡献了自己的力量，其中印尼归侨许万春就是当时修建大桥的工程师之一。

许万春，1935 年 11 月出生于海南省乐会县（今琼海市），后随父母迁往印度尼西亚定居。1956 年 6 月，许万春由印尼归国，考入当时的西安公路学院，这所学校就是现在长安大学的前身，其交通专业一直名列全国前茅，至今仍有亚洲最为齐全的交通专业，一度被认为是交通运输行业的"黄埔军校"。许万春在这所学校学习的就是交通运输专业，1963 年毕业之后就一直从事桥梁工程专业。

1977 年，许万春参加了重庆长江大桥的设计和修建工作，他创造性地提出了"重庆长江大桥的斜拉托架与挂蓝悬臂施工工艺实施方法"，为大桥的施工做出了重要的贡献，并于次年获得重庆市科技二等奖。

此外，许万春还参与了四川宜宾岷江的设计修建，在建设和施工过程中采用了他提出的"钢丝网水泥薄壁浮运沉井新技术"，这项技术在 1978 年获

---

① 李世庆：《修建重庆长江大桥亲历记》，《巴渝文史荟萃》第二卷，第 222 页。
② 杜胜熙等：《长江·桥》，北京：生活·读书·新知三联书店，2013 年，第 54 页。

得了全国科学大会奖。后来许万春又承担了交通部重点课题"曲线桥实用设计与施工技术",并于1993年7月经交通部鉴定已经达到了国际水平。

许万春在桥梁设计方面的努力和成就也获得了肯定,1978年许万春被评为交通部"先进个人",1979年又被评为重庆市"先进个人"。1989年,国务院侨办、全国侨联授予许万春"全国优秀归侨、侨眷知识分子"称号,并享受政府特殊津贴。

如今许万春老人已经谢世,他参与修建的重庆长江大桥依然矗立长江之上,无言诉说着那段令人怀念的故事。

3. 归侨池文庆与重庆工程建设

缅甸归侨池文庆为重庆市的工程建设做出了突出的贡献。池文庆曾在重庆建筑管理局,也就是后来的重庆中建公司、重庆建工集团海外公司工作,主要从事翻译等方面的工作。

池文庆在缅甸出生,接受了完整的中学教育,后来考入了当地的大学学习,学习成绩一直都十分优秀。1948年缅甸独立之后国内的民族情绪高涨,缅甸政府为了加强统治便打压和限制当地华人的生存空间。在这种情况下有相当一部分在缅甸的华侨选择回归祖国,池文庆就是这批人之一。

池文庆回国之后先是到位于云南省昆明市的华侨学生补习学校学习,这所学校与当时位于北京、广州、厦门等地的华侨补习学校类似,都为归国华侨学生提供短暂的补习。池文庆后来被分配到湖北省武汉市,但这个时候恰逢"文革"爆发,池文庆也经历了一段相当长时间的插队务农生活。在乡下的这段时间虽然艰辛,但他依然没有放弃学业,仍是坚持自学毛泽东和马列思想的文章,认真读完了《资本论》等著作,池文庆回忆说这对他以后的学习和工作都起了非常大的作用。

由于海外背景和语言方面的优势,在回城之后池文庆做得最长久的工作就是翻译。至于从什么时候开始参与翻译方面的工作,池文庆老师在接受我们采访时回忆到:当时湖北省沙市第二机床厂正在接待外宾,但在问及具体技术方面问题时,厂里聘请的翻译并不能解答,正好在一旁工作的池文庆用英语回答了这个问题,于是得到了外宾和厂里领导的赏识,从那以后池文庆就开始从事翻译工作了。

1984年,池文庆从武汉来到重庆,在当时的重庆建管局工作,建管局

第四章　中华人民共和国成立以后的归侨

也就是后来的建工集团，这是重庆市目前唯一一家具有房屋建筑工程施工总承包特级资质的企业，也是一家总资产已经将近两百亿的超大型企业。重庆人民熟知的朝天门广场、三峡博物馆、奥体中心、重庆长江大桥等地标性建筑都是这个企业承建的。山城重庆特殊的地理环境决定了这座城市的建筑别具特色，近年来重庆市最为吸引人的地方就是带有魔幻色彩的建筑风格，当然这主要的原因还是山城特殊的地势。然而这里的地势也为修造建筑带来了巨大的挑战，正是在像池文庆这样一代代建工人的努力之下，重庆市的建筑越发多姿多彩。

重庆建工集团要开拓海外市场的时候，尤其需要像池文庆这样具有外语能力的人才，所以池文庆在后来承担了非常重要的工作。在接受我们采访的时候，池文庆谈到自己在承担海外项目翻译过程中经历的一些特殊事情：

有一年在公司负责瓦努阿图共和国的国家经济援助项目时，我是工作单位的翻译主翻，本来是派我去的，但是人事处长以我的英语不能和国际接轨为由，换了另一个人前往。我对此并没有抵抗情绪，但半年后，人事处长又突然要求我收拾东西马上前往，尽管我的爱人不同意，但还是不得不前往。我先到四川外办取票，拿到了护照和机票，带着两个工程师一起前往北京，又送他们去马耳他。后来我持照会前往瓦努阿图共和国，享受到持照会的待遇。负责人提到是李总工程师推荐了我，但公司方面却以我身体不好、头晕眼花为由，派另一人前往。但他不能胜任这项工作。正巧负责人的女儿是我同学，负责人向女儿核对了事实，才临时将我调来。

在这项工程中，因为公司与当地一位著名企业家签订的合同出了问题，工程款不足且不能按时到达，于是派与企业家私交较好的我前往谈判。在这次谈判中，该企业家同意将经费下调近一半，虽然我替公司解决了这个问题，但并未受到任何奖励。在回国时，联合国的高级官员以及当地的著名企业家全家都来送我，大家都怀疑我有什么背景关系，但其实只是因为我待人好。①

后来从重庆建工集团退休之后，池文庆还曾经担任重庆索通翻译公司副译审、重庆广东商会顾问，还担任过几届重庆市渝中区政协委员。

---

① 《归侨池文庆采访纪要》，《重庆归侨回忆录》，待刊。

第一次缅甸开放时,池文庆和弟弟妹妹一起回到缅甸探亲。在谈到父母遗产问题时,他和弟弟妹妹都婉拒了。因为父母去世的时候都是哥哥姐姐在照顾、出钱办丧事,而他们在中国已经有自己的事业了,所以没必要再接受父母的遗产。也是他们家训中要求对财产要靠自己的奋斗创造的果实才有意义。

退休后的池文庆,虽然在照顾孙女,但是仍然有自己的事情,现在在侨联做义务工作,有开会、走访之类的活动,参与重庆市社会科学研究项目"重庆归侨口述史",还在社区大学学习营养学。

二、归侨与重庆文化建设

重庆有三千多年的文化史,一代一代的重庆人为重庆的文化发展贡献出了自己的力量,使得重庆在全国文化中占有突出的地位。而留居在重庆的海外归侨也努力参与新重庆文化建设,以各自不同的力量推动重庆文化向前发展,使得如今的重庆文化更具有多元化的色彩。

1. 归侨柳青与"国画兴国"

重庆市著名归侨书画家柳青,原籍广东潮州,1920出生于新加坡,是中国美术家协会、中国书法家协会四川分会会员,曾任重庆中山书画社副社长、重庆嘉陵江书画院院长、世界书画家协会加拿大总会理事等职。柳青先生从事书画创作几十年,硕果累累,受到海内外人士的极高评价。

柳青先生四岁的时候就开始学习丹青之术,少年时曾拜岭南著名画家孙裴谷先生为师,曾于广东省韩山师范学校求学。抗日战争爆发后柳青先生毅然投身抗战洪流,在潮州参加了青年抗战后援会。1938年,广东沦陷,年轻的柳青流落湖南、湖北和四川等地,沿途写生饱览祖国山海之壮丽。1942年,柳青来到四川西部的康定等地,创作了反映少数民族风情的作品《大凉山画记》,后来在成都、重庆等地展览,一时轰动大后方地区。

柳青先生曾经在著名教育家陶行知先生创办的重庆育才学校专科部美术组任主任并任教,在这段日子中柳青一方面继续从事国画创作,另一方面教书育人,为重庆的书画艺术发展培养了大批的人才。中华人民共和国成立后,柳青曾担任重庆美协执行委员,后调入重庆市劳动人民文化宫任美术专业干部美术组组长。1953年柳青创办"重庆工人画室",从事重庆职工美术活动组织辅导工作25年,继续培养众多的业余及专业美术人才。1979年柳

第四章　中华人民共和国成立以后的归侨

青退休，但仍然坚持从事国画专业创作及美术社会活动，也热心于培养国画人才。1992年被重庆市人民政府聘为重庆文史研究馆馆员。

柳青先生在谈到自己的艺术主张时说"国画要兴国"，他认为艺术是反映生活的，反过来又要为生活服务，因此任何有价值的作品都应当有鲜明的时代特征，反映时代脉搏，做到"行神统一，雅俗共赏"。柳青先生还曾经说过，艺术要给人美的享受，并产生一种共鸣，才能达到一定的艺术效果。柳青早年受业学习的是国画艺术，但是也涉及水彩、漫画、宣传画和油画等多种绘画艺术形式，其实都是为了满足当时救亡图存的需要。根据柳青先生自己的说法，山水国画能够融进自己的思想感情，激发人们对祖国的热爱之情；而其他的漫画宣传画等形式，也同样可以起到宣传的效果，更直接传达作者的理念。①

柳青的作品由重庆出版社出版的有《柳青国画集》及《柳青画集》。作品及词条曾入编《中国当代艺术界名人录》《中国美术书法界名人名作博览》《世界当代著名书画家真迹博览大典》等多种辞书。

2. 归侨吴敬甫的美术追求

同样为重庆文化艺术发展做出突出贡献的还有西南大学美术学院归侨吴敬甫老师。吴敬甫，1931年出生于浙江省宁波市，童年在上海度过。吴敬甫在上海的时候恰逢日本侵略，就在1937年的时候，日军对上海狂轰滥炸。当时吴敬甫和家人一起住在法租界，就在日军宪兵队隔壁，看到日本对中国的侵略，也看到积贫积弱的中国的软弱和无力。抗日战争结束之后，上海被收复，可是美国人的汽车在上海街头横冲直撞，撞死人也不管。旧中国的贫弱给吴敬甫留下了深刻的印象，而新中国的逐渐富强也让他感受极为深刻。

吴敬甫在1948年前后随同家人前往香港，吴敬甫的父亲供职于当时的中国航空公司，吴敬甫到香港之后一边上学，一边在香港启德机场做一些飞机的日常维护方面的工作。当时在中国航空公司工作的工人们在政治倾向上拥护共产党和新中国，1949年11月中国航空公司和中央航空公司的香港工人在公司负责人的带领下驾机起义，受到毛泽东和周恩来的表彰。吴敬甫也就是在这个时候与新中国和共产党产生了密切的联系。

1952年，吴敬甫选择回到北京，继续接受大学教育。由于之前在中国

---

① 邓海东：《半世坎坷历风雨，勤染丹青度一生——记著名书画家柳青先生》，《四川文史资料集萃》第5卷《民族宗教华侨编》，成都：四川人民出版社，1996年，第736页。

航空公司工作的经历，吴敬甫回国之后受到热情的欢迎，他先是回到广州，受到广州民航局的接待，随后考取了北京师范大学的美术学专业。吴敬甫早年的时候就对美术有特别的爱好，在上海和香港的时候也经常前往外国人开设的画廊，对美术的兴趣就更加浓厚了。当时的北师大美术系刚刚经历院系调整，美术系具有较强的师资力量。吴冠中从法国留学归来，就在北师大任教，而他正是吴敬甫的授业恩师，对吴敬甫后来事业的发展带来了很大的影响。而且著名的画家卫天霖也正在北师大任教，吴敬甫曾经回忆卫天霖给他改画的经历：

有次画石膏像和书籍构成的一组静物，石膏像的暗部与背景的浅绿色调较难处理，我修改了若干遍仍不满意，可能卫老师早已发现了，走到我身旁，叫我站起来，他坐下后把我刚才画的部分刮去，拿起笔挑了几块颜色，在调色板上略加调配就摆上画面，石膏像暗部及周围的环境只改了几笔，竟处理得非常协调和妥帖。由于卫老师很少给学生改画，所以大家都围拢过来观看。我问卫老师为什么暗部要用粉绿色，谁知卫老师说："你要细致看看，好好想想。"他这种教学中注重培养学生独立思考能力的方式，对我以后的教学极有启示。[①]

吴敬甫时常会怀念起那些曾经教过他的老师，他曾经说过，这些老师费了那么大的心血培养他，让他爱上画画，所以他要这么一直画下去，不辜负老师们的培养。

1956年的时候，吴敬甫结束在北京师范大学的学习，在恩师吴冠中先生的推荐之下，留校任教。不久后，吴敬甫结识了晚自己两届的学妹，一个漂亮而坚强的江津姑娘，两人很快结婚，组成了家庭。然而当时吴敬甫在北京工作，爱人的工作地点却在唐山，两人只有暑假期间才有机会见上一面，这样的日子一晃就是八年。后来吴敬甫跟当时的主管部门反映，和妻子一起调到了当时的西南师范学院任教。

1978年年底的时候，吴敬甫偕同妻子来到重庆，在位于北碚的西南师范学院任教，此后一直到退休。当时由于"文革"的冲击和破坏，西南师范学院的美术系师资力量严重匮乏，吴敬甫的到来大大弥补了这个缺憾。吴敬甫到西南师范学院工作后不久，学生们感受到当时设计学专业人才的缺少，

---

① 柯文辉：《孤独中的狂热：卫天霖传》，北京：首都师范大学出版社，2013年，第99页。

就主张成立设计学专业，于是吴敬甫支持同学们的诉求，成立设计学专业，吴敬甫本人也就成了设计学专业的主任。

在接受我们采访的时候，吴敬甫对于自己几十年的教育生涯并没有多谈，当然我们也知道在这期间有太多的人受他的影响，这些学生后来走上工作岗位，也会影响更多的人。其实吴敬甫的女儿就是西南师范学院美术学专业毕业的，后来去了四川师范大学任教，现在已经是教授了。

退休后的吴敬甫居住在西南大学桃花山教师公寓，这里隔着一个湖可以看到西南大学美丽的校园。吴敬甫老师退而不休，一直在坚持创作，2012年4月2日，由西南大学美术学院、老教授协会、统战部联合举办的吴敬甫油画展在美术学院展览厅隆重开幕。这次展出的作品是吴敬甫老师2012年以来创作的82幅油画作品。

3. 归侨邓海东与归侨文化事业

在定居重庆的归侨之中，邓海东无疑是最受人瞩目的一个，他长期活跃在文化和文艺战线，一直努力为团结在重庆的归侨奔走，他写作和发表了很多篇文章，创作过多部反映归侨题材的影视剧作品，为推动重庆文化建设贡献了自己的力量。

邓海东祖籍广东，他的父母迫于家乡贫困下南洋讨生活，在东南亚做锡矿工人和橡胶工人，生活依然非常艰苦。邓海东随父母去了马来亚，并在那里读完了中学，后来中华人民共和国成立，邓海东毅然选择了回国。

回国之后邓海东在广州华侨补习学校学习了一段时间，前面曾经提到他在广州华侨补校的生活，在那里他主要是补习功课，适应国内环境。之后邓海东被分配到湖北省武汉市第十三中学，这所学校专门接待各国回归的华侨。再后来邓海东考到武汉大学附中，再考入武汉大学中文系学习。就这样，在"文革"开始之前，邓海东已经完整地接受了中学和大学的教育，这在那个时代是极其难得的。武汉大学中文系的训练，帮助邓海东培养了超凡脱俗的写作能力，此后他屡屡因文字功底而受到重视。

然而邓海东刚工作不久，就遇到了"文化大革命"。邓海东在接受采访的时候回忆起了这段日子：

当时按正规的分配我应该去搞文艺工作，因为那段时间非常乱，都是乱分配的。我的爱人是武汉大学物理系毕业的，被分配到重庆工具厂，我被分到德阳。我问能不能分配到离重庆近一点的地方，后来被分到合川去教书。

教书的时候,同事都来自天南海北各个师范学校,相处还是很愉快的。1971年整风运动,因为海外关系,把我一个人调去教小学,当时和爱人分居两地,大女儿也出生了。因为当时教书的地方又黑又冷又潮湿,我患了急性肝炎,学生送我去医院,感觉就像掉入一个枯井一样,很孤独。①

"文革"终于结束了,邓海东获得了一个机会,进入重庆市的侨务部门工作,由于武汉大学中文系期间的写作训练,邓海东有较强的文字功底,所以他回到重庆以后主要就是做与文字有关的工作。在这段时间,邓海东写了一百多篇人物报道,获得先进个人的称号,也获得全国优秀通讯员的荣誉。邓海东写的人物主要是归侨,他更加关心归侨们在重庆的生活,例如他写归侨书画家柳青先生,说他"半世坎坷历风雨,勤染丹青度一生",以浓墨重彩表现了一位七十多岁高龄的老归侨形象。

也就是在这段时间,邓海东创作了剧本《南侨风云》。南侨机工的故事在前面的讨论中已经提到,邓海东创作的这个剧本主要就是反应当时南侨机工的集体形象,描绘南侨机工回国抗战的过程,以及抢运抗日物资的精彩故事。这个剧本曾经在《四川侨报》连载两年,受到人们的好评。

另外,邓海东还办了《重庆侨讯》,并在1971年扩大为《重庆侨报》,到1973年改为《新华侨报》,这份报纸主要反映重庆市侨务系统各个部门的情况,以及归侨的经历等。当时邓海东任副社长和副总监。在这期间,邓海东被选为重庆市人大代表,连任四届十五年。后来邓海东也曾任四川省华侨华人协会的副主席,重庆市侨联宣传联络部负责人,重庆市人大第九、第十、第十一、第十二届代表,兼任重庆市民宗侨外常务委员会委员,中共重庆市委统战部统战理论研究会理事,后来被选入《中国侨界模范人物名典》,在重庆侨界是鼎鼎有名的人物。

邓海东退休之后依然坚持为归侨做事,因为母亲是广东的,所以邓海东会讲广东话和客家话,因而一直热心广东在渝商人的联络工作。当时邓海东没有资金、没有人员、没有地址,白手起家参与筹建了广东商会,邓海东自2007年开始担任商会的秘书长,直接参与商会的运行和建设,后来因为冠心病和年龄大了,退下来担任顾问。如今的广东商会有会员企业516家,注册总资本:56.8亿元,吸纳当地劳动力9万余人,主要涉及制造业、房地产、

---

① 《归侨邓海东访谈录》,《重庆归侨口述史》,待刊。

建筑业、金融服务、电子通信、商贸流通、餐饮等行业,大大加强了广东籍商人之间的联络,以及共同努力为重庆市商业发展做出贡献。

如今年过八旬的邓海东依然活跃在重庆侨界,为重庆归侨事业而奔走。2015年重庆市社科联重大项目"重庆归侨史研究"立项,老人就一直参与该项研究,联系访谈老归侨,为项目的研究提供了大量极为宝贵的资料。在和邓海东一起工作的这段时间,老人对待事业之热情、对待生活之乐观态度也深深感染了下一辈的年轻人。

4. 归侨应骥的学术人生

抗日战争时期国民政府西迁,重庆学术界曾经迎来一段极为辉煌的时期,大批学者侨居重庆,在重庆讲学著述,培养大批学子,也产生了众多学术成果,使得重庆学术获得了跨越式发展的宝贵时机。如巴金、曹禺、郭沫若、老舍、陶行知、冰心等人在抗战时期都曾寓居重庆,陶行知等人更是在重庆将自己的学术主张运用于实践之中。中华人民共和国成立以后仍有许多学者留居重庆,继续为重庆学术发展贡献力量,如吴宓等就一直在西南师范学院任教,为重庆市的教育和文化发展做出了突出贡献。改革开放以后重庆培养了一批新的学者,这些当然也离不开归侨们对于重庆学术的贡献。

应骥先生是韩国归侨,他祖籍浙江宁波,1930年出生于韩国仁川,在他只有4—5岁大的时候,曾目睹了日本宪兵、警察和一队10多名荷枪士兵列队闯入韩国仁川华侨小学焚烧中国国旗的经过。在烧国旗的两天前,日本当局要求华人们上缴国旗。当时应骥先生的父亲让店里的一位裁缝——尧生师傅到仁川中国领事馆后院的仓库里取一面破旧的、被丢弃的国旗,取回来后,他在旗的内侧面盖上了自己名字的圆章,送往当时的华侨商会,后上报给日本警方以应对。但是,应骥先生的父亲一直完整地保留了一面由他特地从上海购买的国旗,这面国旗是用毛、麻混合织成的厚密布料亲自织成的,是当时华侨中最大、最显眼的中国国旗。父母的爱国情怀对幼年的应骥影响极为深远。

1935年,年仅五岁的应骥进入由日本人办的仁川纪念幼稚园读书,后来再到华侨小学读书。当在华侨小学念到五年级时,由于家里原因,应骥跟随母亲回到上海,起初在沪西的一所天主教学校——金科小学做插班生,而在上海仅待了两年之后应骥随家人又回到韩国,顺利地进入汉城的光华中学初二班当插班生。

1946 年，应骥先生再次与母亲回到上海，在上海的七宝农业职业学校上学，这所学校后来更名为上海农学院，后来并入上海交通大学，成为现在上海交大的农学院。应骥回忆道，当年在农业学校读书期间生活比较贫困，他说："当时家里贫寒，学校也减免了一些学费，我生活费都交不起，就找亲戚东借西借。欠了一屁股债，到现在还没有还，你还哪一个，都找不到人啦！第三年（1949 年）就看见大军进城了，最先进城的，是淮海战役起义的国军部队。给我们做报告的首长，都穿得跟老百姓一模一样，我们心里面很感动。"①

在解放军进城之后不久，应骥就报名参加了"西南服务团"，这是他人生命运的一个转折点。关于这段经历，应骥回忆道："当时看见西南服务团在《解放日报》发文招人，我们七宝农校有 8 个同学就去沪西中学报了名，也没什么考试，就填了个表。当时要人都来不及，那个时候中学毕业都不简单，我们还是大专生，就全录取了，最后有两个人因故没有去。"②

应骥参加的这个西南服务团全名是"中国人民解放军西南服务团"，是1949 年夏天刘邓大军二野进军大西南前，从上海、南京、安徽等地招收的一批城市管理干部和大中学生，工作地点是云南、贵州和四川等地。当时招募"西南服务团"的主要目的是解决解放军西进过程中人才，尤其是管理干部缺乏的问题。这些人作为特殊的移民来到大西南地区之后，对这里的经济文化、社会发展都做出了特殊的贡献。③

应骥说之所以后来报名参加"西南服务团"，也是因为他在上海的时候曾经和当时的共产党地下党员有过一定程度的交流，与这些中共地下党员建立起良好的关系，这也使得他对共产党领导的中国革命有了深深的向往。到了重庆之后，应骥先生的第一份工作是西南粮食局总仓库川东接粮大队中的一名随车（船）押运员，由于应骥在学校期间学习的是农学，所以这份工作还算是适合他，刚开始工作的时候还算顺利。

然而在重庆不久，应骥就被调往山西晋城工作，这一去就是二十年。在

---

① 马拉：《归侨应骥的风雨人生（3）：参加西南服务团，我从上海出发到重庆》，《重庆晨报》2017年 5 月 7 日第 6 版。
② 马拉：《归侨应骥的风雨人生（3）：参加西南服务团，我从上海出发到重庆》，《重庆晨报》2017年 5 月 7 日第 6 版。
③ 何瑛、邓晓：《重庆西南服务团移民及文化研究》，《重庆师范大学学报（哲学社会科学版）》2011年第 4 期。

第四章　中华人民共和国成立以后的归侨

晋城的二十年分离当中，应骥夫妇因受"左"倾思潮的影响，招致了"莫须有"的颠沛流离。应骥先生回忆道："工作人员的不负责任、无中生有、胡乱编造与夸大其词，将见不得人的黑材料放入受害者的档案之中，企图使我们永世不得翻身。"①

1980年，应骥再次回到重庆工作，他回忆说："我30岁离开重庆粮食局，50岁回来，先去夜校教课。后来进了川外（四川外国语大学），他们觉得我的日语对话还可以，日语系很快就调我了。"②应骥去四川外国语学院日语系这一年是1980年，由于应骥是韩国华侨，在日本控制下的韩国读的幼儿园，被迫学习了日语，这也基本上可以说是他掌握的最为熟练的一门语言了，所以他自谦地说自己"日语对话还可以"。另外，应骥在山西劳动时对于当地方言也进行了认真的学习，并且对人类源流等人类学的研究方面也产生了极为浓厚的兴趣。

应骥在学术领域的推进率先在日语语法领域展开，这也与他在四川外国语学院多年的日语教学经历有着密切的关系。1989年，应骥出版了自己的第一部专著《日语词义辨析和语法释疑》（四川教育出版社，1989年），这部著作对日语近义词和语法方面尚未解决的疑难，提出独特创见40多处，为开创中国人自己的日语语法进行了大胆的尝试，后来获重庆市外文学会1989—1990年优秀科研成果一等奖，获得了社会广泛的认可。叶方侠评价这本书是"由近义词词义辨析和语法释疑两部分组成的学术性和实用性并重的工具书，是帮助中国人学习日语的一部好书"。③另外帅松生也认为这本书"探讨与解决近义词的用法区别和日语语法难题"，具有十分重要的意义④。

应骥从四川外国语大学日语系退休之后，学术研究的兴趣开始转向历史学和人类学方向，他首先从日本民族的起源和中日文化的交流推进自己的研究。1997年，应骥出版了自己的专著《日本大和民族追源与中日文化交流》（西南师范大学出版社，1997年），在这部作品中，应骥根据出土材料认为早在六千多年前中华文明就已经在东瀛生根发芽了，生活在日本地区的弥生人以及他们创造的弥生文化可以证明起源于中国，这说明中日两国民族间的

---

① 《归侨应骥访谈录》，《重庆归侨口述史》，待刊。
② 马拉：《归侨应骥的风雨人生（4）：到重庆：我的粮食、爱情和〈西厢〉》，《重庆晨报》2017年5月14日第6版。
③ 叶方侠：《日语词义辨析和语法释疑》读后感，《福建外语》1990年C2期。
④ 帅松生：《摆脱束缚刻意创新——日语词义辨析和语法释疑评价》，《外语与外语教学》1989年第2期。

交往至少可以上溯到公元前数百年。应骥的研究尤为可贵的一点是对日本大化革新原因的探讨，由于自小生活在日本统治下的韩国，对日本人和日本文化有深刻的认知，所以应骥在这一点上提出的看法还是能够令人信服的。

2007年，应骥又出版了另外一部专著《巴人源流及其文化》（云南大学出版社，2007年），根据应骥自己的说法："《巴人源流及其文化》是在拙著《日本大和民族追源和中日文化交流》一书的第三章'东夷及其后裔'的基础上加以扩充、改写而成，它不仅增添了一些新内容、新观点，还根据他亲赴三峡少数民族地区实地考察写下的调查心得、体会和见闻，作了一些必要的补充，前后历时四载，数易其稿才最后完成。"在这部专著中，应骥详细介绍了巴人的政治、经济、军事、文化等各方面的习俗，并且在前人研究的基础上进一步论述了巴人的继承者是土家族人，这种学术进步正如他自己所言是建立在他"亲赴三峡少数民族地区实地考察"基础上的，因而对于学术进步而言是极为难能可贵的。

2008年，应骥出版了自己的第三部著作《中日夷越文化探究》（云南大学出版社，2008年），根据此书的介绍："这部书讨论了中日两国古代东夷人和越人及其后裔的民族识别、形成、融合、迁徙，民族族称之更替以及上述各民族的文化之古今面貌、各种变化等情况的专著。作者从民族、民俗、历史、考古、人类体质、原始宗教乃至语言等学科领域出发，采取多方位、多角度相互配合，齐头并进的方式进行跨国界、跨学科的综合交叉研究，先后解决了各种疑难问题多个，在一定程度上取得了创新成果，为中国人研究中日两国的夷越文化开了个好头，为进一步探讨日本民族起源、日语系属的归属等重大未决疑难问题的研究开了先河，填补了我国在此研究领域的空白。"总的来看，这部书是对应骥之前研究内容的总结，作者也对自己之前提出的观点进行了一定的修正。

应骥先生的研究也引起了重庆本土学者和社会各界的重视，他的论文《韩国华侨的过去和现在》获四川省华侨华人学会优秀成果二等奖，论文《形容动词不等于名词》获重庆市外文学会1987—1988年科研成果二等奖。1994年重庆市首届老干部光荣业绩展览会展出其部分成果。后来应骥被聘为重庆大学三峡文化研究所特约研究员，2009年又被巴渝人文学院东方语学院聘任为名誉教授。迄今为止，应骥先生共有五本专著和60余篇论文，对于推进学术发展做出了自己的贡献。但是应骥也谈道，有未发表的学术成果曾被别人盗用,并在海外发表,这让他觉得很悲哀,也想尽快把自己的学术研究出版。

由于特殊的归国华侨身份,虽然对党的事业有着极深的信仰,但应骥一直未能如愿加入中国共产党。2017年1月11日,已经年过八旬的应骥终于加入了中国共产党。"要求入党这一信念的建立和巩固,数十年来从未间断。现在我作为预备党员了,离党更近了,以后我会依然像从前一样用自己从事的事业,为党培养出创新型人才而努力",应骥宣誓后激动地说,"我的愿望终于实现了,很感动!我感到似有一股从心底直往上冒的'正能量',我觉得这是党在给我信心和智慧,让我从现在起更要加倍努力,时刻以党员的身份和标准约束自己。"①

三、归侨与重庆的医疗事业

定居重庆的归侨有一些人从事医疗事业,为重庆医疗的发展和重庆人民的健康付出了一生的心血。重庆医科大学附属第二医院的李钦胜医生和第三军医大学的李鸿雁教授,就是其中杰出的代表。

1. 归侨李钦胜的重医岁月

李钦胜是越南归侨,祖籍广东省五华县,1955年6月5日由越南西贡回到祖国,先在广州华侨补习学校学习了一段时间,后来在成都读完中学之后参加高考,顺利考入当时的重庆医学院,也就是今天的重庆医科大学。李钦胜给我们回忆了当时他考大学填报志愿时的情景:

高中时我的成绩不大好,考大学报志愿时有两张表,第一类是国家级的学校,清华、北大之类的;第二类是水平低一点,是省内的大专院校。我第一张表填的很高,填的清华、北大、上医等,我有个同学看到我的表说:"噫!你填这张表你考得起啊!"就是考不起才写这张表,看到我的成绩他们看也不用看,我考第二张表就好。第二张表我填的是重庆医学院,也就是现在的重庆医科大学。他们说重庆医学院就是中专的水平,其实并不是。

就这样,李钦胜就来到了重庆学习医学,这一年是1961年。学习五年,在1966年完成了自己的学业,但正好赶上"文化大革命"的爆发,所以虽然学习的是医学,但当时却并没有机会从事医疗事业。他在接受我们采访的

---

① 《信念的力量:我校87岁离休干部应骥同志终圆入党梦》,四川外国语大学新闻网(http://newscast.sisu.edu.cn/info/1023/4369.htm)。

时候回忆道：

这样一直到1968年才分配，我们当时所有的人，我们年级本来是243个人，有一个同学在"文化大革命"的时候被打死了。其他240个人都被分到阿坝、甘孜、凉山，其他的到农村、工厂，县里的医院都没有，像巴县之类的都没有，全都分到最底下一层，当时重庆市有两个名额。大家都想这两个名额肯定不好，肯定不是留在重庆市里面的。

然而李钦胜却莫名其妙地被分配到了重庆市长寿县云集镇大山之中，做起了乡村医生，这一待就是五年，直到1973年。这几年确实是李钦胜一生最为艰难的岁月，他跟我们回忆道：

1973年我遇见在重医的老师，他碰见我，听说我到长寿了，弄得很狼狈。怎么说很狼狈呢，在1971年林彪事件以前，就把我打成反革命、特务、走资派、坏分子之类的。我刚下去的时候很红啊，什么都叫我做。内科、外科，连政治学习都是我组织的，我当时还是组长。到1970年就不准我当医生了，让我劳动，让我在病房里做做清洁、去狮子滩长寿湖那里挑水、做饭，搞了一年多劳动。林彪事件之后，就不管我了，不管我做不做事了，挑不挑水、做不做清洁，他们都不管，我就耍了几天。然后喊我，我就去看病，叫我去我就去。①

李钦胜现在聊起这段日子的时候已经是云淡风轻，丝毫感受不到他当年尝过的苦楚。然而即便是在这样的境遇之下，李钦胜都没有忘记自己医者的本分，依然尽所能为患者诊治病痛。

1973年，李钦胜返回重庆，在重庆医科大学附属第二医院工作，他先是担任住院医师，最后做到总住院医师，负责管理几个内科病房、医生排班之类的工作。李钦胜在重医附二院工作一直到退休，他对自己这段日子的总结是"没有什么特别的事儿"，然而我们看到的却是一位勤勤恳恳、本本分分在自己岗位上做贡献的普通而又伟大的劳动者。

李钦胜是重庆致公党党员，1983年，中国致公党在重庆发展组织，1995年11月，致公党重庆市渝中区委成立。1997年12月25日致公党重庆市渝中区第一次代表大会召开，选举产生了致公党重庆市渝中区第一届委员会，其中李钦胜就是委员之一。②

---

① 《归侨李钦胜访谈录》，《重庆归侨口述史》待刊。
② 致公党渝中区委：《致公党渝中区委历史发展概况》，《巴渝文史荟萃》，2009年，第406页。

第四章　中华人民共和国成立以后的归侨

2. 归侨李鸿雁

与李钦胜一样在医疗领域内默默做贡献的归侨还有第三军医大学退休教授李鸿雁。李鸿雁是印尼归侨，祖籍福建，1957年由印尼雅加达乘船归国，先到深圳，然后到福建厦门集美补习学校学习。集美补习学校和之前谈到的广州补习学校一样，都是当时帮助归国华侨学生补习文化知识，适应国内生活的特殊学校。李鸿雁来到集美补习学校的时候已经是高中，她之所以不愿意在印尼考大学，是因为她一心想要在中国人办的大学里读书。在补习学校学习过一段时间之后，李鸿雁就参加了当时组织的高考，考的是医农，被福建师范大学生物系录取，那时的本科也是四年制，四年之后，也就是1962年李鸿雁从生物系毕业。毕业之后就面临分配的问题，李鸿雁在接受我们的采访的时候回忆毕业分配的情形：

那时大学生毕业是分配工作的，当时第三军医大，那时候还叫第七军医大的领导来学校招人，说是刚刚建立了生物学系，需要一些老师，当时那些领导看了一堆同学的档案，从里面挑了四个人，两男两女，我就是其中之一，然后我们就到了重庆，那时候还是四川，后来只有我一个人留在了重庆，两个回到了福建，一个去了广州。①

可以看得出，李鸿雁在来重庆之前对重庆并没有什么特别的印象，她只是服从了分配，就这样从东南沿海来到了祖国的大西南。李鸿雁的经历显然并不是孤例，当时的热血青年从海外归来，学习技术，一心想要报效祖国，于个人的情况并没有过多地考虑。李鸿雁回忆刚开始那时候第三军医大学整个生物学的教研室只有四个人，在医学院校，生物学属于基础学科，她们在教学的同时也搞一些科研任务。

李鸿雁也没有过多谈论自己在第三军医大学的事情，她认为那些事情都已经过去了，她说自己在工作上和生活上都还算是很顺利的，一直在第三军医大学工作，讲师、副教授、教授一步一步就走上去了，后来带研究生，也发表了一些文章，成了中国细胞生物学学会的理事，四川省遗传学会、细胞生物学会的理事，也得到多次优秀教师的奖项。后来第三军医大学的生物学系改成了细胞生物学系之后没几年，也就是1997年，她就从第三军医大学退休了。

---

① 《归侨李鸿雁访谈录》，《重庆归侨口述史》，待刊。

根据官方提供的材料，第三军医大学基础部细胞生物学教研室成立于1997年，分别于2000年和2003年被国务院批准为硕士和博士学位授予权单位，2004年批准为博士后流动站，2005年成为国家一级学科博士授权单位。① 从最初的生物学教研室到如今细胞生物学教研室，其中当然包含着归侨李鸿雁和她的同事们的青春及热血。

李鸿雁说现在第三军医大学每年都会邀请她们这些老教授回去聚聚，有时候去医院看病的时候，也会遇到好多以前的学生，这时候，李鸿雁笑着说："这些学生都能认出我来，但是也有一些我真的不认识了，这么多年教过的学生太多了。"

李鸿雁婚后有两个孩子，一个男孩一个女孩，儿子现在在公安局工作，女儿是北京理工大学文化遗产保护专业毕业，原本在一家合资公司工作，现在在保险公司任职。在回忆这些的时候，李鸿雁对生活充满了感恩，她说："我生活上总体来说还是一帆风顺的，在国外的时候家里比较富裕，回来之后也很顺，我的那些老同学同事们都很羡慕我的。"②

四、归侨与重庆的教育事业

抗日战争期间重庆作为陪都，接纳了一大批内迁的著名高校，也新建了一批具有先进理念的学校，例如中央大学和复旦大学等一批国内著名高校迁往重庆继续办学，与此同时也有一大批学者和教育工作者来到重庆，在大后方继续学术和教育事业。抗战结束后内迁的二十所高校纷纷回迁，但也有一些高校与重庆市保持了密切的联系。另外，梁漱溟在北碚创建勉仁中学（即现在的北碚职业教育中心），张伯苓在沙坪坝创建南开中学，陶行知在合川创建育才中学（后迁至红岩村），这些教育大家将自己的教育理念留在重庆，深深影响了后来重庆的教育发展，这些学校目前仍然存在，以各自不同的方式纪念重庆教育史上最光辉灿烂的一页！

1. 归侨洪新发的教育生涯

中华人民共和国成立之后，有很多海外归侨在重庆定居，也有很多归侨为重庆的教育事业奉献了自己的青春，现在已经从重庆第二师范学院退休的归侨洪新发和温庆和就是其中最为突出的代表。

---

① 郭海英:《第三军医大学基础部细胞生物学教研室》，《基础医学教育》，2015年，第1期。
② 《归侨李鸿雁访谈录》，《重庆归侨口述史》，待刊。

第四章 中华人民共和国成立以后的归侨

洪新发于1939年5月10日出生在印尼苏拉威西北部的哥伦打洛市，1956年归国，先是在广州华侨补习学校学习了一段时间之后，前往福建省厦门市集美中学读高中。集美中学是"爱国华侨领袖"陈嘉庚先生创办的，当时仍属于公私合营性质的学校，所以学费是自费的，而且其费用要高于其他公立学校。实际上集美学校是一座学村，包括幼儿园、小学、中学、航海学校、财经学校等。洪新发来到集美中学的时候，陈嘉庚先生就居住在集美镇，虽然他年事已高、政务也忙，但是他极关心学校的发展，强调学校为国家培养人才的重大作用，也经常去学校看望师生。洪新发回忆他所在的高中一年级三班是华侨学生班，学生都来自东南亚的印尼、马来亚、泰国等国。

读完高中之后，洪新发在厦门参加了高考，于1959年考入了华东师范大学历史系，并于次年九月开始自己的大学生活。洪新发在回忆文章里详细记述了当时在上海读书的生活：

虽然在华东师大归侨学生仅有30多人，但是校党委非常关心我们的学习和生活。学校党委书记兼副校长常溪平同志是个老革命者，他很是关心我们归侨学生，虽然工作忙，但是每年国庆节时，他都要亲自来见我们与我们座谈，嘘寒问暖，并和我们共进晚餐。晚饭后亲自陪同我们坐上校车游览上海最热闹的南京路和上海外滩。我深切感到党对我们归侨的无限关爱，我暗下决心在政治上要不断进步，在学习上要认真学习知识，做到又红又专，大学毕业后更好地报效祖国。①

1965年7月，经过长达五年的大学学习，洪新发从华东师范大学历史系毕业，根据他的回忆，当时他是完全可以留在上海工作的，但由于特殊的归侨身份，他还是被分配到重庆，对于其中深层次的原因，洪新发有着很是清醒的认识，而且当时的他也有着自己的理想和追求，对这一点，他在自己的回忆文章里也做了详细的交代：

历史系的领导找我谈话时说：重庆市是个好地方，那里猪肉、鸡蛋等都很便宜，因此分配我到重庆市还是对我的很大"照顾"。当然其中也有真话，因为我们年级中一些出身"不好"的同学不是分配到内蒙古，就是分配到新疆等边远地区。回国以来我所经历的是因自然灾害带来的生活上的困难，对此我没有任何怨言。因为当初我决定回国的目的是参加祖国的社会主义建

---

① 《归侨洪新发访谈录》，《重庆归侨口述史》，待刊。

设,把贫穷落后的祖国建设成繁荣富强的国家。我回国的目的并不是回来享福,因此在面对生活上的困难,我没有动摇过,我决心与祖国人民同甘苦共渡难关。①

就这样,洪新发来到重庆开始自己全新的生活,而这一待就是五十年!

1965年9月来到重庆后,洪新发先是到当时的重庆幼儿师范学校,担任历史课老师。这所幼儿师范学校各方面条件还是好的,是属于四川省内重点幼儿师范学校,担任各科教师的教学水平都是较高的。刚开始的工作和生活都一切顺利,这让年轻的洪新发觉得内心十分舒畅,当时的工作积极性也很高。然而天不遂人愿,紧接着就是长达十年的"文革",特殊的归侨身份让洪新发吃尽了苦头。在高压政治环境之下,洪新发一度感觉迷茫、无奈和彷徨,然而终于还是熬到"文革"结束的日子,洪新发和广大归侨一样身份和待遇得以恢复,这让他的精神极为振奋,他在回忆文章中写道:"为了报答党对我的恩情,把爱国主义之情转化为报国之行,作为一位人民教师能力有限,但是我深信在平凡的工作中也同样可以做应有的贡献。我立誓要做好教书育人的工作。"

对于洪新发来说,1976年以后的日子没有太大的波澜,他就是在自己的岗位上勤勤恳恳地工作,尽一个人民教师的本分。洪新发说自己对荣誉、对金钱什么的都没有特别的想法,国家经常会调整教师工资待遇,每次遇到名额有限的时候,洪新发都没有去主动争取什么,一直在默默地做自己的事情。

然而对于洪新发的贡献,人们并没有视而不见,这些年洪新发教出了很多学生,其中有些人甚至走上了学校的领导岗位,见到他都是毕恭毕敬。对于洪新发来说教书育人是他的本分工作,他也没有想过要学生特别感谢自己,但看到学生能够学有所得、学有所成,这是最令他感觉幸福的事情。

洪新发也获得了很多的荣誉,1980年、1989年他曾两次被评为重庆市先进工作者,荣幸地参加重庆市政府所举办的全国先进工作者代表大会;1993年他被评为曾宪梓教育基金会高等师范院校优秀教师三等奖;1993年5月他又荣幸当选为重庆市第七次党代表大会代表。

1999年洪新发退休,但因工作的需要他退而不休,继续发挥余热,做

---

① 《归侨洪新发访谈录》,《重庆归侨口述史》,待刊。

到老有所为。除了上些课外,他还担任了学校督导工作,为培养青年教师做出自己的贡献。对于自己所从事的教育事业,洪新发有自己的想法,他说:"我的人生之路已走过 70 多年的路程,如莎翁所写的诗句中说,我的生命之箭已向死亡之靶射去,这是人生自然法则,任何人都不可避免。我从事教育工作近 40 年,有人说教师像根蜡烛,照亮了别人,毁灭了自己;也有人说教师像根蜡烛燃烧了自己,照亮了别人。实际上教师只是一种职业,一种平凡的事业,其中有苦亦有乐,教师默默工作一生,以他们的辛勤工作为国家培养了人才。'桃李满天下'这是对我们最大的安慰,并为此而骄傲。"

2009 年,已满 70 岁的洪新发终于真正开始了自己的晚年生活。

2. 归侨温庆和的教育事业

和洪新发一样,温庆和也是重庆第二师范学院的退休教师。1955 年,19 岁的温庆和离开印尼回到祖国,他先是来到广州华侨补习学校,在这里学习了一个多月以后自愿来到重庆,在重庆一中学习。温庆和说他当时选择前往重庆的原因一方面是重庆是当时全国的八大城市之一,另一方面也是听说那里物价便宜,所以温庆和就和 123 名归侨一起来到了重庆,开始了全新的生活。

温庆和来到重庆以后在重庆一中学习,三年后也就是 1958 年被保送到位于大田湾的重庆体育学校篮球专业学习。这所体育学校是中专学校,后来与西南师范学院体育科合并成立了重庆体育学院,再后并入重庆第二师范学院。温庆和在这所学校读了两年,因成绩优秀而留校任教。

温庆和回忆说,当时的学校面积很小,而且学校所在的四公里(四会里一地名)就像是农村一样,后来到了 20 世纪 60 年代国内的条件越来越艰苦,当时是有机会出去的,但他没有,还是选择继续留在学校,和同学们同甘共苦,对于这段日子,温庆和记忆十分深刻,他说:

当时体育老师的口粮标准是一个月 36 斤,语文、数学老师一月 27 斤,糖一个月二两。当时还是要上课的,学生也在坚持上课,不是每天都有米饭的,要按一定的标准兑换红苕。没有米饭还是要上课的,体育老师一个月还有三斤肉作为特殊照顾,我觉得这种照顾大概是因为体育是体力劳动吧!

虽然也是归侨,但温庆和回忆说自己当时并没有受到什么冲击,他说自己平时十分低调,衣着也很朴素,平时都对人讲自己是广东人,身边几乎没有什么人知道他是归侨,所以也就没有被刻意的不公正对待。

温庆和后来一直非常积极参加侨联的活动，他回忆说，1978年重庆侨联第一届会议的时候他就去参加了。后来温庆和也经常参加南岸区侨联的活动，并担任区侨联的主席。南岸区侨联当时有十一名归侨，侨联除了要做归侨的工作之外，还要负责侨眷方面的工作，后者的工作要更难做一些，因为家族人中有在国外的都可以算作侨眷，所以侨眷人员相对较为复杂。温庆和介绍说重庆市侨联每年有一次大型的会议，而南岸区侨联的活动则相对要多一些，平时也会有慰问活动，逢年过节都会发放慰问品。

回忆自己的一生，温庆和有许多的感慨，而其中的主题就是爱国，他说：

你刚才问我出来工作36年有什么感想，我回来的时候19岁，现在我81岁，离开印度尼西亚已经62年了。这62年里，我在这工作了32年，退休已经21年了。很感谢党对我的培养，如果没有党也不会有我的今天。我对自己的祖国很热爱，我当作我自己的母亲一样对待！①

整个采访过程中温庆和一直很淡然，他的这段话语言虽然平实，但其中包含的爱国情怀却是无比动人的！由于长期从事体育活动，温庆和的身体一直非常好，整个采访过程他精神一直很好，我们也被他达观豁达的心态深深打动。

采访结束的时候，温庆和老人给了我们一张纸，上面是他的简历：

我1936年4月6日出生在印度尼西亚，11岁在印尼中华学校读一年级，我家里有三个哥哥四个姐姐一个弟弟，回祖国62年了。我从1978年开始是六届、七届、八届、九届重庆市政协委员；1984年是重庆市南岸区人大代表；1987年是重庆市第五届党代会代表；1982年、1983年、1987年是学校优秀党员；1982年、1983年、1989年是学校先进工作者；1982年起是重庆市南岸区前四届兼职主席，长达20年，没有工资、没拿国家一分钱。

这份简历确实足够的"简"，但它浓缩的是一位教育工作者一生的精华！

3. 归侨唐勇和他的羽毛球队

泰国归侨唐勇1955年回国来到重庆一中读书，这一年他18岁，唐勇在泰国的时候就十分喜爱羽毛球，当时他除了做工之外，还认真学习羽毛球的基本技能和技巧。回国后唐勇继续坚持羽毛球训练，而在当时的国内这是一

---

① 《归侨温庆和访谈录》，《重庆归侨口述史》，待刊。

项人们并不太熟悉的运动，在西南地区更是空白。所以唐勇不仅自己打球，还带动身边的同学和朋友一起训练，使得羽毛球在当时的重庆一中乃至整个重庆市都成为一项热门运动，羽毛球也就成了沟通侨生和普通学生的重要纽带。1958年唐勇成为重庆市羽毛球教练，也经常代表重庆市参加四川省和全国的羽毛球比赛，在四川省举办的比赛中获得羽毛球单打第二名、双打第一名，后来也代表四川省参加第一届全国运动会。[①]

1968年，从西南师范学院中文系毕业之后，唐勇被分配到重庆南桐矿务局子弟学校工作，这里距离重庆市一百多千米，交通不便，环境艰苦。但就是在这样的情况之下，唐勇依然坚持他热爱的羽毛球事业，他在初中年级设立了羽毛球队，并且制订了完善的训练计划。"文革"结束之后，唐勇继续羽毛球事业，在南桐矿务局建立了二十多支羽毛球队，并培养了大批优秀的运动员，屡屡在重庆市乃至全国的比赛中获奖。唐勇也因此获得了大量的荣誉，1978年唐勇考取国家级羽毛球裁判资格，后来陆续在国际大赛中担任裁判，并成为全国优秀裁判。唐勇谦逊地说："回顾过去，我只做了自己应该做的事情，距祖国的要求尚远。今后的任务更艰巨，我要更加努力地做好本职工作，以报答祖国对我的培养。"

1998年，唐勇退休，但他始终心系羽毛球事业。1997年全国少年甲组羽毛球比赛期间，他还作为嘉宾出席了开幕式。对于万盛乃至重庆的羽毛球未来，唐勇十分看好："重庆平地少，山地多，所以搞足球这些运动不太合适。但是羽毛球对场地要求相对较低，大力发展羽毛球是个不错的选择。"

2008年，重庆姑娘张亚雯代表中国参加北京奥运会，并获得女双季军。张亚雯出生于重庆南桐矿区，也就是现在的万盛区，著名的羽毛球之乡。唐勇的努力终于结出硕果。

结　语

中华人民共和国成立以后，有大批华侨学生选择回到国内升学考试，成为身份特殊的归侨，为了迎接大量回国的归侨学生，中央人民政府采取了多方面的措施，其中包括完善相关的法律制度等。大批归侨青年在位于广州和

[①] 谈石城：《中华侨杰列传》，北京：海洋出版社，1991年，第308页。

昆明、北京、厦门的华侨补习学校中完成了学业，纷纷进入内地继续学习或者融入当地的社会生活之中。他们中的很多人由于具有一定的学历，成为各地建设的重要人才，为后来的社会主义建设做出了非常突出的贡献。有一大批归侨回到重庆以后就投入到新重庆的建设之中，他们或是在工业建设领域，或是在文化和医疗以及教育等领域，为重庆市的现代化建设做出了突出的贡献。

现今定居在重庆的归侨们已经进入暮年，他们要么赋闲在家，享受老年清净时光；要么含饴弄孙，继续为培育下一辈发挥余热。他们中的很多人经常聚会，也会在侨联和政府的组织下参与各种活动，晚年的生活丰富而多彩。归侨们的故事有时候也会讲给子女们听，但很少会被新一代的孩子们接受，所以很多人讲起自己的一生都只是简略而过，然而作为历史学口述史的研究，重庆归侨史项目组愿意留下他们的故事，给后代们听。

第五章　归侨的社会适应与本土化

第一节　归侨的社会适应

华侨在国外生活，文化环境与祖国有一定差异，归国后，生活、语言文化上肯定有一定的不适应。为了让归侨了解学习中华文化，无论是学校、"单位"，还是侨联、侨办，都做了大量工作，如对在学校学习的侨生，尽量给予照顾、优待，并在节假日有组织地开展活动和外出参观。在春节等传统节庆之日，还安排学生到老师家里过节等，以期他们尽快适应祖国社会和文化。根据归侨的文化水平和特长，安排工作，让他们不但有了经济收入，可以养家过日子，还能通过单位活动学习，让他们与同事、社会接触，建立自己的人际社会关系，更快地适应祖国社会。

一、学校与归侨的文化适应

前文提到，面对大批回国求学的青年，为帮助华侨学生尽快掌握中文、了解国情，适应未来在国内学习和工作的需要，当时的中央人民政府华侨事务委员会于1950年在北京创建了"北京归国华侨学生中等补习学校"，帮助归国华侨青年补习基础的文化知识。

可以认为，"中侨委"为切实帮助侨生实现升学梦，创办华侨补校作为过渡性桥梁显然是从当时的国情和侨情出发做出的合理决策，也代表着新兴的共和国在解决新问题时屡屡出现的新思维。实践也足以证明了这项政策的正确性。华侨补校在贯彻侨生教育方针政策方面确实发挥了重要作用，也切实帮助了学生们尽快融入社会。

华侨补校在职能定位上是普通学校的过渡阶段，归侨学生们在华侨补校学习，并不直接获得文凭证书，而是获得继续学习的机会。曾经在补习学校学习的归侨学生谈到他们的经历时也说,华侨补校并没有固定的学习时间长度,一般一到两年,学习结束后会有一次考试,通过考试后再分配到普通学校里继续学习。从考试的内容来看,主要涉及国内的政治和历史、地理等方面的内容,后来有归侨回忆当时的考题大多是类似中华人民共和国的首都在哪里、中国境内最长的河流是哪条等问题。从这些考题来看,当时华侨学生在学校内的主要课程除了语言方面之外,应当主要是政治、地理和国家的历史等,这些课程可以帮助归侨学生们了解自己的祖国,构建对祖国的情感认同等。事实上,当时中华人民共和国刚刚成立,整个国家也都在努力建构文化上的认同,而国家的政治形态、基本内涵以及人文历史,也是当时几乎所有国民都在认真补习的功课。在这样的大环境之下,归国的华侨学生接受这方面的教育,也可以方便他们尽快融入社会环境之中。

  显然,融合的过程并不是一帆风顺的,其中的波折在所难免,在当时也屡屡发生归侨和内地学生的文化冲突。广州是南洋地区归国华侨学生较为集中的地区,所以兴建华侨补习学校,作为华侨学生继续学习的过渡。而广州向来属于经济较为发达的地区,再加上国家政策层面上的支持,所以当时华侨学生在这里的生活条件极好,当时的回忆文章提到"为了保证全校师生的营养,学校食堂每天不是杀两条大猪就是杀一头牛"。"炊事员们热心地做了物美价廉的菜肴。每日清晨必有可口的肉包子、馒头、油条、豆浆和稀饭供大家选择。教工的正餐除几色菜肴外,每晚必有一款四角钱的炖鸽、炖鱼或炖鸡汤以供选择。学生的正餐优惠到每人都有一份足够营养的鱼、肉、菜,而米饭与骨汤是随意可取的。"① 很显然这样的生活条件要高于当时广州的一般市民,再加上有些归侨子弟原本在海外生活条件较好,回国之后生活方式相对来说就有些奢侈,所以市民对华侨补校也有些不满意见,广东省档案局就藏有这样的一条新闻,说"广东华侨子弟补习学校浪费粮食,领导上应要继续引起重视"。当时的中国百废待兴,普通市民生活条件有限,归侨学生们没有及时调整生活方式,以适应国内的特殊情形,所以造成了这样的冲突。这当然是走向融合的必要环节。

  几乎相同的情况也发生在云南昆明,这里在 1960 年左右集中了许多印度尼西亚归国的华侨学生,当时的政府为了照顾归侨学生,在生活上也是尽

---

① 萧强:《忆广州华侨补校早期接待分送工作》,陈丹等编《甲子心迹:暨南大学华文学院广州华侨学生补习学校建院/校 60 周年纪念特刊》,2013 年,第 20—21 页。

第五章 归侨的社会适应与本土化

可能提供优越的条件。印尼学生来到昆明的时候已经是20世纪的60年代，正处于"三年自然灾害"时期，国家整体经济困难，部分民众食不果腹，普通市民的粮食要定量，但归侨学生却不必，而且学校还会给印尼学生开小灶，归侨学生普遍伙食标准很高。刚回国的时候，有些归侨学生继续在海外的生活方式，浪费粮食的现象很严重，食物被随意丢弃，当时甚至有个别国内贫困学生将他们丢掉的食物捡起来吃。归侨学生的这些行为是受在海外成长经历的影响，而且不能够很快适应国内的情形，所以和国内学生之间发生一些矛盾和冲突也就在所难免。

这些都说明当时在昆明的归侨学生在穿着打扮和生活习惯方面都和普通学生格格不入。当然这种所谓的"奇装异服"以及倾向于享受的生活方式也引起了一些国内学生的羡慕，甚至有些学生也开始模仿。在当时的昆明有几家歌舞厅，本来这些娱乐场所是绝对禁止学生进入的，但有些归侨学生生活本就较为优越，所以经常出入这些场合，久而久之有些国内的学生也跟着进出歌舞厅。不仅如此，在这些娱乐场所内也会偶尔爆发归侨学生和国内学生的冲突，甚至闹到打架斗殴，公安机关出面才能解决问题。

归侨学生和国内学生因生活习惯不同而冲突也不是个案，后来定居重庆的李钦胜在接受我们采访的时候就提到，长沙的华侨同学经常和国内同学打架，所以他们才会选择前往成都求学。这种冲突在本质上其实就是文化上的不同。无论国内学生还是归侨学生，自然都属于中华民族，但归侨学生长期在海外生活，受到的教育和浸染的文化习俗与国内有极大的差异。而这种差异在当时也有特殊性，即归侨学生大多从所谓"资本主义"国家回来，代表的是"奢靡腐朽"的文化，而且海外华侨普遍生活条件优于国内，所以在国内学生看来这样的生活方式较为奢侈。国内学生对归侨的不满主要就在这些方面，但有些部门刻意区别对待的方式又加剧了两者之间的裂痕。

当然弥补这个裂痕，一方面要有关部门改变区别对待的做事方式，另一方面也要靠归侨学生逐渐适应国内社会文化。很多归侨也认识到这样的问题，事实上当时他们回国就是为了建设中华人民共和国，他们是为着这样的理想回国的，自然要和全国人民一道共渡难关，例如洪新发就回忆说："当初我决定回国的目的是参加祖国的社会主义建设，把贫穷落后的祖国建设成繁荣富强的国家。我回国的目的并不是回来享福，因此在面对生活上的困难，我没有动摇过，我决心与祖国人民同甘苦共渡难关。"温庆和也提到他回国之后衣食住行和其他同事都没有任何区别,自己还辛勤劳动,以至身边的很多朋友根本不知道他的归侨身份。确实如洪新发所言,归侨们为了理想回国,自然不是来享福的,他们的目标是要和全国人民一道建设新中国,实现国家的繁荣富强。在有共同理想的大环境之下,归侨和国内学生之间的差异也会逐渐融合。

当然学校教育的主要目的也是要帮助归侨学生们尽快适应新的环境。尤其是结束在华侨补校的学习之后,这些归侨学生还要进入普通学校继续学习,根据之前在海外的学历,有些学生会进入大学,也有的会进入中学。印尼归侨林毅当时在北京华侨补校读书,结束学习之后他考上了一所很好的学校,但他当时觉得自己应该到最艰苦的地方去,所以主动提出要去东北。有关部门考虑到他是从南洋归来的华侨,到东北难免会不适应和不习惯,后来林毅一直坚持,所以北京华侨补校把他分配去了大连。因为东北吃的一般是粗粮,所以在临走之前,北京华侨补校的老师们还先用面粉和玉米面做成发糕,让林毅先适应一段时间那边的饮食,这个细节让林毅一直记到现在,可见,无微不至的关怀和刻意区别对待是不同的,前者可以帮助归侨认真适应,积极融入,而后者只会让矛盾越来越大。

重庆一中和三中在中华人民共和国成立后接纳了许多归国侨生,为这些远道归国的学子提供了非常难得的学习机会,也给少年归侨们热情的包容,让他们能够尽快融入新的社会。印尼归侨温庆和,先是在广州华侨补校学习,然后选择到重庆市继续读初中,据他回忆,当时跟他一起到重庆的一共有123人,都被分配在重庆一中和三中。重庆一中创建于1931年,直到现在仍然是重庆最为著名的中学之一;而重庆三中则是当年赫赫有名的南开中学,与位于天津的南开大学和南开中学一样,都是由著名的教育家张伯苓先生一手创办的。年轻的归侨学生们就是在这两所学校里继续学习文化知识,也可知当年重庆市为这些归侨提供的是本地最好的教育资源。

根据后来的统计资料显示,从1955年到1960年,一共有三批总共两百多名归侨来到重庆学习,他们多数来自马来亚、印尼和越南,也有一部分来自泰国。第一批1955年来到重庆的归侨多半是1953年回国,在广州和北京等地的华侨学校学习之后来到重庆。这些学生大多在十几岁到二十岁之间,基本上都是孤身一人来到重庆。据记载,到1960年的时候,仍然有一百多

第五章 归侨的社会适应与本土化

名归侨学生在重庆市内的各大中学校学习。①

根据归侨们的回忆,他们在一中和三中读书期间,是按照各自的年龄的文化程度分配在不同的班级,但他们的住宿和伙食却是和其他学生分开的,归侨们有自己的宿舍,而且他们不用像学校其他同学那样排队打饭,饮食有专人负责,相对较为丰盛。这样做一方面照顾归侨的特殊情况,另一方面也让归侨学生们尽可能和普通学生共同学习,这其实也是响应了当时"中侨委"在处理归侨学生时候所谓"一视同仁,适当照顾"的方针政策。

从当时归侨学生们的特殊情况来看,这些少年也就是十几岁的年龄,都是背井离乡独自一人来到重庆生活,所以本地政府和学校老师要格外关心也是必需的。据说当时的教育局领导要求班主任们逢年过节务必邀请侨生到家里去,给予更多的关爱,所谓每逢佳节倍思亲,少年归侨远离父母独自生活,在感情上给予更多的关注,也让他们能够对国家和社会有更深入的认同。所以当回忆这段经历的时候,有归侨动情地说:"我们在这里无牵无挂,只能靠党,所以班主任对我们好,把我们当自己的孩子,我们也把班主任当父母。"

除了教育文化知识外,重庆一中和三中还努力提升归侨学生的身体素质,开展多种多样的体育方面的课程。而有些归侨在回国之前已经有一定的运动能力,回国读书也带动了国内体育教育的发展。温庆和一直很喜欢篮球,在回国之前篮球也有一定的水平,在一中念书的时候温庆和就加入了学校的篮球队,后来也正因此被保送到重庆体育学校篮球专业。再后温庆和留校任教,教学生们篮球,这一教就是三十几年,无数学生跟着他学习篮球技能。

另外,这些在一中和三中读书的华侨少年,除了受到党组织和学校的关怀和教育之外,还受到当时的华侨事务委员会的关心,他们经常组织这些少年学生参加夏令营,游览祖国的大好河山。这些显然都是对华侨学生进行爱国主义教育最好的手段和方式。

这些在重庆一中和三中读书的归侨学生,后来也陆续升入更高等级的学校,然后走向工作岗位,为中华人民共和国的建设贡献自己的力量。而在一中和三中读书的这段日子,成为他们一生最为重要的一段回忆,他们在这里

---

① 重庆市教育委员编:《重庆教育志》,重庆:重庆出版社,2002年,第183页。

学习了文化知识，获得进一步深造的机会，也在这里接受体育锻炼和爱国主义教育，更加理解和认同这个国家，也更愿意积极主动融入这个社会，为民族的奋进和国家的强盛努力拼搏！

总的来说，对于归侨学生的教育，当时的中侨委强调要"一视同仁，适当照顾"的方针，从后来的情况看，这个方针确实在很多时候都得到了比较理想的执行。在这样的方针指引之下，归侨学生先是在各地的华侨补校补习相关的文化知识，后来进入各大城市中学和国内的同学一同学习，并顺利完成学业，走向工作岗位，顺利融入当地社会，和全国人民一起为社会主义建设贡献自己的力量。

二、"单位"与归侨的政治和经济适应

前文曾经提到，中华人民共和国成立初期许多华侨选择回国学习，他们回国之后陆续完成学业，走向工作岗位，当然也有一些归侨回国直接工作。中华人民共和国成立之初百废待兴，各方面人才都极为紧缺，而无论在海外，还是回国之后，归侨们往往接受过较为良好的教育，所以一般都会找到能够发挥自己特长的工作，在实现自身价值的同时，也获得经济上的保障，从而成家立业、养育后代。

在百废待兴的时代，归侨们的职业选择并没有受到过多的限制，他们一般都能够从事自己喜欢的工作，而且由于自身外语等方面的优势，也比较容易获得发挥特长的机会。当然在特殊的年代，某些敏感的专业确实对归侨学生有限制，诸如军队院校以及关涉国防的专业本身政审就比较严格，任何学生想要学习以及从事这些专业都会接受严格的审查，在当时有海外关系的学生被限制也并非不可理解，当然就更谈不上对归侨学生的歧视了。

多数归侨不仅文化程度高，而且在建设祖国理想指导下有努力拼搏的精神，所以往往能够成为一个团队的骨干和中坚力量。许多归侨的祖辈都曾经有海外艰难谋生的经历，在他们的成长过程中成为激励他们回国后奋发有为的动力，而且他们本身就是为了爱国而回归，所以工作起来无私忘我。池文庆就提起父亲的教诲："只有你自己做出的优异成绩才会有人重视你。我父亲说人生是矛盾的，有得有失，你要不断为自己的人生寻找快乐。要认识自己。我的一生也是这样。一切都顺其自然嘛，不勉强自己。"勤恳本分，扎实苦干，这是归侨留给我们最直接也是最为深刻的印象。在任何一个单位

第五章 归侨的社会适应与本土化

里,这样的人虽然不是最重要的,但也是最核心的骨干力量。例如,就职于第三军医大学的李鸿雁刚到军医大工作的时候,她所在的科室只有四个人,可是经过几十年勤恳的工作,这个科室已经建立起了完整的学科梯队。

在我们的采访过程中,大多数归侨对自己的工作经历都不愿意多谈,对于他们而言,回国就是为了建设新的国家,大多数人甘心勤勤恳恳在平凡普通的工作岗位上奉献自己的一生。例如很多归侨留在教育岗位,他们也会偶尔谈起自己的学生,说谁逢年过节的时候会来探望,或者自己的学生后来成了自己单位的领导,但是见到自己的时候仍然会非常的尊敬。在谈起这些的时候归侨们自然是充满自豪的,可也仅此而已,对自己所做的贡献也就不再多讲了。

新加坡归侨伍明苏跟我们简单讲述了他的工作情况,这已经是归侨里面谈论自己工作比较多的了,他说:"人到中年我才安安心心地为国家做了一些工作,我除了分管外语图书资料工作、为外语教师教好外语做辅助工作外,还做了两件较为突出的工作,一项是打印英语考题,十年期间,学院所有的英语考题都是我一手打印的,我打印的考题错误极少,不用老师校对,被誉为'信得过'的产品。另一项是为钱伟长教授主编的、在我院出版发行到世界各国的《应用数学与力学》杂志打印英文版版稿,在应用电脑技术排版前,1980年前的杂志英文稿都是我用打字机打出来的。因此,我在1985年被学院评为先进工作者。"

无论如何,一份工作总是让归侨们感受到了自身的价值,在很多归侨看来,工作不仅仅只是养家糊口的事情,更是实现自己人生价值的机会,朝鲜归侨王秀芬非常开朗大方,她描述自己工作的时候反复用了"红的发紫"这样的词汇,她说:"我那几年,在工作上红得发紫,哈哈哈。什么重庆市先进,重庆市俏姑娘,重庆市的什么代表,我还是重庆市侨联常委,当了十年。后来,是我们厂的侨联副主席,我们厂长是正主席。"越南归侨曾德俊谈起他的工作也非常兴奋,他说:"像我搞设备维修的,基本上是一个人带一个班的人,全部几百台设备,都要维修,还是比较杂,加上我们那个厂,从车间开始,到机械加工,到零件加工各方面,相当杂,好多个车间,全部设备都是几百台。设备坏了,零件你要换,外面买不到的,全部自己换,要画图,还要照图纸加工,牵涉材料、材料的热处理这些,加工出来之后,还要换到机器里,正常运转,那些都很斗硬的。这些相当复杂,全部都是一个人完成。"

在经济收入上，归侨和其他普通的职工并没有区别，在国家经济不好的困难时期，归侨也是一样要吃很多苦，缅甸归侨卢立基曾经跟我们提起："我在灯泡厂，从1965年工作直到退休，本来我是干部，中专毕业当干部的。因为家庭问题，说得不好听，饭都吃不饱。他们农村收的粮食，一年收的不够吃。我不敢去当干部，干部24斤，我37斤，我节约点给他们吃。"对于这样的困难几乎每个人都记忆深刻，然而当时全国人民都在困难之中，大家一起同舟共济，共同克服困难，日子逐渐变好，国家也在逐渐变强大，这是让归侨们无比欣慰的事情。

现在许多归侨都已经从原来的单位退休，但是有些单位依然关心这些退休职工的生活，这让归侨们深切感受到集体的温暖。例如李鸿雁所在的第三军医大学时常会邀请退休教授们回到单位去，尽管有些人已经不认识了，但是看到大家继续发展事业，这让她觉得心里非常的欣慰。印尼归侨黄慧懿在接受采访的时候谈起了她对单位和侨联的印象："现在基本上叫我们来侨联开会什么的话，我有时间就去。有困难的话找单位比较多，这和单位对我们比较好有关系，我去找侨联、找政府，最后还不是回到单位来，每年都会给我们送米和油，对我们挺好的。每年单位都会让我们去开会，说什么单位盈利、亏本之类的，但是这些年单位也不景气了。我和其他的归侨也是有联系的，但是也不是很多了，每年侨联举办活动我只要在重庆就会过去。重庆第一届侨联成立的时候，我是重庆市侨联第一届侨联委员，后来就不是了。"黄慧懿的"单位"是重庆煤炭设计研究院，现在叫中煤科工集团重庆设计研究院有限公司，位于重庆渝中，在感情认同上，黄慧懿显然觉得和自己的单位更亲密。

但也有一些归侨退而不休，继续进行着原来的工作，例如前面提到重庆第二师范学院的归侨洪新发和温庆和，他们到年龄退休之后仍然要负责做一些督导的工作，帮助年轻教师尽快成长。也有一些教授会接到返聘，例如重庆交通大学伍明苏说："我于1989年退休，因工作需要，被外语系返聘又工作了两年，直到1991年才离开工作岗位。"而最让我们感动的是，已经八十岁的邓海东老人，依然奔波忙碌于推进归侨联谊和归侨文化的事业！

归侨的组织关系是较为敏感的问题，越南归侨林毅提到参加工作的时候自己带着组织关系，"我是1957年8月毕业的，毕业以后组织统一分配到重庆塑料厂，后来叫重庆合成化工厂。刚分来的时候组织上特别信任我，把那个组织关系的档案让我自己带过来了，我是在学校1955年的时候参加的共产主义青年团，那时候我们归国华侨参加的比较少，我积极要求进步"。对于归侨加入共青团和入党，当时确实存在一定程度的区别对待，从当时的党团组织建构模式来讲，归侨身份还存在需要甄别的情况，前文曾提到韩国归侨应骥，虽然年轻的时候就在上海和中共地下党有过密切接触，也是受到党的感召加入"西南服务团"，但是直到晚年八十几岁的时候才正式加入中国共产党。

越南归侨彭明露回忆说："我1981年在68中当教师，调到教导主任，再当书记，我表现很好，1982年还被评为重庆市先进教师。我1983年申请入党，老书记退休了我当书记。沙坪坝侨联主席缺人，我没想到会决定把我调到区侨联当主席。"彭明露从1993年开始在沙坪坝区任侨联主席，直到1998年退休。

很多归侨在平凡的工作中过完一生，在无数个平凡的岗位上贡献了自己的力量，我们愿意做一些微小的工作，尽可能想要留住他们的名字，但是新加坡归侨伍明苏的一段话让我们非常感动，他说："作为一个归侨，我的一生非常平凡，谈不上为国家为人民做了多么大的贡献，我只是成千上万归侨中的普通一员。我的遭遇可谓坎坷不幸，但比起许多归侨和有海外关系的侨眷，在历次政治运动中，他们当中有的不幸含冤离开人世，有的流离失所，家破人亡，比我更不幸的大有人在，我的遭遇就不算什么了。而且能健康地活到晚年，算是非常有福的人了。"

在"单位"的工作，与同事一起的生活，文化生活习俗逐渐与大众趋同，使归侨完成了社会和文化认同。

第二节 侨联、侨办与归侨的族群和国家认同

侨联，在归侨的身份认同中做出了比较大的贡献，使归侨感到了组织的关怀和温暖。我们在采访中，许多归侨都提到侨联对他们的关怀，称侨联是他们的"家"。这不仅反映了侨联的工作做到了"家"，也反映了归侨的认同问题。通过侨联的工作，使归侨在茫茫人海中找到了归属，找到了"家"，有了归属感和认同感。由于侨办的行政领导和因地制宜政策，再加侨联很好

地执行了党和政府的归侨政策，使顶层政策很好的落地，促进了归侨在身份、族群、政治上都有了认同感，归侨不但实现了社会适应，而且有了政治认同，完成了本土化或在地化。

一、"侨联"与归侨的族群认同

侨联是归侨和侨眷组成的人民团体，也是党和政府联系广大归侨和侨眷以及海外侨胞的纽带，根据《中华人民共和国归侨侨眷权益保护法》第8条规定："中国侨联和地方侨联代表归侨、侨眷的利益，依法维护归侨、侨眷的合法权益。"也就是说，侨联是全国性的一级人民团体，是全国统战部的组成单位，各级侨联与同级工会、青年团和妇联等人民团体享有同等待遇。

重庆市以及下辖各区县皆设置有侨联，根据职能设置，重庆市归国华侨联合会是"在市委领导下，在中国侨联和市委统战部的指导下，由归侨侨眷组成的人民团体，是党和政府联系广大归侨侨眷的桥梁和纽带，与市工、青、妇等人民团体享有同等待遇，是市政协的组成单位，是中国侨联的团体会员"。

作为群众团体，侨联显然更加亲民一些，事实上重庆市侨联成立以来，切实起到了沟通和联络归侨感情、维护归侨权益的功能。而这些也让归侨们觉得侨联更加的亲切。伍名苏提到重庆侨联组织的一些活动的时候说："近年来重庆市侨联、南岸区侨联对归侨、侨眷做了许多送温暖的工作。市侨联每年春节都要组织一次'百名老归侨回娘家'的活动，让大家见面，畅叙友情，观看文艺节目。会上，重庆市华商会基金会给经济困难的归侨、侨眷发送红包，充分显示了新归侨关爱老归侨的亲情。南岸区侨联也经常组织归侨、侨眷在市内参观，并组织各种讲座，以增进他们的知识，让他们更健康地生活。去年春节，区政府还给30位归侨、侨眷发放了300元红包，这是我这辈子首次领到政府发的红包。多年来由致公党或市、区侨联组织的参观学习活动不计其数，我记得路途较远的有成都青城山、都江堰、广安邓小平故里；市内有民主党派展览馆、红岩村、黄山抗战纪念馆、陈独秀旧居、聂荣臻元帅陈列馆等，充分体现组织和政府对归侨、侨眷的关怀。"

温庆和也提到重庆南岸区侨联的工作，说："我在当南岸区侨联主席时，归侨只有11个，侨联工作是包括归侨和侨眷的，主要是为归侨、侨眷服务。当时最麻烦的就是侨眷工作，只要有亲戚在国外就是侨眷，归侨人数少。现在这11个已经去世了1个了，只剩下10个了。当时侨联必须由归侨当主席，现在市侨联每年有一次聚会，已经有四五年了，南岸区的侨联活动要多一些。过年送一些油、米啊，南岸区侨联办公地交通不方便，我们现在四千米的那个社区小区里聚会。活动还是归侨、侨眷一起活动。现在国家每年给老归侨补助五百块，1978年以前归国的都算老归侨。"

越南归侨杨志平跟我们讲了一个有趣的小故事，他说："侨联对我们来讲确实是大事小事都能帮的。2003年我在湖北的老家，我爹妈有房屋被别人给占了，结果我跑到湖北去了，找到湖北的侨联，湖北的侨联出面，给我来调理这个事，打赢了，地基给要回来了，侨联对我们工作的支持确实是很实在的，不管是哪个地方。"

另外，和侨联的职能有关联的是中国致公党，中国致公党成立于1925年10月，是由美洲华侨社团发展而来的，它的成立宗旨就是维护华侨的正当权益，关注民族和国家的富强。现在的中国致公党是执政党中国共产党认可的开展合法活动的八个民主党派之一，是中华人民共和国的参政党。现在的致公党党员主要以归侨和侨眷为主，成员大约四万人。

重庆致公党从1983年开始发展组织活动，到2009年底的时候全市大约有党员720人。中国致公党重庆市委员会负责致公党在重庆的组织活动，"在致公党中央和中共重庆市委领导下，团结广大致公党员，致力为公，参政兴国，努力加强自身建设，搞好政治交接，提高党员的政治思想素质，认真履行参政党职能，深入开展调查研究，就重庆市的改革开放和建设事业，就归侨、侨眷和海外联谊工作，提出了许多建议和意见，得到了有关部门的充分肯定。"

现在重庆的归侨中有很多是致公党党员，伍名苏就说："我于1987年在重庆加入中国致公党。致公党是由归侨、侨眷及有海外关系的中、上层人员组成的参政党。我党一向自觉接受中国共产党的领导，具有爱国爱乡的优良传统，其成员利用海外华侨华人有广泛联系的优势，团结他们为祖国建设和统一大业做出了重大的贡献。参加致公党后，我一向积极参与党组织的活动。因此我被评为致公党重庆市委2005年度优秀党员，获得本党市委颁发的荣誉证书。"另外伍名苏还提道："致公党成员过组织生活既严肃认真又宽松活跃，每逢中国共产党下达重要文件，都要进行传达，认真学习，大家在会上畅所欲言，气氛轻松愉快，党员之间团结友爱，互相关心。有一次我动过手术在家休息，致公党南岸区委主委时玫、副主委石劲来我家探望，我倍感温暖。"

邓海东也是中国致公党党员，积极参与致公党的组织活动，为归侨和侨眷事业贡献自己的力量。另外印尼归侨曾德俊也是中国致公党党员，他说："我一个就是致公党，一个就是侨联，过年过节的时候侨联会有接触，社会关系比较简单。侨联的工作，对我们的关心还是不错，一年有两次活动，过年过节，还有生日这些，逢五逢十还要给我们祝寿，大概有几百块钱，所以侨联对我们还是很关心。"

很多归侨都谈到侨联的温暖，确实侨联就像是一个大家庭一样，让归侨们切实感受到关爱。总而言之，无论是侨联还是中国致公党，在维系归侨和侨眷的感情，以及维护归侨和侨眷权益等方面一直在发挥非常重要的作用。

二、"侨办"与归侨的国家认同

"侨办"是"侨务办公室"的简称，是侨务工作的领导机构。在我国从国务院到省（自治区、直辖市）、市、县各级人民政府都设有侨务办公室，根据《中华人民共和国归侨侨眷权益保护法》第四条的规定，县级以上各级人民政府及其负责侨务工作的机构，组织协调有关部门做好保护归侨、侨眷的合法权益的工作。其中中华人民共和国国务院侨务办公室主要负责拟订侨务工作政策和规划，起草相关法律法规草案并督促检查贯彻落实情况等。

在国务院侨务办公室成立之前，具体负责侨务工作的是中华人民共和国中央人民政府华侨事务委员会。1949年10月22日，中华人民共和国刚刚成立，中央人民政府委员会根据《中华人民共和国中央人民政府组织法》第18条的规定，在政务院直接领导下，设立中华人民共和国中央人民政府华侨事务委员会，任命何香凝女士为中央人民政府华侨事务委员会主任委员。这是中华人民共和国成立后设立的首届侨务工作机构。1954年改称中华人民共和国华侨事务委员会，简称"中侨委"。"中侨委"以"保护华侨的正当权利和利益""管理华侨事务"为基本职责，协助党中央、国务院研究制定了一系列侨务工作的方针、政策，并做了大量的为侨服务工作。虽然后来撤销，但"中侨委"这个名称在归侨们心中留下了极为深刻的印象。

后来定居重庆的新加坡归侨伍名苏曾经在"中侨委"工作，他回忆起当时工作的细节时说："1954年，我调回北京中央侨委会工作。在中央侨委工

第五章　归侨的社会适应与本土化

作期间，全国侨务扩大会议曾在中南海大礼堂举行，作为大会工作人员，我曾多次进出中南海。作为《侨务报》记者，我曾在北京举行的第十六届奥运会选拔赛的现场进行采访。并且出席过全国文艺汇演的场馆观看演出。我还先后到天津等地采访过一些知名华侨，撰写了一些文章在《侨务报》上发表。"

伍名苏还提到在北京的"中侨委"时常会有各种各样的联谊活动："在北京工作期间，我有幸见过不少党和国家领导人，有刘少奇和周总理，在青训班学习期间，当时党中央统战部部长李维汉、副部长童小鹏等都给我们做过报告。我多次聆听中央侨委主任廖承志的报告，廖夫人经普椿曾领我看过民革中央领导何香凝。20世纪50年代著名羽毛球运动员陈福寿曾到中侨委参观，我和同事搭档，在中侨委礼堂和陈福寿打了一场二对一的表演比赛，观众集聚一堂，笑声不断，至今难忘。"

除了在组织架构中设置专门的侨办领导侨务工作，中华人民共和国还有专门的法律，以保护归侨的权利。中华人民共和国在成立之初就制定法律明确应当保护华侨的正当权益。1949年9月29日有着临时宪法性质的《中国人民政治协商会议共同纲领》颁布，其中第五十八条明确规定："中华人民共和国中央人民政府应尽力保护国外华侨的正当权益。"1954年中华人民共和国宪法颁布，再次明确规定："中华人民共和国保护国外华侨正当的权利和利益。"其中第二条明确规定："归侨是指回国定居的华侨。华侨是指定居在国外的中国公民。"另外还对侨眷的身份做出了规定："侨眷是指华侨、归侨在国内的眷属。本法所称侨眷包括：华侨、归侨的配偶，父母，子女及其配偶，兄弟姐妹，祖父母、外祖父母，孙子女、外孙子女，以及同华侨、归侨有长期扶养关系的其他亲属。"而《中华全国归国华侨联合会章程》总则里就明确指出："归侨、侨眷和海外侨胞为中华民族的进步和昌盛做出了巨大贡献，是建设中国特色社会主义、实现中华民族伟大复兴的一支重要力量。"

重庆市人民政府现在设置有"外事侨务办公室"，也就是市外侨办，其主要职责除了"贯彻执行外事、侨务、港澳工作法律、法规、规章和方针政策以及市委、市政府关于外事、侨务、港澳工作的指示、决定，并负责监督检查"之外，还包括"负责我市外事、侨务、港澳工作的统筹、规划、协调和管理；处理涉外、涉侨和港澳事务"等。也就是说，作为政府机关，市外侨办主要负责领导工作，也协调归侨群体之间的关系。

我们在采访老归侨的过程中，恰逢中国共产党第十九次全国代表大会胜利召开，老归侨们愈发振奋。越南归侨林毅说："当了两届区政协委员，侨联的活动我当时都参加的，那时候我们回来的华侨也比较多，当时就是他们有人动员我参加致公党，但我没有去，我要加入中国共产党。"他也明确说自己为什么要执意加入中国共产党："我一直都希望自己的国家强盛起来，因为以前我们在国外就很深地感受到因为中国比较穷，我们要受到外国人的欺负，被别人看不起。所以我一直想贡献自己的力量把国家建设好，尽自己的一部分努力，这是我的愿望，也是我一直要加入中国共产党的原因。但是我一直确信自己应该加入中国共产党，为党更好地工作，一直有这个坚定的信念。原来我们回来的时候国家比较落后，现在看到国家强盛起来了我很高兴。"

结　语

归侨，既是华侨，又是移民，而且是归国的华侨，他们身份多重，文化习俗复杂，既有侨居国的生活文化习俗、又从家庭和其他渠道学习到了一些中华传统文化，也就是说他们的见识很"杂"，回国之后，有一定的不适应。特别是归侨青年，他们有的是生活习惯不适应，有的是语言不通，文化习俗有差异，由于成长的文化和政治环境的差异，他们在思想观念上也有一定差异。

归国侨生，远离父母回国学习，生活上缺人照料，人生地不熟，会有孤独感。正因如此，我们的学校、"单位"、侨联、侨办才想了很多办法，开展了很多活动，让归侨们不感到孤独、不感到被疏远，让他们有归属感，使归侨有了族群认同，完成了社会适应。但在政治认同上，却是要多方的努力，除了学校、"单位"、侨联努力外，还要有侨办相应的政策引导和行政指导管理。政治认同上既要有政策的指导，又要有行政的管理，还要有政治理论的学习和社会的宣传，这是一项更为复杂的工作。

对这些归侨，首要是完成文化和社会的适应。因此，我们的学校，"单位"是最先的执行组织。在这一关搞好了，对于归侨的本土化，就有了很好的基础。

第五章 归侨的社会适应与本土化

关于移民的认同，岳精柱先生曾有过描述："认同，即是地域认同或国家认同，也就是说移民要认同当地为其定居住家之地。这种认同，可以是较大范围的，如中国重庆、四川和美国等，因之移民可在这个大范围内移民。""移民要对移居地的文化有认同感，至少不能排斥当地文化习俗。"① 归侨在文化适应、认同上，根据我们的调查，他们还是很快的。在访谈的归侨中，相当一部分都可用川话交流，而且重庆腔很浓，就更不要说侨二代了。

我们在访谈中，曾设有"你认为你是哪里人的问话"？大多数归侨毫不犹豫地说：就是重庆人。这反映了归侨地域认同。归侨的国家认同是没问题的。他们选择回国就是明证，不但显示了他们的爱国之心，也反映了他们强烈的国家认同感。

关于归侨的本土化问题，《"湖广填川"历史研究》的作者也是本书主编的岳精柱先生认为："本土化，是移民在形式上成了当地人，之所以这样说，是任何移民，都不是完全同化于当地，或称之为土著化，他们或多或少都会保留自己的一些特征，特别是文化，只不过他们认同了其他族群（包括土著）及其文化等。"② 按照此观念，广大的归侨，仍会有一些文化差异的存在。如经侨联的作用，唤醒了他们是"归国华侨"的身份，这一族群的观念，虽在以前，因政治原因，使他们不敢标榜自己"归国华侨"的身份。有个别归侨，在我们与之联系时，听说要采访他，而且是作为归侨而被采访，立刻警惕了起来，有不情愿之意，有个别归侨还向侨联核实，以避免被"骗"或担心当年的政治影响。他们族群身份的"唤醒"，使他们有了一种优越感，也敢于在世人面前亮明他们的"身份"了。

本文指的国家认同，不但是指认同中国这个民族国家概念，还包括认同"中华人民共和国"及社会主义政权，从这一点看，又带有政治认同要素。

在学校、"单位"、侨联、侨办的辛勤努力工作下，通过归侨的个人努力，他们适应了当地，认同了当地，成了当地人，他们完成了本土化。

---

① 岳精柱：《"湖广填川"历史研究》，重庆：重庆出版社，2014年，第180页。
② 岳精柱：《"湖广填川"历史研究》，重庆：重庆出版社，2014年，第182页。

参考文献

[1] 重庆市渝中区人民政府地方志编纂委员会.重庆市市中区志,第二十六篇,人物[M].重庆:重庆出版社,1997.

[2] 四川省长寿县地方志编纂委员会.长寿县志,第三十三篇,人物[M].成都:四川人民出版社,1997.

[3] 四川省巴县志编纂委员会.巴县志,第六篇,人物[M].重庆:重庆出版社,1994.

[4] 重庆市渝北区地方志编纂委员会.江北县志·人物[M].重庆:重庆出版社1996.

[5] 江津县志编辑委员会.江津县志·人物志[M].成都:四川科学技术出版社,1995.

[6] 忠县志编纂委员会.忠县志,第二十二篇,人物[M].成都:四川辞书出版社,1994.

[7] 四川省永川县志编修委员会.永川县志·人物[M].成都:四川人民出版社,1997.

[8] 四川省潼南县志编纂委员会.潼南县志,二十七,人物[M].成都:四川人民出版社,1993.

[9] 重庆市荣昌县志编修委员会.荣昌县志·人物[M].成都:四川人民出版社,2000.

[10] 四川省合川县地方志编纂委员会.合川县志,第六卷,人物[M].成都:四川人民出版社,1995.

[11] 四川省垫江县志编纂委员会.垫江县志,第二十三篇[M].成都:四川人民出版社,1993.

[12] 四川省璧山县志编纂委员会.璧山县志,第二十一篇,人物[M].成都:四川人民出版社,1996.

[13] 大足县县志编修委员会.大足县志,第四篇,人物[M].北京:方志出版社,1996.

[14] 四川省綦江县志编纂委员会.綦江县志,第二十四篇,人物[M].成都:西南交通大学出版社,1991.

[15] 四川省武隆县志编纂委员会.武隆县志,第三十篇,人物[M].四川人民出版社,1994.

[16] 彭水县志编纂委员会.彭水县志,第六编,人物[M].四川人民出版社,1998.

[17] 梁平县地方志编纂委员会.梁平县志,第二十九卷,人物[M].北京:方志出版社,1995.

[18] 万县志编纂委员会.万县志,第三十篇,人物[M].成都:四川辞书出版社,1995.

[19] 云阳县志编纂委员会.云阳县志,第三十二篇,人物[M].成都:四川人民出版社,1999.

[20] 四川省南川县志编纂委员会.南川县志·人物[M].成都:四川人民出版社,1991.

[21] 四川省奉节县志编纂委员会.奉节县志,卷三十六,人物[M].北京:方志出版社,1995.

[22] 巫山县志编委会.巫山县志,卷三十三,人物[M].成都:四川人民出版社,1991.

[23] 四川省城口县志编纂委员会.城口县志,卷二十九,人物[M].成都:四川人民出版社,1995.

[24] 四川省丰都县地方志编纂委员会.丰都县志,第二十八篇,人物[M].成都:四川科学技术出版社,1991.

[25] 巫溪县志编纂委员会.巫溪县志,第三十卷,人物[M].成都:四川辞书出版社,1993.

[26] 四川省地方志编纂委员会.四川省志·轻工业志[M].成都:四川辞书出版社,1993.

[27] 四川省地方志编纂委员会.四川省志·纺织工业志[M].成都:四川辞书出版社,1995.

[28] 张学君,张莉红.四川近代工业史[M].成都:四川人民出版社

1990.

[29] 卢海云，权好胜主编.归侨侨眷概述[M].北京：中国华侨出版社，2001.

[30] 重庆市渝中区政协文史资料委员会.重庆渝中区文史资料，第14辑[M].2004年12月.

[31] 政协重庆市委员会文史资料研究委员会.重庆文史资料选辑，第十三辑[M].1981年12月.

[32] 政协重庆市委员会文史资料委员会.重庆文史资料，第三十三辑[M].重庆：西南师范大学出版社，1990.

[33] 重庆市渝中区政协文史资料委员会，重庆市渝中区金融工作办公室.重庆渝中区文史资料，第十八辑，"渝中金融史话"专辑，2008.

[34] 淳于淼泠，潘丽霞.重庆留学史研究[M].北京：中国社会科学出版社，2014.

[35] 郭郎溪主编.新修铜梁县志。铜梁县地方志办公室印，1992.

[36] 四川省黔江土家族苗族自治县志编纂委员会.黔江县志，第五十二章，传记[M].北京：中国社会出版社，1994.

[37] 石柱土家族自治县地方志编纂委员会.石柱县志，第十八篇，人物[M].重庆：西南师范大学出版社，2013.

[38] 秀山土家族苗族自治县县志编纂委员会.秀山县志，第二十七篇，人物[M].北京：中华书局，2001.

[39]《酉阳县志》编纂委员会.酉阳县志，第二十八篇，人物[M].重庆：重庆出版社，2002.

[40] 重庆市地方志编纂委员会.重庆市志，第十卷，教育志[M].重庆：西南师范大学出版社，2005.

[41] 岳精柱.《"湖广填川"历史研究》[M].重庆：重庆出版社，2014.

[42] 周勇.《重庆通史》[M].重庆：重庆出版社，2002.

[43] 陈嘉庚.《南侨回忆录》[M].上海：上海三联书店出版，2014.

[44] 全国政协文史资料研究委员会华侨组.《峥嵘岁月——华侨青年回国参加抗战纪实》[M].北京：中国文史出版社，1988.

[45] 四川省归国华侨联合会.四川省华侨华人学会.《华侨华人研究文集》[M].成都：成都科技大学出版社，1992.

[46] 郑山玉.《华侨华人历史研究文集》[M].北京：光明日报出版社，2004.

[47] 谈石城.《中华侨杰列传》[M].北京：海洋出版社，1991.

[48] 祝秀侠主编.《华侨革命史》[M].台湾：正中书局，1981.

[49] 林少川.《烽火赤子心 滇缅公路上的南侨机工》[M].北京：新华出版社，2015.

[50] 蔡仁龙、郭梁主编.《华侨抗日救国史料选辑》，闽出管刊（内）字第 002 号.

[51] 四川省归国华侨联合会、四川省华侨华人学会编.《华侨华人研究文集》第一辑 [M].成都：成都科技大学出版社，1993.

[52] 任贵祥.《海外华侨与祖国抗日战争》，《抗日战争与中华民族复兴》丛书 [M].北京：团结出版社，2015.

[53] 谭松.《血火与堡垒——重庆大轰炸采访录》[M].广州：暨南大学出版社，2015.

[54] 中国人民政治协商会议 四川省重庆市委员会文史资料研究委员会.《重庆抗战纪事》[M].重庆：重庆出版社，1991.

[55] 唐学锋.《中国空军抗战史》[M].成都：四川大学出版社，2000.

[56] 谭刚.《抗战时期大后方交通与西部经济开发》[M].北京：中国社会科学出版社，2013.

[57] 中共中央党史研究室科研管理部、中共重庆市委党史研究室、重庆红岩革命纪念馆.《千秋红岩——中共中央南方局历史图集》[M].重庆：重庆出版社，2004.

[58] 重庆中国三峡博物馆.《抗战岁月——二战时期的重庆》[M].北京：九州出版社，2014.

[59] 王明湘主编.《中共中央南方局和八路军驻重庆办事处》[M].重庆：重庆出版社，1995.

附　录

附录一　清末民初（抗战前）重庆归侨表

重庆归侨表（抗战前）							
实业（21人，包括日16、美1、法2、德1、比1、英1）①							
姓名	籍贯	留学时间	留学地	企业/学校名称或主要事迹	地点	创立时间	基本情况
卢干臣邓徽绩（云笠）	?/奉节		日本	森昌正火柴厂聚昌火柴厂	王家沱大溪沟	1890	1889年在日本设森昌泰火柴厂，1890年从日本迁回更名
卢干臣邓徽绩	?/奉节		日本	同德火柴厂	重庆	1900	黄龙章参与合办
邓徽绩邓孝可	奉节		日本	宝华煤矿公司	奉节	1907	父子合办
冉隆泽冉君谷（父子）	江津	冉君谷1904—1907	日本	建馨工厂	江津福寿场	1904	该厂佣工223人。我国西部第一家罐头厂，主要生产罐头、果酒
冉羲（曦）之冉君毅	江津		日本	南纪门罐头厂	渝中南纪门	1905	1905年，留日学生冉曦之和冉君毅购回日本手工制罐设备
余德仁			日本	振亚罐头厂	渝中临江门	1905	
曾钟循	四川内江		日本	广利实业有限公司	重庆兜子背	1925	业务包括洗衣皂、香皂、化妆品等

① 各国留学人数，包括1人在两国留学，采分头计，故与实际总人数有差异。

续表

重庆归侨表（抗战前）							
姓名	籍贯	留学时间	留学地	企业/学校名称或主要事迹	地点	创立时间	基本情况
张森楷 ?—1927	合川	1903	日本考察学习	四川蚕桑公社/四川民立实业中学堂/四川第一经纬丝厂	合川	1900/1905/1908	曾参加保路运动，任川汉铁路公司成都局总理，1925年，成都大学成立，受聘任国史教授。主要著作有《史记新校注》《通史人表》《二十四史校勘记》《华夏史要》《历代舆地沿革表》《形胜险要图》《四川历代地理沿革表》《四川历代职官沿革表》等。民国初年主修《合川县志》，一生著作27种，共1134卷。主要种桑养蚕制丝
白汉周		1902	带工匠到日本考察学习	昌华公司	巴县	1903	1907年更名振华公司，生产毛葛巾、蚕丝
吴铸九	忠州		日本			20世纪初	造纸
邓起人			法国	蜀益烟草股份有限公司	陕西路	1937	与曾俊臣合办，生产卷烟
曹麟书（钟澍）1885—1951	江津	?—1909	日本早稻田大学	经营实业、兴办学校	江津		同盟会会员。从事反清活动。曾任广汉、崇宁知事。后在家乡经营实业，支持教育
沈士灵（麟）1899—1975	忠县	1918—1927	法国比利时	大道中学/义大煤矿/重庆兴国矿业公司	忠县/隆昌	?/1937/1941	先后任四川省武器修理总工程师，兴国矿业公司总经理，其业务包括采煤、炼油、机制砖瓦、造纸、机器等7大工矿

续表

重庆归侨表（抗战前）							
姓名	籍贯	留学时间	留学地	企业/学校名称或主要事迹	地点	创立时间	基本情况
康心如（宝恕）1890—1969	陕西城固	1911	日本早稻田大学政治经济专科	四川美丰银行	重庆	1922	与邓芝如，美国人合办。从1922年开业到1950年关门，康心如经营美丰二十八年
范旭东（源让）1884—1945	湖南湘阴	1901—1910	日本京都帝国大学化学系	永利铁厂	重庆	1938	抗战期间，范旭东继续在大后方创办实业。1943年研究开发成功了联合制碱新工艺
高巍（玉岗）1889—1948	江津		日本东京农业大学	西山煤矿（永川）、兴办农场			曾两次任四川农学院院长，曾任四川省参议员、四川省农会理事长、西昌技术专科学校校长等职
曾伯康（祥熙）1893—1979	永川	?—1922	东京高等工业学校纺织科学习，日本钟渊纺织公司东京隅田川工厂实习				钟渊纺织公司上海公大一厂、申新六厂、天津诚孚信托公司恒源纺织厂经理、北洋纺织厂经理，筹建监管重庆植华、初阳两纺织公司
刁培然1903—?	江津	1930—1934	美国哈佛大学、伊利诺伊大学/英国伦敦大学				曾任中央银行重庆分行副理、重庆财政局局长、四川农业公司经理、中央银行副局长、局长等
胡汝航（国樑）1883—1944	璧山		日本明治大学法律	在重庆办律师事务所/参与创办美丰银行，任董事/合办渝成汽车公司/三峡中学	重庆/重庆/重庆/北碚澄江	?/1921/?/1942	同盟会会员。曾任南京孙中山总统府司法部秘书长、商业部次长，重庆高等法院监督推事，重庆孤儿院董事等

附 录

续表

重庆归侨表（抗战前）							
姓名	籍贯	留学时间	留学地	企业/学校名称或主要事迹	地点	创立时间	基本情况
傅德辉 1898—1976	长寿	1923—1931	德国柏林大学	民生公司水泥厂	南岸玛瑙溪	1937	
邓孝可（守元）	奉节	1903—1907	日本	创办夔府宝华煤矿公司（官办）任经理	夔州		统买统销夔州府属各煤窑的煤炭。先后任四川省咨议局文牍部主事，川汉铁路股东代表大会法部主事，《蜀报》主编，四川保路同志会文牍部部长，创刊《保路同志会报告》，任主笔等
革命兼实业（20人，包括日20、美1）							
姓名	籍贯	留学时间	留学地	企业/学校名称或主要事迹	地点	创立时间	基本情况
何鹿嵩 1883—1970	江津	1903—1906	日本东京岩城玻璃厂	鹿嵩玻璃厂/江北海底沟仁记煤矿	重庆刘家台/江北	1906/？	同盟会会员。其产品在1911年巴拿马世界博览会获一等奖。与刘庆咸合办煤厂。先后七次赴日本聘工购料学习。鹿嵩玻璃厂业务包括机器制造玻璃及玻璃制品等。因从事革命活动，生意受到很大影响
陈崇功	重庆	？—1905	日本	公强会 富川纸厂	重庆南岸	1903 1908	同盟会会员。与杨庶堪、朱必谦、童宪章、朱蕴章、朱之洪等合创，宣传资产阶级革命。辛亥革命重庆起义后任重庆蜀军政府交通部副部长

续表

重庆归侨表（抗战前）							
姓名	籍贯	留学时间	留学地	企业/学校名称或主要事迹	地点	创立时间	基本情况
余际唐（蕴兰）1888—1964	荣昌	1903—1911	日本海军水雷学校、炮术学校、工机学校	石燕、德兴、德蕴、德瑞、复兴等煤矿，入股民生公司、重庆电力公司等	隆昌、荣昌、永川、大足、重庆	1927年始	兴中会会员、同盟会会员。参加辛亥革命上海起义，任都督府军务。随后到南京，任江苏都督程德全的海军司长。参加二次革命，任四川讨袁军川江水师司令。护国运动期间，任护国军川军军需处长兼参谋长，进军四川，任重庆镇守使署参谋长。靖国之役，任四川靖国军总司令部参谋长兼挺进军司令。之后任四川江防军司令兼重庆镇守使，四川讨贼军第六师师长、代军长等职。国民政府军事参议院少将参议、第四届国民参政会参政员，重庆市参议会参议
杨尚荃（剑秋）1888—1937	潼南	1904—1913	日本中央大学经济系	利江轮船公司		1924	同盟会会员。参加护国运动，任讨袁军团长；护法运动，任四川靖国军川北总司令部游击司令等
石青阳1878—1935	巴县	1905—1907	日本长町蚕桑学校	蜀眉丝厂	巴县界石	1908	同盟会会员，陆军中将，第二次护法运动，就任川东边防军总司令，曾任蒙藏委员会委员长。重庆最早引进蒸汽缫丝机。

附　录

续表

重庆归侨表（抗战前）							
姓名	籍贯	留学时间	留学地	企业/学校名称或主要事迹	地点	创立时间	基本情况
舒品轩（兴谓）	长寿	1906	日本	创办商业学校，任校长/成都启明电灯公司经理	重庆机房街/成都	1912	同盟会会员。参加辛亥革命重庆起义
杨希仲 1882—1924	巴县	1908—1910/1910—1913	日本/美国芝加哥大学工商管理	聚兴诚银行/聚兴诚外国贸易部/聚兴诚航运部/重庆留法勤工俭学预备学校	渝中打铜街	1915/1918/?/1919	与其父杨文光、弟杨粲三合作。与汪云松、温少鹤、曾吉芝等一起创办留法勤工俭学预备学校。航运部，解决内河航运问题
夏江秋	綦江	1908—1911 1915—1919	日本 日本	綦江铁厂 綦江农场 谦虞铁矿采冶合资股份有限公司	綦江	? ? 1935	同盟会会员。1911年参加黄花岗起义。曾任铜元局工务科科长兼技师、川东边防总部军械处长、重庆市甲等工业学校教师、綦江建设局长等
朱必谦（蕴章）1876—1966	巴县	1901—1902	日本学习警务	广益书局/朋友轮船公司/厚记兴业公司/永和铁厂/福华煤矿公司	渝中都邮街/重庆/重庆/永川/?	1918年后/抗战前后	同盟会会员。皆与友人合办。广益书局创办于1918年后。曾任巴县中学校长，1903年与杨庶堪、童宪章、陈崇功、朱之洪等合创公强会，宣传资产阶级革命思想
胡景伊 1878—1950	巴县	1900—1904	日本陆军士官学校	四川军官学校		1915	曾任云南陆军讲武堂第一任总办，四川护理都督、陆军中将、四川省民政厅长
杨廷溥	潼南	1907—1908	日本陆军士官学校	学习步兵			曾任北洋政府陆军部次长，国民政府驻日大使馆武官

续表

重庆归侨表（抗战前）							
姓名	籍贯	留学时间	留学地	企业/学校名称或主要事迹	地点	创立时间	基本情况
丁慕韩？ —1953	江津	1907—1908	日本陆军士官学校	学习步兵			同盟会会员。北洋政府陆军中将。1912年6月，丁慕韩随行西征，不到三月平息了藏军叛乱，维护了国家领土完整。之后，上书民国北京政府《丁慕韩藏事条陈》
邓翔华	重庆府	1908—1909	日本陆军士官学校	学习炮兵			1912年任南京临时政府第三师炮兵团长。1928年任安国军大元帅府军政署陆军军务司长
王陵基（方舟）1883—1967	四川乐山		日本东斌学校	重庆保安团务学校和重庆军官学校，兼任两校副校长	重庆		川军第21师先遣支队长兼川东宣抚使、陆军第15师师长兼重庆镇守使、川军第三师师长兼江巴卫戍司令等职，以保安团为基础组成第30集团军出川抗战，曾任江西、四川省主席
李稣阳1876—1931	巴县	1904—？	日本早稻田大学	川江轮船公司、重庆自来水公司			同盟会会员，与其父李耀庭合办。曾任蜀军政府监司
李湛阳1872—1920	巴县	1904—？	日本学习警务	烛川电灯公司		1908	同盟会会员，辛亥革命重庆起义后任重庆蜀军政府财政部部长
黄大暹1883—1917	永川	1899	日本东京帝国大学	久大精盐公司		1914	辛亥革命烈士

附 录

续表

重庆归侨表（抗战前）							
姓名	籍贯	留学时间	留学地	企业/学校名称或主要事迹	地点	创立时间	基本情况
郑东琴（贤书）1882—1965	永川	1904—1906	日本	民生公司		1925	同盟会会员。民生公司股东、董事长。曾任资州知州。嗣后曾任彰明县、大邑县征收局局长，重庆警察厅厅长，合川、涪陵、岳池、广安、南充、巴县等县知事
龚农瞻 1883—1957	江津	1905—1909	日本明治大学法科	农工银行/合众轮船公司	江津	1932/抗战时期	同盟会会员，贵州秘密联络负责人，曾任贵州省高等审判厅民庭庭长、川西道尹、四川民政司司长等
文勃斋（化兴）1881—1945	万县	1908—1909	日本早稻田大学蚕桑	缫丝作坊/天碧丝厂 万县甲种农业学校 川路轮船公司（官费） 万县女子职业学校、万县女子中学、溥益煤炭公司、私立文光中学	万县	?/?/1914/1924/1924/?/1938	同盟会会员。与彭云友合办天碧丝厂，与吴瀛波办学校、曾参加反袁斗争资助朱德、刘伯承等进行革命。任女子中学和文光中学校长。曾任杨森部参谋，曾当选为县参议员，石马乡乡长
军事（11人，包括日10、法1）							
姓名	籍贯	留学时间	留学地	企业/学校名称或主要事迹	地点	创立时间	基本情况
唐虎周（思达）	永川	1901—	日本学习军事				同盟会会员。参加辛亥革命成都起义。曾任四川陆军营长。参加反袁护国运动，失败被杀

续表

重庆归侨表（抗战前）							
姓名	籍贯	留学时间	留学地	企业/学校名称或主要事迹	地点	创立时间	基本情况
高亚衡 1879—1949	涪陵	1903—1907	日本	巡警教练所	涪陵	1907	领导参加辛亥革命，任涪陵军政府第一任司令，曾任四川省警察厅厅长，护国军援陕第二路军秘书长等职
李天钧（仲达）1889—1913	璧山	1905—1908	日本东斌学校、陆军士官学校				同盟会会员。曾任藩司提督龙济光衙门营管带，粤东南诏北伐队统领，川军第五师随营学校教官、营长。参加二次革命
刘鸿钧	巫溪	光绪年间	日本农业大学				拥护辛亥革命，参加护法运动，任县团务副局长
唐阳春 1884—1974	四川乐至	1910—1911	日本北海海军学校	唐阳春诊所	重庆	1931	曾任重庆卫生局中医审查委员会委员、中医考试筹备委员会委员
张冲（亚光）1887—1937	万县	?—1911	日本海军学校				同盟会会员。曾任沪军都督陈其美部海军陆战队队长，蜀军营长、军械处处长，参加反袁斗争，四川督军署副官长兼警卫团长，第二混成旅旅长。后在陈济棠、李宗仁部任职，官至中将
傅克军（金寿）1906—1988	长寿	?—1928	日本陆军士官学校				黄埔军校工兵大队大队长、工兵营长、主任教官，南京土木训练班教育长。远征军工程兵副指挥、指挥，陆军总部工程兵副司令，兵团副司令、少将。参加云南卢汉起义。后定居美国

续表

重庆归侨表（抗战前）							
姓名	籍贯	留学时间	留学地	企业/学校名称或主要事迹	地点	创立时间	基本情况
李志亲（兴荣）1901—1955	合川	1920—1921 1921—1924 1924—1929	法国勤工俭学、枢米尔工业学校、圣西尔陆军军官学校				先后任职于福建陈铭枢部队参谋、国民政府交通宪兵团（南京军校宪警训练班改编）副团长、江苏海州盐务税警总团营长、两淮盐务税警区区长、两淮抗日游击纵队副司令，大昌矿业股份有限公司总经理、重庆渝鑫钢铁厂协理等职。中华人民共和国成立后任重庆市人民政府委员、第一届市政协常委、市工商联副主任
罗广文 1905—1956	忠县	1925—1929	日本东京高等师范学校、陆军士官学校				曾任黄埔军校教官、国民革命军十八军（军长陈诚）营长、团长等职，抗战前夕，已是少将旅长。参加北伐、淞沪会战、武汉会战、宜昌保卫战等重大战役。任第十五兵团司令，率部起义
黄斌裳	长寿		日本陆军士官学校				抗战时期任第十军炮兵营上校营长，亳州战役被俘，不屈牺牲

续表

重庆归侨表（抗战前）							
姓名	籍贯	留学时间	留学地	企业/学校名称或主要事迹	地点	创立时间	基本情况
杨秉离（有烈）1889—1962	万县		日本陆军士官学校、日本炮兵专门学校				曾任黄埔军校教官，南京炮兵学校教官，蒙藏委员会总务科长，重庆行营少将课长，军政部副部长兼军政干部预习班教育长，抗战期间任军政部驻川军粮局长。战后任西康省驻南京办事处处长，后随刘文辉起义
革命（62人，包括日35、法16、苏23、德1、美1、比2）							
姓名	籍贯	留学时间	留学地	企业/学校名称或主要事迹	地点	创立时间	基本情况
吴玉章（树人）1878—1966	四川荣县	1903—1911	日本成城学校、冈山第六高等学校	长期从事革命活动/创办中法学校四川分校	重庆	1925	同盟会会员、中共党员。历经戊戌变法、辛亥革命、讨袁战争、北伐战争、抗日战争、解放战争、新中国建设而成为跨世纪的革命老人。与杨闇公、冉钧合办中法学校四川分校，任校长
刘云裳（学锦）1888—1949	长寿		日本	涪陵陆军小学堂	涪陵	1912	同盟会江津负责人。参加辛亥革命涪陵起义。支持刘伯承革命。先后任省议会议员、开县县长、涪陵县团练局长、四川江防涪陵船捐局局长、涪陵县公安局局长、涪陵县参议会议长等职

附 录

续表

| \multicolumn{8}{c}{重庆归侨表（抗战前）} |
姓名	籍贯	留学时间	留学地	企业/学校名称或主要事迹	地点	创立时间	基本情况
童宪章 1872—1939	巴县	1903	日本	公强会/留法勤工俭学会重庆分会	重庆	1903/1919.8.28	同盟会会员，与杨庶堪、朱必谦、陈崇功、朱之洪等合创。辛亥革命重庆起义。革命初成，便到成都从事教育。曾任巴县劝学所（教育局）所长，兼任留法勤工俭学会重庆分会副会长
黄墨涵 1883—1955	永川	1902—1910	日本早稻田大学政治经济学	翻译瓦古娜著《财政学》			1912年任共和党总务主任，并在章太炎创办的《大共和日报》任主笔。1912年当选为四川省临时参议会代表、共和党四川支部常务干事、众议院议员、宪法起草委员、中国公学大学部校长。参加过反对袁世凯称帝、张勋复辟及曹锟贿选等斗争。1924年任四川省财政厅厅长。曾任聚兴诚银行总行助理，曾一度代总经理
龙国桢（泽树、龙灵）1877—1961	永川	1904—？	日本东斌学校、日本中央大学				同盟会会员。曾任四川都督府参赞、四川上审院（后改高等审判庭）院正、安徽高等审判庭厅长、贵州高等审判庭庭长、北京司法部参事兼朝阳大学教员、京师监察厅检察长、四川高等法院院长、四川省政府考试委员会主任委员、四川省府铨叙委员会主任等职

续表

重庆归侨表（抗战前）							
姓名	籍贯	留学时间	留学地	企业/学校名称或主要事迹	地点	创立时间	基本情况
夏之时 1887—1950	四川合江	1904—1905	日本东斌学堂学习军事	从事反清革命活动，领导龙泉驿新军起义、推动重庆起义，反袁活动	成都重庆	1911	同盟会会员。任蜀军政府副都督，重庆镇抚府总长。四川护法失败后退出军政界，隐居成都办学。1938年为躲避日军，返回四川合江，研究佛学及文物古玩，曾任合江县佛教分会常务委员、法王寺佛学院院董及合江县银行董事长。1949年中华人民共和国成立后，担任合江县治安委员会委员。1950年，土匪暴乱，受人民政府副县长之命，写信动员匪首夏西夔投诚，10月被错误以"组织策划土匪暴乱"的罪名被枪决
周征褰 1880—1945	铜梁	1904	日本	领导铜梁、大足起义			同盟会会员
李蔚如 1883—1927	涪陵	1904—1905 1906—1908 1913—1915	日本成城学校、东斌学校	弋阳国民师范学校、《涪陵新报》、建立农民协会和农民武装	涪陵		同盟会会员、蜀军政府涪陵地方司令长官、参加"泸顺起义"
王培菁（雅莪） 1884—1913	江津	1902—1908	日本陆军士官学校	同志军南路司令			同盟会会员
金少穆 1885—1914	忠县	1905	日本				同盟会会员，跟随孙中山革命

续表

重庆归侨表（抗战前）							
姓名	籍贯	留学时间	留学地	企业/学校名称或主要事迹	地点	创立时间	基本情况
吴恩洪 1878—1920	忠县	1905	日本东京法政大学	从事革命活动			同盟会会员，辛亥革命在忠县起义，后任万县首任知县，重庆府知府，巴县首任知事等
朱之洪（叔痴）?—1951	巴县	1913—?—	日本	正蒙公塾 公强会 主持修纂《巴县志》	重庆	1889	同盟会会员。重庆保路同志会会长。1903年与杨庶堪、童宪章、朱蕴章、陈崇功等合创公强会。辛亥革命重庆起义后任重庆蜀军政府顾问兼大汉银行总办。倡办重庆大学、成都公学、邹容中学等
李肇甫	巴县	1905—1910	日本明治大学法科	四川省政府委员兼政府秘书长/重庆《国民公报》董事长		1940.11	四川同盟会负责人。中华民国临时政府成员
陈德元（铁峰、赞廷）1877—？	酉阳	1904—1906	日本	蚕桑学校	酉阳龙潭	1906	同盟会会员。毕业归国后，受同盟会四川分会委派，在川东地区秘密发展会员。辛亥革命时期，领导酉阳独立，被推选为五路军之东路军司令，四川省临时议会议员，曾任酉阳县知事，两度任省立五中（今酉阳一中）校长，秀山县教育科长，酉阳县财务委员会会长等职
杨柏舟 1880—1922	秀山	1905—1911	日本振武学堂、陆军士官学校				同盟会会员，参加辛亥革命，贵州首任都督，曾任贵州陆军小学校长，新军教官及讲武堂堂长，中将。参与反袁世凯反张勋复辟帝制

续表

姓名	籍贯	留学时间	留学地	企业/学校名称或主要事迹	地点	创立时间	基本情况
重庆归侨表（抗战前）							
黎怀瑾（子瑜）?—1911	合川	1906—1907	日本	黎氏家学	合川		同盟会会员。教授子弟。承揽川汉铁路宜昌段工程业务，从事革命活动。辛亥革命，组织路工准备在宜昌起义，事泄，被捕牺牲
潘大道 1888—1927	开县	?—1911/1919—1922	日本早稻田大学/美国				同盟会会员，曾任成都法制局局长、四川政务厅厅长、四川代省长。上海法科大学校长
熊晔（晓严）	万县		日本早稻田大学	与潘大道合力策动驻万县清军巡防营管带刘汉卿，于宣统三年（1911）农历十月初五反正。后跟随熊克武，率兵北伐，进驻奉节。积极参与讨袁靖国军			同盟会会员。历任重庆地方检察厅长，成都地方审判庭长，熊克武都督军军法长。中华民国建立后，曾从事教育工作
秦希文 1887—1916	忠县	1905	日本				同盟会会员，跟随黄兴，职业革命家
张树三	重庆	1906	日本	书报社	重庆来龙巷		同盟会会员，重庆袍哥大爷。参加辛亥革命重庆起义
杨庶堪（沧白）1881—1942	巴县	1913—1915	日本	公强会 中国同盟会重庆支部负责人	重庆	1903 1906	同盟会会员。中国近代民主革命家、辛亥革命元勋。与童宪章、朱蕴章、陈崇功、朱之洪等合创公强会。辛亥革命重庆起义后任重庆蜀军政府顾问，曾任四川省省长

附 录

续表

重庆归侨表（抗战前）							
姓名	籍贯	留学时间	留学地	企业/学校名称或主要事迹	地点	创立时间	基本情况
漆南熏 1892—1927	江津	1915—1924	日本京都帝国大学经济学部	《帝国主义铁蹄下的中国》等著述，热情宣传革命	上海	1925	同盟会会员。阐述资本帝国主义本质，揭露列强侵略中国的真相。曾任《新蜀报》主笔、国民党重庆市党部执行委员
秦伯卿（正树）1898—1931	忠县	1914—1920	日本东京明治大学	《忠州旬刊》《甲子旬刊》	忠州/成都		在成都，与同志一起组织"马克思主义研究会"，曾任《万洲日报》社长、红军指挥。1931年被错杀
杨尚麟（衡石）1892—1969	潼南	1917—1919	日本明治大学				中共党员。组织编写《救国日报》，反对袁世凯和日本签订的"二十一条"的卖国条约，担任国民革命军第二十二军党代表，国民党（左派）四川省党部驻武汉代表处秘书
杨闇公（尚述）1898—1927	潼南	1917—1920	日本陆军士官学校	宣传马克思主义，进行革命工作，组织领导泸顺起义			中共党员。四川党团组织主要创建人、大革命运动主要领导人、重庆革命领袖。曾任中共重庆地方执行委员会书记，策划泸顺起义，策应北伐。1927年"三三一"大惨案被捕牺牲
李初梨 1900—1994	江津	1915—1927	日本京都帝国大学文学部				中共党员，在延安，任新华通讯社社长。曾任吉林省委宣传部长、中联部副部长、党委书记。第一、第二届全国人大代表。第四、第五届全国政协常委会委员。中共七大、八大代表

续表

\	\	\	\	重庆归侨表（抗战前）	\	\	\
姓名	籍贯	留学时间	留学地	企业/学校名称或主要事迹	地点	创立时间	基本情况
刘安恭（季良）1899—1929	永川	1918—1924 1927—1929	德国柏林大学电机工程专业/苏联高级步校				中共党员。1927年参加了"八一"南昌起义。曾任红四军第2纵队参谋长、队长，红四军军委书记兼政治部主任
谢承常 1901—1927	巴县	1920—1924 1924—？	法国勤工俭学/苏联莫斯科东方大学				1927年，在北京与李大钊等人一起被军阀张作霖逮捕杀害
赵世炎 1901—1927	酉阳	1920—1923 1923—1924	法国勤工俭学/苏联莫斯科东方大学	毕生从事革命运动。发表70多篇文章			中共创始人。宣传马克思主义、揭露时弊。卓越的马克思主义理论传播者、著名的工人领袖。历任中共北京地委书记、第五届中央委员，江苏省委代书记等职。1927年参加领导了上海工人第三次武装起义
冉钧 1899—1927	江津	1920—1924 1925—1925	法国勤工俭学/苏联莫斯科东方大学	毕生从事革命运动			中共党员，早期优秀党员。参与创办重庆中法大学，协助吴玉章等改组国民党四川临时支委会，开展统战工作，筹建中共重庆地委，在川军开展军运工作

续表

姓名	籍贯	留学时间	留学地	企业/学校名称或主要事迹	地点	创立时间	基本情况
聂荣臻 1899—1992	江津	1919—1922 1922—1924 1924—1925—	法国勤工俭学/比利时沙洛瓦劳动大学化学系/苏联莫斯科东方大学	毕生从事革命运动			中共党员。历任黄埔军校政治教官、中共中央军委特派员、中共湖北省委军委书记、中共广东省委军委书记、红军总政治部副主任、红一军团政委、八路军115师副师长及政委等职
罗振声 字继溥 1900—1939	綦江东溪	1920—1924	法国勤工俭学	1924年进入黄埔军校第二期学习,参加两次东征,曾任国民党黄埔军校特别党部第二届执行委员会组织委员	广东、重庆		中共党员。创作有《国民革命歌》,被定为国民革命军军歌。曾任中共重庆地委委员。在中法大学任教。重庆1927.3.31"三三一"惨案受伤秘回东溪,一边养伤一边从事革命活动。1939.10.18因病逝于家中
钟汝梅 (泽民) 1902—1927	江津	1919—1925 1925—1926	法国勤工俭学/苏联莫斯科东方大学	从事革命工作、工人运动			中共党员。1927年初任中共江苏省委军委委员。参加上海工人第三次武装起义
江克明 (泽民) 1903—1989	江津	1920—1922/1922—1926/1926—1929	法国勤工俭学/比利时沙洛瓦劳动大学机械系/苏联莫斯科中山大学学习、任教				1929年任莫斯科斯大林汽车制造厂产品设计工程师,主任设计师。新疆迪化(今乌鲁木齐市)汽车运输管理局副局长。1941年回到延安,先后任八路军总后勤部军事工业局技术处处长、秘书长、晋察冀边区工矿管理局局长

· 207 ·

续表

重庆归侨表（抗战前）							
姓名	籍贯	留学时间	留学地	企业/学校名称或主要事迹	地点	创立时间	基本情况
杨尚昆 1907—1998	潼南	1926—1931	苏联莫斯科中山大学	伟大的无产阶级革命家、政治家、军事家，坚定的马克思主义者，党、国家、人民军队的卓越领导人			中共党员。曾是中华人民共和国和中国共产党的高级领导人。任中华全国总工会宣传部部长、中共党团书记，中共江苏省委宣传部部长，中共中央宣传部部长。参与组织上海工人运动和抗日救亡运动，红中社主编。中共中央局党校副校长，中国工农红军第一方面军政治部主任，中央军委总政治部副主任，红三军团政委。陕甘支队政治部副主任，西北革命军事委员会总政治部副主任，中国工农红军抗日先锋军总政治部主任，陕北红军大学政治部主任，中央军委总政治部副主任。中共中央北方局副书记、书记。中华人民共和国国家主席，中央军委第一副主席等职

续表

姓名	籍贯	留学时间	留学地	企业/学校名称或主要事迹	地点	创立时间	基本情况
重庆归侨表（抗战前）							
李伯钊（承萱）1911—1985	巴县	1926—1930	苏联莫斯科中山大学	著有歌剧《长征》、话剧《北上》等			戏剧家。杨尚昆的夫人。曾任红军学校政治教员、《红色中华》编辑、高尔基戏剧学校校长、中华苏维埃共和国临时中央政府教育部艺术局局长。参加长征，任延安鲁迅艺术学院编审委员会主任、晋东南鲁迅艺术学校校长，中共中央党校文艺工作研究室主任、中共中央华北局文委委员、华北文联副主任。中华人民共和国成立后，任北京市文联副主席，北京人民艺术剧院院长，中央戏剧学院副院长、顾问，中国戏剧家协会副主席
杨锦云（文蔚、太炳）1885—1926	綦江	1907—？	日本宏文学校	宣传革命，发展同盟会会员，经营铁业	綦江		同盟会会员。举行反清活动，任綦江县都统府都统
杨晴霄	綦江		日本				同盟会会员。杨锦云之弟。参加辛亥革命重庆起义，任蜀军政府中路宣慰使

续表

重庆归侨表（抗战前）							
姓名	籍贯	留学时间	留学地	企业/学校名称或主要事迹	地点	创立时间	基本情况
池佑骞（龙灿、梁矩）1872—1939	綦江		日本				立宪派。省谘议局议员，参加四川保路运动，任其刊物《西顾报》主编，宣传反清。参与领导綦江起义。曾任洪雅县、合川、荣昌、武胜知事或代理知事，綦江县财务局长等
邹进贤（邹游）1899—1930	綦江	1926—1928	苏联莫斯科东方大学	创办青年暑期补习学校，恢复綦江青年学校，增设了初中班，后改为綦江青年中学	綦江	1924	1925年成立社会主义青年团綦江县支部，任支部书记。1926年成立中共綦江县支部，任支部书记，成立国共合作的国民党綦江县党部。1929年6月，国民党第二十八军第七混成旅在遂宁、蓬溪举行武装起义，邹进贤任前敌委员会书记。曾任中共四川省委秘书长
童庸生（童鲁）1899—1932	巴县	1926—1932	苏联莫斯科东方大学和列宁格勒军政学院				重庆早期坚强的共产主义战士，曾任中共重庆地委执行委员

续表

| \multicolumn{8}{c}{重庆归侨表（抗战前）} |
姓名	籍贯	留学时间	留学地	企业/学校名称或主要事迹	地点	创立时间	基本情况
漆克昌 1910—1988	江津	1922—1930	日本东北帝国大学经济科	长期从事革命工作			中共党员。任中共江苏省委组织部，负责联系和指导上海沪西工人运动和群众斗争，参加"反帝大同盟"的工作，八路军前方野战政治部敌工部任科长、副部长、部长等职，军调部中共代表，土改工作团团长，抚顺市委副书记兼市矿总工会主席，中国科学院地学部副主任、中国科学院党组成员等职
帅本立 1900—1928	江津	1919—1924/ 1924—1925	法国勤工俭学/苏联	在川军中从事兵运工作			中共党员。曾任中共四川省委军委书记，回国在上海从事地下革命斗争；1930年前后，在中共四川省军委任秘书；1930年9月，奉命回江津参加"九三"兵变；起义失败后，到重庆，以《西方时报》主笔的身份为掩护，继续从事革命工作。后到酉阳、秀山、黔江、彭水驻扎的穆瀛洲部任政治部主任兼教官，实际是为党从事兵运工作。被刘湘密令杀害
周贡植（文楷）1901—1928	巴县	1920—1924	法国勤工俭学	从事革命工作			中共党员。曾任四川省委组织兼农民部长。中法学校教师

续表

姓名	籍贯	留学时间	留学地	企业/学校名称或主要事迹	地点	创立时间	基本情况
重庆归侨表（抗战前）							
刘伯承 1892—1986	开县	1927—1930	苏联莫斯科高级步兵学校，后转入伏龙芝军事学院				中国共产党的优秀党员，中华人民共和国元帅，中国人民解放军缔造者之一，伟大的无产阶级革命家、军事家、马克思主义军事理论家，军事教育家。辛亥革命时期从军，1926年加入中国共产党。与杨闇公、朱德等发动泸（州）顺（庆）起义。相继参加了北伐战争、八一南昌起义、土地革命战争、长征、抗日战争、解放战争等。中华人民共和国成立后，历任中共中央西南局第二书记，西南军政委员会主席，中国人民解放军军事学院院长兼政委，中央人民政府人民革命军事委员会副主席。1955年被授予元帅军衔
胡大智	巴县	1919—1926/1926—	法国勤工俭学/苏联				中共党员
陈家齐 1900—1931	巴南	1920—1923 1923—1928	法国勤工俭学/苏联				中共党员。红军高级干部，担任豫、鄂、赣军区政委，1931年在第二次反围剿斗争中牺牲

续表

重庆归侨表（抗战前）							
姓名	籍贯	留学时间	留学地	企业/学校名称或主要事迹	地点	创立时间	基本情况
萧湘（秋恕）1871—1940	武隆	1903—1908	日本	发起成立"川汉铁路改进会"。参加《涪陵县续修涪州志》	日本/涪陵	1906/1923年后	与蒲殿俊等一起发起，主张川汉铁路由官办改为商办。受梁启超等立宪派影响较深。曾任法部员外郎、四川谘议局议员、副议长，筹组立宪政党，宣传保路运动，武昌起义后，赴南京代表四川参加17省代表会议，选举孙中山为临时大总统，任江苏军政府都督程德全的顾问，第一届国会众议院议员
王奇岳 1896—1935	綦江	1920—1925 1925—1927	法国勤工俭学/苏联莫斯科东方大学				中共党员。任中共湖北省委宣传部部长、中共顺直省委秘书长等职。1931年夏调任中华全国总工会秘书，协助总工会委员刘少奇工作。1932年冬奉中央指示到赣东北，任闽浙赣省委秘书长。1935年5月在磨盘山与敌奋战中，英勇牺牲
傅汝霖（雨苍）1896—1930	江津	1920—？	法国勤工俭学				中共党员。中央红军工作。一九三〇年在洪湖之役光荣牺牲
戴坤忠 1898—1930	江津	1920—？	法国勤工俭学/苏联莫斯科红军学院				中共党员。回国后，在湖北洪湖地区工作，历任湘鄂西红军大学分校教育长、大队长、红军教导团长、教导师副师长等职。一九三〇年在洪湖之役光荣牺牲

续表

姓名	籍贯	留学时间	留学地	企业/学校名称或主要事迹	地点	创立时间	基本情况
涂介清	长寿		苏联中山大学				红军炮兵团长，1931年在江西反围剿战斗中牺牲
杨重持	长寿		日本东京经纬学校				同盟会员。辛亥革命长寿起义后筹建国民党组织，县第二届议事会议长
涂德芬	长寿		日本东京宏文学院				辛亥革命长寿起义，任起义军参谋长
程道南	长寿		苏联莫斯科东方大学				曾任共产国际远东代表驻海参崴
唐赤英（子文、泽英）1903—1933	大足	1928—1931	苏联高级步兵学校				中共党员。参加南昌起义，曾任红三军代理政治委员，领导改组湘鄂边特委，红三军前委委员，红军中央军事政治学校第二分校校长，红三军参谋长，洪湖警卫师师长，1933年，被王明路线错杀
赵宗麟，笔名柳乃夫（玉书）1910—1939	荣昌	1935	日本考察学习	引擎出版社。主要著作：《日本大陆政策》《中日战争与国际关系》等		1936	中共党员。与钱俊瑞等一起组建引擎出版社，1937.9上海文化界内地服务团，任团长。1939春，任三十八军一七七师部秘书，在平陆县战斗中牺牲。

表（抗战前）重庆归侨

续表

重庆归侨表（抗战前）							
姓名	籍贯	留学时间	留学地	企业/学校名称或主要事迹	地点	创立时间	基本情况
王国梁（英怀）1902—1931	梁平	?—1928	苏联伏龙芝军事学院				在万源，在李家俊领导下组建红军等工作。曾任政治保卫处处长、三支队支队长
周庭辉（文芳、周辉）1906—1933	云阳	1929—1931	法国巴黎大学				中共党员。在上海曾任"三三"剧社社长、党支部书记，中共上海法南区委组织部部长等职。1933年11月被南京宪兵司令部杀害
成胜祚（君锡、社原）1891—1944	奉节		日本早稻田大学				同盟会会员。曾任上海中国公学教师、四川省民政厅厅长，南部县知事、新繁县知事、四川省高等审判庭书记长、厅长，孙中山委任为民二庭庭长。后任律师
李季达（世昌）1900—1927	巫山	1921—1924 1924—1925	法国勤工俭学，梭米耳工业学校机电专业/苏联莫斯科东方大学				中共党员。1925年领导天津纱厂工人大罢工，曾任中共天津地方执行委员会书记，天津总工会负责人，领导工人运动，任临时顺直省委宣传部部长和工人部长兼天津市委书记。1927年被军阀杀害

续表

重庆归侨表（抗战前）							
姓名	籍贯	留学时间	留学地	企业/学校名称或主要事迹	地点	创立时间	基本情况
戴德辅 1903—1977	丰都	1928—1930	苏联莫斯科东方大学				1928年加入中国共产党，1930年回国，脱党返川，在汉口被出卖被捕，坐牢2年。1933年出狱回丰都，先后任记者、督学、小学校长。1939年加入国民党，任县党部执行委员、县政府社会科长、县党部书记长。中华人民共和国成立后曾任县折实公债推销委员会主任、生产教养院院长，丰都中学教师。县各界人民代表大会第五届常委，县政协一至五届委员
教育文化（76人，包括日46、法14、德4、比2、英6、美12、意1、西班牙1）							
姓名	籍贯	留学时间	留学地	企业/学校名称或主要事迹	地点	创立时间	基本情况
黎庶昌（莼斋）1837—1897	贵州遵义	1875—1891	英/法/德/日/西班牙等国使节	川东洋务学堂	重庆	1892	回国后，改任川东兵备道，驻重庆五年，任内，开设川东洋务学堂，为四川最早的官办新式学堂。重视教育和中西经济文化的交流，重视发展实业，帮助地方实业家开办火柴厂，特别是帮助卢干臣等将日本的火柴厂迁到重庆

续表

重庆归侨表（抗战前）							
姓名	籍贯	留学时间	留学地	企业/学校名称或主要事迹	地点	创立时间	基本情况
邓缂仙（鹤丹）1873—1943	江津	1901—1904	日本宏文学院	出任聚奎学堂董事主任，将小学发展到高中	江津	1925	同盟会会员，曾任江津县视学、省中区、中川南区视学、重庆县立联合中学校长、江津教育局局长、万县省立第四师范学校校长、泸县川南联立师范学校校长等
张知竞1870—1940	云阳	1902—1906	日本东京法政大学	组建四川共进会/国民社会党	成都	1907/1911	同盟会会员。进行反清活动。积极参加四川保路运动，参加辛亥革命重庆起义，任蜀军政府司法部副部长。召集哥老会、同志会领袖会商，建立"国民社会党"，任党长。1913年当选国会议员。1917年参见广州"非常国会"，选举孙中山为大元帅，参加护法军政府。曾兼任四川靖国军石青阳等部队的军事代表。国会行政委员。万县捐税统征处处长，云阳民生工厂董事长
刘国襄1857—1949	江津	1902—1904	日本宏文学院	合江新学/江津十全镇两所小学堂	合江/江津	1904/1910	任校长。参与《合江县志》校订、审定
陈宿航（象垣）	黔江	1902	日本宏文学院	黔江县高等小学堂校长			

附录

· 217 ·

续表

\多\多\多\多\多\多\多\多\多\多\多\多\多\多\多重庆归侨表（抗战前）							
姓名	籍贯	留学时间	留学地	企业/学校名称或主要事迹	地点	创立时间	基本情况
刘季刚 1874—1962	江津	1904—1907	日本早稻田大学	新民初级农业职业学校，任校长	江津	1932	同盟会会员，曾任荣经、邛崃、罗江县知事，井研、中江等县长，被称为"草鞋县长"。任志诚商专、江津、合江中学校长
杜香樵（杜芬）1864—1943	永川	1904—	日本宏文学院	永川蚕桑学堂	永川	1909	与袁国潘、晏梓芹等集资合办永川桑蚕学堂，培养新式养蚕技术人才。先后任教于川东师范、永川中学、隆昌中学等，任永川、荣昌劝学所所长，传动联立高级工业职业学校理事等
宋育仁 1857—1931	四川富顺	1894—1895	英/法/意/比四国公使参赞在伦敦	《渝报》	重庆	1897	1896年宋育仁主持商务局
程昌祺（芝轩）1881—1941	黔江	1902	日本宏文师范学校	创办黔江县官立高等小学堂及一批初等小学堂	黔江	1907年起	同盟会会员，曾任教于川东师范学校、华西大学教授、教务长。后出家，法号能观
杨霖		1903	日本弘（宏）文学院	川东师范学堂		1906	与曾吉芝、李梧荪联合创办川东师范学堂，任校长
曾吉芝（纪瑞）1872—1942	巴县	1904—？	日本宏文学院	川东师范学堂/巴县中学堂/重庆留法勤工俭学预备学校		1906/1907/1919	曾任巴县中学、省立第二女子师范学校等校校长。与汪云松、温少鹤、杨希仲等一起创办留法勤工俭学预备学校

附 录

续表

| \multicolumn{8}{c}{重庆归侨表（抗战前）} |
姓名	籍贯	留学时间	留学地	企业/学校名称或主要事迹	地点	创立时间	基本情况
李映冈（梧荪）	璧山	1904	日本宏文学院	川东师范学堂		1906	与曾吉芝、杨霖联合创办
冉君谷（光璧）1872—1949	江津	1904—1907	日本宏文学院	同文石印局/谷士中学	重庆/巴南	?/1927	1927年任江津中学校长
淡谷春?—1916	重庆		日本	中国公学	上海		1905年加入同盟会。职业革命家
钟稚琚1886—1963	永川	1905—9007 1908—1911	日本弘文学院、东京高等师范学校				同盟会员，历任四川高等师范学校（成都）校长，省立第四师范学校（万县）校长，武昌高等师范学校国文史地部主任，四川省教育厅第一科科长，荣昌县知事兼渠县县志总纂，华西大学国文研究所（中文系）教授，南充建华中学和省中教员，四川省立教育学院、国立女子师范学院中文系教授，1950年任西南师范学院汉语言文学系教授

续表

重庆归侨表（抗战前）							
姓名	籍贯	留学时间	留学地	企业/学校名称或主要事迹	地点	创立时间	基本情况
王兆荣（宏实、伯跃）1887—1968	秀山	1907—1918	日本东京第一高等学校、熊本第五高等学校	组织成立"留日学生救国团"，任总干事/《救国日报》/建艺大学/乐昌实业公司	日本/上海/上海/重庆	1918/1920/1934/1941	反对段祺瑞政府与日本签订军事合作卖国协定。回国后，宣传"抗日拒约"活动，创办《救国日报》，任代理主席。1920年后致力于发展教育，先后任北京法政专门学校教务长，安徽省教育厅长，安徽省立法政专门学校校长，在上海与何公敢、郭沫若等一起筹建建艺大学，任校长，国立四川大学校长、南京全国艺术工作咨询处主任，乐昌实业公司总经理。私立成华大学校长，北川大学文商学院院长。中华人民共和国成立后，曾任川北行署参事，四川省参事室副主任等职
贺孝齐（伯仲）1885—1945	永川	?—1911	日本东京高等师范学校	新共和党/负责筹建武昌高等师范学校，任校长		1912/1913	中华民国成立，任四川省议员。曾任四川省教育司次长，日本四川留学生管理员，成都高等师范学校教师、教务长、校长，彭县县长等职
戴正诚1884—1975	江北	1905	日本山口高等商业学校	乐育中学（后改为洛碛中学）	江北	1947	曾任四川盐备调查特派员、财政部金事、上海修改税制委员会委员、中比庚款委员会中国代表团委员、国民政府财政部科长、江北县参议会议长等职

附 录

续表

				重庆归侨表（抗战前）			
姓名	籍贯	留学时间	留学地	企业/学校名称或主要事迹	地点	创立时间	基本情况
龚秉权（春岩）1876—1951	巴县	1904	日本宏文学院	《说文部首集解》著述，著名教育家			曾任川东师范学校校长、重庆大学教授
卢彬	垫江	1904	日本宏文学院	桂溪高等小学堂任堂长			
罗广瀛	忠县	1904	日本宏文学院	一生从事教育和学术研究			四川大学教授。据说其编写的"蚕桑"教材直到20世纪80年代还在四川大学使用
陈光绩（庶咸）1862—1921	忠县	1904	日本	主持修建忠、丰、垫、梁、石五州县联合中学/忠州师范讲习所/高等小学堂	忠州		曾任联合中学堂代理堂长，省《民报》主笔，荣县知事、江防军顾问等职
龚焕辰 1879—1933	江津	1904	日本东京数理院	江津津南金槐文学专修学院	江津		同盟会会员，曾任西藏选区国会议员。《醒华报》主笔，《晨报》主编
肖湘（琦笙）1875—1918	四川荣县	1905—1906	日本宏文学院	参加辛亥革命江津白沙起义			同盟会会员。曾在聚奎中学、江津中学任教。曾任嘉定联中校长、遂宁中学校长
何荣楠	忠县	1906	日本				担任忠州中学堂第一任堂长（又称监督）
王丹九 1874—1951	奉节		日本	筹资成立甲高乡私立贯三小学，任校长，后更名甲高乡中心小学。筹资成立甲高乡私立龙山初级中学，任董事长			兴中会会员、同盟会会员。曾任哈尔滨市审判庭长，四川大学教授，张冲部队军法长，奉节县第一届参议会参议长。创办学校，行医乡里

·221·

续表

重庆归侨表（抗战前）							
姓名	籍贯	留学时间	留学地	企业/学校名称或主要事迹	地点	创立时间	基本情况
成桢（干特）	奉节		日本，学政治法律	参与创办夔州府中学堂，编有《四字儿童启蒙教材》	奉节	1903	同盟会会员。清末举人。曾任奉节县劝学所总董
成赞（仲涛）	奉节		日本，学法律				1912年任忠县知事，后，先后任巫溪县征收局长、巫溪、开县军法承审、云阳司法承审
李友梁（晋斋）	巫山		日本东京法政学校	主编《巫山县志》（光绪十九年）	巫山	1893	清朝辛卯（1891）举人
罗玉熙（少穆）1872—1935	城口	1902—1906	日本宏文学院速成师范科				同盟会会员。回国在北京大学任教。在达县任教，1910年回城口执掌新城书院，后任县教育局局长。辛亥革命爆发，积极响应，组织同志军、保群会，发动抗粮抗捐、罢市罢课斗争。一直在乡从事教育工作
淘仲（钟祥）1885—1950	丰都	?—1918	日本东京帝国大学经济系	私立用宾初级中学	丰都	1939	曾任浙江省民政厅视察员，南京国民政府审计部科员。抗战爆发，随部前往重庆。因家乡没有中学，遂办学一生
漆宗棠1907—1977	江津	1922—1937	日本东京帝国大学	青年艺术家联盟	日本		与漆鲁鱼等人一起组织研讨马克思主义经典。曾任职于上海艺术大学、奔赴抗日前线工作、国际问题研究所。抗战胜利后，先后在上海大夏大学、重庆大学任教。曾任西南师范学院教授

附录

续表

重庆归侨表（抗战前）							
姓名	籍贯	留学时间	留学地	企业/学校名称或主要事迹	地点	创立时间	基本情况
邓胥功 1886—1976	重庆白象街	1907—1915	日本东京高等师范学校	从事高等教育，著有《教育学大纲》《教育通论》			曾任成都高等师范学校教授、代理校长，暨南大学、四川大学、西南师范学院教授等职
张永宽（和笙）1892—1963	合川		法国巴黎大学法学系				曾任四川省派赴欧洲考察教育专员、四川大学、济南大学、中央陆军军官学校、云南大学教授，合川私立濂溪中学校长，重庆大学、北碚相辉学院教授等职
胡次威 1900—1988	万县	?	日本明治大学	主要著作：《中国民法总编》《中国民法总论》《中国民法亲属论》等			曾任四川民政厅厅长，抗战时期积极领导征兵工作。1942年任工程征工处处长，领导在四川速修3个大机场、6个中型机场
马仁庵（骥良）1890—1957	忠县	1909—1911 1912—1918	日本东京物理学院、东京高等师范学校	南宾初级中学，任校长	忠县		同盟会会员，参加武昌起义，曾任印山小学校长、县立中学校长
陈愚生 ?—1923	四川泸州		日本早稻田大学	新文化丛书社新文化印刷社合办《新蜀报》	重庆	1921—?	与鲜英合办《新蜀报》，任社长
段调元（子燮）1890—1969	江津	1913—1920	法国	参加中国第一部数学辞典《算法大辞典》编纂			先后在南京大学、中央大学、清华大学任教，重庆大学教授、理学院院长，西南师范学院数学系教授

续表

重庆归侨表（抗战前）							
姓名	籍贯	留学时间	留学地	企业/学校名称或主要事迹	地点	创立时间	基本情况
孔庆宗（延素）1895—1981	长寿	1919—1931	比利时布鲁塞尔大学博士				1926年任中国驻比利时副领事，先后任教于中央大学、四川大学。曾任国民党政府蒙藏委员会驻藏办事处处长、委员，兼国立边疆学校校长等
张兆（存煜）1903—1970	长寿	1919—1928	法国里昂大学、巴黎大学法学博士				中国驻巴黎领事馆领事、兼国民政府交通部驻巴黎办事处处长、国际联盟交通委员会委员、中央大学教习等
杨芳龄 1894—1960	巴县	1919—1922	英国伯明翰大学	私立广益中学。广益中学办学20余年（1926—1950年）	重庆		1919年杨芳龄任校长后，逐步将一所教会学校转变成私立中学，经过努力，一跃而成为全市的名校，享有"江巴学校之冠"的美誉。参与了重庆大学的创办，担任首届招生主考委员、校董委员、事务长
杨公达（文彬）1907—1972	长寿	1923—1930	法国巴黎大学	创办《时代公论》，任社长	南京		中央大学图书馆主任、教授、法学院院长，立法院立法委员、立法院宪法起草委员会委员、《世界政治》主编，贵州省政府委员兼财政厅厅长等
傅至清	长寿		日本山口高等学校				中国现代话剧启蒙者之一

附 录

续表

| \multicolumn{8}{c|}{重庆归侨表（抗战前）} |
姓名	籍贯	留学时间	留学地	企业/学校名称或主要事迹	地点	创立时间	基本情况
周钦岳 1899—1984	巴县	1919—1922	法国勤工俭学	长期从事新闻工作			中共党员。任《新蜀报》主笔、总编辑、总经理、社长。国民革命军11军26师政治部主任，参加二次北伐
高士栋（子云）1853—1924	彭水	1904—? 1908	日本宏文学院，再度赴日考察				同盟会会员。1908年随中国教育考察团赴日考察。曾任教于川东联合师范学校，郁山镇公立小学校长
沈祖荣（绍期）1883—1977	忠县	1914—?	美国纽约公立图书馆专门学校、哥伦比亚大学	《仿杜威书目十类法》/《中国全国图书馆调查表》		1917/1918	任武昌文华大学图书科教授、文华图书馆专科学校校长。与胡庆生合著《仿杜威书目十类法》为我国第一部现代图书分类学专著
何鲁 1894—1973	四川广安	1911—1919	法国里昂大学	载英中学（原重庆第46中学）	唐家沱	1939.2	先后就职于国立东南大学（今南京大学）、上海中法通惠工商学校、大同大学、第四中山大学、云南大学、重庆大学，任教授、教务长，重庆大学院长、校长，北京师范大学教授。为发展中国现代高等数学教育立下了汗马功劳，是将现代数学引入中国的先驱之一。主要著作有收入"算学丛书"的《行列式详论》《虚数详论》《二次方程式详论》《初等代数倚数变迹》以及《变分法》《微分学》等

续表

重庆归侨表（抗战前）							
姓名	籍贯	留学时间	留学地	企业/学校名称或主要事迹	地点	创立时间	基本情况
李亚农（旦丘）1906—1962	江津	1916—1933	日本东京第三高等学校、京都帝国大学	《铁云藏龟零拾》《殷契摭佚》《殷契摭佚续编》《中国的奴隶制与封建制》《殷代社会生活》《周族的氏族制与拓跋族的前封建制》《西周与东周》《中国的封建领土制和地主制》等专著以及《殷契杂释》等论文			曾任新四军政治部特工部副部长、华中建设大学党委书记兼校长、华东研究院院长、中国科学院党委书记、哲学社会科学学部委员等
刘泽嘉（颖滨）1880—1949	江津	1919—？	法国勤工俭学	编纂《江津县志》，继任总纂		1920	1933年筹建县民众图书馆，任馆长
彭用仪1899—1994	巴县	1921—1927	法国/德国爱尔兰根大学、慕尼黑大学	重庆大学创始人之一		1929	曾任重庆邹容中学校长、成都大学、南充师范学院、第七军医大学、四川财经学院（现西南财经大学）教授，重庆大学教授、代理校长
程子健（秉渊）1902—1973	四川荣经	1920—1924	法国勤工俭学，法国专门电影学校	智育电影院。长期从事工人运动	重庆打铜街		中共党员。参与创建中共重庆地方委员会，任工委书记
牟幼南1891—1970	忠县		日本（两度赴日）				"一战"后，参与从日本接收青岛工作，主持建立全国商标局。抗战时期，任国家赈济委员会儿童教养院主任委员，成都公教人员合作社经理

续表

重庆归侨表（抗战前）							
姓名	籍贯	留学时间	留学地	企业/学校名称或主要事迹	地点	创立时间	基本情况
沈懋德 1893—1932	巴县	?—1923	日本东京高等工业学校、东京帝国大学物理系，专攻物理、天文。博士	重庆大学创始人之一。长期从事教育工作		1929	应湖北武昌高等师范学堂（武汉大学前身）之聘，担任物理学教授兼教务长。重庆大学建校后，主持教务工作
杨公托（庹） 1898—1925	长寿	1917—1924	法国/德国	筹资创办西南美术专科学校，任校长	渝中沧白路铁板巷	1925	与万从木等合办西南美术专科学校
张伯苓 1876—1951	天津	1917—1918	美国哥伦比亚大学	创立南渝中学（后改名为重庆南开中学）	重庆	1936	中国现代职业教育家，私立南开系列学校创办者。南开大学校长，西南联大校委会常委，南京国民政府考试院院长
颜实甫 1898—1974	江津	1919—1935	法国里昂中法大学、巴黎大学研究院	译述《中国庄子哲学》，译作《罗兰之歌》《哲学之贫困》，撰辑《中国古陶图说》，著《沉思偶录》《中国美术史增编提纲》等			教育家、翻译家。在巴黎大学、里昂大学任教。1935年夏归国，任青岛山东大学教授。抗战爆发后，回川任国立编译馆编审，担任哲学辞典、法文翻译工作。1938年初任省教育厅主任秘书，旋调任四川省教育学院院长，后任重庆大学中文系主任，四川大学中文系教授

续表

重庆归侨表（抗战前）							
姓名	籍贯	留学时间	留学地	企业/学校名称或主要事迹	地点	创立时间	基本情况
万从木 1899—1971	永川	1919—1921	日本西京美术专门学校	创办《世界美术画报》/参与创办西南美术专科学校，继任校长		?/1925	与杨公托等合办。任校长二十余年
连鼎祥（铸九）1899—1988	璧山	1928—1930 1948—1980	美国纽约州茜拉克斯大学会计学硕士、伊洛斯大学会计学博士	设立"蒋庆云·德医奖学基金"/"蒋庆云·德医奖学基金"	华西医科大学/璧山	1985/1985	曾任南开大学商学院、重庆大学商学院教授，芝加哥西北大学兼学医院行政管理。一直居住美国，1980年回国，住成都。1988年病逝于成都。"蒋庆云·德医奖学基金"奖励华西医科大学优秀教师、璧山全县中小学优秀教师
温嗣芳（石珊）1907—?	重庆	1927—1931	英国爱丁堡大学经济学	创办同辉中学。主要论著《资本主义货币的重大变化》《再论几个工业发达国家的利率战和货币战》《贸易中的价格政策》等	重庆	1937	金融学家。曾在重庆大学任教，重庆30兵工厂会计处长，武汉大学任教，参加解放军西南服务团回川，一直在西南财经大学任教
方文培 1899—1983	忠县	1934—1937	英国爱丁堡大学	代表作品《峨眉山植物图志》《四川植物志》《中国植物志》等			植物分类学家，教育家。四川大学生物系教授
刘盛亚 1915—1960	重庆	1935—1938	德国法兰克福大学	著有长篇小说《夜雾》《彩虹曲》《水浒外传》等，译著有《巴黎圣母院》剧本、《浮士德》《歌德诗选》《海涅诗选》等			作家、翻译家。四川大学和内迁乐山的武汉大学教授、四川省立戏剧学校导师。《新民报》副刊主编等

附 录

续表

重庆归侨表（抗战前）							
姓名	籍贯	留学时间	留学地	企业/学校名称或主要事迹	地点	创立时间	基本情况
赵治昌 1892—1971	大足	1921—1922	日本东京高等师范图工科	筹办南虹艺专 主要著述：《西南美术史概况》《新油画法及其批判》等10余种	成都	1937	曾任成都高师教师，大足八角庙小学校长、县教育局局长。四川大学、成都师范学校、西南美专任教。筹办南虹艺专，任校长。成都艺专、四川美术学院任教，直到1963年退休
杨西孟 1900—？	江津	1934—1937	美国密歇根大学	长期从事美国经济的研究。著有《论分割数》《略论现代国际贸易中的不等价交换和价值转移》等			历任中央研究院社会科学研究所研究员、西南联合大学和北京大学教授
罗志如（儒） 1901—1991	江津	？—1937	美国哈佛大学哲学博士	主要著作有《当代西方经济学》（上、下册）			历任重庆大学教授兼法学院院长、北京大学经济系教授
郭文珍（启儒、聘初） 1879—1927	云阳	1902—	日本法政专业	参与编纂民国《云阳县志》著述《雍颐堂文集》等。擅长书法			曾任黑龙江府同知、内阁主计局佥事。辛亥革命后弃官归里
熊福田 1888—1964	石柱	？—1915	日本明治大学	在县长任内，增乡学40余所			同盟会会员。先后在成都、重庆等地方法院任庭长、律师多年。曾任云阳县长

续表

重庆归侨表（抗战前）							
姓名	籍贯	留学时间	留学地	企业/学校名称或主要事迹	地点	创立时间	基本情况
李麟士（阁臣）1863—1923	巫溪	1904—1906	日本宏文学院速成师范科				夔府中学监学、大宁县（现巫溪）首任视学。黑龙江省立师范、省立中学、省立女子师范等校教员，黑龙江省立图书馆馆长。主编《巴彦县志》，参编《黑龙江通志》
车肇庆（余九）1904—1960	合川	1929—1930	日本				先后就职于合川县立女子初级中学、县立初级中学教员，县立一小等三所小学教务主任，建国中学教务主任，华国中学校长，瑞山中学校长直到中华人民共和国成立后，合川市第一届政协委员
陶行知 1891—1946	安徽歙县	1914—1917	美国伊利诺伊大学攻读市政学，哥伦比亚大学教育学院	重庆育才学校/重庆社会大学	重庆	1939/1946	中国人民教育家、思想家，伟大的民主主义战士，爱国者，中国人民救国会和中国民主同盟的主要领导人之一。抗战时期入川。1946年与李公朴等人合办重庆社会大学，任校长
喻传鉴 1888—1966	浙江嵊县	1930—1932	美国哥伦比亚大学师范学院	1936年，受张伯苓派遣，来重庆筹建重庆南渝中学，先后任校务主任、副校长、校长，毕其一生精力于教育，1938年更名重庆南开中学	沙坪坝	1936	曾任南开中学教务长，重庆南开中学校长，第三、四届政协委员，民盟中央委员

附 录

续表

重庆归侨表（抗战前）							
姓名	籍贯	留学时间	留学地	企业/学校名称或主要事迹	地点	创立时间	基本情况
晏阳初 1890—1990	四川巴中	1916—1920	美国耶鲁大学，普林斯顿大学研究院	创办中国乡村建设学院、建立华西实验区	重庆	1939—1949	中国平民教育家和乡村建设家，被称作"世界平民教育之父"，被联合国聘为终生特别顾问。晏阳初在1943年和爱因斯坦等人一起被评选为"现代世界最具革命性贡献的十大伟人"。抗战时入川。1950年离台湾赴美国
陈礼江 1896—1984	江西九江	1922—1925	美国帝堡大学、芝加哥大学	创办国立社会教育学院，并兼首任院长	璧山	1941	1936年任国民政府教育部社会教育司司长兼参事，大力推行电化教育和扫盲工作。1937年，日寇侵入，教育部迁重庆，陈在四川各县设民众教育馆，通过灵活多样的形式，开展抗战救亡宣传活动
张凌高 1890—1955	璧山	1920—1922 1932—1933	美国芝加哥西北大学、德鲁大学研究院	创办华美中学，开办成年妇女补习学校等多所私立学校			任美以美会牧师。华西协和大学校长。对当时教育推动很大。抗战时，接纳大量内迁学校学生

续表

重庆归侨表（抗战前）							
姓名	籍贯	留学时间	留学地	企业/学校名称或主要事迹	地点	创立时间	基本情况
陈豹隐（启修）1886—1960	四川中江	1907—1918	日本东京第一高等学校、东京帝国大学	与马哲民一起，在重庆创办西南学院	重庆	1946	我国早期的马克思主义经济学家，对马克思主义在中国的传播做出过贡献，是《资本论》的第一个中文译者，被誉为经济学界的"南陈北马（马寅初）"。曾为全国政协常委、四川省政协常委、民革四川省委常委、四川财经学院（西南财经大学）一级教授，兼任川北大学商学院院长，常年在西南学院讲授经济学。1947年初，他受聘为重庆大学商学院院长，讲授经济学
李文海1904—1955		1933—1937	美国俄亥俄州立大学	航空专业	重庆	1945	1945年，到重庆国立中央专科职业学校创建航空专业，任主任。首任重庆土木建筑学院（1954年更名重庆建筑工程学院，后更名大学，2000年并入重庆大学）院长

附 录

续表

重庆归侨表（抗战前）							
姓名	籍贯	留学时间	留学地	企业/学校名称或主要事迹	地点	创立时间	基本情况
吴宓（雨僧、玉衡，笔名余生）1894—1978	陕西泾阳	1917—1921 1930—1931	美国弗吉尼亚大学、哈佛大学比较文学系/游学西欧，在英国牛津大学、法国巴黎大学从事研究				中国现代著名西洋文学家、国学大师、诗人。清华大学国学院创办人之一，被称为中国比较文学之父。1943—1944年吴宓代理西南联大外文系主任，1944年秋到成都燕京大学任教，1945年9月改任四川大学外文系教授，1949年到重庆在相辉学院、勉仁学院任教，兼重庆大学外语系主任。1950年4月到新成立的四川教育学院，9月又随校并入西南师范学院（后更名大学，后合并为西南大学）历史系（后到中文系）任教。
科技（36人，包括日13、法5、德6、苏1、比2、英6、美13）							
姓名	籍贯	留学时间	留学地	企业/学校名称或主要事迹	地点	创立时间	基本情况
孙镜清	江津	1905	日本早稻田大学法科	中国公学/电务学校	上海/?	1906/?	同盟会会员，与同志合创中国公学，曾任川藏电政监督
杜用选（万菁）1865—1940	酉阳	1904—1906	日本东京东亚蚕桑学校	蚕桑学校	酉阳县城	1906	同盟会会员。提倡蚕业合作，改良蚕丝。保路运动之际，在成都与人主办《西顾报》，后改为《共和日报》（后又更名《四川民报》），为共和党机关报。曾当选四川省临时议会议员。曾任四川高等农业学校校长

续表

| \multicolumn{8}{c}{重庆归侨表（抗战前）} |
姓名	籍贯	留学时间	留学地	企业/学校名称或主要事迹	地点	创立时间	基本情况
曾鸿 1884—1950	潼南	1905—1908	日本高等工业学校铁道专科				一直从事水利交通行业，曾任四川省公路局总工程师，主持设计修建川湘、川鄂、川滇、川陕、川康等公路
任鸿隽（叔永）1886—1961	垫江	1908—1911 1912—1918 1945—1947	日本东京高等工业学校应用化学科/美国康奈尔大学/哥伦比亚大学化学硕士学位	《科学》月刊中国科学社	美国，1918年后迁回中国	1914	辛亥革命元老。著名学者、科学家、教育家和思想家。中国近代科学的奠基人，为促进中国现代科学技术的发展做出了重要贡献。《科学》月刊、中国科学社创始人之一、社长，曾任北京政府教育部教育司司长、北京大学教授、上海商务印书馆编辑、国立东南大学（现南京大学）副校长，四川大学校长，中央研究院秘书长、总干事兼化学所所长
税西恒（绍圣）1889—1980	四川泸州	1912—1917	德国柏林工业大学机械系	重庆自来水公司/重庆蜀益烟厂	重庆	1929/1930	同盟会会员。任总工程师，参与建设。曾任四川甲种工业学校教授、重华学院院长、蜀都中学校长、中国公学大学部校长、重庆大学工学院院长兼机电系主任。与曾俊臣合办重庆蜀益烟厂

附 录

续表

重庆归侨表（抗战前）							
姓名	籍贯	留学时间	留学地	企业/学校名称或主要事迹	地点	创立时间	基本情况
唐建章（鸣皋）1890—1951	江北	?—1913	美国康奈尔大学、哈佛大学电机系	北川民营铁路公司	江北、合川	1925	后与卢作孚合办，搞运输。曾任江北县建设局局长
胡庶华 1886.—1968	湖南攸县	1913—1922	德国柏林矿科和工科大学冶金博士	重庆大学第二任校长		1935.8—1938.7	教育家，冶金学家。曾任重庆大学、同济大学校长，三任湖南大学校长
吕子方 1895—1964	巴县	1914—1918 1918—1923	日本东京高等工业学校/英国里茨大学	重庆大学创始人之一。中国科技史专家。《中国科学技术史论文集》		1929	任该校董事会委员、教务长、训导长、理科主任等职，并曾兼任上海自然科学研究室主任。先后在厦门大学、中山大学、成都大学、暨南大学、湖南大学等校任物理教授及系主任。中华人民共和国成立后，调任北京工业学院物理系教授，任四川大学物理系教授，直到去世。
王善佺 1895—	石柱		美国乔治亚大学				曾任南通大学、南京东南大学教授，江西南昌农专教授、浙江大学农学院教授，中央大学农学院院长、北京农学院农艺系主任、教授，河南大学教授，云南大学农学院部聘教授。四川省农改所副所长等职

· 235 ·

续表

姓名	籍贯	留学时间	留学地	企业/学校名称或主要事迹	地点	创立时间	基本情况
重庆归侨表（抗战前）							
黄鹏豪（卓伦）1895—1951	永川	1914—1918	德国柏林大学/英国格拉斯哥大学造船系、伦敦大学商科	筹建景圣中学	永川五间乡	1940	先后在成都任教、上海汉冶萍公司职员、金陵大学教授。大革命时期，参加东征战役、南京国民政府交通部、军委秘书处、国民政府禁烟委员会等任职。中国农工民主党四川省委主任等职
杨肇燫（季瑶）1898—1974	潼南	1918—1922	美国麻省理工学院电机系	中国物理学界的先驱，1945年8月被指定主持了"四人照料委员会"，清点并接收了日军设立的"自然科学研究所"的全部财产，避免了国家财产遭受损失与破坏			南京高等师范学校、北京大学任教授，中央研究院物理研究所研究员、山东大学物理系主任兼教务长，中国科学院编译局任编审、主任；1954年后任科学出版社编审、副总编辑、副社长。曾任中华全国科学技术普及协会常务委员，中国物理学会北京分会理事长。历任"电工技术丛书"主编、"乙酉学社丛书"的总编辑以及《大学物理学》编委会主编等职

附 录

续表

重庆归侨表（抗战前）							
姓名	籍贯	留学时间	留学地	企业/学校名称或主要事迹	地点	创立时间	基本情况
杨芳毓（吉辉）1887—1974	资阳	1918/1928	赴日/德/法/英考察	重庆电力炼钢厂		1937	1934年筹建重庆电力炼钢，炼钢铁。在办厂过程中重用德国柏林大学冶金系毕业的杨能深、熊天祉等人。建成后任厂长，直到1949年11月辞职。1921年受刘湘邀请，出任川军总司令部参谋长，后又任第三军参谋长。1922年改任第三军十三混成旅少将旅长。1931年起，先后任二十一军军训会副委员长、四川善后督办署教导总队副队长、二十一军军官教育团副团长、四川军训会团管区副总司令、四川国民军训会处长、主任、国民政府军事委员会委员长行营驻川参谋团副主任、四川学生训练总队副总队长等职
何瑞五（文璧）1903—1956	垫江	1918—？	日本秋田矿业专科学校				曾任吉林省鹤岗煤矿工程师、万县师范、垫江中学、垫江女子中学等校任教。中华人民共和国成立后，历任垫江县第一、二、三届各界人民代表常务委员会副主任、垫江中学校长，重庆地质勘探公司工作。1956年含冤而死，1984年昭雪

续表

重庆归侨表（抗战前）							
姓名	籍贯	留学时间	留学地	企业/学校名称或主要事迹	地点	创立时间	基本情况
吴宥三（山）1895—1984	武隆	1920—1928	法国勤工俭学，巴黎毕央谷飞机制造厂机械制造学校	四川第一架军用飞机的驾驶人。为我国的航空事业、飞机制造业做出了积极的贡献			在法国毕央谷飞机制造厂，学习油漆螺旋桨技术，很出色。1926年秋，被调到波兰华沙军用飞机制造厂质检工作，系统地学习了飞机机械理论，有了丰富的实践经验。1928年刘湘军长委派其到法国购买飞机，出色完成任务。1928年8月，与李甲群、易维奇三人被派到法国凡尔赛莫兰航空学校学习飞机驾驶，吴宥三提前毕业。1931年在重庆广阳坝机场由吴宥三试飞成功
张尔音	长寿		英国爱丁堡大学				《中山文化教育馆》编辑，抗战时期，因主张抗战，在天津被日军逮捕，严刑拷打致死
董时进1900—1984	垫江	1920—1925	美国康奈尔大学农业经济学博士	大新农场	沙坪坝井口镇	1939	任北平大学、四川大学等校农学院教授及院长，主编《现代农民》月刊，发起成立中国民主同盟，创建中国农民党。董时进一生著述宏富，《农业经济学》《中国农业政策》《国防与农业》是其代表作。1950年到香港，1957年到美国，1984年在美国去世。种植果树、饲养奶牛

附 录

续表

| \multicolumn{8}{c}{重庆归侨表（抗战前）} |
姓名	籍贯	留学时间	留学地	企业/学校名称或主要事迹	地点	创立时间	基本情况
傅友周 1886—1965	重庆城区	1910—1914	美国科罗纳多大学矿冶系	主持设计重庆城区公路交通干线，开办了重庆的公用电话和公用电力事业		1927	任重庆市公务局局长，主持修建了朝天门、储奇门、千厮门、太平门、望龙门等首批近代码头。重庆公用事业开创者之一
黄墨涵（云鹏）1883—1955	永川	1904—1905 1907—1910	日本宏文学院、早稻田大学	华威银行及永川分行	重庆/永川	1944	曾任四川省临时参议会代表、共和党四川支部常务干事、众议院议员、宪法起草委员、中国公学大学部校长、四川省财政厅厅长。参加过反对袁世凯称帝、张勋复辟及曹锟贿选等斗争，民国二十九年，黄墨涵升聚兴诚银行总行助理，曾一度代总经理
袁觐光 1879—1938	江津	?—1909	日本东亚铁路学校	勘测设计自流井到泸州的公路、万县码头等			同盟会员。1911年参加石青阳在酉阳秀山组织的反袁中华革命军
赵崧森 1878—1950	荣昌		日本工业大学机电科	重庆电灯公司总工程师			

续表

| \multicolumn{8}{c}{重庆归侨表（抗战前）} |
姓名	籍贯	留学时间	留学地	企业/学校名称或主要事迹	地点	创立时间	基本情况
程绍迥 1901—1993	黔江	1912—1930	美国艾奥瓦州立农工学院、霍普金斯大学公共卫生学院免疫学系博士	创立兽医生物药品制造。同蔡无忌等创建了上海兽医专科学校，中国第一座血清制造所		1932/?	中国共产党优秀党员，杰出兽医学家，中国畜牧兽医学奠基人，一级研究员。同蔡无忌等创建了上海兽医专科学校，任教授，主持建立中国第一座血清制造所，任主任。1940年重庆国民政府成立农林部，任命程绍迥为渔牧司司长。到川、黔、鄂三省交界广大地区，建立牛瘟防治机构，培训防疫队伍，控制了牛瘟的流行。研制出抗瘟血清和牛瘟脏器苗、鸡胚化牛瘟弱毒冻干苗、兔化牛瘟弱毒苗
罗竟忠 1903—1975	四川新津	1919—1922 1922—1925 1925—	法国勤工俭学/比利时沙洛瓦劳动大学	三益建筑师事务所/川黔公路工程处长兼总工程师/领导施工建筑朝天门码头条石大堡坎/主持设计施工重庆下水道工程/《重庆下水道工程》	重庆/川黔/重庆/重庆	1930/1935/?/1946/?	下水道工程为中国城市排水系统科学化之先。与张人隽合著《重庆下水道工程》成为1948年国际交流图书
刘运筹 1893—1960	巴县	1920—1923 1923—1925	英国爱丁堡大学求学，获理学学士学位/1923年德国柏林农业大学从事研究工作	农业经济学家、林学家			先后任北京农业大学教授，成都大学生物系教授兼系主任等职，担任南京国民政府农矿部林政司长兼设计委员会委员，中央大学农学院院长，北平大学农学院院长兼农业经济学系教授，国民政府农林部首席参事，四川大学农学院教授兼农经系主任

附 录

续表

重庆归侨表（抗战前）							
姓名	籍贯	留学时间	留学地	企业/学校名称或主要事迹	地点	创立时间	基本情况
吴锡瀛 1903—1978	四川岳池	1934—1937	英国曼彻斯特工业大学	负责大溪沟电厂建设、扩建大溪沟电厂	重庆大溪沟	1934—1935 1937—1938	重庆电力公司工程师、总工程师、曾任重庆大学、金陵大学教授
冯陶钧 1893—1943	巴县	1920—1922 1922—1929	法国勤工俭学/比利时劳工大学/法国巴黎高等电机专门学校	参与筹办重庆大学			任重庆大学招生委员会主考委员、教授。参与渝磁公路、成渝公路老鹰岩段勘探设计，参与指导大溪沟电厂建厂工作。1932年被暗杀身亡
彭光钦 1906—1991	长寿	?—1933	美国霍普金斯大学生物学博士	从事橡胶研究，被誉为"中国橡胶之父"，研制出中国最早的橡胶制品			历任清华大学、北京大学、西南联大、广西医学院、广西大学、重庆大学教授，重庆大学理工学院院长、广西大学教务长
赵松森（宗汉）?—1951	大足	1910—1915	日本东京高等工业学校	勘探设计荣昌玉滩水电站			曾任北京交通大学教授兼北京电灯公司电机厂厂长，重庆电灯公司总工程师，南京国府建设委员会"技正"，黄埔军校无线电教官，组织勘察队勘察宜昌、三峡一带，拟就《电器建国》呈报政府，川康藏电政管理局总工程师

续表

重庆归侨表（抗战前）							
姓名	籍贯	留学时间	留学地	企业/学校名称或主要事迹	地点	创立时间	基本情况
赵念非（卿廉、彦徽）1898—1985	大足	1917—1930	日本东京第一高等学校、东京第八高等学校、帝国大学研究生院				
林铁（刘树德）1904—1989	万县	1928—1932 1932—1935	法国巴黎大学统计学院／苏联莫斯科列宁学院、莫斯科东方大学				先后任中共留法委员会书记、国民党东北军五十三军中共工委书记、河北省委委员、参加平西根据地工作、北方分局组织部副部长、代理部长、冀中区党委书记兼军区政委。中华人民共和国成立后，主要任中共河北省委第一书记兼军区第一政委、省长、省政协主席、华北局第三书记、五届全国人大常务委员、中共中央组织部顾问、中央顾问委员会委员
李先闻 1902—1976	江津	1923—1929	美国普渡大学学习园艺，康奈尔大学研究院遗传学博士	植物细胞遗传学研究领域，共发表了100多篇论文			世界著名的细胞遗传学家和中国植物细胞遗传学的奠基人。回国后在中央大学蚕桑系、东北大学生物系、河南大学农学院、武汉大学农学院任教、植物育种学家。四川省农业改进所、上海中央研究院植物研究所任研究员。1948年到台湾

续表

| \multicolumn{8}{c}{重庆归侨表（抗战前）} |
姓名	籍贯	留学时间	留学地	企业/学校名称或主要事迹	地点	创立时间	基本情况
金锡如 1905—2001	奉天义州	1929—1932	美国普渡大学机械工程	创办《时与潮》，介绍国外进步文章、宣传抗日救国			曾任东北大学工学院机械系教授、工学院院长，1939年任重庆大学教授、机械系主任。中华人民共和国成立后，历任西南军政委员会文教委员会委员，重庆大学教授、机械系主任、教务长、副校长、学术委员会主任，中国机械工程学会理事，重庆机械工程学会理事长、名誉理事长，重庆市科协副主席，第二、三、五、六届全国人大代表，重庆市人大常委会副主任，重庆市政协副主席，民盟中央常委、参议委员会常委，民盟四川省重庆市第四、五届委员会主委，第六、七届委员会和重庆市第一届委员会名誉主委
黄汉瑞 1907—1993	永川	1934—1935 1935—1936	英国伦敦政治经济学院/美国艾奥瓦州立大学	永利川厂（化工厂）南川棓酸厂		1937/1940	中国最早的MBA海归。先后任重庆大学商学院会统系、工商管理系主任。工厂以生产染料为主
赵宗燠 1904—1989	荣昌	1935—1939	德国柏林工科大学化工学院	合成油厂厂长			以煤为原料的合成汽油等车用油品及其他代用品的研究实验生产。有的研究达到了当时世界水平。中华人民共和国成立后，在石油炼制、煤类液化、汽化以及石油代用品等化工科技领域成就卓越

续表

重庆归侨表（抗战前）							
姓名	籍贯	留学时间	留学地	企业/学校名称或主要事迹	地点	创立时间	基本情况
孙越崎 1893—1995	浙江绍兴	1929—1932	美国加州斯坦福大学采矿系、纽约哥伦比亚大学采矿系	我国现代能源工业的创办者。分别与人合作，开办天府、嘉阳、威远、石燕等四个煤矿，任总经理			回国后任中福煤矿总工程师，后任总经理。抗战入川，冒险组织中福煤矿员工将大部分设备抢运到四川、重庆。与民生公司、资源委员会、盐务总局、四川银行界分别开办了前述四大煤矿，对抗战大后方工业和民用煤炭的供应做出了大贡献。他领导开发了中国大陆第一个油矿——延长油矿。领导创建了中国第一座较具规模的石油城——玉门油矿，为祖国的石油工业的飞速发展奠定了基础
李承干 1888—1959	湖南长沙	1905—1911—1917	日本第六高等工科、日本东京帝国大学电器机械科				1927年北伐军攻克南京后，到南京任金陵制造局工务科长，制造局改兵工厂后，任厂长。抗战初期，金陵兵工厂西迁重庆，改为兵工署二十一兵工厂，仍任厂长（21兵工厂现为长安汽车厂）。亦任兵工署第11技工学校（属于21兵工厂又称21技工学校）校长。该校现为重庆理工大学。中华人民共和国成立后，他是首任国家计量局局长，第一、二届全国人大代表，人大预算委员会副主任委员，第一、二届全国政协委员，中国民主建国会中央常委，全国工商联中央执行委员会委员等职

附 录

续表

重庆归侨表（抗战前）							
姓名	籍贯	留学时间	留学地	企业/学校名称或主要事迹	地点	创立时间	基本情况
凌鸿勋（竹铭、名锐）1894—1981	江苏常熟	1915—1918	美国桥梁公司实习并在哥伦比亚大学进修	中国土木工程专家、教育家、铁路史研究专家			多次任中国工程师学会会长。1938年来重庆，主要负责交通建设，实地指挥铁路、公路修筑，抢修工程，以及开辟国际通道等，对抗日战争时期的军民运输做出了贡献
医学 体育（9人，包括日4、法1、德1、美3、加1、越1）							
姓名	籍贯	留学时间	留学地	企业/学校名称或主要事迹	地点	创立时间	基本情况
谢仲容（志学）1887—1979	永川	1906—1908 1907—1913 1914	日本铁道学校，后到体育学校学习	反清组织"共进会"	永川	1909	同盟会会员。参加辛亥革命重庆起义，任学生队队长。参加二次革命、护国运动。曾任永川中学学监，兼体育教练、重庆中学、体育学堂、川东师范和巴县中学教师
王良（眉伯）1891—1985	浙江杭州	1906—1913 1932—1933	越南河内医学院/法国巴黎大学巴斯德研究院	微生物实验所	重庆	1934	卡介苗及其他防疫制品研究制作。是我国引进卡介苗、接种等第一人
左季云 1891—1942	江北	民国初	日本早稻田大学	《中医病理学》《杂病治疗大法》等40部著作800万字医书			弃政从医，为北京名医。曾任北平国医学教授、名誉院长，华北国医学院教授、北平医馆副馆长等职

续表

重庆归侨表（抗战前）							
姓名	籍贯	留学时间	留学地	企业/学校名称或主要事迹	地点	创立时间	基本情况
漆鲁鱼（宗羲）1902—1974	江津	1924—1928	日本东京医学专门学校	重庆救国会/重庆各界救国联合会/重庆市文化界救亡协会		1936/1937/1937	中共党员。曾在上海、广东汕头从事革命活动。1934年起，先后任中央苏区卫生部保健局长，江西军区卫生部部长，川东特委宣传部部长。西康经济社和《西康日报》总编辑，《新华日报》主笔等职。中央卫生部部长助理，成都市副市长
程登科1902—1991	重庆	1929—1933	德国柏林体育大学	筹建重庆大学体育系		1933	南京中央大学体育系、重庆大学体育科主任
谢锡瑮（荣达）1903—1985	璧山	1939—1940 1940—1941	加拿大多伦多大学研究生/美国洛杉矶儿童医院进修	创办护士学校建立医疗器械修配厂创立沙坪坝医院			培养护士/培养技师。曾任华西协合大学附属医院院长，医学院教授，华西医学院院长，督学联合医院院长，抗战后接管迁渝的原中央医院，任副院长。任成都医院院长、川西医院院长、四川省人民医院院长，带队奔赴抗美援朝前线，回国后继续担任省人民医院院长等
刘雪松1903—1972	璧山	1929—1933	美国春田大学体育硕士、南加州大学教育硕士	1932.7，代表中国参加洛杉矶世界第十届奥运会开幕式			曾任浙江文理学院体育科主任、上海沪江大学体育主任，上海两江女子体育专科学校教务主任，第十届远东运动会（菲律宾马尼拉）中国干事，第六届全国运动会审查委员，广东省立体育专科学校教务长。中华人民共和国成立前夕定居香港

附 录

续表

重庆归侨表（抗战前）							
姓名	籍贯	留学时间	留学地	企业/学校名称或主要事迹	地点	创立时间	基本情况
向志均（庭卿）1897—1948	丰都	1921—1924	日本早稻田大学体育系				曾任成都大学、成都师范大学、四川大学教授及体育系主任
安龙章 1905—1983	四川安岳	1935—1937	美国芝加哥西北大学攻读牙科	重庆私立扶青聋哑学校，任校长	渝中区通远门	1947	回国后，在重庆行医，重庆市口腔病医院的主要创建人.曾任重庆市医师公会理事长。扶青聋哑学校，为重庆市市聋哑学校前身
其他（15人，包括日8、法6、比3）							
姓名	籍贯	留学时间	留学地	企业/学校名称或主要事迹	地点	创立时间	基本情况
欧阳竞无 ?—1948	江西宜黄	1907—1908	日本学习密宗佛法	中国内学院	南京	1918	1938年迁内学院于江津，建院于东门外。欧阳竞无在江津讲学和研究佛学。1948年病逝于江津
张文騤（伯伦）	荣昌	1920—1924	法国勤工俭学	起舞社	重庆	1926	中国青年党员，宣扬国家主义。曾任教于重庆女二师。后投靠军阀吴佩孚、李家钰、杨森等。抗战期间，青年党投靠蒋介石，取得合法地位。张文騤成骨干，得到重用。中华人民共和国成立前夕移居国外
孙倬章（贻谋）1885—1932	云阳	1918—1922	法国勤工俭学	成立中国社会民主党/主办《巴黎丛刊》《奋斗》/著有《中国改造论》《社会主义史》，创办《民力日报》和民力大学	巴黎/巴黎/云阳/成都		宣传反对阶级斗争、改良的无政府的"社会主义"。曾任国民党成都市政讲习所所长，《民力日报》和民立大学的社长和校长等职

续表

重庆归侨表（抗战前）							
姓名	籍贯	留学时间	留学地	企业/学校名称或主要事迹	地点	创立时间	基本情况
童慎如	巴县		日本				
崔铁	石柱		日本福田大学				
陈沛斋	石柱		日本				同盟会会员
熊福田 1887—?	石柱		日本明治大学				
马义村	石柱		日本陆军士官学校				
陈守泽	石柱		日本宏文学院				曾任石柱县视学
谭定图（肖岩）1887—?	石柱		日本				
张熙	重庆		比利时沙洛瓦劳动大学化学工程系				
邓矩方	重庆	1919—?	法国勤工俭学/比利时沙洛瓦劳动大学机械系				
熊禹九	巴县		法国勤工俭学/比利时				
肖浮生	重庆		法国巴黎大学航空系				
陈良柏	巫溪	1920	法国勤工俭学				毕业后在中国驻法国大使馆工作。后去职在法国定居

附录二 重庆市早期归国华侨（1937—1978）统计表

重庆市早期归国华侨（改革开放前）统计表							
序号	区县及姓名	性别	出生时间	原侨居地	回归时间	参加工作时间	工作单位（职务、职称）	所在区县或单位
1	江岚	女	1921年	英国、美国	1947年		重庆29中教师	渝中区
2	刘荷生	男	1917年	马来亚	1947年			渝中区
3	黄慧懿	女	1939年	印度尼西亚	1959年		重庆煤设院/高级工程师	渝中区
4	李秀英	女	1931.6	中国澳门	1951年			渝中区
5	戴蔼强	男	1932.6	中国香港	1951年	1951年	重庆移动通信公司/工程师	渝中区
6	竺素珍	女	1930.1	印度尼西亚	1938年	1966年	重庆港花伞厂	渝中区
7	木小芬	女	1928年	缅甸	1952年		重庆运输社	渝中区
8	池文庆	男	1946.9	缅甸	1967年	1969年	重庆中建工程公司/副译审	渝中区
9	陈瑞金	女	1942.2	印度尼西亚	1960年	1968年	重庆佛图关中学	渝中区
10	黄志祥	男	1929年	印度尼西亚	1959年		重庆玻璃工业公司	渝中区
11	邓海东	男	1936年	马来亚	1956年		市侨联	渝中区
12	郭焕贞	女	1929年	缅甸	1949年		市侨联	渝中区
13	傅佑勋	男	1927年	泰国	1943年		市侨联	渝中区
14	钟和进	男	1940年	印度尼西亚	1957年		市侨联	渝中区
15	应骥	男	1930.1	韩国	1946年	1949年	四川外语学院/副处级 讲师	渝中区
16	梁汉	男	1930.1	马来亚	1934年	1949年	13集团军	渝中区

续表

重庆市早期归国华侨（改革开放前）统计表							
序号	区县及姓名	性别	出生时间	原侨居地	归国时间	参加工作时间	工作单位（职务、职称）	所在区县或单位
17	钟锐锋	男	1930年	中国香港	1948年		13集团军	渝中区
18	钟运发	男	1926年	越南	1946年		成都铁路局重庆南机务段	渝中区
19	陈顺华	女	1928年	缅甸	1941年		松藻矿务局	渝中区
20	刘秀同	男	1955.3	韩国	1963年	1974年	重庆商社家维公司	渝中区
21	李鸿雁	女	1937年	印度尼西亚	1957年		三军医大基础部/教授	渝中区
22	许永增	男	1936年	越南	1947年		重庆钢院/高工	渝中区
23	林日森	男	1929年	新加坡	1950年		重庆铁路分局运输分郊工程师	渝中区
24	徐玉昆	男	1940年	朝鲜	1952年		重庆铁路分局科协/工程师	渝中区
25	杨翠瑛	女	1939年	新西兰	1943年		市杂技团	渝中区
26	刘秀平	男	1953年	朝鲜	1962年	1974年	重庆制革总厂	渝中区
27	刘秀义	女	1951年	朝鲜	1962年	1968年	重庆金店	渝中区
28	曾宪端	女	1930.5	印度尼西亚	1935年	1956年	医师	渝中区
29	杨震华	男	1939.11	新西兰	1943年	1963年	重庆计划生育科研所副所长 副主任医师	渝中区
30	吕若茵	女	1928年	俄罗斯	1939年		重庆科技情报所副编辑	渝中区
31	廖维健	男	1937年	印度尼西亚	1953年			渝中区
32	许荣辉	男	1932年	新加坡	1946年			渝中区
33	张月容	女	1927年	缅甸	1955年			渝中区
34	王瑞璧	男	1927年	日本	1945年			渝中区
35	凌萝达	女	1920年	美国				渝中区

续表

序号	区县及姓名	性别	出生时间	原侨居地	归国时间	参加工作时间	工作单位（职务、职称）	所在区县或单位
				重庆市早期归国华侨（改革开放前）统计表				
36	陆敦生	男	1909年	澳大利亚	1937年			渝中区
37	陈居平	女	1932年	日本	1941年			渝中区
38	谢昭惠	女	1934年	柬埔寨	1948年			渝中区
39	李定钦	男	1937年	印度尼西亚	1957年			渝中区
40	梁卓然	男	1947年	印度尼西亚	1953年			渝中区
41	陈顺华	男	1938年	日本	1941年			渝中区
42	陈金记	女	1932年	缅甸	1951年			渝中区
43	王兴亚	男	1921年	英国	1950年			渝中区
44	杨少元	男	1922年	新西兰	1943年			渝中区
45	张少兰	男	1934年	柬埔寨	1948年			渝中区
46	谢昭惠	男	1934年	柬埔寨	1948年			渝中区
47	吴志明	女	1929年	缅甸	1944年			渝中区
48	谢昌森	男						渝中区
49	肖　军	男						渝中区
50	金素珍	女	1926.9	新加坡	1939年			渝中区
51	杨　璞	女	1932.8					渝中区
52	陈季虞	男	1920年	印度尼西亚	1946年			渝中区
53	李约谷	男	1937年	英国	1937年			渝中区
54	谭碧霞	女	1930年	缅甸	1942年			渝中区
55	陈上华	男	1940年	印度尼西亚	1957年			渝中区
56	黄秀丽	女	1943年	印度尼西亚	1949年			渝中区
57	荣富佳	男	1929年	澳门	1953年			渝中区

续表

重庆市早期归国华侨（改革开放前）统计表							
序号	区县及姓名	性别	出生时间	原侨居地	归国时间	参加工作时间	工作单位（职务、职称）	所在区县或单位
58	黄月华	女	1938年	印度尼西亚	1959年			渝中区
59	许俊全	男	1944年	缅甸	1947年			渝中区
60	王珍清	男	1941年	马来亚	1948年			渝中区
61	周巧云	女	1949年	泰国	1955年			渝中区
62	梁卓然	男	1947年	印度尼西亚	1953年			渝中区
63	杨秀汉	男	1922年	新加坡	1937年			渝中区
64	钟焯荣	男	1925.5	越南	1941年	1949年	江北区文化馆管理员	江北区
65	侯汉钦	男	1940.1	泰国	1952年	1968年	重庆第45中学 中学一级	江北区
66	吴碧霄	女	1920.5	越南	1931年	1950年	重庆天原化工厂 职工医院 医师	江北区
67	黄云仙	女	1942.1	老挝	1958年	1958年	重庆嘉陵化工厂	江北区
68	刘文清	男	1933.11	越南	1957年	1968年	重庆皮鞋厂	江北区
69	谢卫中	女	1941.1	印度尼西亚	1954年	1963年	重庆衬衫厂	江北区
70	张志荣	男	1937年	印度尼西亚	1955年	1963年	重庆天然气公司	江北区
71	苏明虹	男	1945.2	缅甸	1960年	1968年	四川石油局测井公司	江北区
72	罗恩与	男	1948.1	中国香港	1949年	1969年	重庆市侨联秘书长	江北区
73	黄志奎	男	1937.12	越南	1957年	1964年	致公党重庆市委办公室主任	江北区
74	黄家骅	男	1931.6	日本	1933年	1950年	重庆市第十八中学 高级教师	江北区
75	邢贻荣	男	1938.6	泰国	1950年	1964年	重庆红岩机器厂 高级工程师	江北区
76	杜丕华	男	1932.11	马来亚	1953年	1963年	重庆石油仪器厂 工程师	江北区

续表

重庆市早期归国华侨（改革开放前）统计表							
序号	区县及姓名	性别	出生时间	原侨居地	归国时间	参加工作时间	工作单位（职务、职称）	所在区县或单位
77	李玉珍	女	1962.12	越南	1978年	1979年	重庆新劳教转运站副调研员	江北区
78	程龙庆	男	1920.5	新加坡	1939年	1939	重庆市公交公司	沙坪坝区
79	彭明露	男	1937.7	越南	1955年	1964年	沙坪坝区侨联副主席 中学高级教师 政工师	沙坪坝区
80	郑广松	男	1938.7	越南	1955年	1958年	沙坪坝区文化馆助理馆员	沙坪坝区
81	潘正齐	男	1938.7	越南	1955年	1964年	重庆第六十九中学校数学高级教师	沙坪坝区
82	林 毅	男	1937.7	印度尼西亚	1951年	1957年	重庆合成化工厂有限公司高级工程师	沙坪坝区
83	何群惠	女	1947.4	马来亚	1957年	1965年	重庆第二针织厂	沙坪坝区
84	卢立基	男	1936.5	缅甸	1954年	1958年	重庆灯泡公司	沙坪坝区
85	姜永丽	女	1939.2	缅甸	1957年	1963年	重庆市丝纺厂医院	沙坪坝区
86	杨志平	男	1939.12	越南	1957年	1966年	重庆探矿机械厂高工	沙坪坝区
87	廖世永	男	1935年	印度尼西亚	1953年	1964年	重庆探矿机械厂高级工程师	沙坪坝区
88	熊映红	女	1948.1	印度尼西亚	1951年	1967年	重庆地质仪器厂	沙坪坝区
89	赖倩丽	女	1949.6	缅甸	1965年	1969年	重庆二塘初级中学中级教师	沙坪坝区
90	张汉忠	男	1938.7	马来亚	1953年		重庆大学体育部主任副教授	沙坪坝区
91	陈明宏	男	1939.2	马来亚	1954年	1968年	重庆大学B区图书馆副研究馆员	沙坪坝区
92	朱可善	男	1920.11	美国	1950年	1950年	重庆大学土木工程学院教授	沙坪坝区
93	李素清	女	1953年	印度尼西亚	1960年		煤科院重庆分院	沙坪坝区
94	林四新	男	1941年	印度尼西亚	1960年		煤科院重庆分院	沙坪坝区

续表

重庆市早期归国华侨（改革开放前）统计表							
序号	区县及姓名	性别	出生时间	原侨居地	归国时间	参加工作时间	工作单位（职务、职称）	所在区县或单位
95	钟学智	男	1942年	柬埔寨	1957年		煤科院重庆分院	沙坪坝区
96	曾德俊	男	1941年	印度尼西亚	1953年	1968年	重庆缝纫机厂机械工程师	沙坪坝区
97	劳华星	男	1942.2	印度尼西亚	1960年	1968年	重庆康明斯公司	沙坪坝区
98	陈穆贤	女	1933.11	缅甸	1948年	1956年	四川外语学院	沙坪坝区
99	潘文英	女	1923.11	泰国	1934年	1949年	重庆市沙坪坝区翌南商贸有限责任公司	沙坪坝区
100	畅常清	男	1926.6	马来亚	1939年		重庆农化集团高级工程师	沙坪坝区
101	黎国基	男	1944.12	中国澳门	1948年	1961年	重庆第28中学校教师	沙坪坝区
102	蒋定日	女	1932.1	中国香港	1950年	1950年	重庆灯泡厂	沙坪坝区
103	王秀芬	女	1937.1	朝鲜	1952年	1957年	重庆铁钢公司 副处级高级经济师	沙坪坝区
104	秦崴	男	1937.5	苏联	1951年	1956年	四川外语学院副教授	沙坪坝区
105	丁光华	男	1940年	印度尼西亚	1951年	1956年	重庆探矿机械厂	沙坪坝区
106	刘秀仁	女	1944年	朝鲜	1963年	1963年	重庆卡福汽车配件公司	沙坪坝区
107	翁剑麟	男	1937.11	马来亚	1957年	1949年	重庆庆铃汽车股份有限公司 高工	九龙坡区
108	罗果南	男	1937.9	印度尼西亚	1949年	1962年	重庆铁马集团高工	九龙坡区
109	陈月兰	女	1928.2	缅甸	1945年	1970年	重庆庆铃汽车股份有限公司	九龙坡区
110	邱正雄	男	1940.8	柬埔寨	1962年	1975年	重庆矿机厂	九龙坡区
111	杨水聘	男	1929.2	新加坡	1954年	1956年	重庆冠生园食品厂	九龙坡区

续表

重庆市早期归国华侨（改革开放前）统计表

序号	区县及姓名	性别	出生时间	原侨居地	归国时间	参加工作时间	工作单位（职务、职称）	所在区县或单位
112	张文通	男	1932.1	印度尼西亚	1954年	1956年	中梁山矿务局	九龙坡区
113	吴其光	男	1942.11	越南	1946年	1963年	九龙坡区国税局副处级 经济师	九龙坡区
114	曹仿秋	男	1939.11	缅甸	1953年	1963年	西南铝业（集团）有限公司 高级工程师	九龙坡区
115	郑天德	男	1939.4	马来亚	1953年	1958年	西南铝业（集团）有限公司	九龙坡区
116	孙桂兰	女	1934.12	朝鲜	1951年	1952年	西南铝业（集团）有限公司	九龙坡区
117	赵维利	男	1940.8	韩国	1953年	1959年	西南铝业（集团）有限公司 政工师	九龙坡区
118	何洲	男	1930.6	越南	1951年	1951年	重庆冠生园食品厂 机械工程师	九龙坡区
119	姚传诗	男	1929.4	马来亚	1943年	1952年	重庆电机厂	九龙坡区
120	钟运发	男	1936年	越南	1946年		成都铁路局重庆南机务段（该工作单位已自然消亡）	九龙坡区
121	曾来兴	男	1939年	马来亚	1948年		重庆铁路配件厂	九龙坡区
122	朱定发	男	1929	越南	1949		重庆铁路分局九龙坡南机务段	九龙坡区
123	王玉珍	女	1931	新加坡	1952		中梁山煤矿社保科	九龙坡区
124	梁卓然	男	1948	印度尼西亚	1953		重庆铁路分局九龙坡机务段	九龙坡区
125	温庆和	男	1936.1	印度尼西亚	1955年	1960年	重庆教育学院讲师	南岸区
126	邱智明	男	1941.7	马来亚	1945年	1959年	南岸区物价局、中教一级	南岸区
127	洪兴发	男	1939.5	印度尼西亚	1956年	1965年	重庆教育学院历史系主任	南岸区

续表

重庆市早期归国华侨（改革开放前）统计表							
序号	区县及姓名	性别	出生时间	原侨居地	归国时间	参加工作时间	工作单位（职务、职称）	所在区县或单位
128	彭秀英	女	1942.12	印度尼西亚	1959年	1967年	重庆工商大学外语学院副教授	南岸区
129	伍名苏	男	1930年	新加坡	1950年	1952年	重庆交通大学馆员	南岸区
130	曾汉川	男	1941年	越南	1948年	1967年	重庆交通大学副教授	南岸区
131	熊惠兰	女	1934.12	印度尼西亚	1952年	1958年	重庆交通大学助研	南岸区
132	黄念中	男	1929.9	马来亚	1938年	1953年	重庆邮电大学通信学院	南岸区
133	周华蓉	女	1945.5	中国香港	1952年	1968年	西南计算机有限公司医院 副主任医师	南岸区
134	关荣利	男	1940.1	印度尼西亚	1957年	1966年	重庆铜元局化学试剂厂工程师	南岸区
135	李文剧	男	1938.1	新加坡	1948年	1956年	重庆水泥厂子弟校（现玛瑙中学）中教高级教师	南岸区
136	吴智明	女	1929.9	缅甸	1945年	1972年	重庆六一童鞋厂	南岸区
137	沈通生	男	1944.6	中国香港	1950年	1964年	重庆水泥厂	南岸区
138	葛纯尊	男	1931.9	日本	1942年	1950年	重庆92中学校（滨江中学）中学一级	南岸区
139	唐敏	女	1950.1	缅甸	1956年	1969年	重庆海庆公司	渝北区
140	陈光华	男	1938.12	泰国	1946年	1963年	北京第三设计院	渝北区
141	张淑清	女	1952.3	朝鲜	1954年	1968年	吉林省白城市教育学院副教授	渝北区
142	王秀明	男	1942.6	印度尼西亚	1960年	1965年	重钢 高级工程师	大渡口区
143	陈国旗	男	1941.8	泰国	1956年	1968年	重钢	大渡口区
144	张敦梅	男	1939.1	印度尼西亚	1960年	1965年	重钢 高级工程师	大渡口区

续表

重庆市早期归国华侨（改革开放前）统计表							
序号	区县及姓名	性别	出生时间	原侨居地	归国时间	参加工作时间	工作单位（职务、职称）	所在区县或单位
145	张林新	男	1940.5	印度尼西亚	1960年	1966年	重钢 副主任医师	大渡口区
146	陈国林	男	1934.5	泰国	1940年	1955年	重钢医院	大渡口区
147	杨继华	男	1944.1	新西兰	1949年	1961年	重百集团钢花大楼采购员	大渡口区
148	张伟案	男	1935.9	印度尼西亚	1938年	1964年	重钢四厂 工程师	大渡口区
149	高维荣	女	1940.1	朝鲜	1953年	1963年	重庆大江厂	巴南区
150	李秋云	女	1937.12	缅甸	1954年	1958年	重庆道角机床厂	巴南区
151	李润生	男	1937.12	缅甸	1954年	1961年	重庆道角机床厂	巴南区
152	杨敏	女	1929.4	印度	1947年	1951年	巴南区医药公司	巴南区
153	吴晓光	男	1932.1	日本	1955年	1956年	重庆水轮机厂总工程师 高级工程师	巴南区
154	罗剑豪	男	1928.5	马来亚	1946年	1946年	重庆3403厂	巴南区
155	钟凤	女	1924.12	马来亚	1951年	1951年	重庆市地质矿产勘察开发局607地质队	巴南区
156	陈国荣	男	1929.3	泰国	1947年	1949年	重庆市勘探局二〇八地质队	北碚区
157	黎秀莲	女	1943.2	印度尼西亚	1947年	1962年	北碚区侨联专职副主席政工师	北碚区
158	梁镇纲	男	1938.1	越南	1957年	1964年	北碚区人大常委会副主任 高级畜牧兽医师	北碚区
159	张广昌	男	1930.6	印度尼西亚	1938年	1949年	万州区煤建公司	万州区
160	林簪寿	男	1942.6	菲律宾	1950年	1958年	涪陵三爱海陵股份有限公司	涪陵区
161	张春梅	女	1935.3	中国香港	1951年	1955年	涪陵运输公司秋月门车站	涪陵区
162	叶培枝	女	1931.1	越南	1948年	1950年	原江津县石门滩中学	江津区

续表

重庆市早期归国华侨（改革开放前）统计表							
序号	区县及姓名	性别	出生时间	原侨居地	归国时间	参加工作时间	工作单位（职务、职称）	所在区县或单位
163	张祥锥	男	1940.6	马来亚	1957年	1967年	原江津市侨联	江津区
164	冯学方	男	1962.9	越南	1978年	1979年	江津区检察院副调研员	江津区
165	黄锡瀛	男	1936.3	印度尼西亚	1954年	1965年	綦江区人民医院主治医师	綦江区
166	陆碧珍	女	1937.11	越南	1949年	1950年	合川糖酒公司	合川区
167	叶玉芳	女	1926.12	越南	1945年	1946年	合川市中医院检验师	合川区
168	向大碧	女	1942.2	缅甸	1948年		璧山县大兴镇平安村二组务农	璧山区
169	陈砚川	男	1944.8	缅甸	1944年	1964年	璧山县璧城街道金剑路109号自营个体诊所	璧山区
170	杨家庆	男	1924.9	日本	1931年	1950年	武隆县实验小学教师	武隆区
171	黄梅花	女	1932.5	印度尼西亚	1948年	1947年	务农	丰都县
172	侯光荣	男	1944.4	缅甸	1968年		务农	
173	游瑞章	男	1936.9	印度尼西亚	1957年	1965年	重庆医科大学附一院副主任医师	重庆医科大学
174	李钦胜	男	1938.6	越南	1955年	1968年	重庆医科大学附二院副教授	重庆医科大学
175	陈克理	女	1926.12	俄罗斯	1936年	1949年	西南大学外国语学院副教授	西南大学
176	陈忠慧	男	1934.12	越南	1949年	1958年	西南大学农业工程技术学院教授	西南大学
177	杜洪作	男	1915.1	美国	1946年	1950年	西南大学农学与生命科学学院教授	西南大学
178	符建国	男	1947.8	越南	1949年	1970年	西南大学计算机与信息科学学院副教授	西南大学
179	蒋书楠	男	1914.10	美国	1936年	1949年	西南大学植保学院副院长 教授	西南大学

续表

重庆市早期归国华侨（改革开放前）统计表

序号	区县及姓名	性别	出生时间	原侨居地	归国时间	参加工作时间	工作单位（职务、职称）	所在区县或单位
180	刘定荣	男	1934.1	缅甸	1942年	1975年	西南大学物理学院副教授	西南大学
181	吴敬甫	男	1931.8	中国香港	1952年	1956年	西南大学美术学院副教授	西南大学
182	叶毓殷	男	1939.9	柬埔寨	1955年	1965年	西南大学研究生院科长 副研究员	西南大学
183	朱育根	男	1931.12	缅甸	1945年	1951年	川东钻探公司机修厂会计师	石油重庆管理中心
184	郑银珍	女	1945.3	缅甸	1970年	1970年	测井公司医院高级工	石油重庆管理中心
185	陈慕诚	男	1931.1	新加坡	1936年	1953年	长江航道局重庆分局奉节航道段段长	奉节县
186	蒋印生	男	1927.8	印度尼西亚	1939年	1943年	原四川省汽车运输公司永川分公司汽车25队工会主席	永川区
187	冉茂树	男		中国香港	1968年	1968年	酉阳建华厂	酉阳县
188	代淑雅	女	1930.1	菲律宾	1935年	1966年	彭水县农机厂	彭水县
189	陈中英	男	1930.7	中国香港	1949年	1949.9	彭水县高谷中学离休教师	彭水县
190	朱顺梅	男	1937.7	印度尼西亚	1947年	1956年	永荣矿业公司经济师	荣昌区

注：1.重庆归侨所属单位性质分布如下：机关15人，军队3人，事业单位48个，企业83人，自由职业者2人，务农3人，无登记36人。

2.归侨地区分布：渝中区63人，江北区14人，沙坪坝区29人，九龙坡区18人，南岸区14人，渝北区3人，大渡口区7人，巴南区7人，北碚区3人，万州区1人，涪陵区2人，江津区3人，綦江区1人，合川区2人，璧山区2人，武隆区1人，丰都县1人，潼南区1人，医科大学2人，西南大学8人，石油重庆管理中心2人，奉节县1人，永川区1人，酉阳县1人，彭水县2人，荣昌区1人。

3.根据重庆市侨联2013年12月9日统计数据统计。

附录三 南侨机工后代怀念文章

南侨机工程龙庆之子程晓华：七七卢沟桥事变后，东南亚一带抗日热情高涨，在华侨领袖陈嘉庚的号召下，父亲回国抗日，分配在八路军重庆办事处车队，经常开车护送办事处的工作人员。多次驾车运送物资到西安和延安，有时还要护送工作人员、民主人士、青年学生到延安。中华人民共和国成立后父亲在重庆公交公司工作至退休，年年被评为先进生产者，安全行车标兵，出席市第一二届归侨侨眷代表大会。2008年5月12日四川汶川发生特大地震。父亲心系灾区受难群众，把从生活费中积攒下来的2000元送到市侨办代为捐赠，为救灾尽绵薄之力。在国家和政府相关政策的照顾下和市区侨办、侨联的关怀下，父亲仍健在，已88岁高龄，享受着幸福晚年。

南侨机工林广怀之女林继君：父亲回国后驾车奔驰在昆明、南宁、贵阳及滇缅公路上。由于行车道路艰险，父亲和南侨机工总是抱着报效祖国，不怕死伤的决心，驾车运输抗日物资。中华人民共和国成立后父亲在重庆公交公司工作，几十年如一日，埋头苦干，默默奉献，多次被评为先进工作者，获"特级驾驶员"的称号。父亲仍健在，已91岁高龄。正在充分享受着国家和政府多方面的关怀，过着幸福的晚年。

南侨机工蒋印生之女蒋英：父亲参加"南侨机工回国服务团"，分配在西南运输处华侨先锋队当驾驶员，后又转入贵阳国军辎汽七团，该团在1949年起义改编为中国人民解放军汽车五团。父亲于1958年转业到四川省汽运公司永川25队当驾驶员。父亲在部队时先后荣立一二三等功，荣获"万里行车安全"奖章。在永川市工作时，被评为先进工作者，当选为重庆市第十、十一届人大代表、永川市第九、十、十一届政协委员。父亲仍健在，还积极参与退休人员工作。

南侨机工陈寿全之子陈玉璋：父亲毕生报效祖国，不管是抗战时期还是和平年代，在重庆冶炼厂几十年如一日，任劳任怨，默默奉献，多次被评为厂、县、市级"先进生产工作者"，并两次当选为綦江县人民代表。我以父亲逝世时友人赠送的挽联、墓志铭表述父亲的一生：挽联：抛父母家园，八千里劈波斩浪，百年赤子丹心报祖国；悼精英楷模，四十载隐虎潜龙，千秋高风亮节催新花。墓志铭：荣屈系一生，生死跨两邦。抗日起烽烟，归国赴疆场。系生命于生死细线，运军火于滇缅险疆。护"重冶"，迎解放。捐十数两黄金抗美，献十数年积蓄兴邦。委屈亦未易其爱国之志，清贫亦不开其照顾之腔。呜呼！赤子之情溢与綦江共水，爱国之志留与瀛山（注：瀛山是綦江最高的山）齐长。

南侨机工江潮之子江东：我谨赋诗一首怀念父亲：

先祖反清于梅州，遇害泛舟亡命游，
暹罗之地育子孙，一代一代郎中出。
父诞异乡湄公河，香港南华学业托，
南洋抗日随嘉庚，中共马共抗日成。
父同慈母回万县，万师二中都教遍，
反右浪潮突然间，抗日志士囚入冤。
黑暗过去是天亮，昭雪年迈享天伦，
荣誉证书定乾坤，周公八旬见马恩。
清明时节来悼父，大江东去向前处，
学习归侨终生善，东苋相依到永远。

南侨机工刘贝锦之孙女刘娟、刘璐：爷爷在马来亚时，已是当地很富有的侨商，他带着十余辆货车回国抗日，是第三批近600名南侨机工的总领队，回国后担任新组建的华侨先锋大队大队长，带领着战友冒着日机的轰炸，日夜驾车，行驶在滇缅公路上，奋勇抢运抗日物资，爷爷尽职尽责、任劳任怨，身先士卒，是南侨机工的楷模。中华人民共和国成立后，爷爷在重庆中南橡胶厂和重庆汽车配件厂工作，50年代受极"左"思潮的影响，爷爷被关进监狱，1958年病死于狱中。改革开放后，党和政府拨乱反正，爷爷得以平反，1989年四川省侨办、侨联为爷爷颁发了抗日"荣誉证书"，我们全家和九泉之下的爷爷都感到欣慰。

南侨机工李金辉之子李筑华：日本侵略中国，激起海外华人的抗日激情。父亲回国抗日，驾车驰骋在滇缅公路上，不畏艰险和日机轰炸，运送军用物资，将英、美等国援助的先进武器和弹药运往中国国内各战区。父亲曾当翻译随中国远征军入缅抗日。1950年参加中国人民解放军，复员后到重庆公路养护总段机修厂工作。父亲在文化大革命中受到审查，蒙受了一些冤屈，但他总是勤恳工作，也教育子女要爱国，多做一些有益的事。

南侨机工邱武杰之子邱前明：父亲会武术，身体强壮，被任命为南侨机工第五批宣传副主任，兼任第九队队长。父亲带领车队日夜行驶在滇缅路上，将军用物资运到国内支援抗战。中华人民共和国成立后，父亲留在重庆中南橡胶厂工作。他驾车和修车技术一流，经常参加区、市、省组织的技术比赛，受到领导的表彰，一直到74岁才退休。

南侨机工林清泉之子林天福：因父亲是华侨领袖陈嘉庚先生公司的司机，受陈嘉庚先生影响很大，参加第九批"南侨机工回国服务团"回国抗日，在道路条件十分恶劣的滇缅公路上，运送了大批军用物资，支援抗战。中华人民共和国成立后在重庆中南橡胶厂工作。1953年调川藏公路运输总公司四川省雅安公司开车。1955年抢运物资双眼因公受重创，1959年双眼失明。父亲因是归侨，政治和生活上都受到了不公正的待遇，曾失去工作，下放农村。后经全国政协副主席何香凝的关怀，才恢复了工作和名誉。

南侨机工黄富强之女黄正兰：父亲回国后主要在川、滇、缅道路上运送抗日军用物资。中华人民共和国成立后在四川省汽运公司工作，多次被评为先进工作者，曾获10万千米无事故，以及多次安全行驶节油标兵称号。

南侨机工黄金水之子黄光荣：父亲响应陈嘉庚先生号召，参加第三批"南侨机工回国服务团"回国抗日，分配到12大队当驾驶员，奔驰于滇缅公路，抢运军需及伤员。中华人民共和国成立后父亲在重庆公交公司工作，对待工作认真严谨，一丝不苟，忘我奉献，曾多次被评为先进工作者、安全操作标兵，节油能手等称号，并当选为四川省五届人大重庆代表团代表。

南侨机工张坚之女张锦玲：父亲与南侨机工战友为了抢运军用物资，付出了沉重的代价，死伤了很多同胞。解放后，父亲在重庆503厂工作，是当时全国机械行业为数不多的一级铸造技师，多次被评为先进工作者，当过工段长、车间主任。父亲向来话不多，但对子女的教诲是句句重千斤。他教育我们：要爱国，要认真工作。

南侨机工杨仁松之女杨剑红：在陈嘉庚先生的号召下，父亲回国抗日。当时，滇缅公路是一条由二十几万人抢修出来的唯一陆路交通要道，父亲同南侨机工们日夜不停地在这条线上抢运军用物资。他的爱国无悔、报国无怨、矢志不渝的爱国精神永远值得我们学习。

附 录

南侨机工方俊卿之子方卫国：在陈嘉庚先生的号召和组织下，父亲回国抗日，分配在八路军重庆办事处车队，父亲曾多次驾车在重庆与延安之间往返，运送物资和人员，还将国外援助的车辆运往新四军在安徽的办事处，运输途中经常遇到国民党的检查和刁难，父亲与战友总是想方设法，克服艰难，完成运输任务，并亲自将南洋华侨支援抗战的款项交到十八集团军参谋长叶剑英手上。父亲的爱国主义精神永远激励着我们，在工作和生活中勇往直前。

南侨机工黄艺民之女黄春华：父亲参加第六批"南侨机工回国服务团"回国抗日，分配在西南运输处第六大队三中队任班长，长年辛苦地在滇缅路上行驶，不畏艰险地运送抗战物资，为祖国抗日战争做出了自己的贡献。中华人民共和国成立后在单位上努力工作，多次评为先进工作者。在国家困难时期，父亲用自己的全部积蓄购买公债券，支援国家建设。

南侨机工邢明之子邢益忠：父亲回国后分配在"南侨机工服务团"汽车修理连，每天都在日机的轰炸下进行工作，保障前线的运输任务。1940年考入黄埔军校，担任保卫陪都的任务，1949年在成都起义，参加中国人民解放军后任连长，1950年复员到重庆第三建材厂工作，直至退休。1980年当选永川市政协委员。

附录四　陈嘉庚与南侨机工[①]

庄明理

　　陈嘉庚先生是一位大实业家,是一位爱国爱乡、兴办教育、热心社会公益事业的华侨领袖。陈嘉庚与华侨机工的关系,可能有些同志不太熟悉。这里要讲的华侨机工,是指抗战时期,从南洋等地回国支援抗战的3200多华侨汽车司机和修车师傅的通称。在祖国抗战时,我们沿海口岸和码头都被日本侵略者占领和封锁了。积存在海防的几万吨军用物资也被敌人放火焚烧了。因此,原设在香港的西南运输公司迁往新加坡,并将存积在香港的物资移往仰光。设在新加坡的西南运输公司的负责人去拜访南侨总会主席陈嘉庚先生,向嘉庚先生提出抗战物资要从滇缅公路转返回国。嘉庚先生说,当然没有问题。该公司即向昆明西南运输处总处宋子良主任汇报,宋即致电陈嘉庚先生,并送来聘请华侨机工的要求和条件。南侨总会根据西南运输处的要求,在报上登广告,并另发公函给各地筹赈会,其条件有两条:第一、能驾驶大型货运汽车司机及修理汽车工人;第二、年龄在20岁以上、40岁以下,持有当地(侨居地)汽车驾驶执照。注意事项有四:(1)略识汉文会讲普通话,无不良嗜好(尤其不嗜酒)者;(2)国内服务地点为滇缅公路腊戍昆明或广西龙州,旅费由各地筹赈会发给;(3)凡应征者,须有该地筹赈会或商店介绍,知其平素确有爱国志愿者为合格;(4)各地筹赈会负责征募,考验合格者报南侨总会。华侨机工分两个地方出发,一是由新加坡乘船往安南(现越南)。从那里起程的主要是新加坡、南马各坡以及沙捞越、荷印泗水、巨港等地区的华侨机工。一是从槟城出发,主要是槟城吉隆坡以北、霹雳、太平吉打、彭亨和丁加奴、暹南(泰国南部)、苏门答腊(棉兰等地)的机工,总共3200余人。

[①] 作者简介:庄明理,南洋华侨,著名侨领,陈嘉庚生前好友,曾任全国政协常委,全国侨联副主席,南侨总会常驻滇缅公路代表,组建"旅渝归侨青年联谊会",任主席。节选自蔡仁龙、郭梁主编《华侨抗日救国史料选辑》,闽出管刊(内)字002号,第408页—417页。关于庄明理先生的情况,请参阅钟铁:《献身侨务的光辉典范》,载谈石城主编:《中华侨杰列传》,北京:海洋出版社,1991年,第85—91页。

附　录

　　当时华侨机工的心情，完全是出于为国效劳，完全是出于爱国热情。如果像西南运输处的官员那样，以为出钱招雇才会有人回来，恐怕一个机工也招不到。

　　南侨机工到达昆明后，西南运输处将他们集中起来，进行了近半年的军训。军训后，大部分人留在滇缅公路搞运输，个别人从军搞运输。

　　滇缅公路全程1200余千米（从腕町至昆明900余千米，腊戍至九谷（缅界）200余千米）。从缅甸的腊戍起要翻越两座大山：高黎贡山和大王山，穿过3条大河：怒江、澜沧江、漾濞江；途经10个城镇：腕町、龙陵（过怒江上的惠通桥）、保山、盐田坝、旧寨、瓦窑（过澜沧江上功果桥）、永平、下关（过漾濞江桥）、楚雄至昆明。路上要行驶七八天。途经深山老林，常有野兽出没，毒蚊袭人。当时这条新公路还是土路，每遇风雨，道路泥泞、坑洼不平。满载军火物资的卡车行进在这样的高山峻岭、深山峡谷中，本已十分艰险，稍有不慎就会车毁人亡。不仅如此，敌机还常在头顶盘旋追袭，有的机工们竟在车上挨冻受饿一两天，生了病也无人过问。到达沿途城镇，也只能将车停在露天里，机工自己花钱借宿。而客栈是和鸦片烟馆、妓院合在一起的。陈嘉庚初闻不敢信，即派南侨总会交际委员刘牡丹先生专程去滇缅公路调查。刘代表先到槟城，告诉我这些情况，我最初也信疑兼半。后调查确有其事，我心里也很难过。

　　刘牡丹在滇缅公路沿途视察月余后，回南洋向嘉庚先生报告：南侨机工反映的情况属实。嘉庚先生当即建议采取以下措施。

　　1.每个机工赠送蚊帐、毛毯各1件，工作服卫生衣各1套，羊毛袜2双，运动鞋1双。奎宁1瓶。总共购置了3200套，每人9件物品，于1939年底备齐送回昆明。

　　2.建议西南运输处在沿途各城镇设立机工宿舍、医疗站和停车场。嘉庚先生将此建议分别电告重庆国民党中央政府和昆明西南运输处。重庆方面根本不予答复，为此嘉庚先生又第二次派人前往昆明，与西南运输处面商上述建议如何实施。

　　1940年2月受嘉庚先生委派，我从腊戍乘汽车沿滇缅公路行进，同行的有庄怡生、王金兴。我们沿途所见所闻与前所述相同。我在同机工交谈中，问他们收到南侨总会寄回的慰劳物品没有？他们回答说：蚊帐、毛毯、卫生衣裤均未收到，有的人得到鞋袜、奎宁等三四件小东西，有的竟一件未得。为此,我到昆明即向西南运输处提出查问。他们回答说:物资从不同路线运来,有的尚未运到。我便信以为真。但是,当我赴重庆途经贵阳时,晚上在西南运输处贵阳站借宿,见正副站长室的3张床上,都挂着南侨总会从香港买给机工的新蚊帐,每张床上还放着两条南侨总会委托我从槟城购买发给机工的美人牌毛毯。这些陈先生亲自经办的慰劳机工的物品,大部分被国民党的官吏们贪污占用了。

尽管待遇低劣,苦难重重,华侨机工仍托我转告嘉庚先生:请他老人家放心,我们一定遵照出发前他的指示去办,不辜负1000万南洋侨胞的委托,参加抗战,报效祖国。无论遇到多大的艰难险阻,也要坚持到底。

1940年3月下旬,陈嘉庚先生以南侨总会主席身份亲自率领南洋华侨考察团回国慰劳。考察团抵达重庆后,我将机工和滇缅公路的情况一一向他汇报。陈先生听了很生气,即向国民党军委会反映,但仍未得到满意答复。

大约在1940年10月,我随同67岁高龄的嘉庚先生从福建永安出发,经过半个月的长途跋涉,于1940年11月抵达昆明。

嘉庚先生沿途亲自察看,并且提出具体意见与同行的两位工程师商定,并要我们一一记录清楚。他还提出全部应设七八个中途休息站,各处要建机工宿舍和食堂、停车场和修理站。陈先生的建议都得到了两位工程师的赞同,全路考察结束后,便将这个方案上报西南运输处。嘉庚先生决定修路和建站所需经费全部由南侨总会筹赈汇寄。

嘉庚先生这种对机工负责到底和关心祖国抗战前途的精神,使华侨机工深受感动。先生勉励机工努力为祖国服务,善始善终,坚持到抗战胜利。

1945年日寇投降后,我第五次往昆明,西南运输处隶属关系已由国民党军委改为交通部公路总局。我此次去同机工商议复员事。机工纷纷希望尽快回马来亚。我便去重庆同交通部交涉,当局却以种种借口推脱不办。

陈先生以南侨总会名义召集各筹赈会在吉隆坡开会,研究机工复员事宜。国民党当局知道此消息后,抢在开会前一天在报纸上发了一个通告云:遣送南侨机工复员一切费用由政府负责。

两个月过后,遣送复员机工一事仍无消息。陈先生又发一公函,请伍伯胜总领事转交南京国民政府。函云:务将机工尽快遣送回洋,否则我们自己去接。这时国民政府才决定从仰光和香港两条路线送回机工,实际上后来只以仰光一条路线为主,机工到达新加坡后,凭身份证可前往驻新总领事馆领取美金 300 元及新加坡币 150 元。

中华人民共和国成立后，陈先生曾两次前往探视在云南安家的机工。此时，我们了解到留在西南的机工有二三百人，中华人民共和国成立后他们都已就业，参加中华人民共和国的建设。

重/庆/归/侨/史/研/究

后 记

  《重庆归侨史研究》《重庆归侨口述史》在各方面的努力和支持下终于和大家见面了。这是一件值得庆幸的事。重庆市移民文化研究会把华侨历史纳入自己的工作范围，我们认为是一大胆的尝试和创新，得到有关部门的重视和支持，也弥补了重庆侨务工作的空白。

  编写《重庆归侨史研究》《重庆归侨口述史》可以说是一件抢救性的工作，从归侨本身来说，回国参加抗日战争的前辈"南侨机工"健在的只有一个人了，解放后至78年以前回国读书或参加建设的归侨也都到了七八十岁的老人了，年老体弱，加上居住比较分散，他们大都不熟悉运用微信，联络采访工作的难度可想而知。幸运的是，我们得到了有关部门的支持，特别是各级侨联的大力帮助配合，以及归侨本人和机工子女的大力配合。我们要感谢的是，重庆侨联主席张玲为此书写了《序言》，感谢重庆中国三峡博物馆领导，特别是副馆长张荣祥研究馆员给予的大力支持和关心；感谢重庆市社科联的同志的支持立项。在此，特向上述有关部门领导、人士表示衷心的感谢！

  本书的编写，邓海东、池文庆大力参与并做了大量联系工作。陈玉琴参与了早期材料收集。参与访谈和文稿整理人员：岳精柱、董涛、邓海东、池文庆，重庆大学的在校学生桑雪、马乐瑶、祖立阳、饶品、李蒙、李希珺、李奇灿、李蒙、李希珺、李奇灿、赵一雪、唐子涵、肖军伟、海翠婷、庞玉玲、王煜鋆、敖畅、田杨、肖军伟、李光璐、桑雪，北京师范大学江津附属学校教师岳士尊等。在此向大家表示衷心的感谢。

  由于时间紧，任务重，编辑工作难免有许多不足和缺点，希望读者给予谅解和指正。

《重庆归侨史研究》项目组
2020年12月